D0917061

Gens sans terre

DU MÊME AUTEUR

Romans

Le diable par la queue, Montréal, Le Cercle du Livre de France, 1957.

Un soir d'hiver, Montréal, Le Cercle du Livre de France, 1963.

Au Pays de Pépé Moustache, Montréal, Éditions internationales Alain Stanké, 1981.

Essais

La faillite de l'Occident ou *Le complexe d'Alexandre*, Montréal, Éditions du Jour, 1963.

Le Calepin du diable, fables et aphorismes, Montréal, Éditions du Jour, 1965.

Le Canada et l'éternel commencement, Tournai (Belgique), Éditions Casterman, 1967.

Journal de mon bord, Montréal, Éditions La Presse, 1983.

JEAN PELLERIN

Gens sans terre

ROMAN

ÉDITION DU CLUB QUÉBEC LOISIRS INC.
© Avec l'autorisation des Éditions Pierre Tisseyre.

ISBN-2-89051-343-2

AVERTISSEMENT

L'action du présent récit s'étend sur une période de douze années, soit du début de décembre 1755, à la mi-octobre 1767, et englobe les grands événements suivants : la Guerre de Sept Ans, la chute de Québec et le début de la Révolution américaine.

Les protagonistes sont fictifs, à l'exception de certains personnages historiques, tels les gouverneurs de la Nouvelle-Écosse et de la colonie du Massachusetts, ainsi que quelques conseillers de marque à la *Legislature* de Boston.

J'exprime ma reconnaissance aux Archives de Boston, ainsi qu'à Mrs Bonney Sherman, secrétaire de la Société historique de Pembroke (Mass.), qui m'ont fourni une documentation historique et géographique précieuse.

J.P.

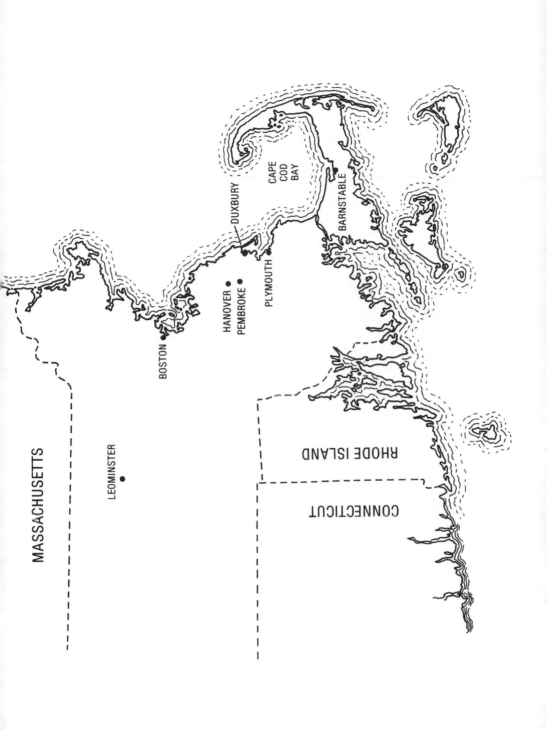

MASSACHUSETTS

LEOMINSTER

BOSTON

HANOVER
PEMBROKE

DUXBURY

PLYMOUTH

CAPE COD BAY

BARNSTABLE

RHODE ISLAND

CONNECTICUT

1

Décembre en mer

Le jour s'est levé gris et frileux. Des cheminées, s'échappe une fumée que déchire le vent. Le frimas a blanchi le dos des collines. Un chien aboie du côté de la Petite rivière. À l'horizon, un écheveau de brume, tel un gros serpent, rampe au-dessus de la baie Française.

Marie-Venance va et vient de la cheminée à la grosse table de bois où ses deux enfants attendent sagement la croûte du petit déjeuner. Avec un sourire attendri, elle pique le grand couteau dans le ventre de la miche farineuse. Coiffée de son bavolet de paysanne, la taille serrée dans une longue jupe de lin et un petit tablier blanc, elle semble sortie d'une toile de Vermeer.

— Mangez, mangez le bon pain!

Martine n'a que six ans. Elle mâche d'un air soumis la bonne croûte grillée. Tienniche, son jeune frère, est assis au bout du banc derrière la

7

table, ses petites jambes ballantes. Comme il est tout petit, qu'il a des yeux de fouine et le nez pointu, Marie-Venance trouve qu'il ressemble à l'idée qu'elle s'est faite du Petit Poucet, aussi lui a-t-elle donné le sobriquet de Pouce.

La femme prend son chaudron noir, le pose à côté du baquet de bois et l'emplit d'eau. Après avoir éveillé les braises sous la cendre, elle suspend le chaudron à la crémaillère et essuie ses mains sur son tablier. La grosse porte de la cuisine grince sur ses pentures engourdies. C'est Pierre qui rentre de l'étable avec une brassée de bois qu'il laisse tomber dans la boîte à côté de la cheminée

— J'cré que la noiraude est à la veille de vêler, annonce-t-il.

L'homme est un solide gaillard de trente-cinq ans, bien planté, verbe grave. Il a l'air d'un géant dans la petite cuisine au plafond bas. Des cheveux de crin, raides et noirs, débordent sa tuque grise. Il a les yeux creux et ardents, des tempes et des joues qui semblent creusées au burin, un menton énergique, piqué d'une barbe noire et drue.

Pourtant, Pierre Lebasque n'a rien du rural mal dégrossi. Au contraire, il a fière allure, le regard franc et le geste prompt. Sous les hardes de lin et de grosse laine, on devine le pionnier débrouillard et bon vivant.

Un genou en terre, Pierre remue les cendres dans la cheminée et couche dessus deux quartiers de merisier. Aussitôt, on entend pétiller les braises.

— La noiraude...

L'homme n'a pas le temps d'achever. La porte vient de s'ouvrir avec fracas, et deux militaires en armes font irruption dans la maison.

— Mon Dieu! les habits rouges, dit Marie-Venance d'une voix étouffée.

Les militaires semblent empesés dans leurs hautes jambières de toile. Leur casque en forme de mitre touche presque au plafond.

— *Captain Matthews*, annonce l'un d'eux d'une voix autoritaire.

— *Sergeant Jonathan Briggs*, fait l'autre en écho.

Le capitaine marche droit sur Pierre et lui pousse l'épaule du bout de sa baïonnette.

— *You*, suivez-moi; ordre du roi.

— Ordre du roi? Mais... bredouille Pierre en se relevant.

Le capitaine Matthews lui applique la baïonnette aux reins pour le pousser vers la porte.

— *Come! Come!*

Rapide comme un chat, Pierre fait un bond de côté et se saisit du canon du mousquet.

— Qu'est-ce que ça signifie? Qu'est-ce que vous me voulez?

D'un geste brusque, le capitaine dégage son arme et d'une voix frémissante, répète :

— Ordre du roi, *I said*.

Pierre sent que la moutarde lui monte au nez. Il se jette, furieux, sur le capitaine, mais le sergent intervient aussitôt.

— *Easy, easy !*

Paralysés par la peur, Martine et Tienniche s'accrochent au jupes de leur mère. Avec la crosse de leur mousquet, les militaires ont violemment repoussé Pierre qui est allé piquer une tête dans la terre verglacée du chemin. Marie-Venance se précipite dehors.

— Pierre! Pierre! Où l'emmenez-vous? Qu'est-ce qu'il a fait?

Jonathan la rattrape par le bras et l'entraîne dans la maison. Du talon, il referme la grosse porte. Morte de peur, la femme s'est agrippée à l'armoire. Ce sergent a une tête de valet poudré, des yeux canailles et une fine moustache blonde. À pas comptés, il s'est approché tout près.

— Pierre! Pierre!

La petite femme tente de s'échapper, mais le bras de Jonathan a soudain glissé autour de sa taille. Elle crie, pleure, se débat. Impassible, l'homme la regarde droit dans les yeux. Un sourire concupiscent retrousse sa fine moustache. Plus la femme se débat, plus le bras de fer accentue son étreinte.

Enceinte de trois mois, la jeune femme est en splendeur. Jonathan se laisse griser par l'odeur de ses cheveux d'ébène et de sa peau de satin. Il a une envie folle de cette peau blanche, de ce corps frémissant. Dans la lutte qui s'engage, la chemise frangée de dentelle s'est entrouverte et a révélé la naissance des seins. Jonathan presse sa proie contre l'armoire.

— *Don't be afraid*, chérie, *I won't hurt you...*

Sa main cherche la hanche, puis le sein de cette belle furie qui fait des efforts désespérés pour se dégager. L'œil en feu, la coiffure défaite, elle frappe des mains et des pieds, et du mieux qu'elle peut, son agresseur.

Terrorisé et en larmes, Pouce n'en peut supporter davantage. Sortant de son coin, il se met, lui aussi, à frapper, des mains et des pieds, les jambières du militaire. Soudain la voix tonitruante du capitaine Matthews se fait entendre du dehors.

— *Sergeant! Sergeant! Where are you?*

Aussitôt, Jonathan lâche prise et repousse du pied le gamin qui va rouler à côté de la malle de l'ancêtre.

— *Coming!* lance-t-il à la cantonade.

Comme un collégien pris en faute, il corrige les plis de sa tunique, après quoi, il prend son mousquet, claque des talons et sort.

C'est la bousculade et l'affolement tout le long du chemin du rang. De partout, on voit surgir des habits rouges qui tiraillent ou repoussent des villageois avec la crosse de leur mousquet. Des femmes tentent de retenir leur mari. Elles courent et poussent des cris épouvantables, bravent la soldatesque.

— Il n'a rien fait, dit l'une.

— Pourquoi vous l'arrêtez? demande l'autre.

Marie-Venance met son châle et entrouvre la porte. Des femmes commencent à s'attrouper. La grande Louise Maillard se dresse, au milieu du chemin, les poings sur les hanches.

— Qu'est-ce qu'ils ont, à matin, dit-elle, d'arrêter tout le monde sans dire pourquoi?

Debout devant sa porte, le vieux Chouteau brandit sa canne et, de sa voix cassée, profère des malédictions. Un militaire l'a attrapé par le bras et l'a entraîné sans façon. Le vieux trébuche et a du mal à se relever.

— De vrais démons sortis de l'enfer, proteste la grande Louise.

La veuve Piraude domine la cohue du haut de son perron. La grosse femme a une éraflure au bras. On l'a, elle aussi, écartée d'un coup de crosse lorsqu'elle a tenté de retenir son Louison.

À cause de son âge et de sa corpulence, la matrone qu'on appelle La Piraude jouit d'une grande autorité auprès de ses voisines. Elle a agi comme sage-femme pour plusieurs d'entre elles. On la tient pour l'oracle de la place.

Perrine Sallé est allée aux nouvelles. Elle revient hors d'haleine.

— Hé! Il y a des vaisseaux... à l'entrée de la rivière!

— Des vaisseaux? dit l'oracle. C'est sûrement des Français. C'est la guerre.

— Des Français? La guerre? Qu'est-ce qui vous fait dire ça?

— Les *Goddons*, voyons. Regardez-les : ils sont morts de peur.

Le bruit ne fut pas long à se répandre.

— Les Français... des bateaux français...

— Ils sont venus, en quarante-quatre, rappelle La Piraude, et ils avaient manqué leur coup. Ils se reprennent.

C'était l'évidence même. Les choses commençaient à se clarifier aux yeux du petit groupe de femmes qui faisait cercle autour de La Piraude. Chacune s'efforçait de raisonner la situation.

— Les Français reviennent, assure La Piraude.

— Et les Anglais tremblent dans leurs bottes, constate la vieille Marie Sallé.

— Je vois ce que c'est, intervient Louise Maillard. Les habits rouges vont enfermer les hommes dans le fort; ils ne veulent pas les avoir dans le dos quand les Français vont donner l'assaut.

— Ils ont bloqué les chemins, dit Perrine, et il paraît qu'ils vont crever les aboiteaux.

De la croisée du chemin, Barbe Gauterot accourt en poussant des cris perçants.

— Ils ont arrêté mon homme! Ils ont arrêté mon homme!

— Ils les arrêtent tous, dirent les femmes en chœur. Les Français arrivent, et c'est la guerre.

— Mais le mien, mon homme, ils l'ont quasiment assommé. Il a le visage tout en sang.

La Piraude descend de son perron et enveloppe de son gros bras l'épaule de Barbe.

— Allons, allons, ma bonne, du courage. Faut point se laisser aller, comme ça, devant les *Goddons*. Les Français sont arrivés. Ils vont prendre Port-Royal et libérer les hommes.

Barbe et les autres se sont un peu calmées. Les explications de la grosse femme ont de quoi dissiper l'affolement et l'hystérie que cause l'irruption féroce des habits rouges dans le village.

— Ils ont arrêté mon Louison, dit La Piraude, avec fierté. Mais ils ont eu du fil à retordre, j'vous en passons un papier. Trois qu'y s'sont mis pour l'arrêter. Louison a résisté; il leur a demandé ce qu'ils voulaient. Même qu'il a cogné la margoulette d'un *Goddon*. Mais v'là qu'un autre *Goddon* s'approche, lève son pétard... Heureusement que le Janick à Antonin était tout près. Une tape sur le pétard, et le coup est parti en l'air.

Les habits rouges ont maintenant refoulé les hommes jusqu'à la forge du roi. Ils descendent vers la rive, cueillant au passage Poirier, le Sieur Deschauffours, Falaise... Personne n'échappe à la foudroyante rafle. Du milieu de leur champ, des paysans écossais assistent à l'opération.

Les rives de la rivière Dauphin sont désertes. Les doris, les canoës, les barques : tout a disparu. Il ne reste que l'échafaud, la cabane et les vigneaux. Une gabare est amarrée à la jetée.

Le serpent de brume a supprimé l'autre rive de la rivière et estompe la silhouette de navires qu'on devine au large.

— Ho! Regardez... des goélettes!

Les vergues carguées des trois mâts se dessinent vaguement, telle une broderie chinoise, au-dessus du brouillard.

— Je vois ce que c'est, dit Louison. Des navires de Boston. Ils veulent nous forcer à les décharger.

— C'est donc ça, dit Hercule Landry, faisant brusquement face à un militaire.

L'homme n'a pas l'air commode. Il en a visiblement assez de se faire bousculer, alors qu'il n'offre aucune résistance. Le militaire veut encore le repousser, mais il écarte son geste.

— Pas besoin de nous *bardasser,* innocent! T'as rien qu'à le demander poliment, et on va te les décharger tes maudites goélettes.

Le militaire n'entend pas se faire parler sur ce ton par un sale *Frenchie.* Il repousse, avec violence, l'insolent. Hercule perd la tête. Il empoigne le *Goddon* par le revers de sa tunique et l'envoie rouler dans la vase du rivage. Furieux, et maculé de boue, l'habit rouge se relève et enclenche son arme d'un geste qui ne laisse aucun doute sur ce qui va suivre. Pris de panique, Hercule plonge dans l'eau glacée et nage un bon moment entre deux eaux. Lorsqu'il refait surface, au bout de la jetée, le militaire le crible de plombs. Les témoins de cette scène sont frappés de stupeur quand ils voient le pauvre Hercule enfoncer sous la nappe livide pour ne plus reparaître. Révoltés, des hommes se mettent à protester sourdement. Des cris anonymes se font entendre :

— Assassins... assassins...

Un peloton d'habits rouges accourt, baïonnette au clair, et entreprend de faire monter les «révoltés» dans la gabare.

Le *Hopson* et l'*Helena* mouillent côte à côte, à l'entrée de la rivière. Au large, un galion exhibe son château en forme de blason. La gabare file en direction de l'*Helena*. La carène des goélettes n'est guère enfoncée dans l'eau.

— Qu'est-ce que ça signifie? Mais... il est vide ce bateau! Rien à décharger?

Pierre est descendu dans l'entrepont, avec Poirier, Maurice Coing, Cajetan Gauterot, Louison Piraude, Janick et Antonin Hébert et beaucoup d'autres.

— Des bateaux lèges! dit-il. Qu'est-ce qu'on vient faire icitte?

Les militaires surveillent la descente dans l'entrepont. Obscurité presque complète; air irrespirable. À l'odeur du jute et du hareng pourri, s'ajoute celle de l'urine et des crottes de rats qui jonchent le tillac. Près de l'empature du mât de misaine, une autre descente mène à la cale d'où monte une odeur plus fétide encore. Cajetan Gauterot éponge, de son mouchoir imbibé de sang, une affreuse balafre à la joue.

— Sacrebleu! dit Pierre, ils t'ont pas manqué.

La gabare fait sans cesse la navette de la rive aux goélettes. Un petit vent glacial a balayé la brume. On peut même distinguer le va-et-vient sur les ponts. Les navires oscillent doucement sous la poussée de la marée montante.

N'ayant ni bu ni mangé depuis le matin, les hommes croquent gloutonnement le biscuit que leur distribue le gabier. À la tombée de la nuit, un homme joufflu et rond paraît au bord de l'écoutille. Un mouchoir rouge s'enroule autour de sa tête, et une moustache noire et effilée tombe en parenthèses de chaque côté de sa lèvre épaisse. L'homme sort prestement son pistolet de la ceinture de son pourpoint de cuir.

— *My name is Tobias*, dit-il d'une voix de fanfaron. Seul maître à bord. Gare à celui qui voudra faire le malin.

Il tire un coup en l'air, puis souffle dans le canon de son arme.

— *Understand?*

•

Au confluent des rivières Alain et Dauphin, se dressent les murs du vieux fort. Quatre bastions en flanquent les angles. Le redan du flanc ouest et les créneaux portent les cicatrices de maintes canonnades. Dans le bastion de Berry, un jeune homme se languit. Il fait les cent pas en soufflant sur ses doigts engourdis par l'onglée. Il n'arrive pas à comprendre ce qui se passe; ce qu'il a bien pu faire de mal; ce qu'on lui veut.

C'est le caporal McGraw qui l'a appréhendé, tôt ce matin, au magasin général.

— *I'm told that...* vous parler *English*, a dit le caporal.

— Euh... *yes*, répondit le garçon avec dé-fiance.

— *What is your name?*

Il eut une hésitation, ne sachant s'il devait répondre «Blèche», le surnom que tout le monde lui donne.

— *My real name*, finit-il par dire, *is* Samuel Gaudet.

— *All right, come with me, Samuel.*

Le dénommé Samuel, dit Blèche, n'a pas l'air trop coopérant. Il a des yeux de chauve-souris collés de chaque côté d'un petit nez retroussé. Son habit de drap de Hollande et son chapeau plat accroché derrière la tête lui donnent un petit air juif de ghetto. Après un moment de réflexion, le jeune homme relève insolemment la tête et se permet de poser calmement une question.

— *What for?*

La question fait bondir le caporal qui, impa-tient, empoigne le bras de l'impertinent qu'il traîne comme un sac hors du magasin général.

— *Never mind what for, come along.*

Mince et efflanqué, Blèche s'agite comme un pantin au bout du bras du militaire qui l'en-traîne, non vers la jetée, mais du côté du fort. Le pauvre garçon grimace et proteste. Il sent la poigne de fer se resserrer comme un étau autour de son bras. Le caporal fait des pas de géant, de sorte que Blèche n'arrive guère à le suivre. Il titube, il trébuche, mais l'étau inexorable le traîne sans pitié. Un officier vient de sortir de la poudrière. Aussitôt, le caporal se met au garde-à-vous.

— *Look here, Major*, dit-il, *here is our interpreter.*

Le major Randolph lorgne de très haut le freluquet, doutant visiblement de ses compétences comme interprète. Mais Blèche soutient son regard et le major s'éloigne avec une moue méprisante.

Du fond de son réduit, et transi de froid, Blèche s'efforce de ne pas ajouter foi aux rumeurs qui circulent depuis quelques temps. C'est qu'on en raconte des choses au port et dans les cabanes des pêcheurs.

Vers midi, la poterne du bastion s'ouvre brusquement. Le caporal McGraw fait sortir Blèche qui se retrouve en présence du major Randolph, de deux gendarmes et d'un tambour. Encadré des gendarmes, le ci-devant Samuel Gaudet a plutôt l'air d'un gibier de potence que d'un interprète en service. Droit comme un soldat de plomb, le major est visiblement d'humeur massacrante. Il a d'épais sourcils de barbet, et une moustache en balai. Soudain, les sourcils s'articulent en accent circonflexe et il vocifère un commandement :

— *By the left, quick, march.*

Aussitôt, le tambour se met à scander son rythme sec et, en silence, le cortège se dirige vers le centre du village. Un détachement impressionnant d'habits rouges encercle la petite église au clocher blanc. Deux soldats en encadrent la porte qu'ils ouvrent à l'arrivée du cortège. L'église est bondée.

Toutes les femmes et les enfants du village s'y trouvent rassemblés. Le major et les gendarmes jouent brutalement des coudes pour se frayer un chemin jusqu'au chœur. Le major monte pesamment les marches de l'autel qui grincent sous le poids de ses bottes. Les gendarmes encadrent Blèche et font face à l'assemblée.

Le major n'a pas à réclamer le silence. De vastes yeux cernés sont braqués sur sa personne. Gravement, il déroule un parchemin et, sur un ton sentencieux, se met à lire.

— *I have received, from His Excellency, Governor Lawrence...*

La première phrase achevée, il se tourna vers Blèche.

— *Now, Samuel, kindly translate for the ladies.*

Pris au dépourvu, Blèche roule, vers le major, un regard suppliant. Son cœur bat à tout rompre, et sa bouche n'arrive pas à articuler un son.

— *What are you waiting for?* grogne le major.

Blèche se balance sur ses jambes, comme un écolier qui ne sait pas sa leçon.

— Ben, y dit... y dit que Son Excellence, le gouverneur Lawrence... bah... il dit, comme ça, qu'il a reçu des ordres de Sa Majesté, voilà.

Léger remous dans la petite église.

— De Sa Majesté?

Le malheureux interprète se tourne de nouveau vers le major et esquisse un petit haussement d'épaule pour signifier qu'il a terminé. Un nouvel accent circonflexe, plus menaçant celui-là, contracte les sourcils du major qui, visiblement, doute fort des talents de ce bafouilleur. Un silence crispant règne dans l'assistance. Le major lit deux autres phrases. Cette fois, Blèche s'efforce de bien mémoriser ce qu'il entend. Il torture affreusement le rebord de son chapeau.

— Eh ben... il dit encore que Sa Majesté a pris une décision finale concernant les habitants français de sa province de Nouvelle-Écosse... Et puis... Sa Majesté dit que les habitants français ont été mieux traités que ses autres sujets...

Nouveau remous dans l'assistance. Et puis, les vagissements d'un nourrisson ont maintenant mis fin au silence de mort. Le major promène sur l'assemblée un regard ahuri, ce qui incite Barbe Gauterot à se retrancher dans le coin le plus reculé de l'église avec son bébé qui crie de plus en plus fort.

— *Let them out*, ordonne le major.

Un militaire fait sortir Barbe avec son mioche, et Blèche poursuit sa traduction.

— Il dit que Son Excellence a un devoir désagréable, mais nécessaire, à accomplir au nom du roi... Il dit que ce sont les ordres de Sa Majesté et que Son Excellence n'a pas à discuter les ordres du roi... Il dit que ces ordres sont... sont...

Blèche se met de nouveau à bredouiller. Les mots ne lui viennent pas, et puis, il a soudain l'impression que l'auditoire le prend pour un collaborateur et un traître. Il croit lire d'amers reproches sur le visage de ces femmes bouleversées par ce qu'on lui fait traduire. Ses yeux de chauve-souris font deux trous noirs dans son visage plâtreux.

— Il dit... euh, il dit... comment dire... oui, que la Couronne confisque... c'est ça... que la Couronne confisque nos terres, nos maisons, notre bétail et nos troupeaux...

Un grand tumulte, ponctué de cris et de sanglots, se produisit. Plusieurs femmes suffoquaient, le visage enfoui dans leur châle.

— *Quiet!* fait le major d'une voix terrible.

Blèche a du mal à contenir sa révolte et son indignation. Il voudrait crier lui aussi; protester en refusant d'agir plus longtemps comme interprète. Mais les gendarmes le serrent de près.

— *Come on*, ordonne le major, *let's get it over with*.

— Il dit, poursuivit Blèche d'une voix brisée, que Sa Majesté... euh...

Il avale péniblement sa salive.

— Que Sa Majesté nous fait déporter dans ses colonies du Sud mais, dans sa bonté... oui, dans sa bonté, elle permet d'emporter notre argent et le strict nécessaire... Il dit aussi qu'il ne faut pas encombrer les navires, et puis... Sa Majesté veut que nous soyons pas maltraités et qu'aucune famille ne soit séparée...

Les femmes sont complètement abasourdies par ce qu'elles viennent d'entendre. Les coudes sur les genoux, plusieurs cachent leur détresse dans leurs mains. D'autres poussent des gémissements à fendre l'âme. Une vieille se signe gravement puis échange un regard de stupeur avec ses voisines.

Le major a enroulé solennellement son parchemin.

— *That's all*, dit-il. *Go and pack up. You will embark tomorrow morning.*

Certaines femmes, parmi les plus jeunes, n'arrivent pas à croire que le roi d'Angleterre puisse leur vouloir tant de mal. Perrine Sallé trépigne d'indignation, puis éclate.

— C'est un grand crime, dit-elle en brandissant le poing vers le major. Vous êtes des criminels! Des barbares!

— *What's that?* fait le major en descendant de l'autel.

La vieille Marie Sallé entraîne sa Perrine hors de l'église.

— Tais-toi, dit-elle, ça ne sert à rien.

Le major saisit Blèche par le bras.

— *Tell them to go and pack up.*

Blèche n'en mène pas large. Il tremble comme un lièvre cerné par des chasseurs. On le fait défiler dans l'allée.

— Il veut qu'on aille faire nos bagages, dit-il. C'est demain l'embarquement.

Transie de froid et d'amertume, Marie-Venance a rangé tout ce qu'elle a de précieux dans la malle de l'ancêtre. Une longue nuit de vent et d'épouvante; une longue veille à la lueur vacillante du *bec de corbeau*....

•

La nuit avait paru interminable aux hommes recroquevillés dans l'entrepont, et absolument effroyable aux jeunes entassés dans la cale, en compagnie des rats et de la vermine. Les malheureux n'avaient que le tillac pour matelas, et les varangues pour oreiller. Même si on avait amené le taud sur l'écoutille, la froide haleine de la nuit filtrait à travers les étoupes du bordé. Le vieux Majorique eut beau se ramasser contre un ballot de frise, le froid transperçait ses vieux os.

Au petit matin, des matelots étaient descendus dans l'entrepont et dans la cale avec des corbeillons de biscuits. Il fit enfin jour. Le clapotis du jusant heurtait la coque de l'*Helena*, et le vent faisait de sourds hou-hou dans les haubans. Les hommes devisaient encore sur la nature et la longueur des travaux forcés qu'on les envoyait sans doute faire, quelque part, de l'autre côté de la baie Française, quand parut Blèche. Son arrivée eut un effet de soulagement, même si les nouvelles qu'il apportait n'avaient rien de réjouissant. Bien au contraire. Mais du moins, on savait enfin à quoi s'en tenir. Certes, tous avaient eu, dès la veille, la certitude qu'il s'agissait d'une vengeance. Poirier avait même suggéré que les Anglais les punissaient pour avoir refusé de prêter serment d'allégeance à Sa Majesté britannique. L'épouvantable nouvelle qu'apportait Blèche eut l'effet d'un coup de massue. Certains avaient peine à croire à un châtiment aussi cruel.

Au village, le nordet avait redoublé d'ardeur, couchant les herbes salines des marécages gelés et faisant tourbillonner une neige folle autour des gros saules dénudés.

Comme la veille, les habits rouges surgissent à l'improviste, mais cette fois, c'est une bande de paysans écossais qu'ils escortent; il les escortent et avancent prudemment sur le chemin. Les femmes observent le manège par le faible entrebâillement de leur porte. La colonne avance et, à chaque maison, des paysans se détachent de la bande et semblent prendre la clé des champs.

— Tiens, on dirait qu'ils amènent les Écossais itou, dit la vieille Marie Sallé.

C'est à n'y rien comprendre. La vieille tend l'oreille. Une étrange rumeur gronde au loin. La rumeur grandit, s'approche. On voit sortir, des étables du sieur Labatte, des vaches qui beuglent d'épouvante. Du côté des Lavigne, quelqu'un a ouvert la porte de la porcherie et les cochons courent en tous sens en poussant des cris étranglés. Chez les Goulet, des chevaux hennissent et des moutons forment une véritable nébuleuse bêlante devant la porte toute grande ouverte de la grange.

— Mais... c'est le bétail qu'on emmène! dit Perrine.

Le bruit de cette panique animale s'amplifie et grandit au point que les hommes, si enfermés soient-ils à l'intérieur des navires, en perçoivent de faibles échos.

Soudain, comme une goutte d'encre se diluant dans l'eau, Blèche voit monter une colonne de fumée noire derrière le rideau de grésil.

— Le feu! s'écrie-t-il, sautant à terre.

Le feu? Pierre devient tout pâle. Marie-Venance! Les enfants! Il se précipite, suivi de Cajetan Gauterot, de Jacques Poirier et de quelques autres, mais Tobias fait le guet, une botte défiante posée sur le hiloire de l'écoutille.

— *Stay back*, arrière, fait-il, en portant la main à son pistolet.

— Mais monsieur, dit Pierre les yeux hagards, le feu! Il y a le feu! Et les femmes, les enfants...?

— Arrière, *I said*.

D'un coup de botte, le commandant a fait culbuter Pierre et les autres en bas de la descente. Les hommes se relèvent en grognant de rage et de peur.

— Un vrai sauvage, le moustachu.

Blèche tente de rassurer tout le monde.

— C'est peut-être rien qu'une grange qui brûle. Qui sait? un fanal échappé dans le foin sec... Ça arrive. Et puis, le vent est fort...

— Tant que tu voudras... Il pourrait quand même répondre comme du monde, le sauvage.

L'agitation grandit dans l'entrepont. Que se passe-t-il? Qu'attend-on pour faire monter les femmes?

On n'attend rien. Bien au contraire, on se presse; on met les bouchées doubles. Les pillards envahissent toutes les fermes. Ils font sortir les animaux, puis mettent le feu aux bâtiments. Marie-

Venance a vu partir sa noiraude et sa roussette. Elle a vu les flammes sortir du carreau de l'étable. C'est incroyable. Des étrangers charrient à grandes brassées des volailles qui piaillent et se débattent dans un nuage de plumes. Des cris s'échappent des groupes de femmes déjà sorties de leur maison.

— Pirates! Voleurs!

Aucun doute possible, le bétail passe aux mains des paysans écossais. Poings aux hanches et au comble de l'indignation, Perrine Sallé a du mal à se contenir. Elle vient d'apercevoir un paysan qui sort de la cour avec ses deux vaches à elle. Toutes griffes dehors, elle se jette sur le voleur, lui arrache son bonnet et lui tire les cheveux à deux mains.

— Voleur! Voleur! C'est mes vaches.

Habituée aux travaux de la ferme, la fille n'a rien d'une mauviette. Elle a du nerf et du poignet. Elle secoue, comme une guenille, son paysan de malheur qui hurle comme un diable : *Let go! Let go!* La vieille Marie s'agite. Elle ne sait comment faire entendre raison à la bougresse. Elle bat l'air de ses deux bras.

— Perrine! Perrine! supplie-t-elle, reprends tes sens.

Le caporal McGraw accourt et tente, mais en vain, de délivrer le paysan. La fille est déchaînée. Elle crie et pleure de rage. Elle est devenue complètement hystérique. Le sergent Jonathan Briggs accourt à son tour et menace la forcenée de la pointe de son mousquet. Perrine ne sait plus ce qu'elle fait. Le sergent la saisit par le bras, mais, comme une bête féroce, elle lui saute à la figure et attrape une oreille.

— *Help! Help! By Golly! Help!*

— Perrine! Perrine! supplie toujours la vieille Marie.

Le caporal McGraw assène un grand coup de crosse dans les reins de l'hystérique qui roule par terre, mais se relève aussitôt, plus furieuse encore. Elle attrape le mousquet du caporal et tente de le lui arracher des mains. Exaspéré, et ne sachant plus, lui non plus, ce qu'il fait, le caporal lève son arme et tire. Perrine s'effondre aussitôt dans un nuage de poudre et en poussant un râle affreux. Son corps s'est tassé comme un sac vide, la tête à la renverse sur un mince tapis de neige. Des mèches de cheveux, comme de petits serpents noirs, sortent de son bonnet fourré. Les deux militaires ont perdu leur fière allure. Frappés de stupeur, ils haussent les épaules et s'éloignent.

Alertées par le coup de feu, des femmes se sont rapprochées. L'œil vide, Perrine gît au pied de sa mère. Le sang transpire déjà sur son épais corsage. Courbatue, mais étonnamment solide pour son âge, la vieille Marie tente de la ranimer.

— Perrine, mon petit, c'est moi : c'est ta mère. Réponds-moi.

L'œil vide de la fille n'autorise aucun espoir. La Piraude s'approche doucement. Elle pose sa grosse main sur l'épaule de la vieille pour lui signifier que tout est fini. L'œil sec et sans voix, Marie Sallé regarde La Piraude. Le malheur qui la frappe

la dépasse. Des rides profondes sillonnent son visage couleur de cendre. La tache de sang grandit sur
le corsage, et les femmes, figées comme des statues,
regardent, horrifiées, cet œil calme et fixe qui regarde nulle part.

Stoïque, la vieille Marie se penche, prend sa
fille dans ses bras et se dirige, tranquillement, en
direction de l'église.

— Père Daudin... Père Daudin...

Le pasteur n'est plus là. Même qu'on l'a arrêté
depuis plusieurs jours et sans que personne n'en ait
eu connaissance. Marie Sallé a poussé du pied la
petite barrière du cimetière puis, s'est arrêtée, regardant à droite et à gauche.

— Père Daudin... Père Daudin...

La bourrasque étouffe sa voix éteinte. L'église
est vide. Rien ne bouge, sauf la neige qui folâtre en
tous sens. Comme une mère tenant son bébé endor-
mi, la vieille dépose doucement Perrine au milieu
des herbes jaunies, puis, revient vers sa maison en
écrasant une larme du revers de sa veste de laine.

La Piraude ne peut contenir son indignation.
Elle rattrape les militaires.

— C'est un meurtre... Un assassinat, messieurs
les *Goddons*.

Le caporal roule ses épaules de gorille. Il a
l'air d'une bête consciente d'avoir déplu à son maître. Quant au sergent, il a perdu sa belle contenance.

— C'est point ce qu'il a dit, le major, hier,
poursuit La Piraude. Point de mauvais traitements,

qu'elle a dit Sa Majesté... Et si vous me croyez point, allez demander au major.

Le sergent Briggs a un geste de la main qui se veut à la fois, rassurant et empreint de repentir.

— *You're right*, concède-t-il, *you're right*. C'est une erreur... *Awfull mistake...* Un *bad accident*. Le caporal, *I'm sure, didn't mean it...* Voulait pas tuer la fille, *didn't you, corporal?*

Le coupable subit la réprimande de fort mauvaise grâce. Sa tête d'anthropoïde esquisse un léger signe négatif.

— *You see?* Voulait pas tuer la fille. *An awfull mistake, sorry,* répète le sergent d'un air contrit.

L'aveu du militaire désarçonne La Piraude qui accable les malfaiteurs de son franc regard de paysanne. Après un moment, elle détourne la tête et revient vers le groupe des femmes en grommelant :

— Peut-être qu'après tout, c'est vrai que ce gros empoté de caporal voulait point la tuer, la Perrine. Et puis, il faut dire que la Perrine a perdu la tête, et que ces *Goddons*, ils n'ont point inventé la jugeote.

Les femmes ont reçu l'ordre de sortir leurs effets. Marie-Venance n'entend aucunement créer d'ennuis. Elle a déjà chargé la malle de l'ancêtre sur une vieille brouette à fumier et a rejoint la colonne qui défile vers la rivière. La Madeleine à Gédéon semble, elle aussi, toute prête à céder à une crise d'hystérie. Elle s'accroche à la porte de sa maison et résiste aux militaires qui lui intiment l'ordre de prendre ses choses et de joindre le rang.

— J'pars pas; suis née ici, crie-t-elle. On me tuera plutôt.

Marie Sallé s'approche et lui pose maternellement la main sur l'épaule.

— Ça sert à rien, ma fille. Tu vois ce qui est arrivé à Perrine. Crois-moi, vaut mieux choisir de vivre.

L'air effaré, la Madeleine dévisage un moment la vieille de ses grands yeux bistres. Elle semble réaliser soudain la justesse de ce qu'elle vient d'entendre.

— Viens, fait maternellement Marie Sallé. Ça vaut mieux.

Comme une somnambule, la femme rentre dans sa maison, soulève une petite caisse de bois qu'elle s'accroche à la hanche et rejoint les autres. La vieille Marie la suit, traînant son balluchon dans la neige et implorant le ciel de ses yeux flétris.

— Sainte Vierge, murmure-t-elle, vous qui êtes notre mère, je vous en supplie, venez à notre secours...

Les enfants poussent des cris de frayeur; des femmes trébuchent, tombent, et celles qui suivent trébuchent à leur tour et tombent les unes sur les autres. Le visage crispé et hors d'haleine, Marie-Venance pousse sa brouette. Martine et Pouce trottinent à ses côtés. Apeuré, un petit mouton saute hors d'un fourré. Égaré, l'animal gambade en tous sens, ne sachant où aller. Pouce l'aperçoit :

— Mon mouton... Mon mouton...

Le marmot sort du rang pour courir après son mouton. Prise de panique, Marie-Venance laisse tomber les brancards de sa brouette.

— Pouce! Pouce! reviens.

Mais le bambin a déjà disparu derrière une remise. Affolée, Marie-Venance veut courir à sa recherche, mais la crosse du mousquet du sergent Briggs la maintient dans le rang.

— Mais... mon petit garçon!

Ce séducteur de Jonathan esquisse un petit sourire et cligne de l'œil pour la rassurer.

— *Don't worry, my dear*, dit-il, la repoussant vers la brouette, je vais vous ramener le *little boy*.

— Il est parti derrière la remise... Je vais le rattraper... Je reviens tout de suite...

— *Don't worry, I said*. Je vais le rattraper. Je vous le promets... Je vous le promets...

Marie-Venance n'est guère rassurée. Elle a repris les mancherons de la brouette et est rentrée dans le rang tout en regardant en arrière dans l'espoir de voir revenir Pouce. Elle entrevoit Jonathan à travers la cohue. Elle a l'impression qu'il ne se donne pas beaucoup de mal. N'y tenant plus, elle saisit au bras un autre militaire. Elle hésite. Elle est en présence du gorille qui a tué la Perrine à Marie Sallé.

— Mon... mon petit garçon s'est échappé. Laissez-moi... laissez-moi aller le chercher...

Autant s'adresser à un mur. Le gorille ne veut rien entendre. De la crosse de son mousquet, il refoule la femme sans façon. Au comble de l'angoisse, Marie-Venance tente de s'échapper, mais le caporal l'a aussitôt attrapée par le bras.

— *Keep going, by Golly! Keep going!*

De grosses larmes coulent des yeux ahuris de la femme. N'y a-t-il donc que des abrutis dans ce régiment de malheur. Elle se met à crier d'une voix déchirante.

— Pouce! Pouce!

— *Keep going, I said.*

À contrecoeur et aigrie à l'extrême, la pauvre femme a repris les mancherons de la brouette. Le caporal la talonne sans cesse. Elle pleure, elle court, elle suffoque. Martine court à côté et pleure elle aussi. De peine et de misère, Marie-Venance traîne la malle de l'ancêtre sur la gabare qui l'amène à la goélette. Apercevant Pierre, au pied de la descente, elle tomba dans ses bras.

•

— *Come on, lads! Go to it! Go to it, lads!*

Un bras arc-bouté au mât d'artimon et le pied cavalièrement posé sur l'étembrai, Tobias débite une litanie de commandements.

— *Casting off!* À l'appareillage!

La flottille lève l'ancre à l'heure prévue. Le galion qui ramène les habits rouges du gouverneur Shirley a déjà hissé les voiles. Une forte odeur de fumée et de suie flotte dans l'air. Les flammes étirent leurs langues de feu au-dessus de Port-Royal.

— Hardi les gars! Vire au guindeau!

On entend grincer la chaîne et, telle une grosse araignée, l'ancre grimpe le long de l'étrave.

— Ridez les haubans!

Perchés comme de grands corbeaux sur d'invisibles filins, des gabiers s'affairent le long des guis et des vergues.

— Établissez la grand-voile! Hisse le foc!

L'*Helena* se met à grincer de tous ses barrots et glisse doucement hors de la rivière Dauphin, emporté par le vent d'ouest et le clapotis de la baie Française. Au fur et à mesure que la goélette prend de l'erre, Pierre, Poirier, Maurice Coing et les autres éprouvent une étrange sensation de déchirement. C'est comme si la terre natale se décollait de leur peau. Marie-Venance n'arrive plus à contrôler son extrême nervosité. Assis au pied de la descente, Blèche se dépense en explications qu'il s'efforce de rendre convaincantes.

— Puisque je vous dis que ce sont les ordres du gouverneur.

— Le gouverneur... fait Poirier en haussant les épaules. Peut-on se fier vraiment à ce que dit le gouverneur?

— C'était écrit sur le parchemin qu'a lu le major : «Sa Majesté veut que nous soyons bien traités et qu'aucune famille ne soit séparée.»

Poirier éclate :

— Eh ben, tu vois : ma Marie Catherine n'est pas là.

— C'est qu'elle est sur le *Hopson*, avec Pouce.

La tête basse, les épaules affaissées, Marie-Venance se cherche des raisons d'espérer.

— Il avait promis de me le ramener... Il avait promis...

Elle veut croire à tout prix à cette promesse du sergent Briggs. S'il n'a pas réussi à rattraper Pouce, pense-t-elle, c'est qu'il s'est passé quelque chose. Ce sergent est volage, mais il n'a pas l'air méchant.

— Blèche a probablement raison, dit Pierre, cherchant, lui aussi, à se rassurer. Le petit... pour sûr qu'il est dans l'autre bateau. Où veux-tu qu'il soit?

Toutes voiles dehors, le galion et les goélettes descendent, à la file, vers la haute mer. L'entrepont et la cale de l'*Helena* offrent le spectacle d'un épouvantable capharnaüm. Hommes, femmes, enfants, vieillards, infirmes se disputent un petit coin entre les malles, les coffres et les balluchons. De la cale montent de confus murmures. Louison et Janick sont coincés à l'avant, à côté des poulaines. Ils ne disposent que d'un petit coin, tellement petit qu'ils doivent plier les jambes comme des lapins, pour ne pas gêner les autres. Les jeunes poussent des cris d'horreur à la vue des rats qui grouillent dans tous les coins. Une humidité fétide se dégage du vaigrage. La flamme falote des pigoux, loin de dissiper l'obscurité, la rend encore plus opaque.

Comme il sait se débrouiller en anglais, Blèche a droit à l'entrepont, Tobias tenant à l'avoir, tout près, à sa disposition.

Les goélettes voguent maintenant au rythme d'un roulis monotone. De grands nuages traînent dans un ciel d'ardoise. Marie-Venance essaye bien fort de partager l'optimisme de Blèche et de son homme.

— Qui sait? Le sergent l'a peut-être retrouvé après tout.

Mais c'est plus fort qu'elle. L'angoisse la tenaille affreusement. Lourde de fatigue et d'émotions, elle laisse tomber sa tête dans le creux de l'épaule de Pierre, et elle pleure doucement.

— Faut se raisonner, dit l'homme. Le petit ne peut être que dans l'autre bateau. Et puis, dans l'autre bateau, c'est tous des gens que nous connaissons et qui vont en prendre soin.

Tragique, Marie-Venance se redresse.

— Et s'il avait péri dans les flammes, dit-elle. Le feu... il y avait le feu partout... C'était épouvantable!

Pierre la serre fermement contre sa poitrine.

— Tais-toi. Qu'est-que tu vas imaginer encore?

Cette possibilité ne lui était pas venue à l'esprit. Mais voilà qu'elle lui paraît soudain des plus vraisemblables. Les maisons qui brûlent les unes après les autres, les murs qui s'écroulent, les flammèches emportées par le vent, la fumée aveuglante... Par quel miracle un enfant pourrait-il échapper à un enfer pareil?

L'homme est devenu sombre. Ses yeux creux, son visage anguleux et brûlé par l'intempérie reflètent l'angoisse qui le tenaille lui aussi. C'est vrai, pense-t-il, avec un branle-bas pareil, un accident est vite arrivé. Cerné par les flammes, le petit aura perdu son chemin et il aura suffoqué dans la fumée. L'homme est soudain pris de vertige. Un affreux pressentiment l'incite à croire que son fils est mort, et les sanglots de Marie-Venance sur son épaule viennent accréditer cette épouvantable appréhension.

Le lourd silence qui règne dans l'entrepont n'est troublé que par les vagissements incessants du poupon des Gauterot; ces derniers ne savent que faire pour le calmer. Le père Majorique grogne dans son coin :

— Nos maisons et nos bâtiments brûlés... les aboiteaux démolis... nos vieux saules en cendres... c'est la fin du monde!

D'une voix chevrotante où se devinent la colère et la détresse, Pierre fait écho à ces sombres propos :

— Ils peuvent brûler notre village...; ils peuvent briser nos familles, mais la terre, ils peuvent pas la détruire, la terre; ils peuvent pas l'emporter. Elle sera toujours là, la terre, et nous reviendrons la reprendre.

— Bien parlé, Pierre, bien parlé, dit le père Majorique en écrasant une larme au coin de l'œil.

D'une voix étouffée, Cajetan fredonne une vague cantilène, mais le bébé ne se calme guère. L'affreuse balafre mauve à la joue de son père n'a sûrement rien pour rassurer le poupon.

Les dernières lueurs du jour s'estompent à l'horizon. Tobias fait amener le taud sur l'écoutille et une bande de mousses font irruption dans l'entre-pont. Les uns fichent des pigoux aux épontilles, les autres se mettent à distribuer écuelles et cuillères, tandis que deux matelots sortent de la maïence, chargés d'un gros chaudron de fayots fumants. Un gabier grognard se met à distribuer les portions; un autre suit avec son corbeillon de biscuits.

La goélette égrène ses sourds craquements. Que les heures sont longues! Aux demies, l'homme de barre renverse le sablier et sonne sa cloche, ce qui inspire Maurice Coing.

— Si on allongeait les jambes, à tour de rôle, chaque fois que la cloche sonne...?

Personne n'y vit d'objection et le tintement de la cloche devint le signal le plus attendu des accroupis de l'entrepont et, surtout, de ceux de la cale qui, en plus de l'exiguïté de l'espace avaient à contrebalancer la concavité de la coque.

•

Le jour se leva derrière d'épais bouchons de brume. Les trois navires avaient perdu leur fière allure. Le vent était tombé et la mer était plate. Debout sur la dunette, Tobias consulte le ciel : temps pourri. Il s'approche du pavois pour examiner la surface de la mer.

— *Hell!* marmonne-t-il, *what rotten luck!* Cette maudite mélasse va ronger tous nos profits.

Mains au dos et à pas comptés, il traverse le pont et se dirige vers l'étrave. Au loin, et comme suspendu dans le vide, le galion des militaires étire ses vergues nues dans un ciel laiteux.

— *They don't give a damn*, eux autres, les *lobster backs*, murmure-t-il. Que le voyage dure une semaine ou un mois, la solde reste garantie.

Tobias se trompe. Un *lobster back* au moins se fait du mauvais sang à bord du galion.

Dans la cabane des officiers, le capitaine Matthews et le sergent Briggs bavardent autour d'une tasse de thé. Accoudé à la table, et le menton mollement appuyé sur la paume de la main, le sergent est d'humeur chagrine.

— *Infamous, I tell you, infamous*, répète-t-il. Un soldat de Sa Majesté? Tuer froidement une fille sans défense?

Le capitaine pose gentiment la main sur le bras de son compagnon.

— *Now, now...*, fait-il d'une voix paterne, vous l'avez dit vous même, sergent, cette fille était atteinte d'une fureur hystérique. Elle a même failli vous arracher l'oreille.

Ce rappel de l'événement n'a pas l'heur de rassurer le sergent.

— Ce n'est pas une excuse, dit-il. Nous sommes des soldats, *by Golly!* Et non une bande de tueurs!

Le capitaine Matthews se rend compte qu'il vaut mieux ne pas trop contrarier ce brave Jonathan. À petites gorgées, il sirote son thé. Après un long silence, il pose délicatement sa tasse sur la table.

— *All right*, ce n'était pas une chose à faire. *I agree. But*, je vous trouve bien indulgent pour ces gens. *Remember*, nous sommes dans une situation difficile. Il faut toujours être sur ses gardes avec ce genre de fanatiques. Et puis, dans l'énervement, le caporal aura perdu la tête.

Jonathan eut un haut-le-corps.

— Un soldat britannique ne doit jamais perdre la tête, dit-il, sentencieux.

Un sourire désabusé effleure les moustaches du capitaine, ce qui irrite Jonathan.

— Et alors? s'empresse-t-il d'enchaîner, ces gens brutalement dépossédés de leurs biens n'ont-ils pas encore plus raison de perdre la tête?

Le sourire du capitaine se crispe.

— *Sergeant*, dit-il froidement. Permettez-moi de vous rappeler tout de même certains faits. Ces gens ne sont pas les pauvres innocents que vous croyez. Vous devriez entendre ce que raconte Son Excellence le gouverneur de la Province de Nouvelle-Écosse à leur sujet.

Jonathan relève un sourcil défiant.

— Leurs ancêtres, poursuit le capitaine, ont prêté le serment d'allégeance à Sa Majesté; *very well*. Mais eux, ils continuent de se conduire en ennemis à l'endroit de l'Empire. Ils vivent sur nos terres, mais font de l'espionnage au profit des suppôts de la France. Ils envoient les Micmacs et les Souriquois massacrer nos femmes et brûler nos éta-

blissements. Je suis d'accord avec le gouverneur :
«Le seul moyen d'avoir la paix en Nouvelle-Écosse
est d'extirper ces chiens.» *His own words!*

— *His Excellency* a raison, bien sûr, rétorque
Jonathan, furieux. Mais c'est aux chiens qu'il faut
s'en prendre... aux vrais : ceux de Québec... ceux de
Louisbourg... et non à de pauvres paysans sans défense.

Un gros rire secoue les épaules du capitaine
Matthews.

— *Well, I'll be damn*, fait-il, en s'administrant
une grande tape sur le genou. Ma parole, sergent,
vous devriez joindre les rangs des soi-disant Fils de
la liberté.

Le capitaine se lève et met la main sur l'épaule
de Jonathan.

— *Cheer up, young man*, lui dit-il, et oubliez
cette sale histoire.

Les deux hommes sortent en silence de la cabane. Du gaillard arrière, ils entrevoient les deux
goélettes immobiles sur une mer d'huile.

— *Oh dear! Oh! dear!* dit le capitaine
Matthews, nous n'irons pas loin à cette allure.

Le vent se fit attendre durant plusieurs jours.
Les malheureux enfermés dans les goélettes se lan-
guissaient à ne pas savoir au juste ce qui se passait.
Leur principale préoccupation était de combattre
l'engourdissement des membres et le froid. Les
mâts et la coque de l'*Helena* avaient cessé de grincer. Les navires semblaient enlisés dans une masse
de plomb. Tobias avait les nerfs à fleur de peau.

— C'est un désastre, fulmine-t-il. Cette aventure va nous ruiner tous.

•

Le matin du douzième jour en mer, grand branle-bas sur le pont. L'équipage jubile; l'eau noire annonce un vent du nord des plus attendus. Manœuvres fébriles. L'euphorie de la bigaille gagne bientôt l'entrepont et la cale.

— Holà! vous autres : bonne nouvelle, s'écria Blèche. Le vent lève! La mer se réveille!

Tobias s'agite comme un soudard en goguette.

— *Cram on all sails,* hurle-t-il.

Dans les mâts, sur la hune, aux boulines, partout, les matelots hissent, amènent et halent avec ardeur. Peu à peu, le navire retrouve son impassible roulis; les mâts et les baux font de nouveaux entendre leurs grincements.

Tout l'après-midi, une belle brise chassa gentiment le voilier qui, comme un grand goéland, se balançait sur le friselis de la mer. Les chants des matelots sur le pont et l'euphorie générale font un moment oublier le deuil et le froid. L'étrave de l'*Helena* coupe allègrement la lame bleue. La jolie brise se love dans la livarde d'artimon; les huniers bombent leur torse de chanvre gris. Tout va pour le mieux dans la meilleure des mers.

C'était trop beau pour durer.

Le vent se mit à descendre; le friselis se transforma en clapotis. Un nuage grivelé venait de poin-

dre au levant. Accoudé à la lisse et l'œil appré-
hensif, Tobias scrutait tous les coins du firmament.
À ses côtés, le maître faisait la moue et hochait la
tête.

— *For heaven's sake,* fit Tobias revenant à la
barre, un coup de torchon qui s'annonce.

Par prudence, le maître fait aussitôt carguer les
perroquets, mais la situation se met à évoluer à vue
d'œil.

La nuit commence à tomber; le vent forcit.
Accrochés aux cornes et aux vergues, les gabiers
luttent de toutes leurs forces contre ses assauts. Sur
le pont, des hale-bouline maigrichons se tiennent
prêts à filer les écoutes. Comme des dragons écumants, les lames se brisent contre la coque du navire. À travers le fracas grandissant, on entend les
commandements assourdis du maître.

— Hisse! Amène la grand-voile! Rentre le
foc!

Le grand nuage couleur d'encre a maintenant
envahi le ciel. Le nez au bord de l'écoutille, Blèche
guette les événements.

— Mon Dieu! s'écrie Marie-Venance, une
tempête!

Blèche descend de son perchoir pour la rassurer.

— Non, non, dit-il, rien qu'un coup de torchon, a dit le commandant. Et un coup de torchon,
ça s'apaise tout de suite.

Loin de s'apaiser, le coup de torchon amena le
gros temps, puis la tempête. La mâture de l'*Helena*

oscillait de l'accent grave à l'accent aigu. La rafale crachait des bouchons de pluie et de neige. L'étambrai des mâts grinçait à tout rompre au rythme du bourlingage. La goélette levait à la lame, puis canardait à une allure vertigineuse. Comme des monstres bondissants, des paquets de mer s'abattaient drus sur le pont, et l'eau débordait les dalots et les hiloires. Ruisselant, et la moustache affaissée, Tobias se cramponnait à la barre afin de ne pas être projeté contre le pavois. Chaque fois que la goélette s'abîmait au creux d'une lame, elle semblait sur le point de donner de la bande. Elle ballottait, comme une écale de noix, sur la mer en courroux. Impossible d'en orienter ou modérer le cours.

Désemparé, le pilote se penche au-dessus d'un compas affolé. Le feu de la chandelle papillote sous la verrine. La rafale forcit sans cesse. Les lames se précipitent à un rythme dru et tossent dur. Comment, dans ces conditions, évaluer la déchéance à vau le vent? Comment tenir compte des cinglages? Où fixer l'estime sur la carte? Plus question de s'en remettre aux amers. Le pauvre pilote ne sait vraiment plus où donner de la tête. Cramponné à sa table, le gouverneur regarde la poudre d'escalles qui fuit, à une lenteur désespérante, dans le sablier. Ah! ce qu'il donnerait pour que cette mauvaise demi-heure soit du passé!

La pluie tombe comme des clous sur le pont. Conscient du fait que sa goélette n'est pas exempt de certains écliages ou craqures, Tobias craint le pire. Si la tempête se prolonge, pense-t-il, il va falloir étancher la cale. Il prend un falot, et, de peine et de misère, parvient à l'écoutille, soulève le taud et descend dans l'entrepont.

Effroyable vision dantesque! Des femmes crient; d'autres récitent le chapelet, tout en versant des larmes de frayeur; les enfants pleurent; des grappes humaines s'agrippent aux mâts et aux épontilles; les hommes n'ont pas assez de mains pour retenir les malles, les caisses et les barriques qui menacent de culbuter en tous sens. Atteinte du mal de mer, Marie Sallé rampe péniblement à travers la cohue en vue d'atteindre les poulaines qui sont déjà assiégées par d'autres malades. D'un coin sombre, proviennent les gémissements du vieux Chouteau. Le malheureux se lamente, et La Piraude ne sait que faire pour le soulager. Du fond de la cale, Louison gueule comme un putois.

— Au secours! hurle-t-il sans arrêt. Il fait eau par toutes les coutures, ce maudit mouille-cul.

Mais le fouet de l'embrun sur la coque, s'ajoutant aux pleurs et aux lamentations des femmes empêchent ses cris de parvenir à l'entrepont.

— *Don't be afraid*, lance Tobias, du haut de l'écoutille. *Don't be afraid; we'll make it.*

Élevant son falot, il procède à un examen sommaire du bordé. Il voit tout de suite qu'il n'y a pas une minute à perdre. Les coutures crachent leurs étoupes et les ais font eau comme un panier à l'encoignure des baux. L'eau monte dans la cale et s'accumule dans les soutes. Détresse extrême. Les jeunes pataugent désespérément dans l'eau glacée et des rats morts flottent tout autour. Nerveux, Tobias saisit Blèche par le bras.

— *Hurry, young lad*, lui dit-il, dis à tes amis qu'il faut de l'aide. Les pompes ne suffiront pas.

Il donne l'ordre d'allumer les pigoux, fait distribuer tous les seillots et moques disponibles, puis, remonte sur le pont en titubant. Avec l'ardeur du désespoir, les matelots gréent les pompes, tandis que les hommes et les femmes en mesure de prêter main forte forment une chaîne. Du fond de la cale au pavois, les seillots ballottent de mains à mains. Munis d'une guignette et de quenouillons d'étoupe, Pierre et Jacques Poirier ont entrepris de calfater les coutures du bordé. L'eau ruisselle des mèches de leurs cheveux, et ils ont du mal à se maintenir en équilibre.

Soudain, un bruit d'enfer se fait entendre. C'est le haut du mât de misaine qui vient de plonger à la mer avec ses vergues et ses espars. Tremblant de tous leurs membres, les femmes récitent le chapelet avec encore plus de ferveur, tout en aidant à passer les seillots et les moques qu'un roulis infernal fait se déverser en tous sens.

Dans la cale, avec de l'eau aux chevilles, Louison et Janick se morfondent à étancher l'eau et ils ont l'impression que plus ils étanchent, plus il en vient. Louison rassemble les jeunes de sa bande.

— On s'essouffle pour rien, dit-il. L'eau monte toujours. Les pompes sont engorgées.

Presque à chaque coup de moque, on attrape un rat noyé. Exaspéré, Louison décide d'abandonner la partie.

— Tant qu'à crever comme des rats, vocifère-t-il, aussi bien risquer le tout pour le tout. C'est le moment d'agir ou jamais. Allons-y. Viens, Janick. Venez, vous autres.

Comme un fou, il se fraye brutalement un passage jusqu'à l'entrepont, puis, à quatre pattes, gagne le pont, suivi de Janick et cinq ou six complices. La chaîne des seillots s'est trouvée interrompue. La Piraude fronce les sourcils. Elle vient d'entrevoir Louison et sa bande qui escaladent la descente à une allure qui ne lui inspire rien de bon.

— Louison, crie-t-elle, qu'est-ce qui te prend? Où vas-tu?

La tourmente couvre ses cris. La narine haletante, l'œil creux, Louison sent qu'il n'y a plus rien à son épreuve. Il va enfin, pouvoir mettre son plan à exécution. Les traits crispés et l'air résolu, Janick et d'autres jeunes l'ont suivi. L'*Helena* bascule dangereusement de bâbord à tribord, de l'étrave à l'étambot. Le feu du fanal de bord projette un reflet visqueux sur le plancher écumant du pont. Le dos rond, dans son vaste ciré noir, et coiffé de son suroît, Tobias a l'air d'un oiseau maléfique, embusqué derrière le mât d'artimon. Il semble dépassé par les événements. Le maître a lié le gouvernail et le voilier vogue au gré des éléments en furie.

Comme des chiens qui flairent le gibier, Louison et Janick rampent le long du pavois, tandis que les jeunes vont, selon les instructions de leurs aînés, se poster près du grand mât, prêts à paralyser les gestes du premier gabier qui se présentera. Estomaqués, des hommes de l'entrepont cherchent à savoir ce qui se passe, mais l'obscurité quasi totale et le bruit assourdissant de la tempête les en empêchent.

Ayant atteint la rampe du gaillard, Louison se glisse derrière Tobias et le saisit par les épaules. Aidé de Janick, il le désarme, le ligote solidement puis l'attache à un gros tonneau. Tobias veut crier, bien sûr, mais on le bâillonne aussitôt avec un gros cordage. Les yeux désorbités du malheureux commandant dévisagent les assaillants.

— Si tu fais le malcommode, dit Louison, on te sacre à la mer, toi et ton tonneau.

Se démenant comme un diable, Tobias cherche à se dégager, mais Janick l'immobilise en lui tenant un couteau à la gorge. Le pont est désert. Enveloppés d'une toile goudronnée, des gabiers subissent stoïquement les ardeurs de la tempête au pied de ce qui reste du mât de misaine. Ayant aperçu la tête de Pierre, puis celle de Poirier et de quelques autres qui émergent de l'écoutille, un des jeunes s'approche.

— Hé! vous autres, fait-il, hors d'haleine, le Louison, il a pris le commandement. On retourne chez nous.

— Quoi?

Pierre et Poirier ont aussitôt sauté sur le pont. Cramponnés au pavois, ils avancent de quelques pas.

Tout à coup, stupeur : ils aperçoivent Tobias ligoté à un tonneau et Louison qui s'affaire fébrilement autour de la barre. Pierre se précipite et le saisit par le bras.

— Es-tu devenu fou? Qu'est-ce qui te prend?

Hérissé comme une bête féroce, Louison échappe à la poigne de Pierre.

— Lâche-moi, fait-il, terrible. Dès que la tempête s'apaise, je lofe et je gagne Louisbourg.

Ébahis, Pierre et Poirier réalisent tout de suite que Louison avait un plan bien arrêté en tête. Pierre voit immédiatement ce qu'a d'illusoire ce rêve insensé. Il sent soudain le sang bouillir dans ses veines et devient hérissé et terrible à son tour. Il saisit de nouveau Louison par le bras.

— Ah! tu lofes? dit-il. Tu penses que Louisbourg va risquer d'avoir des ennuis pour nos beaux yeux?

Louison joue violemment du coude pour se dégager. De sa main gauche, il tire le pistolet qu'il avait piqué dans sa ceinture.

— Lâche-moi, dit-il, ou je tire.

Pierre aussitôt lui barre le bras dans le dos et Poirier lui saisit le poignet qu'il tord avec une telle force que l'arme tombe sur le pont.

— Ah! c'est comme ça? dit Poirier. Tu décides sans consulter personne?

Si costaud que soit Louison, il sent bien qu'il n'échappera pas à la poigne de fer des deux hommes. Il devient soudain doux comme un agneau. Son visage ruisselant de pluie se fait suppliant.

— Écoutez, dit-il, on est en train de périr. Courons notre chance.

— Courir notre chance? dit Pierre. Mais, mon pauvre vieux, tu risques autant de périr en gagnant Louisbourg qu'en continuant vers le sud. Et puis, les gardes, les gabiers, l'équipage, penses-tu que tout ce monde-là va se mettre docilement sous ton commandement?

Louison se met à gueuler à tue-tête les arguments qu'il avait sans doute mijotés dans l'enfer de la cale.

— Suffit de se donner la main, *jarnigué!* et on va leur régler leur compte aux gardes et à l'équipage.

Pierre barre encore plus fort le bras du malheureux garçon.

— Et l'autre bateau? Est-ce qu'il va lofer et gagner Louisbourg lui itou?

Visiblement, Louison ne comprend rien à l'attitude de ses tortionnaires.

— Tu y as pensé, à l'autre bateau? insiste Pierre. T'as pensé à ceux qui ont des parents sur l'autre bateau? Moi, j'ai mon petit gars, dans l'autre bateau, et j'ai pas envie de l'abandonner à son sort.

— Et moi, j'abandonnerai pas ma Marie-Catherine, fait Poirier en écho.

Louison baisse la tête. Il n'avait évidemment pas pensé à tout cela.

— Lâchez-moi, dit-il d'une voix brisée, j'avais cru que tout le monde approuverait mon idée.

Entre-temps, Maurice Coing et Cajetan Gaute-rot avaient écarté Janick et libéré Tobias. Pas très braves, et gênés par les secousses de la tempête, les jeunes n'osèrent pas refouler les gabiers lors-qu'ils accoururent, alertés par les éclats de voix. Il choisirent plutôt de ramper dans l'ombre vers l'écoutille et de redescendre piteusement dans la cale.

Pierre ramassa le pistolet et le remit à Tobias. Humilié et les traits tirés par la colère, ce dernier fit signe aux hommes de regagner l'entrepont, mais mit aux arrêts Louison et Janick.

Au milieu de la nuit, la mer se fit progressi-vement douce et bonne. Tobias arpenta le pont tout en examinant le ciel. La brume s'était dissipée; on entrevoyait même une étoile falote à travers les lambeaux de nuages. Grinçante et vermoulue, la goélette dresse ses mâts et sa voilure mutilés au milieu de l'immensité noire.

Tôt le matin, Marie-Venance s'éveille en sur-saut. Le calme et la quasi-immobilité du bateau l'impressionnent. «Tiens, comme c'est curieux, pense-t-elle, le vieux Chouteau a fini par s'endor-mir, et même que le bébé de Barbe s'est tranquil-lisé.»

Si les yeux de la jeune femme avaient pu percer l'obscurité, ils auraient pu constater que tout le monde dormait, sauf La Piraude, le père Antonin et les époux Gauterot. Muets et écrasés de fatigue, les quatre laissent errer dans l'ombre de grands yeux las.

Pourtant prompte à secourir et à soulager les autres, La Piraude a perdu toute son énergie. Elle est affaissée comme un vieux sac. L'œil poisseux, elle récapitule dans sa tête les événements de la nuit. L'angoisse lui fait un nœud dans la poitrine. Elle s'inquiète de ne pas savoir ce qu'il advient de Louison.

Tout aussi désemparée que La Piraude, Barbe a les yeux hagards d'une femme qui aurait perdu la raison. Assise sur les talons, et les mains jointes sur les genoux, elle se balance légèrement, à la manière des vieilles dévotes. Une idée l'obsède : celle de ne rien laisser paraître du grand malheur qui vient de les frapper, tous les deux, elle et Cajetan. Durant la tempête, alors que le navire menaçait de chavirer et que tout le monde criait et pleurait, son bébé est mort dans ses bras. Elle a senti tout à coup se détendre ses petits membres. Folle de douleur et prise de panique, elle a glissé le petit cadavre dans une taie d'oreiller et l'a caché dans un coqueron. Pleurant dans le creux de l'épaule de son homme, elle ne cessait de crier et de se lamenter.

Mais la tempête étouffait ses cris. Cajetan ne savait que faire pour la calmer. Jusqu'au matin, il ne put que cajoler, de sa main maladroite, les épais cheveux roux de la malheureuse.

Quant au père Antonin, il s'était mis à tempêter dès qu'il apprit que son Janick et une bande de jeunes écervelés avaient tenté de prendre le commandement de l'*Helena*. Le bonhomme n'arrivait pas à comprendre comment son fils avait pu croire qu'un coup de tête aussi insensé aurait pu réussir. Il se tordait d'inquiétude, car il savait bien, lui, ancien marin, que la mer a des lois terribles et inexorables.

Une aube ouatée finit par empourprer l'horizon. Sans faire de bruit, Blèche repoussa le taud. Un fin courant d'air salin éveilla l'odeur fétide de la cale et de l'entrepont. Caressée par les premières lueurs matinales, la voilure claquait dans le ciel blême. Comme des spectres surgissant du néant, les dormeurs, l'un après l'autre, se dressèrent sur un coude afin d'attraper une bouffée d'air frais.

Une activité fébrile régnait déjà sur le pont. Des cris et des éclats de voix dominaient le clapot de la mer. Soudain, un bruit sec et insolite perça l'air. Plusieurs têtes se dressèrent.

— On a tiré, dit Pierre.

Encore mal éveillés, les exilés s'interrogeaient du regard.

— Qu'est-ce que c'est?

— C'est sûrement un coup de feu, dit Blèche qui, tel un oiselet au bord du nid, allongeait le cou hors de l'écoutille.

Le va-et-vient et les éclats de voix devinrent plus intenses. En proie à la plus vive inquiétude, La Piraude eut un pressentiment et joignit fermement les mains sur sa bouche. Les yeux rougis, les sourcils crispés, le front buriné de rides profondes, elle s'est dressée, toute droite, sur ses genoux.

— Mon Dieu, dit-elle, un coup de mousqueton! Je l'avons entendu. C'est un coup de mousqueton! Non, non, ils peuvent point faire ça!

Tout aussi alarmé que La Piraude, Antonin donna libre cours à son indignation et à sa douleur.

— Ils vont les tuer, tous les deux, s'écria-t-il. Ils ont pas le droit! C'est point des matelots; c'est rien que des prisonniers! Ils ont pas le droit!

Personne ne doutait qu'il se passait des choses graves sur le pont. Blèche avait beau s'étirer le cou, son champ de vision ne lui révélait rien d'insolite. L'action semblait se passer quelque part, à l'arrière du grand mât. Tout à coup, un cri déchirant et prolongé fendit l'air. Aucun doute possible, on soumettait les mutins à la torture.

— Ils ont pas le droit! répétait Antonin, écumant d'indignation.

Les cris se prolongèrent un bon moment, puis ce fut le silence : un silence lourd d'appréhension et de mystère. Blèche entendit des pas s'approcher. Il sauta, comme un chat, en bas de la descente. Tobias, d'un coup de pied, envoya voler le taud et descendit dans l'entrepont, précédé de Janick qui grimaçait affreusement en serrant sur sa poitrine une main ensanglantée. Le pistolet encore fumant, et le poing sur la hanche, Tobias n'eut guère à expliquer longuement ce qui venait de ce passer.

— *I told you*, dit-il. S'il y en a un qui veut encore s'essayer, il subira le même sort. *Understand?*

Il rengaina son arme et remonta sur le pont.

— Et Louison? cria La Piraude, le visage en détresse. Qu'avez-vous fait de mon Louison?

Ce qu'on en avait fait? Il avait encouru le châtiment réservé aux gens de mer coupables de mutinerie. Les mains liées au dos, les yeux bandés, il avait comparu devant le commandant, lequel avait, tout simplement, braqué son pistolet sur sa nuque et avait pressé sur la gâchette. Des gabiers avaient ensuite ramassé son corps et l'avaient balancé pardessus bord.

Pour ce qui est de Janick, on ne l'avait pas considéré comme l'instigateur de la mutinerie, mais il avait tout de même tenu le commandant en respect avec son couteau. Il lui fut appliqué le châtiment réservé à quiconque tire un couteau en mer. On lui attacha une main au dos et on lui cloua l'autre au grand mât avec son couteau. On le laissa dans cette position jusqu'à ce qu'il parvienne à se dégager lui-même.

Aux tourments de l'angoisse, se mêlaient, chez La Piraude, des sentiments de révolte. Elle avait la conviction que, si elle avait pu voir le commandant, elle aurait trouvé les mots qu'il fallait; les mots qui l'auraient incité à épargner son fils unique.

— C'est votre faute, murmura-t-elle. Vous auriez dû le laisser faire. J'connaissons ben mon Louison. S'il avait son plan, il aurait réussi...

La pauvre femme aurait voulu ne pas pleurer, mais c'était plus fort qu'elle. Ses yeux aigris roulaient dans l'eau. Pierre comprit tout de suite que les reproches de la malheureuse s'adressaient à lui, à Poirier et aux autres.

— Il lui aurait réglé son compte, au Tobias, mon Louison, continua la bonne femme. Il connaît la mer. Il nous aurait ramené en Acadie... Et puis, qu'est-ce qu'on a à perdre, hein?

— Tout à perdre, hasarda Pierre d'une voix voilée. Tout à perdre, et rien à gagner.

La Piraude reniflait et refoulait ses larmes du mieux qu'elle pouvait. Elle aurait voulu donner encore libre cours à sa rancœur, mais les mots restaient coincés dans sa gorge. Poirier tenta d'arranger les choses.

— Louison n'aurait pas pu changer le cap durant la tempête, dit-il. Et après la tempête, il lui aurait fallu tuer tout le monde : le commandant, les gardes, les gabiers...

On entendait suffoquer la pauvre femme.

— «Nous ramener en Acadie...?», fit Pierre avec dérision. Il ne reste plus que des cendres à Port-Royal... Des cendres et des soldats armés jusqu'aux dents. Quant à Louisbourg, où nous aurait-on cachés? Et au risque de quelles représailles?

La plupart des exilés se rendaient volontiers à ces arguments.

— Et puis, poursuivit Pierre, sur la côte, tout autour, il y a les Bostonais qui guettent et qui n'auraient pas manqué de nous abattre si jamais on avait essayé d'accoster.

C'était l'évidence même. Plusieurs opinaient du bonnet. De son côté, le père Antonin n'en démordait pas.

— N'empêche, répétait-il, que Tobias est un assassin. Je connais les lois de la mer; il n'a pas le droit de tuer un prisonnier. Louison était un prisonnier, comme tous nous autres.

— Il n'avait pas le droit, convint Pierre, mais c'est quand même lui le seul maître à bord. Et nous? Avons-nous le droit de tuer? Il aurait fallu tuer pas mal de monde avant de pouvoir mettre le cap sur Louisbourg.

Pierre commençait à s'échauffer.

— L'important, pour tous nous autres, c'est de rester en vie, et de retrouver nos enfants et nos proches à la fin du voyage.

C'était, évidemment, l'argument majeur. Des murmures d'approbation se firent entendre. La Piraude s'efforçait de maîtriser ses nerfs; elle épongeait énergiquement ses larmes du revers de ses grosses mains. Le long et pénible silence qui suivit prit brusquement fin avec les cris déchirants de Barbe Gauterot. Un matelot venait de trouver le cadavre de son bébé dans le coqueron.

— Il est à moi, criait-elle. Rendez-moi mon enfant.

Stupéfait, le matelot examinait le petit paquet de chair au fond de la taie d'oreiller.

— *But, the child is dead!*

Agrippée comme un chat féroce à une manche du ciré du matelot, Barbe poussait des cris à fendre l'air.

— C'est mon enfant; rendez-le-moi!

Le matelot le lui rendit et, en vitesse, remonta sur le pont. Aussitôt, Blèche grimpa, lui aussi, la descente et fit face à un Tobias qui était encore sous l'effet des émotions qu'il venait de subir. Il tira son pistolet.

— *Stand back*, dit-il, pointant son pistolet. *What's the big idea?*

Blèche s'immobilisa, figé par la peur.

— Euh... bafouilla-t-il, *a sad event*. Un bébé est mort durant la tempête.

— Ho! Ho! fit Tobias, rengainant son pétard.

L'homme se mit à réfléchir tout en tournant en rond. Après un moment, il revint se planter devant Blèche, mains au dos.

— *Well*, dit-il, il n'y a qu'une chose à faire : l'immersion. C'est le règlement.

Blèche fit une affreuse grimace. Certes, il savait qu'on immergeait les morts en mer, mais il eut tout de suite le sentiment que la mère de l'enfant ne l'entendait pas de cette oreille. Aussi, il ne se sentait pas le courage de transmettre au couple éprouvé les ordres du commandant.

— Le corps à la mer? dit Blèche, perplexe. Ne pourrait-on pas l'enterrer là-bas, au bout du voyage?

Le commandant arrondit ses petits yeux de clown, et sa moustache d'Artagnan eut un frémissement.

— Au bout du voyage? En Caroline?

Le commandant venait sans doute de révéler par mégarde la destination de l'*Helena*.

— En Caroline? fit Blèche en écho.

Tobias se montrait terriblement contrarié.

— *Yes, in Carolina... and by Gosh!* on y arrivera jamais si ça continue. Trente lieues seulement en dix jours.

— Bon, bon... fit Blèche, cherchant ses mots. Il reste que... il reste que c'est vous le commandant.

— *So what?*

— Eh bah... c'est vous qui devriez aller annoncer la chose à la pauvre femme.

Tobias avait les yeux de plus en plus désorbités.

— *What?* fit-il avec une méchante moue. Qui est l'interprète à bord, hein? Toi ou moi? Va, obéis aux ordres.

Piteux, Blèche redescendit dans l'entrepont et s'accroupit sur la dernière marche.

— En Caroline! balbutia-t-il.

— Qu'est-ce qui se passe? dit Pierre.

Pour toute réponse, Blèche ne put que branler tristement la tête et, la mine contrefaite, entreprit d'atteindre le couple Gauterot au fond de l'entrepôt.

Barbe fit une crise de nerfs dès que Blèche eut achevé de bafouiller les ordres du commandant.

— Jeter à la mer? fit-elle, suffoquant d'horreur. Jeter mon enfant à la mer?

Blèche avait beau expliquer que c'était le règlement, que c'était pour écarter les dangers de contagion, la malheureuse ne voulait rien entendre. Le père Antonin s'associa à sa révolte.

— Contagion... fit-il, haussant les épaules. Il nous prend-y pour des poires, le commandant? Dans les mers du sud, je comprendrais. Mais ici, dans le nord, où même les vivants sont en danger de geler tout rond? Danger de contagion?

Blèche haussa à son tour les épaules.

— Justement, dit-il, c'est au sud que nous naviguons. En Caroline, qu'il a dit, le commandant.

— Euh... en Caroline? C'est où, en Caroline?

— Sais pas, dit Blèche, mais... m'est avis que c'est loin.

— En tout cas, il dérange personne, ce petit. Il est gelé comme un glaçon.

Il ne fut pas facile de détourner Barbe du dessein qu'elle avait d'enterrer son bébé au terme du voyage... à un endroit, répétait-elle, où elle saurait où il est. La vieille Marie Sallé s'approcha et lui mit la main sur l'épaule.

— Ma pauvre enfant, lui dit-elle, c'est à cause du froid et de la tempête que ton petit est mort. Il était malade, tu sais; il pleurait tout le temps. Crois-en une vieille comme moi, c'est mieux comme ça. Et puis, vous avez de la chance, vous deux, vous êtes jeunes; vous pouvez vous en faire un autre, tandis que moi et La Piraude, nous voilà vieilles et tout seules, astheure. Moi, ils m'ont tué ma Perrine, et La Piraude, son Louison. Il ne reste plus personne pour nous enterrer.

La Piraude sortit de son mutisme.

— Plus personne... fit-elle en écho.

Elle refoulait ses sanglots, ce qui faisait sauter ses grosses épaules.

— Crever, dit-elle, se parlant à elle-même, oui, crever comme Louison... comme le vieux

Chouteau : ce serait ce qui pourrait m'arriver de mieux...

Un remous se produisit dans l'entrepont.

— Le vieux Chouteau...? Le vieux Chouteau est mort?

— Au bout de son sang, expliqua Majorique. Un tonneau lui a fracassé les jambes durant la tempête.

Apprendre, coup sur coup, que la nuit épouvantable qu'on venait de passer avait coûté la vie à Louison, au poupon des Gauterot et au vieux Chouteau ajouta au climat de chambre mortuaire qui régnait dans l'entrepont et la cale de l'*Helena*.

Prévenu de la mort du vieux et de la crise qu'avait faite Barbe, Tobias eut le tact de ne pas précipiter les choses. Ce n'est qu'à la tombée du jour que des matelots descendirent pour enlever les corps. Ils enroulèrent dans une bâche celui du vieux Chouteau, mais Barbe refusa de se départir du petit cadavre. Impassible comme une vestale, elle porta son enfant dans ses bras jusque sur le pont. Elle avait tellement pleuré, qu'il ne lui restait plus de larmes à verser. Ses yeux d'oiseau blessé faisaient deux trous d'ombre dans son visage fauve. Elle et Cajetan, suivis de La Piraude, de Marie Sallé, de Marie-Venance et de Pierre, du père Antonin et de Bertine, de Poirier, de Maurice Coing et des autres, avaient monté gravement la descente. Le pitoyable cortège fit cercle autour de la planche à bascule appuyée au pavois de bâbord. Tobias se tenait, droit et solennel, à côté de la planche, le bonnet à la main. Les matelots glissèrent le petit cadavre dans la bâche, à côté de celui du père Chouteau, et attachèrent un boulet de canon au bout du lugubre sac. Le visage blême et les yeux affreusement cernés des femmes, les barbes longues et le masque tragique des hommes faisaient peur à voir. Tobias esquissa un vague signe de croix.

— *Will anyone say a prayer?* dit-il.

Après un silence, Blèche commença à réciter le *Notre Père.* L'assistance enchaîna avec ardeur. Les larmes coulaient sur les grosses joues de La Piraude. La prière achevée, les matelots firent basculer lentement la planche, et la bâche s'abîma dans l'eau noire avec un flouc lugubre.

Tête basse, les exilés regagnèrent l'entrepont où ils retrouvèrent le froid et les odeurs d'urine et de poisson pourri.

•

Les jours se suivent, et les exilés demeurent murés dans un silence de mort. Blottis contre leur mère, des enfants toussent. Les hommes ont les nerfs à fleur de peau; la promiscuité devient intolérable. L'engourdissement des membres trop longtemps recroquevillés dans des hardes humides, l'atmosphère viciée, l'obscurité presque constante : tout contribue à alimenter la mauvaise humeur qui se traduit par des réactions vives et des mots blessants. Chacun voudrait se retrancher dans un coin, mais, au moindre geste, on se heurte au voisin, lequel réagit avec impatience.

L'*Helena* roule et grince sans arrêt. L'eau glacée suinte de toute part. Jour après jour, nuit après nuit, la goélette rampe et geint sur le ventre mouvant de l'immensité. La mer... qu'elle est immense et exaspérante, la mer!

Une nuit, alors que l'entrepont se trouvait plongé dans un demi sommeil, Jacques Poirier se met à chanter à pleins poumons :

— «Çà, bergers, assemblons-nous; allons voir le Messie... »

Les uns après les autres, les dormeurs entrouvrent des yeux ahuris, mais il n'y a évidemment rien à voir dans le noir. « Quelqu'un qui chante? En pleine nuit? Un somnambule, sûrement.» Plus personne ne sait au juste le quantième du mois où l'on est, mais Poirier, lui, le sait. Avec un clou rouillé, il a, chaque jour, gravé un trait dans le bois de l'épontille, et voilà que, dans l'obscurité la plus totale, il peut enfin savourer le plaisir qu'il s'était promis, depuis longtemps, de chanter la venue du Messie, au grand ébahissement de tous.

— *Çà, bergers?* C'est-y Dieu possible que ça soye Noël? s'écrie Maurice Coing.

Ce Maurice Coing est un bien singulier personnage. Bas sur pattes, fessu, une tête sans cou tassée entre les épaules et les reins accrochés aux omoplates, il marche comme un canard et il est le seul à pouvoir se déplacer dans l'entrepont sans avoir à se pencher.

— Notre dix-septième jour en mer, proclama Poirier. On a levé l'ancre le huit. On est le 25; c'est la nuit de Noël. *Çà, bergers, assemblons-nous...*

Nouvelle électrisante. Une joie communicative s'empare peu à peu des exilés. À l'unisson, ils reprennent:

— *... dans les bras de Marie...*

La voix criarde de Maurice Coing domine le chorus. À son tour, Pierre entonne *Les anges dans nos campagnes*, et tout le monde attaque le refrain avec ardeur.

— *Glo... o o o o o... ria, in excelsis Deo!*

Les voix vibraient d'une façon impressionnante dans les ténèbres. Un garde poussa le taud et descendit quelques marches, un falot au bout du bras. Il voit les exilés, les yeux brillants d'émoi, qui chantent à gorge déployée et en battant la mesure. N'y comprenant rien, il interroge Blèche du regard.

— *Merry Christmas*, fait Blèche en lui tendant la main.

Le garde promène sur la paisible assemblée ses yeux de batracien, puis, ignorant la main tendue de Blèche, remonte sur le pont et replace le taud. Malgré la fièvre qui sévissait de plus en plus, cette nuit mémorable ramène un peu de sérénité dans l'entrepont.

Le navire file toujours, mais semble n'aller nulle part. On a perdu de vue, depuis la tempête, le galion et le *Hopson*. Seul et isolé, l'*Helena* flotte comme un bouchon sur la nappe infinie. On n'arrive plus à imaginer où on est rendu. Tout ce qu'on sait, c'est que la terre est à tribord et que parfois, elle étire sa dentelle de rochers à l'horizon. On sait également que ce sera bientôt le jour de l'An. Un soir, après avoir vidé l'invariable gamelle de pois chiches et croqué le biscuit à moitié grugé par les charançons, le vieux Majorique se met à évoquer le bon vieux temps : la neige, douce comme la laine, qui tombe sur les pignons pointus; la bonne cloche de l'église qui chante à la barre du jour; les habitants qui se rendent à la messe et qui se la souhaitent «bonne et heureuse» à la sortie; le saupiquet de merluche avec la famille assemblée.

Le bonhomme sculpte ses mots avec ses mains veineuses. Il n'oublie rien : les collines barbouillées de soleil; les saules aux branches crochues; la rivière figée sous son miroir de glace bleue.

•

Quelques jours après le jour de l'An, un va-et-vient qui avait toutes les apparences d'un branle-bas se produisit sur le pont.

— Ferlez l'aurique! Carguez la grand-voile!

L'*Helena* perdit peu à peu son erre et glissa à vau-vent. La marée était mitan-basse. À travers le crachin, on distinguait les roches de la côte. Elles émergeaient de la brume, comme des dents de la gueule d'un monstre. Peu à peu, les craquements de la coque et de la mâture diminuèrent et le navire s'immobilisa.

— Tiens! la mise en panne? Nous v'là arrivés!

Les exilés poussèrent de grands cris de joie. Blèche écarta doucement le taud et jeta un coup d'œil par-dessus le pavois. Il redescendit aussitôt et, d'une voix délirante, annonça:

— C'est la Caroline! Il y a là un port, et puis, au fond, une ville avec, partout, des clochers.

— Une ville! Des clochers!

Un climat d'extrême exaltation se répandit aussitôt dans l'entrepont et dans la cale.

— Si le commandant a fait mettre en panne, proclama Antonin, et s'il y a une ville, c'est que nous sommes arrivés. Nous v'là en Caroline!

— En Caroline? dit Maurice Coing. Eh ben, y fait *frette* en tonnerre, en Caroline.

Toute la journée, et jusqu'à très tard dans la nuit, les exilés passèrent de l'exaltation de se savoir enfin arrivés, à l'exaspération de ne pas savoir ce qu'on attendait pour commander le débarquement. Pierre et Antonin pressaient Blèche d'aller aux renseignements, mais le prudent interprète hésitait. Le bruit sec des talons du maître sur le pont décourageait pareille initiative.

— Essaye... y va pas te manger! C'est pas un ours!

Blèche avait beau prendre son courage à deux mains, grimper au haut de la descente, repousser le taud : il n'osait aller plus loin, se contentant de risquer un œil au large.

— À ce que je peux voir, dit-il, nous sommes en rade...

— Loin du quai? Je vois, dit Antonin, le commandant est allé solliciter un poste à quai.

— Ouais... c'est qu'il en met du temps, dit Blèche. Pourtant, il y en a de la place le long de ce quai. Il est long... long que je vous dis. On dirait une flèche plantée en plein cœur de la ville. Sur un bord, il y a des voiliers accostés; sur l'autre, des maisons ont l'air de moineaux perchés sur une longue rangée de pieux.

On passa la nuit à claquer des dents et à se perdre en conjectures. Le lendemain matin, rien. Dans l'après-midi, surprise. Tobias en personne, descendit dans l'entrepont en compagnie d'un personnage qui, de toute évidence, venait de la ville. Coiffé d'un superbe bonnet de fourrure et corseté dans un pardessus aux amples basques, le visiteur avait fière allure. Il prêtait une oreille distraite aux chuchotements de Tobias. Tenant son doigt ganté sous ses narines, il fit un bref examen des lieux puis remonta précipitamment sur le pont.

Antonin, qui ne ratait aucune occasion de faire valoir sa connaissance du code maritime, s'empressa de mettre son monde au parfum.

— Simple inspection, dit-il. Avant d'accorder un poste à quai, c'est normal.

C'est peut-être normal, mais c'est drôlement long. L'*Helena* est immobilisé depuis deux jours. L'inspecteur est venu et reparti. Faudra-t-il passer une autre nuit à grelotter à bord?

Le lendemain matin, nouveau branle-bas sur le pont. Les commandements du maître résonnaient hauts et clairs.

— Vire au gindeau!

On entendit glouglouter la chaîne dans l'écubier. La goélette pivota en grinçant affreusement. Tobias repoussa le taud du pied et fit signe à Blèche de monter sur le pont.

— *Tell your people*, dit-il, qu'il faut débarquer. Nous reprendrons la mer après le radoub.

— Quoi? fit Blèche, estomaqué, c'est point ici la Caroline?

— *Hell, no!* rétorqua Tobias. Nous sommes à peine à mi-chemin. Ici, c'est Boston. Impossible d'aller plus loin. La goélette tombe en ruines. Regarde.

Désolant spectacle en effet. Les voiles pendent en lambeaux; il ne reste plus qu'un tronçon du mât de misaine; le grand mât et le mât d'artimon sont affreusement écliés; le verglas a fait céder le boute-hors du mât de beaupré; les videlles cèdent; partout, sur les guis, les cornes, les enfléchures de haubans, pendent des guirlandes de gros glaçons...

— *What is worse*, de renchérir Tobias, les réserves d'eau et de vivres sont épuisées... Impossible d'aller plus loin.

Blèche jeta un regard ahuri du côté de la ville. Il comprit tout de suite la gravité d'un contretemps qui ne pouvait que compromettre sérieusement les chances de retrouvailles en Caroline.

— Boston! murmura Blèche. Mais... qu'adviendra-t-il des gens de l'autre bateau?

Les yeux bulbeux de Tobias dévisageaient l'interprète.

— De l'autre bateau? Quel autre bateau? Le *Hopson?*

Le commandant haussa les épaules et s'arcbouta les poings aux hanches.

— *Who cares?* nous sommes sains et saufs, non?

Blèche eut un frisson de terreur.

— Quoi? L'autre bateau... Il a péri?

— Sais pas. On en a perdu la trace après la tempête.

Assommé par cette sinistre nouvelle, Blèche baissa la tête et resta figé sur place.

— *Go*, dit Tobias, dis à tes gens de ramasser leurs choses. Tout le monde débarque.

La tête basse, Blèche se dirigea sans hâte vers l'écoutille. Une fois de plus, on le chargeait d'une tâche odieuse.

La décision de Tobias ne pouvait être plus mal accueillie. L'espoir que chacun avait entretenu, depuis le départ, de retrouver un père, une femme, un enfant à l'arrivée en Caroline s'effondrait avec une telle brutalité que plusieurs crurent que Blèche avait mal compris. Chacun s'interrogeait :

— Le navire? Qu'est-ce qu'il a, le navire? Il flotte après tout. Et puis, suffit de poursuivre la route à faible voile et il va tenir le coup jusqu'en Caroline, le navire!

Le désespoir dans l'âme et la détresse les aveuglant, Pierre, Poirier, le père Antonin et plusieurs autres se précipitèrent sur le pont en poussant, tous ensemble, des cris de protestation et de colère.

— Non, non, nous restons à bord... Faut continuer... Rattraper l'autre voilier... Pas Boston... La Caroline... Non, non...

Il n'en fallait pas plus pour que Tobias croie qu'il s'agissait d'une révolte. Il tira aussitôt son pistolet. Le maître et les gardes en firent autant.

— *Easy, now! Stand back! Stand back, or else*...

Tous ces pistolets prêts à faire feu parurent n'impressionner personne. Des femmes se lamentaient et criaient à fendre l'air au bord de l'écoutille; les hommes bravaient Tobias et les gardes en brandissant le poing.

— Trahison! criaient-ils. Aucune famille séparée... On l'a promis... C'était écrit... Proclamation du roi...

— *For heaven's sake!* Que signifie ceci?

Et Blèche d'expliquer, en phrases entrecoupées de ben... et de euh... que ses gens ne voulaient pas débarquer à cause des parents qui sont à bord du *Hopson*, et qu'ils veulent retrouver en Caroline.

Les petits yeux de Tobias lançaient des éclairs.

— Ho! Ho!, dit-il, veulent pas débarquer, heh? À pas comptés, il marcha sur le groupe.

— *Well, well,* c'est ce qu'on va voir.

N'ayant pas bronché d'une semelle, Antonin prit la parole.

— Écoutez, commandant...

— *What?*

Antonin débitait son morceau comme si de rien n'était. Tobias suffoquait d'indignation. Blèche s'empressa de traduire :

— *The old man* veut vous aider, dit-il. L'*Helena* pourrait continuer sa route, tandis que lui et les autres se chargeraient des réparations les plus urgentes.

Le commandant était sur des charbons, mais Blèche poursuivit :

— Ce sont des pêcheurs. Ils ont eu souvent à réparer des bateaux.

— *Fishermen, heh?* Est-ce qu'ils ont vu ce qu'il y a à réparer? *Look!* Regardez!

Antonin et les autres promenèrent, un moment, des yeux effarés sur la désolation qui régnait sur le pont. Personne n'aurait imaginé que la tempête et le verglas avaient causé autant de dégâts.

Les malheureux durent se rendre à l'évidence. C'eût été pure folie que de croire qu'une pareille épave pût encore tenir le coup, ne fût-ce qu'un jour de plus. Vaincu, Antonin hocha la tête. Tobias rengaina son arme d'un air ahuri. Lui qui avait cru qu'un débarquement prématuré aurait réjoui ces perclus de l'entrepont et de la cale, n'arrivait vraiment pas à entrer dans leurs raisons.

— *Away, everybody*, vociféra-t-il. *Don't worry*, vous irez, un jour, en Caroline. Pour le moment, vous débarquez, et plus vite que ça.

Absolument intraitable, et à bout de nerfs, le commandant se dirigea vers la dunette. Il venait de vivre deux pénibles journées, et il n'était plus du tout d'humeur à se laisser enquiquiner, surtout par une bande de hors-la-loi. Tout confiant, l'avant-veille, il avait fait mettre une chaloupe à la mer en vue d'aller solliciter un poste à quai. Toussotant et le souffle court, il s'était dirigé vers la *Port Authority* où il s'attendait à ne remplir qu'une simple formalité. Il s'était grandement illusionné. Il avait eu à affronter un barrage de questions embarrassantes. À cause de la cargaison «particulière» de l'*Helena,* ces messieurs s'étaient déclarés incompétents et avaient référé le commandant au Conseil de la Province de la Massachusetts Bay, seul organisme habilité à procéder en matière d'immigration.

Désemparé, Tobias se retrouva dans la rue. Il se frotta le menton. Il ne s'était jamais trouvé dans une situation semblable. Il piétina en rond, dans la neige et la boue. S'adresser au Conseil...? «Facile à dire», grommela-t-il. D'un pas mal assuré, il monta la *King Street.* Tout en haut, se dressait la *State House*, imposant édifice de briques rouges, surmonté d'un élégant campanile de bois blanc. Nouvelle déception. Le Conseil ne devait siéger que le lendemain. Tobias dut poireauter le reste de la journée et toute la nuit à la taverne *Bunch of Grapes* en attendant. Il se soûla en tout bien tout honneur pour se consoler.

À dix heures du matin, le lendemain, les cheveux un peu raides et le bonnet à la main, Tobias comparaissait devant le Conseil. Coiffés de leur perruque blanche et gourmés dans leur cape de drap rouge, les conseillers avaient pris place autour d'une grande table au-dessus de laquelle pendaient, lisses et guindés, les portraits de Leurs Majestés Charles II et James II.

Avec ses hauts-de-chausses en toile bise et son épais gilet de laine safranée, le vieux loup de mer avait l'air d'un dangereux intrus.

À l'invitation de l'orateur, il présenta sa requête de poste à quai, en ajoutant que son navire, à destination de la Caroline, transportait des gens de la Province de la Nouvelle-Écosse.

«Des gens de la Province de la Nouvelle-Écosse»? Ce détail fit bondir les augustes personnages autour de la table, et Tobias comprit tout de suite que les choses allaient se gâter. Le gouverneur Shirley toussa avec élégance dans son petit mouchoir frangé de fines dentelles.

— *I see... More French Neutrals...*

French Neutrals : engeance abhorrée... Deux mots qui, de toute évidence, inspiraient peur et haine aux bonnes gens de la Province de la Massachusetts Bay. On jugeait indésirables ces Français qui tenaient si farouchement à demeurer neutres quand Sa Majesté britannique partait en guerre. On leur prêtait des intentions louches; on les considérait comme des terroristes, des amis de Peaux-Rouges, ceux-là qui scalpaient leurs prisonniers de guerre. Le conseiller Fairfield s'était levé, un grand et digne personnage aux joues roses avec de gros yeux blancs à demi sortis de leur orbite.

— *Your Excellency*, dit-il d'un ton solennel, je ne sache pas que nous ayons autorisé la venue d'un nouveau contingent de ces... *troublemakers*. Comme ceux-ci sont destinés à la Caroline, j'estime que nous n'avons pas à nous en occuper.

Le conseiller se tourna vers Tobias et ajouta :

— *Finish your job, captain*. Mettez le cap sur Charleston avec vos *French Neutrals*.

La tête basse, Tobias torturait le rebord de son bonnet, tout en tentant d'expliquer la situation: perte d'un mât, le verglas qui a mis les voiles en lambeaux, les *Frenchies* en danger de mourir gelés, l'épuisement des réserves et des vivres.

Le conseiller Lovell écoutait, le cou tendu et l'air méfiant. Ses yeux de loup lançaient des éclairs du fond de l'antre sombre que formaient ses épais sourcils noirs. Il se leva d'un bond.

— *Enough, captain*, dit-il. Vous avez vos ordres. Filez votre chemin, *by Golly!* Si votre bateau a tenu tout le coup depuis Annapolis, il flottera bien jusqu'à Charleston.

Un remous approbateur se produisit dans la salle. Les conseillers se concertèrent à voix basse. Le conseiller Fairfield proposa que le conseiller Benjamin Green aille sur place apprécier la situation. Green était l'homme de confiance du conseil. Il avait de longs cheveux marron bouclés sur la nuque, et on le tenait pour un homme sage et pondéré.

La séance levée, Benjamin Green fit monter Tobias dans un superbe traîneau rouge, orné de brillantes ferrures et tiré par un grand cheval blanc. L'équipage descendit au *Long Wharf.* L'après-midi même, Green fit rapport au Conseil.

— Le navire n'est même pas une pièce de musée, dit-il. Quand aux exilés, il faut les sortir au plus tôt du trou fétide où ils croupissent et où ils risquent de mourir de froid.

Étonnés et choqués, les conseillers échangèrent des regards enflammés. Ils n'en croyaient pas leurs oreilles. Comment le *gentleman* en qui ils avaient mis leur confiance pouvait-il ainsi tromper leur attente?

Le conseiller Fairfield se leva de nouveau et entreprit de raisonner froidement.

— Notre fardeau est déjà excessif, dit-il. Nous payons pour l'hébergement et l'entretien de plusieurs familles déplacées en provenance de la Province de la Nouvelle-Écosse. De plus, nous devons héberger et secourir nos Bostoniens éprouvés par le terrible tremblement de terre de l'été dernier. J'estime que nous faisons notre large part. Je propose qu'on fasse embarquer ces exilés dans un autre navire et qu'ils poursuivent leur route vers la Caroline.

L'assemblée se rallia aussitôt à cette idée.

— *All right,* dit Benjamin Green, mais on n'affrète pas un navire du jour au lendemain. Qu'allons-nous faire des exilés en attendant que les préparatifs soient achevés?

— Ils sont en mer depuis trente jours, lança le conseiller Lovell, il résisteront bien au froid encore quelques jours.

Benjamin Green hocha tristement la tête.

— *I think it is a pity, Your Excellency!* Nous sommes tous là à imaginer des choses! Nous agissons comme si nous avions peur de ces innocents.

— Innocents? Innocents? *Remember Schenectady! Remember Deerfield!* fulminaient les conseillers tous ensemble.

Benjamin Green leur tint tête.

— Mais, ces gens viennent d'une colonie britannique! Ils viennent de la Nouvelle-Écosse. Les Français responsables des massacres de Schenectady et de Deerfield venaient de Québec, non de la Nouvelle-Écosse.

Fielleuse, la discussion s'éternisa. Benjamin Green la subit sans broncher. À la fin, il se leva, rectifia le pli de son jabot, puis arc-bouta ses deux poings au bord de la table.

— *Your Excellency*, dit-il d'une voix qui attestait d'un flegme imperturbable, j'ai peine à croire que des descendants des valeureux *Pilgrims,* nos pères, puissent ainsi réagir comme des poules mouillées. C'est une honte. Quelle sorte de chrétiens sommes-nous, après tout?

Ce fut la pagaille. Les conseillers se mirent à protester tous ensemble. Le gouverneur Shirley crut devoir faire preuve d'autorité.

— *Please,* fit-il, donnant un vigoureux coup de maillet sur le coin de la tribune, essayons de conserver notre sang-froid.

À contrecœur, les récriminateurs se turent et obliquèrent un œil méfiant en direction du gouverneur.

— Je ne crois pas, dit ce dernier d'une voix paterne, non, je ne crois pas que nous ayons le choix. N'oublions pas que c'est Sa Majesté qui a autorisé ces déplacements de population, et que notre Législature a déjà accepté d'en assumer en partie les frais.

— On nous fait payer les pots cassés du gouverneur de la Province de la Nouvelle-Écosse, marmonna quelqu'un entre les dents.

Le gouverneur Shirley se tourna gravement du côté du marmonneur.

— Il ne nous appartient pas de discuter les décisions de Sa Majesté, trancha-t-il. Nous allons respecter ses volontés.

Il se fit un grand silence dans la salle.

— Et puis, continua le gouverneur d'une voix neutre, notre ami, le *gentleman* Green a peut-être raison : nous ferions mieux de traiter humainement ces gens. Qui sait? Ils pourraient fort bien devenir, avec le temps, des citoyens aussi paisibles et aussi honnêtes que nous tous. Allons-nous permettre que quelques-uns de ces malheureux périssent de froid à notre porte, et risquer ensuite d'encourir le blâme de Sa Majesté?

Ce dernier argument eut l'heur de clore le bec de l'opposition. Le gouverneur mit en valeur son profil bourbon. Il se leva et fit une imposante pause avant d'annoncer.

— J'accorde à ces *French Neutrals* la permission de débarquer, en attendant qu'on puisse les expédier en Caroline.

●

Les exilés piétinent et grelottent au bout du *Long Wharf*. La neige tourbillonne dans le ciel terne; chalands et chaloupes se croisent dans le port; en rade, un galion retrousse en l'air son château en queue de cygne.

Marie-Venance est complètement abattue. Elle a l'impression que ce débarquement imprévu sonne à tout jamais le glas de son enfant perdu. Il ne lui est plus possible de croire au miracle. Si Pouce n'a pas péri en mer, il se languit, quelque part, dans cette immense et hostile terre étrangère.

Bordé de maisons, de boutiques, d'ateliers et d'entrepôts, le quai paraît bien long, et il faudra le suivre jusqu'au bout. Les arrivants ont les membres complètement engourdis. Plusieurs ont du mal à se tenir debout. Même les plus robustes oscillent sur leurs jambes. Une malle sur le dos, le visage enfoui derrière une épaisse barbe noire, les hommes font peur à voir. Des curieux ont mis le nez à la fenêtre. À en juger par leurs grands yeux blancs, ils en ont le souffle coupé. Serait-ce l'homme des cavernes qui arrive à Boston? Ou encore, une bande de gitans venus de l'autre bout du monde? Les femmes ont des visages couleur de cendre. Elles tiennent par la main des mioches rachitiques et toussotants. Des vieillards traînent avec peine de gros balluchons imbibés de vase et de neige.

Un peloton de gendarmes vient encercler les arrivants. Marie-Venance a beau regarder à droite et à gauche, les habits rouges brillent par leur absence. Eux qu'on avait vus tellement présents à l'embarquement, se révélaient décidément d'une discrétion agaçante. Que sont-ils devenus? Où est passé le beau Jonathan? La pauvre femme n'arrive plus à maîtriser ses nerfs.

— Est-ce qu'on va, comme ça, nous laisser mourir d'inquiétude? Faut retrouver l'autre bateau.

Éreinté sous le poids de la malle, Pierre tente de la rassurer :

— Il continue sûrement à faire route vers la Caroline, l'autre bateau.

— Et s'il avait péri?

Pierre ne se sent plus l'audace de protester. Il n'a pu s'empêcher, depuis la tempête, de se poser, lui aussi, la même question.

— Pose pas trop de questions, murmura-t-il.

Toute menue, Martine se presse contre sa mère; ses grands yeux de biche errent de tous les côtés. Escortés des gendarmes, les exilés se mettent en marche. De leurs fenêtres et du pas de leur porte, les artisans et les boutiquiers du quai les injurient.

— Que viennent faire ici ces *lice ridden strangers?*

— *Another bunch of beggars.*

Courbés sous le poids de leurs misérables guenilles, les exilés entrevoient ces visages aux rictus méprisants. Seul Blèche est en mesure de comprendre ce qu'ils disent. Les autres ne peuvent qu'interpréter, tant bien que mal, le sens de leurs grimaces.

— *They're all Frenchies,* lance un gamin à tout hasard.

Le visage des badauds passe de l'hilarité à la colère.

— *Frenchies! Papists! My God!*

Plusieurs gamins s'attroupent et se mettent à lancer du crottin de cheval et des boules de neige, tandis que les passants interpellent les gendarmes :

— *Away with the bastards! Send them all to the gallows.*

Le crottin et les boules de neige se mettent à pleuvoir de plus belle sur les *bastards*, mais les gendarmes font semblant de ne rien voir. Exténué et clopinant, le piteux cortège parvient enfin au pied du quai où on le fait dévier vers un entrepôt isolé qui tient lieu de lazaret. C'est un morne refuge. Des cloisons de planches rugueuses forment des rangées de minuscules cellules de chaque côté de la longue bâtisse. Pour tout ameublement, chaque cellule comporte un grabat puant l'urine et la poussière. Au fond, un vaste évier de pierre sert de lavoir.

Tout l'après-midi, les femmes se succèdent aux baquets du lavoir, tandis que les hommes se font allègrement le poil devant de petits miroirs tachés et jaunis, telles d'antiques cartes marines. Heureux de jouir enfin d'un peu d'espace vital, les exilés ont l'impression d'avoir noyé dans l'eau pure les misères et les souffrances endurées dans l'entrepont de l'*Helena*.

À la tombée de la nuit, des esclaves noirs vinrent servir à manger. Ils poussaient une desserte chargée d'un grand chaudron de soupe et d'une énorme corbeille de pain frais. Tout le monde eut droit à une généreuse écuelle de soupe. Avec des sourires vastes comme leurs dents blanches, les esclaves semblaient vouloir signifier qu'ils se sentaient en sympathie avec des gens dont se méfiaient tant de gendarmes postés autour de l'entrepôt.

Le lendemain du «festin», un médecin vint s'installer dans une cellule, près de la porte, et procéda à un examen médical général. Les patients se mirent à murmurer. Ils voyaient d'un très mauvais œil ces précautions administratives.

— *Jarniguié!* Suis point malade, moé, protesta Marjorique.

N'empêche que le médecin lui détecta des pustules malignes.

— Moé, c'est rien qu'un p'tit mal de dents, regimba de son côté, la vieille Marie Sallé.

Petit mal de dents...? Des taches noires lui recouvraient les gencives, indice certain d'un début de scorbut. Tout le monde se déclara en excellente santé, mais les quintes de toux des enfants, les visages blêmes et émaciés des femmes et l'haleine fétide de plusieurs révélaient la présence d'une fièvre qu'il valait mieux ne pas laisser courir. Le médecin décréta la quarantaine.

— La quarantaine?

Stupéfaction générale. Un climat de réclusion et de deuil s'établit dans le lazaret. Chacun se languissait dans son coin.

●

À la mi-février, la quarantaine ayant pris fin, les exilés reçoivent l'ordre de s'habiller chaudement et de prendre leurs effets. Les reclus ne sont pas longs à céder à l'euphorie. Les gendarmes ouvrent les portes du lazaret, mais, plutôt que d'escorter la troupe vers le *Long Wharf*, ils la font monter la *King Street*, puis, bifurquer vers le *Faneuil Hall*. D'abondantes chutes de neige avaient recouvert le toit des maisons. Les cheminées bavaient de longs filets de fumée paresseuse, et les rues baignaient dans une atmosphère de coton ouaté.

Que peut bien signifier cette promenade à travers la ville? Où donc l'ont-ils accosté ce bateau?

Les exilés cheminent à travers une foule qui s'en va au marché. Ils marchent, courbés en deux, avec des malles, des caisses et des coffrets sur le dos. D'autres traînent leur balluchon dans la neige. Leur marche est d'autant plus pénible qu'il leur faut, à tout bout de champ, céder le passage à de flamboyants équipages qui passent en trombe. La place du marché grouille de monde. Des chevaux arrivent avec des traîneaux lourdement chargés. De magnifiques berlines rouges s'alignent à côté d'étalages garnis de viande gelée. Des naseaux des chevaux, s'échappent de longs jets de buée blanche.

— *Here we are! Walk in everybody.*

Impressionnante, la façade du *Faneuil Hall* étire de biais son ombre sur la place du marché. Des gendarmes font entrer les exilés dans la grand-salle du rez-de-chaussée. Coiffés de bonnets de castor et d'imposants hauts-de-forme, des *gentlemen* y étaient assemblés et causaient bruyamment en fumant de longs calumets.

De grands registres sous le bras, des *selectmen* descendirent solennellement de l'étage supérieur et prirent place sur une petite tribune au-dessus de laquelle pendaient le portrait et les armoiries du grave Peter Faneuil. L'un d'eux réclama le silence et, d'une voix monocorde, fit la lecture d'un point de droit ou de loi dans un code à la tranche jaunie. Par groupes et d'un œil critique, des *gentlemen* défilèrent devant les exilés, échangeant, à mi-voix, des impressions et des remarques visiblement désobligeantes.

Que pouvait bien signifier cette revue des troupes? Qui sont donc ces gens qui ont l'air tellement important et qui les examinent de la tête aux pieds? Un dernier examen avant de décréter la levée de la quarantaine?

Un personnage à rouflaquettes, rougeaud et bien gras, fait sortir le père Antonin du groupe; un autre fait sortir Poirier et Janick. Tout bêtes et tout gauches au milieu de la salle, les trois hommes s'interrogent du regard. L'homme aux rouflaquettes et son comparse s'approchent de la tribune et marmonnent quelque chose à voix basse. Aussitôt, on entend les plumes d'oies des *selectmen* égratigner le papier des registres. Le président de cette cérémonie se lève et fait approcher les trois hommes.

— *Your name, please?*

Antonin feint de ne pas comprendre. Janick imite son père et demeure muet comme une carpe.

Étonné, le président se penche vers Antonin.

— *Your name? Don't you understand? Tell me your name.*

Antonin ne prise guère ce genre de procédures. Pourquoi l'interroger, lui plutôt que les autres? Que signifient ces gros registres... ce tribunal... ces étrangers qui leur tournent autour?

— Mon nom, mon nom... grogne-t-il. Pourquoi il veut tant savoir mon nom, celui-là?

Désemparé, le président jette un coup d'œil autour de la salle.

— *Does anyone understand French in this room?*

Après un silence, Blèche croit de son devoir de se dévouer. Il sort du groupe et s'approche.

— *I'm an interpreter*, dit-il.

— *O fine!*

— Le *gentlemen*, dit Blèche, ne sait pas ce qu'il a fait de mal...

— *Ho, ho, ho*, fit, en aparté, le président qui gargarisait un petit rire. *Nothing... nothing at all.*

— ... et il veut savoir pourquoi vous lui
demandez son nom, à lui?

— *Why...* ? *Well...* parce que le *gentleman*
que voici veut l'engager dans sa ferme.

— L'engager? Mais...

Blèche devient tout blême. La réalité vient de
se dresser, froide et brutale, à ses yeux. Cette
marche au centre de la ville et cette comparution
devant les autorités n'a rien à voir avec un
embarquement éventuel pour la Caroline. Il ne
s'agit aucunement de formalités pour qu'ils parviennent à destination, mais bien plutôt d'une mise
aux enchères de leurs services aux bourgeois de la
place. C'est d'une voix forte et exaspérée qu'il
traduit, à l'intention de tous, ce que venait de dire
le président de cette étrange assemblée. C'est,
aussitôt, le tumulte dans la salle. Les gendarmes
croient bon de serrer les rangs autour de ces
French Neutrals devenus soudain extrêmement
nerveux. Murmures et protestations fusent de
toute part. On voit même se dresser des poings
vengeurs.

— Ben ça c'est l'bout'! lance Antonin à tue-
tête. Ils veulent nous vendre, comme des esclaves,
sur le marché!

Marie-Venance vient de comprendre, à son
tour, ce qui se passe. Elle voudrait protester de
toutes ses forces, elle aussi, mais elle sent un nœud
se serrer dans sa gorge. C'en est trop; ses forces
l'abandonnent. Un grand trou noir vient de s'ouvrir
dans sa tête. Plus d'espoir possible de retrouver

Pouce. Vaincue, elle verse, en silence, des larmes amères.

Un grand vieillard au visage émacié et aux yeux glauques fait sortir la vieille Marie Sallé du rang et, du bout de sa canne, pointe Pierre.

— *You, come forth!*

Pierre s'approche dévisage le vieux d'un air menaçant et refuse de bouger. Un gendarme s'approche et le prend par le bras.

— Lâchez-moi, vocifère-t-il, écartant sans façon la main gantée du gendarme. Nous prenez-vous pour des esclaves?

D'autres gendarmes vinrent à la rescousse et se saisirent de Pierre qui se débattait comme un forcené.

— Vous avez pas le droit... Le roi d'Angleterre nous l'a promis...

Le président a beau frapper sur la tribune avec son maillet pour rétablir l'ordre, les exilés s'échauffaient de plus belle et Pierre continuait de se débattre et de crier.

— C'est une trahison! On nous a menti! Vous avez pas le droit.

Voyant que cela risquait de mal tourner, Blèche tente de raisonner Pierre, mais sans succès.

— Dis-leur, Blèche, dis-leur que c'est en Caroline que nous allons... Dis-leur ce que nous a promis le roi d'Angleterre...

Les gendarmes parvinrent à maîtriser Pierre, et le président put enfin obtenir un peu de silence.

— *What is the meaning of all this?*

Blèche, pour une fois, se fit l'ardent interprète des siens, insistant sur le fait que plusieurs avaient perdu trace de leurs parents et qu'ils entendaient bien les retrouver en Caroline, province à laquelle ils étaient tous destinés.

— Qu'est-ce que cette histoire? dit le Président.

— Ben... nous voulons aller en Caroline retrouver nos parents.

— Pas question, trancha sèchement le président. Le conseil en a décidé autrement, et nous ne sommes pas ici pour discuter les décisions du Conseil.

Blèche se fit encore plus pressant.

— Le gouverneur de la Province de la Nouvelle-Écosse, dit-il, a promis, au nom de Sa Majesté, que les familles ne seraient pas séparées. J'ai vu le document de mes propres yeux. J'étais l'interprète.

Le président se tourna vers ses collègues et les consulta à voix basse. Apparemment, le rappel de cette promesse faite au nom du roi embêtait les *selectmen*.

— *Sorry*, dit-le président, à la fin, aucun navire ne va partir pour la Caroline maintenant, et il n'est pas question de nourrir tout ce monde à rien faire jusqu'au printemps. *However*, dis à tes gens que nous n'avons pas l'intention de séparer les familles de ceux qui sont ici présents.

— Mais les autres, insista Blèche, ceux qui étaient sur l'autre bateau?

— Quel autre bateau?

Blèche tenta d'expliquer, mais il s'embrouilla dans ses mots et, de toute évidence, le président et les autres n'attachaient aucune importance à ce qu'il racontait.

— *Sorry*, répéta-t-il. Nous ne faisons qu'exécuter les ordres du Conseil, et dis à tes amis que nous ne leur voulons aucun mal. On leur offre, tout simplement, un gîte et du travail chez de *good and honest farmers*.

Le président se tourna ensuite du côté des *good and honest farmers* et leur fit part, en termes plus directs, de l'obligation où lui et ses collègues se trouvaient de respecter la promesse que *His Excellency*, le gouverneur de la Province de la Nouvelle-Écosse a faite au nom de *His Majesty the King*.

Ce fut au tour des *honest farmers* de protester et de récriminer, mais le président les calma à voix basse et avec un sourire entendu :

— *You have nothing to lose!* Tout ce que vous dépenserez pour l'entretien de ces gens vous sera remboursé par *The Government of His Majesty*.

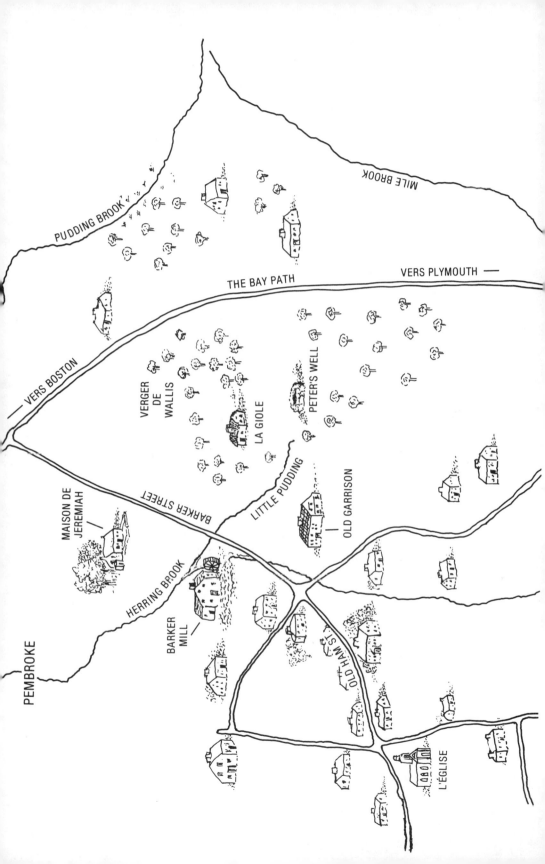

2

Peter's Well
(Le puits de Pierre)

En cet hiver de 1756, les villages et hameaux éparpillés autour de Boston se blottissent frileusement autour de leurs *Meeting Houses :* ccs austères temples de bois blanchi à la chaux et surmontés d'un petit beffroi carré. Vues à vol d'oiseau, les maisons bises et les granges vermoulues ressemblent à des insectes épinglés sur une toile blanche. Des massifs de sapins coiffent les collines. Le vent soulève des tourbillons de neige qui s'engouffrent dans les ravins.

Précédé d'un épagneul roux, Sandy, le cheval cendré de Jeremiah Nichols ouvre un singulier cortège sur la route qui va de Boston à Plymouth. Le chien gambade et aboie sans arrêt.

— *Stop that, Cæsar,* commande le maître, ce qui n'impressionne aucunement l'animal.

Droit comme un milicien, l'œil pincé en amande, le vieux mène son cheval d'une main, tandis que de l'autre, il tient fermement arc-bouté sur le fond du traîneau, un mousquet à long canon. À tout bout de champ, il regarde en arrière pour s'assurer qu'il ne s'y passe rien de louche.

Jeremiah Nichols est un grand vieux à tête de gallinacé. Des rouflaquettes hirsutes et une barbiche de bouquin lui encadrent le visage. Les pommettes saillantes et la peau nacrée lui donnent une allure d'ancien combattant. Il vit seul avec son chien dans une maison devenue trop grande pour lui. Comme il commence à avoir mal aux os et que les travaux des champs l'essoufflent, il a grand besoin d'une cuisinière et d'un homme de main.

Même s'il a accumulé des biens, le vieux vit chichement. Il a besoin d'aide, mais il tient à ce que ça ne lui coûte pas trop cher. Aussi, s'est-il empressé de profiter de l'aubaine offerte par l'arrivée d'un nouveau contingent de *French Neutrals* dans le port de Boston. Certes, le bonhomme n'éprouve aucune sympathie pour les «papistes» que Sa Majesté britannique dut faire expulser de sa bonne Province de la Nouvelle-Écosse, mais il a entendu dire que ces gens étaient débrouillards et plus vaillants que les esclaves venus des Antilles. Des esclaves blancs dont les services sont partiellement payés par la *General Court*... C'est vraiment une aubaine à ne pas rater.

Jeremiah n'a guère prisé le règlement imposé, à la dernière minute, par les *selectmen*. Ce n'est pas d'une tribu qu'il a besoin, mais seulement de deux serviteurs. Et puis, le comportement farouche de

Pierre l'a effrayé. Un «papiste» d'humeur aussi massacrante ne va-t-il pas semer la terreur dans les parages?

Réflexion faite, Jeremiah a décidé d'emmener, malgré tout, Pierre et sa famille. Il a même cru sage d'emmener aussi Blèche, affaire de bien se faire comprendre. «Après tout, pense-t-il, pourquoi se priver, puisque la *General Court* rembourse les frais?»

Si rigide et si austère que soit le vieux puritain, il n'a pas manqué de remarquer quelle belle personne ce redoutable Pierre avait pour femme. Autant il s'était méfié de l'homme, autant la femme l'avait fasciné.

Il a étendu du foin au fond de son traîneau et, galamment, a prié les femmes de prendre place et de se serrer les unes contre les autres afin de mieux se garder du froid. Il s'est même départi de sa peau de bison pour les border chaudement. Ayant mis ses mitaines et enfoncé son bonnet sur ses oreilles, il a fait monter Blèche, à ses côtés, sur la banquette. Quant à Pierre, il lui a fait lier les poignets avec une longue corde qu'il a attachée à l'arrière du traîneau. N'en croyant pas ses yeux, Blèche a tenté de protester, mais le vieux lui a cloué le bec de son regard terrible.

— *Never mind him,* dit-il, *let him run,* ça va lui chasser les mauvaises idées.

Défilant dans les rues étroites, l'étrange équipage fait se détourner les badauds. Au-delà du *Neck,* les petits villages s'échelonnent le long de la côte. Tel un fil sinueux, le chemin appelé *Bay Path,* les faufile l'un à l'autre.

Muet comme un carpe au départ, Jeremiah se fait plus loquace au fur et à mesure qu'il se rend compte que la «bête féroce» qui trottine derrière le traîneau, loin d'avoir des «mauvaises idées», a besoin de tous ses muscles et de toute son haleine pour ne pas trébucher dans la neige. Il modère le train de Sandy et se penche vers Blèche.

— C'est à Pembroke que nous allons..., village ancien..., existait avant l'arrivée des *Pilgrims*...

Guettant la réaction de Blèche, le bonhomme ajoute :

— Paraît même que les premiers habitants étaient des huguenots chassés de France.

Impassible, Blèche laisse errer son regard au loin. Un ruisseau gelé taille une sombre balafre dans la blancheur des champs. Plus loin, des étangs font, sur la neige, des trous noirs et ronds comme des yeux de blanchons. Le grésil tourbillonne sur la glace verte.

Par-dessus la frange de la peau de bison, Marie-Venance voit trottiner son homme. Il court, tête baissée et mains liées. De longs filets de buée s'échappent de ses narines. Nivelée par le vent, la neige blanche cache des trous perfides. Cæsar aboie et gambade de plus belle.

Soudain, le cheval et le traîneau s'enlisèrent dans le fossé, projetant dans le banc de neige la pauvre Marie Sallé, de même que la malle de l'ancêtre, la peau de bison, la litière de foin. Petit paquet de guenilles, la vieille disparut sous la neige. À côté, Jeremiah se débattait les quatre fers en l'air et le mousquet au bout du bras. Calé jusqu'au ventre et entravé par ses brancards, le cheval tentait en vain de se relever, tandis que le chien s'affolait.

Blèche s'empresse de remettre Jeremiah sur ses pieds, puis il court aider Marie-Venance à tirer du banc de neige une Marie Sallé toute pâmée. Impuissant, Pierre ne peut aider que de ses conseils.

— Dis au bonhomme de prendre le cheval par la bride.

Ce que fit Jeremiah, mais les rênes étaient coincées sous le palonnier. Désemparé, le vieux observe du coin de l'œil Blèche, Marie-Venance et même la petite Martine qui font tout ce qu'ils peuvent pour réparer les dégâts. Personne ne murmure; pas même le dur à cuire attaché au traîneau. Des sentiments de pitié envahissent sournoisement le cœur du vieux puritain qui, pourtant, n'a rien du genre démonstratif. Rigide et austère, il ne se laisse pas facilement attendrir. Il s'approche de Blèche et lui met gauchement la main sur l'épaule.

— *Tell me,* tu les connais bien, ces gens?

— Nous sommes tous du même village.

— Et celui-là, en arrière, tu le connais aussi?

L'air ahuri, Blèche fait signe que oui.

— Il est méchant?

— *Of course not.* Il n'est pas méchant. Nous ne sommes pas méchants... Nous ne voulons de mal à personne. Qu'est-ce que vous croyez?

Méfiant, Jeremiah fait quelques pas en direction de Pierre. Son mousquet lui sert de bâton. Les deux hommes échangent des regards embarrassés.

— *We need your help, man.*

Jeremiah fait signe à Blèche de délier Pierre. Serrées les unes contre les autres, les femmes se tiennent à l'écart, attendant les événements. Sitôt libéré, Pierre se frotte les poignets et les oreilles. Il adresse un faible sourire au bonhomme.

— *Come,* dit celui-ci, *be good, and give us a hand.*

Pierre se dirige vers le cheval et le prend par la bride, tandis que Blèche, Marie-Venance et même la petite Martine, tirent sur le traîneau. À force de donner des coups de sabots et des coups de collier, Sandy finit par se relever. On récupéra tout : la malle, la peau de bison, le bidon d'eau, les victuailles et même la flasque de rhum.

Sévère et solennel, Jeremiah déboucha la flasque. Tout le monde, même Martine, eut droit à une bonne gorgée, après quoi, le bonhomme distribua du hareng gelé et du pain, et la caravane reprit la route.

Tel un cordon ombilical, la *Barker Street* relie Pembroke au *Bay Path*. Dans cette rue, se dresse le pignon à double cheminée d'une maison en forme de boîte de sel. C'est la maison de Jeremiah Nichols. Le temps a patiné de gris bleuté les planches de la façade et teinté de violine les bardeaux des pignons. En vitesse, le vieux s'en fut prendre, dans sa maison, une caisse qu'il déposa avec précaution, dans un coin du traîneau.

Rien ne bouge. On dirait un village abandonné. Seule tremblote la tête des sapins noirs. On n'entend que la plainte de la bise à travers les aiguilles d'un pin solitaire. Le traîneau fait halte devant la *Old Garrison* : une longue bâtisse en bardeaux couleur lie-de-vin. Ancienne redoute, c'est maintenant l'hôtellerie du village.

— Ichabod! Ichabod! appela Jeremiah d'une voix fêlée.

Coiffé d'un chapeau à large bord et enveloppé d'une vaste pèlerine noire, l'hôtelier parut sur le pas de la porte.

— Ichabod, *look,* j'ai pensé à toi. Je t'amène un garçon d'écurie... et qui parle anglais, par-dessus le marché.

Le visage d'Ichabod n'a rien d'affable et d'accueillant. Un nez mince et crochu planté entre deux petits yeux rapprochés, un menton autoritaire et des cheveux grisonnants qui pendent de chaque côté des joues creuses annoncent le quaker de la plus stricte observance. Les boucles de métal qui ornent son chapeau et ses souliers lui confèrent une certaine prestance. À pas comptés, il s'approche de Blèche et l'examine de haut.

— *So, you speak English, heh?*

— C'est pour ça que je l'ai amené, dit Jeremiah. Il va nous aider à communiquer avec les autres qui ne parlent que français.

Des Français?   Et un d'entre eux qui parle anglais?   Visiblement, Ichabod ne voit guère d'un bon œil un «papiste» parlant et surtout comprenant l'anglais.   Qui sait?   Le pendard est peut-être un espion.   Il dévisage Blèche de ses petits yeux gercés puis s'approche du traîneau.

— Et ceux-là?

— La vieille fera ma cuisine, dit Jeremiah, et le gaillard s'occupera de mes bêtes.

Ichabod semble bien sceptique.   Il hoche la tête comme pour signifier que c'est là prendre un bien grand risque.   Il revient vers Blèche.

— *All right,* dit-il, *come with me, young man.* Tu logeras à l'écurie, avec le pur-sang.

Jeremiah prit congé d'Ichabod.   Les bras ballants et le regard tragique, Blèche vit le traîneau repartir sans lui.

— *Please, please,* dit-il, ne me laissez pas seul.

— Tes amis vont habiter tout près, lui crie le vieux.

Le traîneau se dirige vers une maison qui a plutôt l'air d'une hutte avec ses murs en pisé et son toit en chaume.

— *This is your house,* dit Jeremiah.

Le bonhomme ouvre la petite porte et fait signe à ses gens de s'installer.   Pierre entre dans la cabane. On n'y voit pas tellement.   Bousillées de glaise et de paille, deux minuscules fenêtres ne laissent passer qu'une faible clarté.   Des fils d'araignée pendent partout.   La table chancelle sur ses pattes, et des couvertures de lit, lourdes d'années-poussière, pendent des couchettes superposées dans un coin. Pierre entreprend aussitôt de faire du feu, tandis que le vieux dépose la caisse sur la table. Elle contenait du hareng et des œufs.

— *See you tomorrow,* dit Jeremiah.

Dès six heures, le lendemain matin, Pierre, armé d'une pelle de bois, dégage le grésil accumulé devant la porte de l'écurie.

— *Come on, Peter! Come on!*

Jeremiah tourne en rond, son vieux mousquet lui servant toujours de bâton. Il remue et bouscule tout sur son passage; il grogne, n'en finit plus de donner des ordres; Pierre l'a constamment sur les talons.

— *Hurry! Hurry! There's more to do.*

Un bonnet de laine tiré sur les oreilles, le vieux bourru grelotte et se bat les flancs à l'entrée de la remise. Il entend tout préciser, tout expliquer, comme si le *Frenchie* était un propre à rien. Ce dernier doit se résigner à jouer les apprentis sans jugeote ni expérience. Jeremiah le tient en haleine. Raide comme un épouvantail, il relève la tête, et sa barbiche frémit chaque fois qu'il grogne un commandement. Marie Sallé l'a baptisé «le caporal». Pourquoi tant s'agiter, se demande-t-elle souvent. Il pourrait demeurer bien tranquille, au coin du feu. Mais il reste esclave de sa routine. Il voit à tout, affaire, sans doute, d'avoir toujours à l'œil ses deux «papistes» qui, pourtant, lui obéissent sans jamais murmurer.

— *Good heavens!* s'interroge-t-il parfois, qu'est-ce qui peut bien se passer dans ces têtes-là? *Who knows?* Et si Peter me saute dessus un jour, aurai-je le temps d'attraper mon mousquet?

L'air méfiant, «le caporal» va et vient et se comporte en assiégé. Debout dès cinq heures du matin, il guette l'arrivée de ses *Frenchies*. Dès qu'il entend leurs pas dans la cour, il tire sa montre, la consulte d'un sourcil sévère, attrape son mousquet et sort sur le perron. Menue et courbatue, Marie Sallé file à sa cuisine, tandis que Pierre se rend directement à l'étable traire les vaches.

Un matin, les *Frenchies* n'arrivèrent pas à l'heure accoutumée. Aussitôt, Jeremiah fut pris de panique.

— *My God!* murmura-t-il, c'est la révolte.

Il courut à l'écurie et, en vitesse, fit sortir Sandy. Soufflant et tremblant, le vieux passa le collier au cou de la bête et ajusta le harnais.

— *My God! My God!* haletait-il, fallait s'y attendre. Ils sont sûrement en train de tramer quelque chose. Faut alerter au plus tôt le *selectman*.

Les doigts engourdis par le froid, le vieux eut du mal à boucler les traits. Il n'avait pas encore attaché le bacul, que Pierre et la vieille firent irruption dans la cour. Stupéfait, il se retrancha derrière son cheval. Intrigué, Pierre s'immobilisa se demanda où diable le caporal pouvait bien aller de si grand matin? À pas comptés, il s'approcha.

— *You go?* fit-il en son anglais approximatif. *Me, help you.*

Il écarta le vieux et se mit à boucler la sous-ventrière et à équilibrer la sellette tout en tentant d'expliquer son retard.

— *You know...*, Marie-Venance, *sick. Big...* Gros ventre.

Pierre a beau mimer son discours, Jeremiah ne pige pas. Impuissant, Pierre hausse les épaules. Sa mine dépitée rassura Jeremiah qui recouvra aussitôt ses attitudes de caporal. Il se dressa, tira sa montre et marcha sur Pierre en relevant bien haut la barbiche.

— *Well, well,* grogne-t-il, en voilà une heure pour arriver. *What do you think?* Que je vais vous payer à rien faire?

Payer... Un bien grand mot dans la bouche de ce ladre qui paye en nature et de bien chiche façon. Pierre n'entend évidemment rien aux grognements du bonhomme et continue d'atteler le gros Sandy. Décontenancé, Jeremiah saisit le bras de Pierre.

— *Stop that nonsense,* commanda-t-il.

Du geste, il indiqua qu'il fallait dételer le cheval et le rentrer à l'écurie. Éberlué, Pierre ne comprenait rien à la comédie qu'on lui faisait jouer. Fourbus et l'estomac dans les talons, ce soir-là, lui et Marie Sallé rentrèrent à la maison... la *giole,* comme l'avait baptisée Pierre.

— Pas si *giole* que ça, proteste toujours Marie-Venance.

Et la jeune femme a un peu raison. Après tout le mal qu'elle s'est donné, la *giole* a perdu l'aspect sinistre des premiers jours. Oh! bien sûr, ce n'est toujours qu'une bicoque : une masure isolée du grand chemin et que les grands pommiers du verger Wallis dérobent à la vue des passants. Il reste que le filet de fumée qui s'échappe de la cheminée trapue a redonné vie à l'humble chaumine. Même que les rondins fraîchement sciés et cordés dehors, sous la petite fenêtre, annoncent le bon gîte.

À l'intérieur, les fils d'araignée et les taches de suie ont disparu. Tout est bien rangé. Pierre a consolidé la table, réparé la bancelle et les tabourets, calfeutré le seuil de la porte et replâtré la cheminée. Marie-Venance a débarbouillé les losanges des fenêtres où filtre une clarté olivâtre; des couvertures propres bordent les couchettes; complètement dérouillé, le chaudron de fer tient compagnie au seau d'eau sur un banc; les écuelles sont empilées bien droites sur le manteau de la cheminée.

À l'ordre et à la propreté, s'ajoute un petit cachet d'intimité : la malle de l'ancêtre, bien en vue dans un coin, le *bec de corbeau* suspendu au soliveau, la petite croix de bois accrochée au chambranle de la porte et le vieux bougeoir en étain perché sur la corniche : autant de souvenirs précieux, autant de menus objets qui évoquent discrètement la douceur du pays perdu.

Tout le jour, seule avec Martine, Marie-Venance trouve l'hiver bien long. Elle n'a l'occasion de mettre le nez dehors que pour aller puiser de l'eau sous la glace du petit ruisseau, ou encore, pour aller ramasser le bois tombé des branches crochues des vieux pommiers. La jeune femme se languit dans l'attente du printemps. Elle tente de tromper son ennui en tenant à Martine des propos décousus. Il lui semble bien qu'elle reprend goût à la vie. Certes, elle a toujours au cœur ce nœud lancinant qui se resserre depuis le jour où Pouce a disparu, mais elle s'efforce de se faire une raison et de croire que le garçon vit quelque part dans la nature et que le bon Dieu le protège. Et puis, il y a cette nouvelle vie, ce petit être qu'elle ne connaît pas encore et qui commence à bouger dans son sein.

Le soir tombe, Pierre a mis ses *galoches* à sécher sur le socle de la cheminée. Assise sur une bûche et les coudes sur les genoux, Marie Sallé somnole, les mains ballantes, tandis que Marie-Venance achève d'écurer le chaudron où a mijoté le saupiquet. À travers les losanges de la fenêtre, Pierre voit une ombre enjamber le ruisseau.

— Qui va là?

— N'aie pas peur, dit l'ombre, c'est moi.

Pierre reconnaît la voix.

— Blèche! Quelle bonne surprise. As-tu déserté?

Hors d'haleine, Blèche serre chaleureusement la main de son ami.

— Déserter? Allons donc.

Le jeune homme embrasse tout le monde, enlève son bonnet et détache son blouson.

— Ben alors, t'es malade, dit Marie-Venance. T'es vert comme un poireau.

Une atmosphère de gaieté et de fête s'établit autour du feu.

— Non, non, protesta Blèche, j'ai rien. Mais je travaille comme un bœuf. Du travail pour dix... Pas le temps de se rouler les pouces, allez!

Marie Sallé égrène un petit rire.

— Nous autres non plus, mon jeune, fait-elle approchant sa bûche de la cheminée. Point le temps de se rouler les pouces, encore moins de pétuner; ah! que point! Le caporal... il nous tient sur le vif... et avec le mousquet au *troufignon.*

La vieille en remettait et tout le monde riait de bon cœur.

— Vous en avez de la chance, dit Blèche. Moi, j'en ai deux de *caporals* : Ichabod et Abigail, le patron et sa moitié. Et en plus, il y a Melody, l'enfant gâtée...

Et Blèche d'expliquer qu'en plus d'avoir soin des animaux, il doit aussi s'occuper des voyageurs, changer les lits, faire la lessive, sans oublier ses fonctions de palefrenier et de charretier.

— De charretier? Tu te promènes donc dans tout le village?

— Abigail et Melody me tiennent en haleine. Elles ont toujours une course à faire du côté de Hanover, soit pour des emplettes, soit pour aller visiter la vieille Rupert qui est malade à Duxbury. Je ne sais plus à qui je dois obéir le premier, à Ichabod qui m'envoie aider les meuniers, ou à Abigail qui me commande d'atteler Goliath pour aller acheter du tabac à priser.

Loin de compatir, Pierre est dans le ravissement.

— C'est toi, le chanceux, dit-il. Tu te promènes à Hanover et à Duxbury, tu vas au village; tu vois du pays : tandis que nous autres,
c'est toujours à la même place qu'on va. Et puis,
on travaille à *se désâmer*. *Frenchie* par-ci; *Peter*
par-là. Ah! ce que je donnerais pour aller au village, visiter les environs... Mais, on a le caporal
dans le dos, du matin au soir. Il nous guette tout le
temps.

— C'est que, mon vieux, il s'en tient au contrat.

— Le contrat? Quel contrat? J'ai point signé
de contrat, moi.

— Non, mais Ichabod et Jeremiah en ont signé
un, eux. Tous les deux, ils ont droit de nous con-
damner à dix coups de fouet s'il nous venait à l'idée
de déserter.

Pierre, Marie Sallé et Marie-Venance n'en
croient pas leurs oreilles.

— Le fouet?

— Dix coups! Et la prison.

Un silence de mort plane un moment sur le
petit groupe.

— Vous savez, poursuit Blèche, faut pas se
faire d'illusions. À leurs yeux, on n'est pas plus
que les Indiens et les nègres. Si tu veux aller au
village, ou sortir du territoire, il faut une permission. Et des permissions, pas question... C'est
sur le contrat.

— Et toi, tu as eu la permission... pour venir
nous voir?

Blèche se fit mystérieux.

— Bien sûr que oui, dit-il. C'est Ichabod qui m'a chargé d'une commission rapport à toi, Marie-Venance.

— À moi?

— Il y a du travail pour toi à l'auberge et à la meunerie. Oh! rien de fatigant pour commencer: laver et peler les légumes, soigner les poules et les oies, *cocher* la filasse... Ça va augmenter votre ration.

Marie-Venance est déjà folle de joie.

— Pour une fois, dit-elle, une bonne nouvelle.

— Mais le petit, objecta Pierre. Tu y penses pas? Il va bientôt venir au monde et il va ben falloir que tu t'en occupes.

Blèche avait naturellement expliqué la situation au patron. Aussi, avait-il réponse à tout.

— Faut pas compliquer les choses avant le temps, dit-il. Ichabod va tout arranger. C'est un gros bonnet, vous savez, qui a de la *braise;* beaucoup de braise. En plus, de la *Old Garrison,* il est propriétaire des moulins à grain et à scie en bordure du *Herring Brook;* il a grand de terre, avec des moutons et des bestiaux dispersés aux quatre coins de la Commune; il a son mot à dire à la fonderie de la *Furnace Pond.* C'est l'homme le plus riche du canton.

Le lendemain matin, Blèche reçut l'ordre de venir chercher Marie-Venance et Martine à la *giole.*

•

Jeremiah n'avait jamais vu la Marie Sallé en colère. Courbatue, la peau ridée et toute blanche, la vieille semblait la douceur même. Elle marchait en se dandinant comme une vieille sorcière et vaquait à ses occupations sans rien dire. C'était merveille de la voir tourner une crêpe, et, de sa vie, le caporal n'avait aussi bien mangé. Mais ce midi-là, la vieille bravait, poings aux hanches, celui qui avait toujours su lui en imposer.

— Pour qui il me prend? fulminait-il. Pour une dinde? Quelqu'un né d'hier? Dis-y, Blèche, dis-y, mon jeune, que c'est moé qu'on venait *qu'rir* pour les accouchements à Port-Royal, et j'avons jamais vu un marmot me mourir au nez. J'allions-t-y la faire languir, la pauvre Marie-Venance, hein? Le petit, y poussait, et y fallait qu'y sorte. Je l'avons fait sortir et, vous voyez, il a bon poumon.

Le bébé chialait et gigotait, couché sur une flanelle, au milieu de la table. Bouche bée, Jeremiah ne sait que dire. Il se tourne vers la sage-femme.

— *Good God!* dit-il, *the child is born.*

La sage-femme ne put que s'incliner devant cette bruyante évidence.

— *The little fellow couldn't wait, I gather.*

Sa colère apaisée, Marie Sallé se pencha sur le nouveau-né et acheva de le frictionner. Dans le silence pénible qui suivit, on pouvait entendre Sandy tousser sans arrêt au dehors. La pauvre bête! La sueur lui ruisselait sur tout le corps.

De grand matin, Pierre avait donné l'alerte et Jeremiah s'était empressé d'accourir à la *giole,* ayant pris soin, en passant de solliciter les services de Blèche auprès d'Ichabod. Les cheveux défaits, Marie-Venance arpentait la pièce et serrait les dents chaque fois qu'une contraction se produisait. Marie Sallé la réconfortait du mieux qu'elle pouvait.

— Sois courageuse, ma fille. C'est vite passé, tu sais. Après, quand le petit est arrivé, tu te souviens de rien.

Ayant constaté que Peter ne lui avait pas raconté d'histoire, Jeremiah devint tout compatissant à la vue de cette femme qui allait et venait en poussant de grands soupirs.

— *Poor girl!* fit-il. *Come, Peter, come. You need a midwife.*

Le vieux sortit, entraînant avec lui Pierre et Blèche.

— Pierre, Pierre, supplia Marie-Venance, ne t'en va pas.

— Le vieux dit qu'il faut une accoucheuse, expliqua Blèche. Il s'en va la chercher.

Indignée, Marie Sallé se précipita dehors.

— Accoucheuse? Dis-y de ménager son *joual,* dit-elle. C'est moi qui allons l'accoucher, la Marie-Venance.

Blèche eut beau expliquer — et Pierre d'approuver — que la vieille en avait vu bien d'autres, Jeremiah ne voulut rien entendre.

— *No, no,* fit-il, avec autorité. *Tell me...,* et s'il y avait des complications? Si le *baby* mourait?

Qui serait blâmé, hein? *No, no*, c'est une sage-femme, une personne d'expérience qu'il faut.

Il fit claquer les guides et Sandy dévala le sentier au trot. Les trois hommes filèrent vers Hanover à fière allure. Le cheval courut presque sans arrêt à l'aller et au retour : quatre milles par le Bay Path. Mais ce fut peine perdue. Le *baby* n'a pas attendu l'arrivée de la sage-femme, et Marie Sallé n'était pas fâchée de la tournure des événements.

Elle avait préparé une tisane de *verges d'or* qu'elle avait fait prendre à l'accouchée pour lui faciliter les choses. Elle mit de l'eau à chauffer dans le grand chaudron et fit fondre du saindoux dans la casserole. Elle étala les serviettes et les langes sur la malle de l'ancêtre et repéra une petite paire de ciseaux dans son balluchon. Il va sans dire que Marie-Venance avait, depuis longtemps, habillé le *ber* que Pierre avait fabriqué dans du bon bois de cèdre.

Marie Sallé venait à peine de couper le cordon ombilical et de laver l'accouchée que Pierre, Blèche et Jeremiah revenaient avec la sage-femme. Marie-Venance reposait dans des draps propres et la vieille était en train de frictionner le marmot.

— C'est un garçon, lança-t-elle gaillardement, et apparence qu'il a envie de vivre. Vous l'entendez?

Le bébé gigotait et vagissait de toutes ses forces. Indigné, Jeremiah crut d'abord que la vieille se moquait de lui. Il fronça les sourcils.

— *Good heavens!* fit-il d'une voix coléreuse, *she had her way!*

Il marcha sur la vieille.

— *I told you to wait,* tonna-t-il. *This is not your business!*

La barbiche du bonhomme en frémissait. D'une voix timide, Blèche interpréta, à l'intention de la vieille, les grognements du caporal.

— Il dit que vous le saviez qu'il était allé chercher l'accoucheuse, et qu'il fallait attendre plutôt que de faire à votre tête.

Marie Sallé se redressa, poings aux hanches, et fixa de ses yeux plissés ceux, encore plus plissés, de Jeremiah.

— À ma tête? À ma tête? écuma-t-elle. Apprenez, m'sieur, que c'est ni vous, ni moé, ni l'accoucheuse qui décide, mais le petit.

Prodigieusement étonné, le bonhomme recula de quelques pas, tandis que la vieille continuait à débiter son morceau. Pierre s'était précipité et avec d'infinies précautions, il souleva l'enfant. Bien au chaud dans les bras de son père, le nouveau-né se calma et chacun de s'approcher pour le voir.

— Un garçon, murmura Pierre qui sentait une larme lui chatouiller le coin de l'œil. Le bon Dieu est ben bon.

Il s'approcha du lit.

— Le bon Dieu est ben bon, répéta-t-il. Regarde, Marie-Venance, regarde : un garçon... pour nous consoler de... de...

Marie-Venance eut une moue amère. Elle oscillait, elle aussi, entre la joie et les larmes.

La douche d'eau froide que lui avait administrée Marie Sallé avait soudain rendu Jeremiah doux comme un agneau. Il s'approcha timidement du lit et mit doucement la main sur celle de Marie-Venance.

— *Congratulations, young lady,* fit-il d'une voix rauque.

La jeune femme eut un faible sourire pour le remercier. Le vieux s'approcha de Pierre et lui mit paternellement la mains sur l'épaule.

— *Congratulations, Peter; congratulations, my boy.*

Tout ému, Pierre lui sourit à son tour, émerveillé de voir que la naissance du petit allait peut-être détendre un peu les relations entre maître et serviteurs. Jeremiah aurait voulu dire quelque chose de plus original, mais il se sentait tout bête avec son petit sourire accroché au coin de la bouche. Il se dirigea lentement vers la porte.

— *Never mind the cows today*, Peter, dit-il d'une voix forte, et comme pour dissiper son trouble. Sam Jacob va venir me donner un coup de main.

D'un pas lourd et la tête basse, Sandy redescendit le sentier, ramenant tranquillement la sage-femme à Hanover.

•

Ce soir-là, le vieux fit soigneusement ses comptes au coin de la table. Quatorze shillings et huit pence pour linge, onguent, huile et menus effets nécessaires à l'accouchement de la *French woman*. Six shillings à la sage-femme. Deux shillings et huit pence pour aller chercher et ramener ladite sage-femme à Hanover. En tout, une livre, trois shillings et quatre pence.

Jeremiah se frotte les mains. Ce qu'il avait d'abord perçu comme un contretemps, se révèle un événement heureux. Il s'en tire même avec un petit bénéfice. Il fixe longuement le feu de la chandelle qui sautille dans l'obscurité. Il a le sentiment d'avoir été d'une grande générosité. Lui, un puritain de stricte observance, ne vient-il pas de faire preuve de grandeur d'âme en se portant, comme il l'a fait, au secours de *French Neutrals?* Des papistes?

Le vieux a bonne conscience. Le fait d'avoir consenti à pénétrer dans l'intimité de ses serviteurs aura sans doute édifié ces derniers. Ils lui feront sans doute meilleur visage à l'avenir. Dans les jours qui suivirent, un mystérieux instinct l'incita à se montrer moins cassant, plus avenant. Oh! bien sûr il conserve ses manies de caporal. Il continue de talonner son monde, mais la surveillance se fait moins intense. Même que le vieux a cessé de traîner partout son mousquet. Il donne congé plus tôt le jour du sabbat... et même le dimanche. Il n'exige plus que Pierre vienne atteler Sandy quand il se rend à la *Meeting House*. Grand pratiquant, Jeremiah ne manquerait pas le service du sabbat pour tout l'or du monde. Corseté dans son surtout râpé, avec son chapeau d'un autre âge, précieusement posé sur ses genoux, il occupe sa place de membre du conseil de fabrique, dans le premier banc, du côté des hommes. Immobile et rigide comme une momie, il écoute les sermons interminables du révérend Thomas Smith, et il se dresse gravement sur ses longues jambes, la barbiche relevée, pour fredonner le chant sans accompagnement des psaumes puritains.

S'il se montre moins sévère et moins méfiant, Jeremiah n'est guère plus généreux. Les rations allouées chaque semaine en guise de salaire à Pierre et à Marie Sallé restent maigres et invariables. Jamais de viande, très peu de lait, parfois des haricots, du maïs, des pommes de terre et le sempiternel hareng.

La terre est dure et résiste à la bêche. Pierre a beau être costaud, le travail l'éreinte. Il se sent l'estomac creux. Pour tromper la faim, il dérobe parfois un œuf dans le nid d'une poule — pas toujours le même, bien sûr, car il faut faire attention. Jeremiah a l'œil. Et puis, il compte ses œufs chaque jour et, si le compte est moindre que la veille, il devient soupçonneux et croit qu'on le vole. Aussi, ruse-t-il avec son *Frenchie.*

— Peter, lui dit-il un jour, tu as trop à faire. *Consequently,* je te dispense de soigner les poules. Je m'en chargerai moi-même.

Après l'accalmie qu'avait amenée l'arrivée du nouveau-né, le naturel était revenu au grand galop chez ce vieux rigoriste, à cheval sur l'ordre et la discipline.

●

Un après-midi, Marie-Venance entendit le bruit d'une voiture qui montait dans le sentier. Elle courut à la porte. C'était le caporal en personne qui fouettait le pauvre Sandy pour qu'il aille plus vite. Le bonhomme tremblait de colère.

— *Peter?* lança-t-il à tue-tête. *Where is Peter?*

Il mit pied à terre et marcha droit sur Marie-Venance. La petite femme devint toute pâle. Le caporal l'écarta sans façon et poussa la porte qui s'ouvrit toute grande.

— *Peter?*

Il jeta un rapide coup d'œil à l'intérieur de la cabane.

— *My God! He ran away!*

Les traits crispés et le sourcil menaçant, le vieux remonta dans son chariot et redescendit le sentier. Il n'avait pas encore atteint la maison de Peleg Bonney, le *selectman,* qu'il apprit qu'on avait appréhendé un *French Neutral* près de *Furnace Pond.* Il eut un soupir de soulagement. *«Good for him!»* grommela-t-il.

Marie Sallé accourut prévenir Marie-Venance.

— Paraît, dit-elle, hors d'haleine, que Pierre a été arrêté.

— Arrêté? Pourquoi?

— Sais pas.

Folle d'inquiétude, Marie-Venance courut à la *Old Garrison* prévenir Blèche. Mais déjà, tout Pembroke était en émoi. On ne parlait que du «papiste» et du dangereux «espion» qu'on venait d'arrêter. Blèche ne savait que faire et Marie-Venance tremblait de peur. Quel mauvais coup a donc pu faire son homme pour que tout le village s'agite ainsi?

Pierre avait tout simplement profité de l'absence du caporal pour se glisser hors de la ferme et pour aller faire une petite promenade au village, histoire d'avoir une idée un peu plus précise du pays dans lequel le destin l'avait amené à vivre. À pas carrés, il s'était engagé dans la *Barker Street,* assuré que personne ne le connaissait et que, par conséquent, il n'y avait aucun danger. L'homme s'était singulièrement illusionné. Comment n'aurait-on pas remarqué ce personnage insolite, cet homme au visage rudement buriné, revêtu d'une chemise en grosse laine grise, des hauts-de-chausses en *bougran,* des *mitasses,* des sabots de bois et, surtout, un tricorne. Les gens se poussaient du coude en murmurant.

— Regardez, c'est sûrement un de ces *French Neutrals.*

Pierre filait gaillardement son chemin. Il en avait plein les yeux : des maisons bien propres et toutes blanches, de beaux équipages avec des chevaux aux pattes fines, de belles dames en crinolines. Il marchait, marchait, se laissant griser par une liberté un moment retrouvée. Les gens se retournaient sur son passage. Certains s'inquiétaient de voir fureter, à droite et à gauche, cet étranger aux larges épaules et aux yeux creux qui lorgnaient les jambons et les fromages suspendus aux étalages dressés en bordure du pré de la Commune. Pierre s'était arrêté pour examiner la *Meeting House.*

— *No doubt,* chuchota un badaud, un espion. Un espion à la solde des *papists in Quebec.*

Le présumé espion dépassa le chemin de Mattakessett et descendit jusqu'à la *Iron Mill.*

— Un déserteur, dit un autre badaud.

Une bande de curieux s'étaient rassemblés devant la maison du vieux Peleg Bonney. Blèche avait obtenu d'Ichabod la permission d'aller servir d'interprète à son ami.

•

Le pauvre Pierre n'en menait pas large. Il était affaissé sur une chaise droite, et avait, à la joue, une affreuse balafre. Il torturait son vieux tricorne entre ses gros doigts. Jeremiah et le *selectman* lui posaient des questions, mais comme il ne comprenait pas ce qu'ils disaient, il avait l'air d'un accusé devant ses juges. L'arrivée de Blèche le soulagea grandement.

— *By Joe! Here's the man we need,* dit Jeremiah, et le vieux se mit à raconter à Blèche que Peter avait essayé de s'échapper mais que les gens du *Iron Mill* l'avait appréhendé. Blèche écouta d'un air sceptique tout ce que les accusateurs avaient à dire, puis se tourna vers l'accusé.

— Ils disent que t'as essayé de t'échapper, mais qu'on t'a arrêté aux limites du village.

Pierre protesta d'un haussement d'épaules.

— On m'a pas arrêté, dit-il, on m'a assommé. Regarde.

Blèche examina la plaie au milieu de laquelle suintait un peu de sang.

— Comment c'est arrivé?

— Quatre hommes, le visage barbouillé de suie, sont sortis d'un fossé et m'ont cerné. Ils gueulaient et avaient les yeux sortis de la tête. Un des quatre m'a attrapé par un bras, mais je l'ai envoyé rouler à terre. Les autres ont commencé à me fouetter avec une hart. Ils m'ont poussé, je suis tombé et ils se sont jetés sur moi. Une voiture s'est arrêtée. Un homme qui avait un collet de prêtre est descendu; il a argumenté avec les barbouillés, puis, il m'a fait monter dans son cabriolet. C'est lui qui m'a amené ici.

Naturellement, Peleg Bonney ne prenait pas pour vérité d'évangile ce que lui traduisait Blèche.

— *Listen, young man,* dit-il, il est clair que ton ami se dirigeait vers le village voisin. Il désertait.

— Pourquoi es-tu allé si loin? demanda Blèche.

Pierre baissa la tête.

— Je faisais rien de mal; je visitais.

— *Only looking around, heh?*

Le *selectman* releva un sourcil soupçonneux.

— *I'm told,* dit-il, qu'il avait un comportement étrange à la place du marché. Il avait l'air d'un espion.

— T'es arrêté au marché?

— Euh, oui... pour regarder les jambons... les fromages...

Peleg Bonney esquissa un sourire.

— *I see...,* il voulait voler?

L'insinuation fit bondir Pierre.

— J'ai rien volé, dit-il. J'ai seulement re-gardé. Est-ce que c'est défendu de regarder un jambon quand on se meurt de faim et qu'on a rien que du maudit hareng à se mettre sous la dent?

Blèche hésita avant de traduire. Mais ce qu'il venait d'entendre correspondait tellement à son propre cas, qu'il mit de côté la prudence et se vida le cœur.

— *My friend* n'est pas un voleur, protesta-t-il. Encore moins un espion. C'est rien qu'un pauvre diable qui travaille aux champs, sans salaire et pres-que rien à manger. Voir un jambon, quand on a faim, c'est à vous rendre fou. *My friend* ne mange jamais à sa faim, et moi non plus, si vous voulez le savoir.

— *What a pity!* s'écria Jeremiah, rouge de colère.

Le *selectman* bondit.

— *What is this?* dit-il, une conspiration? Une révolte?

Il marcha droit sur Blèche et le regarda droit dans les yeux.

— *I will not stand,* non, je n'admets pas ce genre de chantage, *you understand?* Des proscrits qu'on accueille et qu'on héberge et qui viennent se plaindre des bons soins qu'on leur donne?

L'homme s'empara d'une liasse de papiers sur une étagère. Il tira une des réclamations de Jeremiah et se mit à en lire le contenu :

— *After only six months,* voici ce qu'a reçu ton ami : 114 livres de porc sans os; 77 livres de bœuf; cinq mois de loyer; du pain de maïs; des pommes de terre; du lait; du sel... et vous venez me dire que vous n'avez pas de salaire?

Peleg Bonney remit sur l'étagère la liasse de papiers et revint gravement vers Pierre et Blèche.

— *Well,* pour cette première escapade, je veux bien faire preuve de clémence, dit-il. Retournez chez vos maîtres.

Pointant Pierre du doigt, il l'admonesta sévèrement.

— *Remember,* dit-il, *next time,* j'appliquerai les clauses du contrat, *understand? Now go.*

Blèche fit une petite révérence et entraîna Pierre vers la porte, heureux de voir son ami s'en tirer à si bon compte.

— *Thank you,* dit-il, avec un sourire empreint de reconnaissance.

— *Thank you,* fit Pierre en écho.

Les deux hommes sortirent d'un pas hésitant, ne sachant s'ils devaient attendre Jeremiah. Attelé au chariot et la tête basse, Sandy piaffait d'impatience. Le vieux sortit à son tour, monta sur son chariot et fit signe aux hommes de marcher devant. Le vieux mousquet avait repris sa place à ses côtés.

D'un pas allègre, Pierre et Blèche arpentèrent la *Oldham Street*. Le jour tombait. Blèche hésita un moment avant d'interroger son ami. Il avait peur d'avoir l'air de celui qui veut faire des reproches.

— C'est vrai, hasarda-t-il d'une voix neutre, c'est vrai ce qu'il raconte, le *selectman?*

Pierre attendait la suite d'un air intrigué.

— Le *selectman?* Qu'est-ce qu'il raconte?

Blèche regrettait d'avoir posé la question. Il se rappelait qu'il n'avait pu traduire la liste de victuailles que lui avait lue Peleg Bonney.

— Bah... fit-il avec embarras, il raconte que Jeremiah vous a livré plus de cent livres de porc et 77 livres de bœuf depuis six mois.

— Il a dit ça, le *selectman?*

— C'était écrit sur son papier.

Pierre en eut le souffle coupé.

— Cent livres de porc...? Il s'est sûrement trompé de papier. À part quelques couennes de lard salé sur le bateau, j'ai pas vu la couleur de la viande de cochon ou de bœuf depuis Port-Royal.

Blèche n'y comprenait plus rien lui non plus.

— Pourtant, c'était écrit. Il a rien inventé le *selectman.*

— Écrit ou pas, dit Pierre, Jeremiah m'a jamais payé en viande. Il paye en hareng... Rien que du hareng... Toujours du hareng. Le sel est à la veille de me sortir par les oreilles.

Blèche obliqua dans la *High Street* et gagna la *Old Garrison,* tandis que Pierre continuait seul vers la *Little Pudding,* avec Sandy qui marchait d'un pas lourd derrière lui. Il courut traire les vaches et ne put rentrer à la *giole* que tard après souper.

•

Un soleil tiède et pétillant se leva sur le premier dimanche de mai. Des fleurs nacrées éclataient, comme des feux d'artifice, sur les branches des pommiers, et des tiges de bruyère pointaient leurs doigts mauves au bord du *Little Pudding.* Le dos rond et le cou cassé, Marie Sallé chauffait ses vieux os sur le pas de la porte.

— Vous êtes sûre, grand-mère, interrogea Marie-Venance du fond de la maison.

— Je l'avons vécu, *pargué,* répondit la vieille. Quand y a point de prêtre, eh ben, on peut, nous autres, baptiser les enfants. Suffit de verser queu-qu'gouttes d'eau sur la tête en disant «Je te baptise», et puis, on fait le signe de croix.

— Mais c'est pas aussi bon que si c'était un prêtre.

Marie Sallé avoua son ignorance.

— Mais en tout cas, fit-elle, ponctuant ses mots de légers coups de tête, c'est mieux que rien.

La vieille revint s'asseoir sur son tabouret. Elle posa ses mains veineuses sur ses genoux et releva son front ridé.

— J'avons souvenance, expliqua-t-elle, quand j'étions jeunette, y en mouillait point des prêtres à Port-Royal. Les Anglais pouvaient point les sentir.

Les curés venaient, puis disparaissaient. Les colons se débrouillaient tout seuls. Point de messe; point de baptême. Y priaient à l'église, sans prêtre, et y baptisaient leurs marmots, au-dessus d'une écuelle, à la maison.

Marie-Venance n'en démordait pas.

— C'est quand même mieux quand il y a le prêtre, répétait-elle en branlant la tête.

La jeune femme sentait tout de même qu'au fond, la vieille avait raison. On ne pourrait trouver un prêtre à des milles à la ronde dans ce pays. D'un geste dolent, elle remuait doucement le berceau qui cahotait sur les planches usées du plancher. Les carreaux losangés de la petite fenêtre teintaient d'émeraude les rayons penchés du soleil. Hors d'haleine et le visage épanoui, Pierre parut sur le pas de la porte.

— Venez voir, dit-il, venez vite. C'est pas croyable.

Martine, Marie-Venance et la vieille sortirent précipitamment. Pierre battait la marche à travers les roches et les longues herbes, tandis qu'à distance et à bout de souffle, Marie Sallé traînait la jambe. Le petit groupe s'enfonça à l'intérieur du verger et parvint à la source du *Little Pudding*.

— Regardez!

À travers les ronces et le chiendent, on distinguait à peine les pierres plates qui formaient un cercle autour d'un trou noir.

— Qu'est-ce que c'est? demanda Marie-Venance.

— Tu vois, fit Pierre avec exaltation, c'est un puits. J'ai manqué tomber dedans.

— Un puits? En plein bois?

— Et avec de l'eau qui goûte la rosée. Attends.

Pierre se glissa sur une branche morte tombée dans le puits et, à l'aide d'une écorce de bouleau, puisa de l'eau.

— Tiens, goûtes-y.

Marie-Venance prit une gorgée et passa l'écorce à Marie Sallé puis à Martine.

— J'avons jamais goûté d'eau aussi douce, dit la vieille.

Marie-Venance prit une autre gorgée et l'avala avec émerveillement.

— Hum..., fit-elle, fermant à demi les yeux, du velours dans la gorge.

Marie Sallé sursauta.

— La bonne eau...! Mais... c'est sûrement le bon Dieu qui nous l'envoie pour baptiser le petit.

Pierre remonta du puits.

— Baptiser le petit?

La vieille jubilait.

— Un beau dimanche; un beau soleil; de l'eau pure : c'est quasiment mieux qu'à l'église. Allons chercher le marmot.

On rentra à la maison pour les préparatifs. Marie-Venance se fit une beauté. Elle mit sa longue robe grise, sa collerette blanche et sa coiffe à frisons. Marie Sallé enleva son long tablier de lin, coiffa son bavolet d'étame et mit des petits rubans aux tresses de Martine. Quant au petit, on lui passa la belle layette héritée de la grand-mère maternelle. Pierre essuya son tricorne du revers de sa manche puis, en procession, on retourna au puits. Solennel et guindé, le petit groupe fit cercle autour de la margelle recouverte de lichen. Pierre redescendit puiser de l'eau avec le cornet d'écorce. On avait convenu, dès sa naissance, que l'enfant s'appellerait Jean-Baptiste, comme son aïeul. Pierre remonta, tenant précieusement le cornet d'écorce, et prit gauchement place à côté de Marie-Venance.

— Euh... qu'est-ce qu'on fait?

— Eh ben, ôte ton chapeau, et vas-y, dit Marie Sallé.

— C'est que... j'sais pas comment faire, moi. Et puis, vous voyez, j'ai les mains pleines de terre.

— Faites le baptême vous-même, grand-mère, dit Marie-Venance. Faites-le comme dans votre temps.

— Ça revient au père, dit la vieille.

— Allez, allez, vous avez l'expérience, dit Pierre.

La vieille hésita un moment, puis elle prit le cornet, découvrit le front du marmot et, d'une voix émue, récita la formule :

— Je te baptise, Jean-Baptiste, au nom du Père, et du Fils, et du Saint-Esprit. Ainsi soit-il.

Chacun fit le signe de la croix.

— C'est tout? dit Pierre.

— J'savons point d'autres prières.

Un peu déçu, Pierre reprit le cornet d'écorce des mains de la vieille en disant :

— Et c'est aussi bon qu'à l'église? Avec le prêtre?

— C'est comme ça qu'on faisait, quand les Anglais sont venus.

Le petit groupe demeura un instant figé autour du puits. Le soleil avait mille reflets à travers les fleurs des pommiers. La mousse mettait aux roches des taches de velours et des myosotis frissonnaient dans l'ombre.

Cet après-midi-là, Pierre eut la surprise de voir Jeremiah monter le sentier. Sandy traînait placidement le chariot et le bonhomme sautillait au gré des cahots. Sans hâte, l'équipage s'approcha de la maison.

— *Good day, everybody*, dit Jeremiah.

Le vieux souleva les guides.

Sandy s'immobilisa et le vieux mit lentement le pied à terre. Grave et mystérieux, il se dirigea à l'arrière du chariot et en sortit une longue et livide chose. C'était une poule toute plumée et bavant encore le sang. Il brandit fièrement le pantelant volatile au bout de son bras.

— *Here, Peter, for the family.*

N'en croyant pas ses yeux, Pierre prit la volaille tandis que Jeremiah se dirigeait de nouveau vers l'arrière du chariot pour en retirer, cette fois, une petite caisse remplie de carottes et de raves. Il déposa la caisse aux pieds de Pierre et demeura un moment tout bête, les épaules accrochées aux oreilles. Les femmes avaient mis le nez dehors. À la vue des victuailles, Marie-Venance écarquilla de grands yeux. Jeremiah fit gauchement la révérence.

— *For the family... and the baby,* dit-il.

La démarche et le maintien du caporal parurent tellement contraires à ses habitudes que la *family* resta décontenancée, ne sachant que dire. Jeremiah remonta dans le chariot, fit faire demi-tour à Sandy, et repartit.

— Euh... *thank you,* lança Pierre, encore sous l'effet de l'étonnement.

Comme des fillettes dissipées, les deux femmes se mirent à vider puis à découper la volaille, ayant bien soin de récupérer le foie et le cœur que Marie Sallé coupa en petits morceaux pour la soupe. Marie-Venance mit la poule à bouillir avec les légumes dans le grand chaudron noir. Assis sur la bancelle derrière la table, Pierre tentait de s'expliquer la démarche et les largesses du patron.

— À propos de rien, dit-il, se parlant à lui-même, une visite, des cadeaux, des courbettes... Y sent peut-être sa fin prochaine.

— Hormis qu'y aime point la volaille, fit remarquer Marie Sallé en ricanant.

— Ou que la poule est morte de vieillesse, insinua Pierre.

Les deux femmes s'empressèrent de sentir les abats.

— Détrompe-toi, décréta Marie-Venance, la chair est saine et fraîche. On vient de lui tordre le cou, à cet oiseau.

— C'est pas comprenable, dit Pierre, se grattant l'arrière du crâne.

En réalité, Jeremiah tentait de se racheter un peu. Il avait eu chaud, l'autre jour, quand il avait entendu Peleg révéler que lui, Jeremiah Nichols, conseiller respecté à la *Meeting House,* avait réclamé un remboursement pour « 114 livres de porc sans os » et « 77 livres de bœuf... » Qu'est-ce que les *Frenchies* ont pu penser? Qu'il n'est qu'un tricheur? Un voleur? Bien sûr, avec des papistes, il n'y a pas à se faire des scrupules. Ce sont des hypocrites, des espions, des terroristes. Nous avons la charité de les accueillir : ça mérite bien un petit dédommagement. Il faut bien vivre!

Vains raisonnements. Jeremiah avait quand même eu mauvaise conscience, et, dans son vieux cœur de calviniste, il avait pris la résolution de réparer un peu ses torts. Mais ce que Jeremiah ignorait, c'est que, dans l'état de choc où il se trouvait, après la raclée qu'il avait attrapée près de la *Iron Mill,* Pierre n'avait rien soupçonné de louche. Il avait, tout simplement, pensé que le *selectman* s'était trompé de document.

— C'est peut-être à cause de notre petit Jean-Baptiste, dit Marie-Venance.

— Tu crois?

— On dirait que sa naissance a rendu le bonhomme moins *grichu.*

— Moins *grichu* ?

— En tout cas, il a ses bons moments. Je crois qu'il est plus sauvage que méchant.

Pierre devint de plus en plus songeur. Les événements de la journée lui ont fait découvrir un nouvel homme chez Jeremiah, et quelque chose lui dit qu'il doit lui témoigner de la reconnaissance. Mais comment?

L'arôme des oignons et du poulet flotte maintenant autour de la cheminée. Pierre alimente la braise de petites branches sèches, ce qui fait pétiller le feu. L'œil fixe, et salivant comme un moine à la fin du carême, il regarde mijoter le ragoût.

Soudain, le petit Jean-Baptiste se mit à pleurer. Marie-Venance le prit dans ses bras, vint s'asseoir au pied du lit et entrouvrit son corsage. Le sein gonflé et le tétin laiteux se découpaient sur la robe grise. Pierre est dans le ravissement. Il éprouve comme un frémissement dans sa chair. Il a soudain une envie folle de cette femme qui a la peau si blanche et une taille très fine. Les rudes épreuves en mer et le long hiver sur une terre hostile l'ont épuisé et distrait du sexe. Mais le beau soleil de mai, et l'odeur combien appétissante de la poule qui mijote doucement dans son jus, le ramène à une douce réalité. Des idées folles lui trottent dans la tête. Ah! qu'il ferait bon posséder cette femme aux cheveux d'ébène et à la peau de velours! Qu'il ferait bon passer son bras autour de ses reins tièdes, humer la chair de son cou, caresser ses seins superbes. Mais il y a toujours Martine et Marie Sallé qui dorment dans le lit d'en bas. Si elles allaient se réveiller? Et puis, il y a Marie-Venance qui décourage amicalement toute initiative. Le pauvre homme doit se contenter de glisser une main pudique sur ce corps aguichant devenu lointain.

Un gros soleil rouge descend derrière les pommiers en fleurs. La soupe et le ragoût exhalent un fumet grisant. La *family* se met à table.

— T'as raison, dit Pierre, le petit nous porte chance.

— C'est peut-être itou parce que le bon Dieu est content, dit Marie Sallé. Vous voyez, dans une seule journée, il nous a donné du soleil à plein, de la bonne eau de puits pour le baptême du petit et la poule du caporal pour fêter l'événement.

Le repas s'acheva dans l'euphorie. Qui sait? Peut-être qu'à l'avenir Jeremiah va se montrer plus généreux.

•

Pierre eut une idée. Dans les semaines qui suivirent, il mit ses temps libres à profit pour évider le puits, assujettir les pierres de la margelle et installer une perche à bascule. Son travail achevé, il puisa un grand seau et l'apporta au patron. Jeremiah eut du mal à comprendre pourquoi Pierre lui apportait de l'eau et tenait tant à la lui faire goûter. Il avala une gorgée et aussitôt ses petits yeux glauques s'animèrent.

— *How nice and fresh!* fit-il en essuyant sa barbiche du revers de la main.

Il avala une, puis deux, puis trois gorgées. Cette eau avait un goût infiniment plus délicat que celle du *Herring Brook*. Pure, claire : aucun relent de terre ou de poisson.

— Hein! fit Pierre avec fierté. Ça goûte pas la grenouille, cette eau-là.

Jeremiah s'amena au puits d'un pas alerte. Ce fut, pour lui, une révélation.

— *A well!* Un puits sur mes terres...!

Silencieux, il caressait sa barbiche.

Le bruit ne fut pas long à se répandre dans le village, et on ne manqua pas de voir un maléfice dans cette histoire. Peter? Le *French Neutral* au service de Jeremiah? Peter? Celui qui a tenté de s'échapper? Celui-là même. Et les langues d'aller bon train. Trouver un puits mystérieux, dans l'ancien verger des Wallis? C'est sans doute un sorcier. Même qu'il n'a pas craint de descendre au fond et d'en tirer une eau au goût incomparable. Comme tout cela sent la magie!

Par groupes, et profitant de l'absence du sorcier, les villageois vinrent voir le puits hanté. Du coin de sa porte, Marie-Venance guettait les intrus, mais n'osait pas intervenir. S'enhardissant, des culs-terreux s'amenèrent avec des baquets et des cuviers et se servirent sans façon.

Prévenu, Jeremiah s'indigna. Il n'était pas homme à laisser ainsi violer sa propriété. Il fit comprendre aux voisins que s'il fallait laisser tous et chacun puiser de l'eau à leur gré, le puits serait bientôt à sec. De plus, ce puits se trouvant sur ses terres, l'eau lui appartenait. Toutefois, le vieux ne voulait pas se montrer égoïste. Au contraire, il entendait partager avec ses amis. Aussi, s'engagea-t-il, moyennant une petite rétribution, à mettre Peter, son engagé, ainsi que Sandy, son bon cheval, à contribution pour organiser, deux fois la semaine, la distribution d'un plein seau d'eau fraîche aux intéressés. L'arrangement parut équitable. Parmi les clients qui se firent inscrire sur la liste, on remarquait l'ami Ichabod, les voisins Isaac Hatch et Josiah Keen, le révérend Thomas Smith, le vieux Peleg Bonney et quelques autres notables.

La découverte du puits n'améliora guère le sort de Pierre et des siens, mais elle entraîna un heureux dérivatif à une terne routine quotidienne. Chaque mardi et chaque vendredi, il fallait nettoyer à fond quelques bidons, atteler Sandy et partir, en compagnie de Jeremiah, puiser l'eau au puits et en assurer la livraison à une clientèle choisie et croissante. Jeremiah encaissait la recette, tandis que Pierre mettait un entrain et un enthousiasme peu ordinaires à verser, avec précaution, l'eau des bidons dans le seau du client. Il hasardait quelques mots d'anglais : *Good day! Good water! Thank you!* Il poussait l'obligeance jusqu'à porter le seau rempli d'eau jusque sur le banc, dans la cuisine des notables. Comme les abonnés augmentaient de semaine en semaine, il fallait consacrer plus de temps à la distribution. Or, pas question de négliger la ferme. Jeremiah ne laissa rien tomber, et ne changea rien à la routine. Pierre avait plus à faire, et les rations restaient les mêmes. Le vieux continuait à harceler son homme de ses *«hurry! hurry!»,* mais son homme n'avait aucunement envie de se plaindre. La distribution de l'eau avait changé sa vie. Elle lui donnait l'illusion de la liberté. Et puis, il voyait des gens, beaucoup de gens qui, peu à peu, finirent par s'habituer à son va-et-vient dans les rues Barker, High, Center et Oldham. Certains même le saluaient et commençaient à le considérer comme faisant désormais partie du décor. Les clients lui donnaient des bourrades amicales et l'appelaient *Peter. Peter's Well* devint un point de repère d'importance pour Pembroke.

•

Assis au bord du *Herring Brook,* Blèche ravale sa rancœur du mieux qu'il peut.

— Aucune pitié à attendre de ces gens, grommelle-t-il.

Il avait entrepris la démarche beaucoup plus au nom de Marie-Venance et de Pierre qu'en son nom propre. Mais Ichabod venait de l'éconduire de la façon la plus méprisante qui soit :

— *No, no! Don't you ever forget it! You are exiles; outlaws.*

Ceci doit être bien clair entre nous, avait-il ajouté. Des proscrits : des gens qui ne jouissent d'aucun droit et qui, par conséquent, sont malvenus de revendiquer quoi que ce soit.

Revendication bien modeste pourtant, et sou-
mise en des termes choisis.

— Nourris et logés, avait dit Blèche d'une voix
mielleuse, c'est très bien, et nous vous en sommes
très reconnaissants. Mais... comment se procurer
des chaussures et du linge... sans argent?

L'hôtelier se mit à marteler le sol du bout de sa
canne.

— Vous n'êtes même pas nos engagés, dit-il.
Vous n'êtes que des hors-la-loi que nous acceptons
d'héberger par pure charité. Nous sommes tenus de
vous nourrir et de vous loger; non de vous vêtir.
Va dire ça à tes amis.

Blèche a relevé la tête. Son regard erre dans le
paysage. Au loin, la chevelure hirsute des sapins
tombe sur la nuque ocre des collines. Les étangs
font des taches d'azur au pied des pentes où grimpent, en rangs serrés, des régiments de tiges de
maïs. Quel contraste entre cette sérénité et l'âpreté
des propos qu'il vient d'entendre.

Quelle soupe au lait que ce puritain! Des rides
lui barrent le front quand il relève la tête. Sa main
veineuse s'accroche au pommeau de sa canne d'é-
bène. Pour un rien, un sourcil soupçonneux se
dresse au-dessus de l'œil.

L'austérité d'Ichabod contraste avec les airs de
grande dame que se donne Abigail, sa femme : une
ancienne belle aux cheveux négligemment noués en
chignon et retenus par des peignes d'écaille. La
robe, doublée de moire d'aurore, moule un ample
buste où se déploie une guimpe en fine dentelle

blanche. La dame a un profil d'impératrice et lorgne les gens à travers un petit face-à-main à monture d'or.

Melody, la fille de la maison, est la parfaite réplique de sa mère : même peau satinée, même port de tête et d'épais cheveux bouclés qui encadrent un visage où brillent des yeux pers. La jeune femme joue à merveille les ingénues, et ses paupières papillotent de la façon la plus charmante du monde. Quand elle fait la moue, sa petite bouche humide s'arrondit en corolle de bégonia. La hanche provocante, le décolleté audacieux, une cheville de Cendrillon : tout est frivolité et falbala chez ce joli tendron qui est la négation même du puritanisme paternel.

Forte de la complicité de sa mère, Melody ne recule devant aucune espièglerie, ce qui ne manque pas de contrarier son père. Elle joue les séductrices et fait fi de toutes les convenances. Elle tourne autour de Blèche et va le relancer jusque dans la grange. Son but? Faire état des quelques mots de français qu'elle a appris à la grande école de Plymouth.

— Bonjour, Blèche, comment allez-vous?

Blèche cherche autant que possible à l'éviter, car l'expérience lui a appris que le patron n'est jamais très loin. Quelle ne serait pas sa colère s'il voyait sa fille en train de causer avec un «proscrit», un garçon d'écurie? Mais Melody n'a cure des colères paternelles. Elle ne rate aucune occasion de venir engager la conversation avec le *French young man,* et prétexte toujours qu'elle désire apprendre à parler le français, comme les grandes dames de Boston.

Un jour, elle fait irruption dans la grange en coup de vent.

— Bonjour, Blèche. Comment dites-vous : *Teach me how to speak French?*

Elle se fait un air de petite chatte. Mains au dos, elle va et vient, fauchant de ses petits pieds la paille sèche. Elle harcèle sa victime de ses regards obliques.

— *Tell me,* Blèche. Comment dites-vous...?

Le jeune homme fait semblant d'être très absorbé par l'astiquage des cuivres de la bride de Goliath.

— Bah..., dit-il, ça se dit : «Enseignez-moi à parler français.»

Une brusque volte-face fit onduler la jupe de la jeune fille et apparaître un mollet ravissant.

— *All right,* dit-elle, enseignez-moi à parler français.

Blèche haussa les épaules, et elle se mit à rire.

— *Look,* Blèche, regardez : *the ladies,* chez le gouverneur, *they walk and bow* comme ceci.

Et Cendrillon de faire preuve de son savoir-faire. Du bout des doigts, elle soulève délicatement un pli de sa jupe et fait une profonde révérence. Blèche l'observe du coin de l'œil, tout en continuant d'astiquer ses cuivres. Misère de misère, pensait-il, cette fille va finir par me créer de graves ennuis. Melody en remettait. Ses révérences faisaient bâiller son corsage d'une façon non équivoque.

— *You see,* minaude-t-elle, je sais faire la révérence, comme les grandes dames de Boston, mais je ne sais pas parler français. *You must teach me.* Enseignez-moi... Hum?

Elle s'approche tout près. Pris de panique, Blèche croit devoir fuir, prétextant qu'une tâche urgente l'attendait à l'écurie. C'est peine perdue, la belle ingénue le relance à l'écurie où elle veut poursuivre son répertoire de gestes et de belles manières des *ladies* chez le gouverneur. En désespoir de cause, Blèche se retranche au fond de la stalle de Goliath où, pensait-il, le crottin et le purin lui serviraient de barricade. De guerre lasse, Melody haussa les épaules et eut une moue qui traduisait sa déception. «Ce Blèche est bien rustaud», pensa-t-elle. Et elle disparut comme elle était venue.

Le soir même, Blèche eut la maladresse d'aller raconter son aventure aux amis de la *giole.* Il n'omit aucun détail : l'œil en coin, le mollet, le corsage... et la retraite dans la stalle de Goliath. Loin de s'attirer la sympathie des amis, Blèche devint la cible de leurs *étriveries,* Marie Sallé ricanait sous cape.

— Une jeunesse, dit-elle, avoir peur des filles? J'avons jamais vu ça.

Blèche protesta. Ce n'est pas de la fille qu'il a peur, mais du patron. Si jamais Ichabod les surprenait, ce n'est pas la fille qui serait condamnée au carcan, mais le *Frenchie* de malheur qui ne fait rien pour l'éloigner.

— Mais, tu fais quelque chose, dit Pierre. Le crottin... Le purin...

Tout le monde éclata de rire, sauf Blèche qui se mordait les pouces d'avoir trop parlé. Marie-Venance mit son grain de sel,

— Si elle te tourne autour, c'est peut-être qu'elle te trouve beau, Blèche.

Le pauvre garçon rougit jusqu'aux oreilles. Plus il tentait de s'expliquer, plus il s'embourbait.

— Moi, beau? dit-il. M'as-tu ben regardé, Marie-Venance?

— Épouser la fille du patron... T'aimerais pas ça?

Voyant que même Marie-Venance lui tirait la pipe, Blèche jugea bon d'abandonner la partie et se mit à rire à son tour.

— N'empêche que j'aimerais bougrement mieux qu'elle aille faire ses courbettes ailleurs que dans la grange. Au moulin, par exemple, devant Francis et Joshua : des gars de sa race.

— Et si ça finissait par des noces? insista Marie-Venance. On a vu des princes épouser des bergères; pourquoi des princesses n'épouseraient pas de garçons d'écurie? Y paraît que ça arrive.

— Mais un papiste qui épouse la fille d'un puritain, est-ce que ça arrive itou?

Blèche riait, mais il riait jaune.

— Ichabod ferait ben une syncope, dit-il.

Il pencha la tête pour ajouter :

— Si jamais je me marie, ce sera avec une fille de par chez nous.

«De par chez nous...» Comme cela parut soudain avoir une signification lointaine. «De par chez nous...» Tout le monde devint songeur.

— T'as ben raison, mon vieux, dit Pierre, et je te souhaite d'en trouver une fille de par chez nous... Une comme la mienne.

Un rouge ravissant enflamma les joues de Marie-Venance.

— Comme c'est gentil, dit-elle.

Dans le silence qui suivit, on entendit murmurer Pierre.

— «Par chez nous...» c'est à se demander si on y retournera un jour...

— Un jour, fait Blèche en écho, il y aura la guerre, et ce jour-là, le roi de France va venir... Il va venir avec ses bateaux et ses canons, et il va nous redonner nos terres.

Bouche bée, Pierre et Marie-Venance écoutent l'oracle qui se met à fulminer.

— Finie la vie d'esclave... Finie la vie avec les rats, au fond d'une écurie... Finis le maudit hareng et les galettes de blé d'Inde...

Marie-Venance hoche de tête.

— Je souhaite que tout ça arrive dit-elle, mais tu me fais peur avec ta guerre. Et puis, le roi d'Angleterre aussi a des bateaux et des canons, tu sais.

— Oui, bien sûr.

Blèche redescendit le sentier. Telles des courtepointes cousues de retailles de lumières, les prés montaient, bien droits, de chaque côté du *Herring Brook;* des murets de cailloux tenaient lieu de points de couture. Au loin, on entendait grincer la roue d'aubes du moulin d'Ichabod, et tout près, les hannetons, les cigales et les grillons exécutaient un strident concerto.

●

Boston, fin février. L'air pince. Le tricorne rabattu sur les sourcils et la pèlerine étroitement croisée sur le justaucorps, les membres de la *Representative's Chamber* de la colonie de la Massachusetts Bay entrent se chauffer au rez-de-chaussée de la *State House*, avant de s'engager, à la queue leu leu, dans l'escalier en colimaçon qui mène à la *Chamber*.

La Chambre des représentants occupe la moitié de l'étage supérieur. De chaque côté, des bancs disposés en gradins; au fond, des fauteuils de velours rouge, alignés impeccablement derrière une table recouverte d'un tapis vert. La lueur pâle des vastes fenêtres à carreaux fait briller la tête des clous qui affleurent aux larges planches grises du parquet. Au milieu du plafond, oscille, au bout d'une chaîne, un grosse morue en bois peint, symbole de la Province de la Massachusetts Bay.

Les représentants affluent. Le conseiller Fairfield pérore au milieu de ses admirateurs; James Lovell échange de graves propos avec Lady Cynthia et le pasteur Gidion, l'une et l'autre représentants fort écoutés des groupes religieux.

Soudain, il se fit un grand silence et les groupes se rangèrent respectueusement pour laisser passer le gouverneur Thomas Pownall qui venait d'entrer. C'est un petit homme bedonnant qui a l'œillade friponne et la bouche en cœur. De lourdes médailles brillent aux revers moirés de sa tunique, et la plume d'autruche de son tricorne vibre au rythme de son pas de sultan. L'air jovial et moqueur, il salue mollement l'assemblée de sa main gantée. Le lieutenant-gouverneur Hutchison et le major-général John Winslow encadrent le personnage, mais en retrait, conformément à un code protocolaire établi de toute éternité.

Tout le monde ayant pris place, la séance débuta dans l'ordre le plus parfait. Les intervenants soignaient leur élocution, tandis qu'un greffier à lunettes de broche alignait ses pattes de mouche dans son registre.

Les affaires courantes expédiées, le sage Benjamin Green se leva et demanda la parole.

— *Your Excellency,* dit-il, des bruits fâcheux courent concernant les *French Neutrals* que nous hébergeons.

Cette simple entrée en matière provoqua un remous hostile qui s'amplifia au fur et à mesure que Green faisait état de ce qu'il avait appris de la bouche de témoins dont on ne pouvait mettre en doute la bonne foi. Selon ces témoins, des colons ne s'acquittent pas de leurs obligations envers les exilés.

Même que quelques *French Neutrals* sont morts de froid et d'inanition depuis le début de l'hiver. On loge ces malheureux dans des granges exposées à tous les vents. Certains sont réduits à dormir à même le sol gelé. D'autres sont condamnés à travailler comme des bêtes de somme. Plusieurs de nos colons réclameraient de la Législature le remboursement de dépenses qu'ils n'ont aucunement encourues.

— Ceci est indigne d'une société civilisée, dit Benjamin Green de sa voix la plus calme.

Le gouverneur et les autres dignitaires fixent froidement le redoutable intervenant qui, malgré sa tenue impeccable et son sourire empreint d'une belle assurance, a l'air d'un chat de gouttière accidentellement tombé dans un salon.

— *Dirty lies,* lancent des représentants sans visage.

Le conseiller Lovell tremble d'indignation. Ses yeux de loup lancent des éclairs.

— *By Jove, Your Excellency,* explose-t-il, allons-nous perdre un temps précieux à des racontars?

Benjamin Green avait prévu la réaction. Calme et sans passion, il poursuivit en expliquant qu'il était en mesure de faire comparaître les témoins, mais que toutefois, son propos n'était aucunement de mettre quiconque en accusation, mais bien plutôt de démontrer que la politique suivie jusqu'ici à l'égard des *French Neutrals* lui paraissait ruineuse et inconséquente.

— La *Legislature* ferait des économies si elle fixait un salaire à payer aux *French Neutrals* plutôt que d'acquitter des factures soufflées par des gens sans conscience.

Le raisonnement semblait difficilement contestable, mais Green enchaîna pour faire remarquer que la colonie de la Massachusetts Bay était jeune et qu'elle avait besoin de bras. À son dire, ces exilés de la Nouvelle-Écosse étaient d'excellents artisans et de bons marins. Plutôt que de s'en faire des ennemis, il vaudrait mieux s'en faire des collaborateurs.

— Je propose, conclut Green, qu'on les loge convenablement, qu'on leur distribue des outils et des instruments aratoires, des rouets, des métiers à tisser, et qu'on les rétribue pour leur travail plutôt que de les entretenir, comme s'ils étaient des esclaves.

Visiblement, la suggestion ne rencontre aucune approbation dans l'assemblée. Tout le monde grommelle et murmure. Le gouverneur Pownall lève la main pour rétablir l'ordre.

— *Please, gentlemen,* fit-il avec une moue, essayons de nous comporter en dignes représentants de *His Majesty*. Plutôt que de murmurer, demandez la parole. Nous désirons entendre le point de vue de chacun.

Les représentants se refont une contenance digne et guindée. Le major-général Winslow demande la parole. Il se lève et domine un moment l'assistance de son regard aigu et impératif. Nul doute que des paroles éminemment précieuses vont tomber de ces fines lèvres qu'encadre un double menton.

— *Your Excellency*, fait-il en posant ses deux poings sur la table, je crains d'être plutôt d'accord avec le conseiller Benjamin Green.

Plusieurs paires d'yeux s'écarquillèrent sous le coup de l'étonnement, mais personne n'osa murmurer. Grand architecte de la déportation des éléments séditieux de la province de la Nouvelle-Écosse, le major-général ne pouvait être soupçonné d'aucun sentiment généreux à l'endroit de ces *Frenchies* de malheur.

— *I agree*, poursuivit le militaire, ces gens nous sont hostiles, mais ils sont sans défense. Je ne crois pas qu'ils méritent le sort qu'on leur a fait. J'ajoute même qu'avec les meilleures intentions du monde, nous avons été les bourreaux d'un peuple; nous avons ruiné la vie de toute une génération.

L'étonnement se mue en stupéfaction. Bouche bée, le gouverneur Pownall et le lieutenant-gouverneur Hutchinson n'en croyaient pas leurs oreilles. Calme et serein, le major-général poursuivit :

— *May I add, Your Excellency*, que je désapprouve l'entêtement de son Excellence le gouverneur de la colonie de la Nouvelle-Écosse. Des représentations devraient être faites auprès de Sa Majesté, notre bon roi George, pour que le gouverneur Charles Lawrence cesse de pourchasser les rebelles qui ont fui sa province. Ces gens ont disparu dans la nature. La plupart ont fui en Canada. Pourquoi les

traquer pour ensuite les refiler à nos colonies?
Nous en hébergeons plusieurs milliers. Il importe
que cesse cette persécution.

Le major-général se rassit. Les représentants
et conseillers échangeaient des regards consternés,
personne n'osant demander la parole. Le lieutenant-gouverneur eut un sourire ineffable. Il campa
la tête afin de bien mettre en valeur son profil
d'aristocrate.

— *Your Excellency,* fit-il de sa petite voix
cauteleuse, je note que le major-général Winslow
semble avoir beaucoup changé d'avis ces derniers
temps. Je me souviens qu'ici même, il y a quelques
années, il avait comparé ces « proscrits » aux
«plaies d'Égypte» et s'était montré en plein accord
sur la politique de sa Majesté britannique à leur
endroit.

La flèche fit mouche. Le major-général eut,
lui aussi, un sourire ineffable pour rétorquer :

— *You are right, Your Excellency,* j'ai changé
d'avis, et je confesse humblement que cette politique
que j'ai crue au départ la meilleure, me pèse maintenant sur la conscience. Des gens qui craignent et
qui prient le même Dieu que nous ne devraient pas
être traités de la sorte.

La tension montait sans cesse dans la salle. Le
gouverneur sentit qu'il ne fallait pas laisser se pro-
longer l'échange de vue entre le major-général et le
lieutenant-gouverneur.

— *Very well, Major-General,* dit-il sur un ton
badin, vos sentiments vous honorent. Mais c'est à Sa

Majesté le roi, et non à nous, ses humbles sujets, qu'il appartient de recevoir votre confession.

Le sourire ineffable tomba net et l'on vit frémir légèrement les bajoues du militaire.

— Je maintiens, rétorqua-t-il sèchement, que Son Excellence le gouverneur de la Nouvelle-Écosse devrait recevoir, de notre part, *a sound warning*.

— Je prends bonne note de votre suggestion, fit le gouverneur, inclinant légèrement la tête, mais pour le moment, nous aimerions revenir à la proposition du conseiller Benjamin Green. La parole est à l'assemblée.

Fort de l'appui du major-général, Green bondit de nouveau sur ses jambes. Des «hous» sourds se firent entendre.

— Tout comme le major-général, dit l'ingénu tribun, je crois qu'il serait infiniment souhaitable que Son Excellence le gouverneur Lawrence cesse de nous refiler les fuyards que ses troupes rattrapent dans les bois du Canada, mais, de notre côté, il serait également souhaitable que nous traitions humainement ceux que nous avons accepté d'héberger.

Le révérend Gidion avait rongé son frein durant le petit discours du major-général, mais il n'allait sûrement pas laisser pérorer à perte de vue cet esprit fort de Green. Il se leva, joignit les mains et embrassa l'assemblée de son regard de prêcheur. Ses superbes rouflaquettes encadraient sa machoire herculéenne.

—*Your Excellency,* dit-il sur un ton légèrement persifleur, je reconnais bien notre bon ami le conseiller Benjamin Green. Nous tous, ici présents, avons eu l'occasion d'apprécier son bon jugement. Ses lumières nous sont précieuses. Je tiens à lui rendre cette justice en reconnaissant qu'il a une grande âme et qu'il est toujours à l'affût des bonnes causes. Mais j'estime parfois qu'il va trop loin. Si on l'écoutait, il faudrait peut-être aussi leur donner des armes à ces bons rebelles... à ces bons espions du roi de France et du pape de Rome. Bien sûr, comme chrétien, je ne leur veux pas de mal, à «ces bons rebelles», mais je ne vois pas ce qui pourrait nous inciter à leur faire confiance. N'oublions pas que, depuis quarante ans, ils vivent en territoire britannique et, non seulement ils refusent de prêter le serment d'allégeance au bon roi George, mais il n'ont cessé de soulever les Abénaquis contre nous et de faire de l'espionnage pour le compte des Canadiens qui s'attaquent régulièrement à nos villages, massacrant nos femmes et nos enfants, incendiant nos fermes et semant la terreur dans toute la Nouvelle-Angleterre...

À en juger par les petits coups de tête approbateurs de Lady Cynthia, les paroles du pasteur tombaient en bonne terre. Mais le conseiller Green demeura impassible. Il n'était pas homme à se laisser réduire au silence par un sermon qu'il jugeait à côté de la question.

— Ces gens sont dangereux, poursuivit le pasteur Gidion, dans une envolée. Je le répète,

Votre Excellence, ils sont dangereux, et l'ont toujours été. Si nous nous montrons trop généreux, si
nous les laissons prendre racine dans nos colonies,
ils deviendront contagieux; ils seront une menace
pour nos enfants. Nous les connaissons tous : ce sont
des bigots, et n'oublions pas que ces bigots sont des
papistes fanatiques. Ils croient tous que leur
religion est la seule véritable, et ils cherchent par
tous les moyens à l'imposer aux autres. Nous
devons être sur nos gardes, *Your Excellency*. Nous
avons affaire à des proscrits, et nous devons les
traiter comme tels.

Tout le monde observait Benjamin Green,
convaincu qu'il ne se relèverait pas des coups que
venait de lui porter le pasteur Gidion. Mais, comme
un cierge qui refuse de s'éteindre, la «grande âme»
se releva avec un calme et une sérénité que l'assemblée perçut comme de la provocation.

— Nous n'avons pas le choix, dit-il. Les
French Neutrals sont maintenant partout dans nos
campagnes. Nous les avons reçus, conformément
aux instructions de Sa Majesté britannique. Nous ne
pouvons les renvoyer dans leur province, encore
moins les laisser fuir en Canada où ils iraient grossir
les rangs de nos pires ennemis. Le plus sage, pour
nous, est de les garder et de leur permettre de gagner honorablement leur vie.

Les échanges de points de vue se firent cin-
glants et drus. Les conseillers parlaient tous ensemble. À la fin, Lady Cynthia se leva, toute droite
et toute svelte dans sa longue robe de serge noire.

Les cheveux de l'austère vieille fille s'enroulaient en un énorme chignon derrière le petit chapeau de feutre également noir. Elle en releva la voilette.

— *Your Excellency,* dit-elle d'une voix toute maternelle, je propose un compromis. Les propos du sage conseiller Green m'ont fait réfléchir. Fort bien, qu'on adoucisse le sort de ces gens, mais à condition qu'ils prêtent serment de fidélité à Sa Majesté le roi d'Angleterre.

La suggestion apparut comme l'issue susceptible de clore le débat, la mesure la plus sage à prendre, mais Benjamin Green souleva un dernier point.

— Prêter serment? dit-il. À quoi cela nous mènerait-il? Qu'est-ce que cela changerait? Il est absolument certain qu'ils refuseraient. Ils ont refusé avant la déportation. Ils vont refuser encore bien plus après ce qui s'est passé. Et s'ils refusent, dites-moi, qu'est-ce qu'on fait? On les déporte ailleurs? Ce petit jeu va finir par nous coûter extrêmement cher.

Green marquait des points. Il subjuguait ses auditeurs de son sourire narquois.

— Ces gens, acheva-t-il, sont aussi nobles et fiers que vous l'êtes, mademoiselle... que nous le sommes tous. Dites-moi, accepteriez-vous de prêter serment au roi de France? Accepteriez-vous de vous incliner devant le pape?

Le gouverneur Pownall perdit patience face au tumulte que provoqua cette dernière observation.

— Nous référons la question au Conseil, dit-il. Et il leva la séance.

•

Dans les semaines qui suivirent, le bruit courut, dans les villages de la colonie du Massachusetts, que le gouverneur allait alléger le sort des *French Neutrals,* mais à condition que ces derniers acceptent de prêter serment à Sa Majesté britannique.

— Ichabod trouve que c'est la moindre des choses, dit Blèche.

La vieille Marie Sallé branlait tristement la tête.

— Nous *v'lons* encore pris entre deux *roés.*

Marie-Venance eut un frémissement d'indignation.

— On nous a enlevé notre pays, dit-elle, et voilà qu'on essaye de faire de nous des protestants.

Blèche s'assenait des grands coups de poing dans la paume de la main. À la fin, il éclata :

— Prêter serment? Quand le roi de France est à la veille de venir nous délivrer?

Pierre leva sur son jeune ami un regard désabusé.

— Le roi de France, dit-il, avec amertume, sait-il seulement que nous existons? Y s'occupe de Québec, le roi de France; mais l'Acadie... il l'a oubliée.

Blèche sursauta.

— Faut pas parler de même, dit-il. Il reste Louisbourg. Il reste Québec.

•

Quatre pennies par jour pour les hommes, et deux pour les femmes : ainsi en a décidé le Conseil.

S'ajoutant à l'épidémie de grippe qui enrhumait à peu près tout le monde, l'ordonnance de Boston met Ichabod dans tous ses états. Il tousse et grogne sans arrêt, piétinant comme un fauve en cage. Plus question pour lui de payer son monde en chiches rations de hareng et de légumes. Fallait maintenant payer en argent. Quatre pennies par jour à Blèche... deux à la *young lady*. Vraiment, ils exagèrent, ces messieurs du Conseil.

Mains au dos, et la mort dans l'âme, Ichabod s'agite devant la fenêtre. Dehors, le vent souffle : un vent qui saupoudre, en tous sens, une bruine glacée.

— *The bastards,* grognait-il, ils veulent nous ruiner, nous qui, par pure charité...

Il étouffe une quinte de toux dans son mouchoir.

Autant Ichabod se lamentait, autant Pierre, Blèche et les femmes se réjouissaient. Deux pennies! Marie Sallé n'en revenait pas. En tout, huit pennies par jour. Elle rangea soigneusement son trésor au fond de son balluchon.

●

Un matin, comme à l'accoutumée, Pierre et la vieille s'en furent s'acquitter de leur tâche chez Jeremiah. Étrange, le bonhomme n'était pas sur le balcon, la montre à la main. Marie Sallé courut dans à la cuisine. Le patron était couché en chien de fusil dans son lit. Elle n'en croyait pas ses yeux. Le caporal... qui fait la grasse matinée?

— M'sieu Jeremiah! M'sieu Jeremiah! Il est six heures.

Rien. Aucune réaction. D'un pas hésitant, la vieille s'approcha du lit, posa sa main sur celle du caporal, et la retira avec stupeur.

— Miséricorde! murmura-t-elle, mais il est mort! Le v'là *frette* comme un glaçon.

Elle sortit en trottinant sur le balcon.

— Pierre, Pierre... viens vite! Le vieux a claqué... Le vieux a claqué.

Pierre en fut estomaqué. Le vieux était là, immobile, recroquevillé sous une ample couverture grise, le bonnet de laine enfoncé jusqu'aux sourcils. Les cavités crâniennes transparaissaient, avec une précision stupéfiante, à travers la peau laiteuse de son visage. Debout à côté du lit, Marie Sallé branlait la tête.

— C'est c'te méchante grippe... Si ça continue, on va tous y passer.

Deuil lourd de conséquences. Exécuteur testamentaire, Ichabod devait vendre la ferme de Jeremiah quelques semaines plus tard à Samuel Jacob, représentant à la *General Court*. Ce personnage que tout le monde appelle familièrement Big Sam, est un colosse rougeaud au visage glabre. Son nez tourné en apostrophe, ses lèvres épaisses tombantes, ses gros yeux blancs, sans oublier les cheveux marron noués sur la nuque : autant d'éléments qui ajoutent à son profil bourbonien. L'homme paraît d'autant plus massif que son justaucorps à amples revers bâille de chaque côté de ses pectoraux et son tricorne s'évase comme un chapiteau au sommet de sa tête de gamin gâté. Des bottes évasées en trompettes lui donnent une allure de mousquetaire. Poing à la hanche, il a le pas sonore et militaire.

Dur en affaire, Big Sam avait discuté, point par point, le contrat de vente de la terre et avait précisé qu'il entendait exploiter la ferme, mais sans occuper la maison. En conséquence, les services de Marie Sallé n'étaient plus requis.

— *Please note,* fit observer Ichabod, que la *old lady* fait partie de la succession, le défunt l'ayant adoptée par contrat.

— *I care not,* dit le colosse, péremptoire. J'ai autre chose à faire que de m'occuper de la *old witch.* Et puis, pas question de l'imposer aux engagés à qui j'entends louer la maison.

Ichabod dut céder, et Big Sam fut exempté, par contrat, de payer les deux pennies par jour à la vieille.

— Que Peter en prenne soin, fit-il avec un clin d'œil. Le sacripant me paraît moins démuni qu'il en a l'air.

Le clin d'œil en disait long, car, avant de signer, Big Sam avait naturellement procédé à une inspection minutieuse des biens de Jeremiah : les animaux, les bâtiments, le matériel roulant et, bien entendu, la *giole* et cette merveille que tout le monde appelle *Peter's Well.* Il avait noté, avec étonnement, l'atmosphère d'ordre et de propreté où baignait la chaumière. En vérité, cette modeste habitation n'avait plus de «giole» que le vilain sobriquet que lui avait donné Pierre et qui lui était resté.

Big Sam s'était longuement frotté le menton, tout en promenant ses gros yeux blancs autour de la pièce. Cet ordre et cette propreté, loin de l'avoir édifié, l'avaient rendu soupçonneux. Voici des gens, pensa-t-il, qui font semblant d'être pauvres et qui ont sûrement touché quelque héritage. Ils ont des habitudes de bourgeois nantis.

Fort de ces soupçons, le nouveau patron avait décidé de verser les quatres pennies par jour à Pierre mais, *by Golly,* il ne lui laisserait pas le temps de se rouler les pouces. Il convoqua Blèche afin de bien préciser ce qu'il attendait de son *handyman.*

— *Tell Peter,* dit-il, *that I am an honest and straight man.* Je traite bien ceux qui me servent bien.

Et d'énumérer, en comptant sur ses doigts, que Pierre aurait à traire les vaches, soigner les animaux, se charger des menus travaux d'entretien. Sandy et la charrette seront à sa disposition. Deux fois la semaine, il sera libéré de ses obligations pour aller distribuer l'eau de «son» puits.

— *I am an honest and straight man,* insistait Big Sam.

Il se pencha vers son *handy-man* pour ajouter, sur le ton de la confidence, qu'il ne se montrera pas ingrat si Pierre réussit à trouver de nouveaux clients pour son eau.

— C'est toi qui vas distribuer l'eau, mais je te dispense de la perception; je m'en chargerai moi-même.

Une nouvelle ère débutait. Big Sam permit à Pierre de se servir du vieil araire, dans la grange, pour se labourer un carré de terre le long du *Little Pudding*. Les femmes pouvaient, maintenant, aller au village les jours de marché sans avoir à demander la permission.

Pierre eut l'impression que son sort s'était amélioré quelque peu jusqu'au jour où il se rendit compte que Marie Sallé n'avait droit à aucun salaire et que c'était lui et Marie-Venance qui devraient maintenant l'avoir à charge. Pour comble, un beau matin, Big Sam lui présenta un petit bout de papier. C'était un compte : le compte pour un mois de loyer. Trois shillings et neuf pennies. Pierre prit le papier sans comprendre. Ce soir-là, Blèche fit le calcul.

— Trois shillings et neuf pennies, dit-il, ça représente quarante-cinq pennies.

— Quarante-cinq pennies? fit Pierre, estomaqué. C'est presque le salaire de Marie-Venance. Et moi qui gagne à peine cent vingt pennies par mois, avec cinq bouches à nourrir...? J'arriverai jamais.

Pierre examina le petit papier d'un air consterné. Comment Big Sam pouvait-il exiger une somme pareille?

— Pour une giole qui bâillait à tous les vents et que j'ai réparée de peine et de misère... sans rien réclamer.

Le lendemain, il se présenta devant Big Sam avec le petit papier. Au moyen de gestes désespérés, ponctués de bribes d'anglais, il tenta d'expliquer que ce lui serait impossible de s'acquitter d'une dette pareille.

Big Sam toisait son homme d'un œil sceptique, convaincu que ce coquin de *Frenchie* lui jouait la comédie. Il fit quelques pas en se frottant le menton, puis revint.

— *All right,* dit-il, *I am an honest and straight man...* Tu paieras, quand tu auras l'argent. Va!

L'été fut lent à venir. Les jours gris et pluvieux se succédaient avec une régularité exaspérante. La pauvre Marie Sallé se languissait au coin de la cheminée. Une toux tenace, s'ajoutant aux chagrins sans nombre qu'elle avait eus dans sa vie, la rendait, de jour en jour, plus courbatue et plus dolente. Elle s'efforçait de se rendre quand même utile. Elle tenait à écurer les chaudrons et les écuelles; c'est elle qui lavait les langes du petit Jean-Baptiste, malgré les protestations de Marie-Venance.

Un matin qu'elle était allée puiser de l'eau au puits, la vieille glissa sur la mousse d'une roche plate et se démit une hanche. Incapable de se relever, elle trempa un long moment dans l'eau qui s'était échappée de son baquet. Ses faibles cris parvinrent à Martine qui accourut et, de peine et de misère, la ramena à la maison. Marie Sallé toussait sans arrêt, ce qui provoquait, à la hanche, des élancements qui la faisaient pâtir. Dans la nuit, elle fut saisie d'un violent frisson. Marie-Venance la couvrit de toutes les hardes dont elle disposait. Au frisson, succéda une abondante sueur. La vieille se mit à cracher le sang.

Alerté, Blèche fit part de la situation à Ichabod qui envoya aussitôt chercher le docteur Hall. Celui-ci eut beau se hâter, il était trop tard lorsqu'il arriva, acccompagné d'Ichabod et de Big Sam. La dernière lueur s'était épuisée, telle la flamme d'un cierge consumé.

Contrarié, Big Sam hocha la tête. Un cadavre sur les bras... Manquait plus que ça... Ichabod se mit à marmonner.

— *Good heavens!* Qu'est-ce qu'on fait des morts?

Poings aux hanches, Big Sam tournait en rond au milieu de la pièce. Brusquement, il se tourna vers Ichabod.

— *By Golly,* dit-il entre les dents. Je vais régler cette affaire.

Il prit Pierre par le bras, l'entraîna dehors et le précéda dans le sentier qui mène à la source du *Little Pudding.* À l'orée du bois, un petit tertre forme une corniche bordée de ronces.

— *Look here, Peter,* dit-il, *this seems convenient enough.*

Et du geste, il fit comprendre que c'est là qu'il fallait inhumer *the old lady.*

Enterrer la pauvre Marie Sallé, comme un vieux chat crevé, au bout d'une terre en abandon? Voilà qui répugnait fort à Pierre. Mais Big Sam redescendait déjà à grands pas le sentier, et il paraissait

absolument hors de question de discuter avec ce
géant autoritaire. Amer et impuissant, Pierre revint
tête basse à la maison.

Ichabod avait fait démolir un vieil appentis à
côté de l'écurie. Il permit à Pierre d'aller trier les
meilleures planches pour le cercueil. C'étaient des
planches craquelées par l'intempérie et toutes hérissées de clous rouillés. Pierre s'installa à la porte de
la bicoque pour tailler et assembler les planches, cependant que Marie-Venance, assistée d'une Martine
terrifiée, veillait à la toilette de la morte.

La femme serrait les lèvres et s'efforçait de ne
pas pleurer afin de ne pas terrifier davantage Martine. À la fin, n'y tenant plus, elle éclata en sanglots.

— Pauvre mémé, hoquetait-elle, pauvre
mémé.

Pierre déposa son maillet et vint la réconforter.

— Allons, allons, faut se raisonner.

— C'est inhumain, gémit-elle. Mourir comme
des chiens, sans prêtre, sans messe, sans cimetière.

Pierre ne savait que dire. Il ne pouvait que
presser la femme dans le creux de son épaule.

— Faut pas pleurer, murmura-t-il. Elle frisait
ben les quatre-vingts, notre mémé. Fallait s'y attendre.

Aidé de Blèche, Pierre transporta le cercueil
vermoulu jusqu'au tertre qu'avait indiqué Big Sam.
Avec le petit Jean-Baptiste dans les bras et Martine à
ses côtés, Marie-Venance suivait derrière. D'une
voix oppressée, elle récitait de fervents Avé, auxquels les deux hommes répondaient hors d'haleine.

Enfin parvenus au tertre, ils déposèrent délicatement le cercueil au fond de la fosse. Marie-Venance avait du mal à poursuivre la récitation. Les larmes sillonnaient ses joues couleur de craie.

Tête nue, crinière au vent, Pierre attaquait les «Sainte Marie» avec conviction. Il se tenait tout droit, à côté du monticule de terre, les mains jointes sur le manche de la bêche. La gorge serrée, Marie-Venance dut interrompre la récitation des Avé. Elle releva stoïquement la tête. Ses yeux cernés fixaient le trou lugubre. Éberlué, Blèche avait, lui aussi, les yeux rivés sur la fosse.

— C'est fini, murmura Pierre. Tu devrais retourner à la maison avec les enfants.

Marie-Venance ne voulut rien entendre. Elle demeura toute droite, comme une statue, au bord du trou lugubre. Elle pleurait, en silence, la bonne vieille qui avait eu soin d'elle comme une mère à la naissance du petit Jean-Baptiste. C'était, à ses yeux, une suprême ingratitude qu'une femme chargée d'ans et qui s'était dévouée pour tout le monde, n'eût dans la mort, pour tout partage, qu'un misérable coin de brousse, en pays étranger, et perdu au milieu de la nature.

Pierre commença à repousser lentement la terre dans la fosse.

Le soleil clignota faiblement entre deux couches de nuages pâles. Impassible, le *Little Pudding* culbutait son petit torrent. Ayant achevé de remplir la fosse, Pierre piqua, dans la terre meuble, la croix qu'il avait fabriquée avec les bouts de planches qui lui restaient. En silence, le groupe rentra à la maison.

•

Marie-Venance n'a plus le cœur à l'ouvrage. Son pied palpite, monotone, sur la pédale du rouet qu'Ichabod lui a procuré afin de lui permettre de travailler à la maison. Elle pousse et tire machinalement sa navette. Un sentiment d'insécurité l'envahit. Un rien lui fait chavirer le cœur. Un soir, elle aperçut, à travers le petit rideau de cadis, deux ombres qui montaient le sentier.

— Doux Jésus! fit-elle en se prenant la tête à deux mains. Les bourgeois, à cette heure...?

La mine sombre, les deux hommes se balançaient les bras et marchaient à pas carrés. Ils entrèrent sans frapper.

— Bonsoir, hasarda Pierre, se levant timidement.

Aucune réponse. Visiblement de mauvais poil, Ichabod s'était installé, comme s'il était chez lui, sur la bancelle derrière la table, tandis que Big Sam, tel un soldat de faction, était allé se planter devant la cheminée, mains au dos et jambes écartées.

La mise en scène n'annonçait rien de rassurant. Ichabod se mit à parler, mais comme Blèche n'était pas là pour traduire, Pierre n'arrivait pas à saisir le sens des propos furibonds qu'il tenait. Le puritain écumait et ses yeux lançaient des éclairs chaque fois qu'il prononçait les noms de Blèche et de

Melody. Un flot de paroles sortaient de sa bouche, cependant que Big Sam se contentait d'opiner du bonnet.

— *Understand?*

Pointus et nasillards, les *understand* revenaient constamment comme des leitmotive. Pierre acquiesçait à tout hasard. Ahuri et doutant d'avoir réussi à se faire comprendre, Ichabod se leva, et c'est Big Sam qui, à son tour, prit la parole. Cette fois, ce sont les mots *well, water* et Sandy qui se dégageaient de ses grognements.

Insolents et bourrus, les deux hommes sortirent, comme ils étaient entrés, sans saluer. Big Sam redescendit le sentier à pas de géant. Ichabod trottinait, à ses côtés, tout en gesticulant.

Le lendemain, Pierre se présenta à la ferme, comme d'habitude, mais Big Sam lui signifia que c'était chez Ichabod qu'il fallait maintenant aller travailler.

— *Understand?*

Le *Frenchie* crut enfin comprendre ce qu'on était venu lui expliquer la veille. Ichabod avait besoin d'aide, mais Big Sam retenait ses services pour la distribution de l'eau. Il courut à la *Old Garrison,* jubilant à la pensée d'y trouver un compagnon de travail. Il s'en fut d'abord à l'écurie.

— Blèche... Blèche...

Aucune réponse. Il se précipita vers l'étable, puis à la laiterie, au poulailler. Rien. Comme c'est curieux! Il n'est sûrement pas parti faire des courses au village... Goliath broute, bien tranquille-

ment, au bord du ruisseau. Pierre brûle d'envie
d'accoster Ichabod, mais le bonhomme a l'air tout
hérissé. Il va et vient, le front soucieux, la bouche
amère. Le soir venu, n'y tenant plus, Pierre ose poser la question qui lui brûle la langue.

— Blèche? Pas là? *Go... where?*

Le vieux puritain dévisagea l'indiscret du plus
furieux de ses regards.

— *Where? In jail, by Golly! In jail! Plymouth.*

In jail? Qu'est-ce que ça signifie? Pierre n'était
guère plus avancé. Blèche... à Plymouth? Qu'est-ce
qu'il est allé faire à Plymouth? Le *Frenchie* vogue
en plein mystère, ignorant qu'un petit drame avait
éclaté la veille... un drame qui devait soulever
l'indignation dans tout le village.

•

Assis en plein soleil sur le seuil de la grande
porte du fenil, Blèche était en train de réparer un
attclage que le fringant Goliath avait cassé. Un brin
de foin entre les dents, il perçait à l'aide de son
alêne, des bouts de courroies en vue de les relier
avec du ligneul.

Absorbé dans son travail, Blèche n'entendait
guère le bruit sourd et immense qui ronronnait par-
delà le grand silence de la campagne. Au loin, la
grosse roue du moulin à grain scandait, sans hâte,
ses grincements; au bord du toit du fenil, des colombes roucoulaient leurs sourdes confidences.

Telle une fée tombée de nues, Melody mit le nez à la porte arrière du fenil. La silhouette éthérée de son corps de naïade transparaissait à travers le tissu de ses jupes frangées de guipures. Blèche ne l'entendit pas venir. À pas de loup, la naïade s'approcha et lui boucha les yeux. Le jeune homme ne sursauta même pas. L'odeur de lavande identifiait assez l'assaillante. Il tenta de se dégager, mais Melody lui pressa fermement la tête entre ses seins. Elle égrena un petit rire espiègle, puis, lâcha prise. Son bras nu glissa sur la nuque du sellier improvisé.

— *Cheerio,* Blèche. *Working hard, I see.*

Son visage était tout près. Ses yeux pétillaient entre ses paupières mi-closes, et le soleil mettait un reflet métallique sur ses lèvres humides. Blèche fut ébloui par la beauté de ce visage que le clair-obscur rendait encore plus fascinant. Mordu dans sa chair, une vapeur lui monta à la tête. Il esquissa un sourire compassé, mais se ressaisit aussitôt. Sa situation d'exilé sans voix et sans droit le maintenait constamment dans les limites des plus strictes convenances. Il tenta de s'écarter, mais Melody le retenait fermement dans le creux de son bras.

— *Please, don't run away.* De quoi avez-vous peur?

Elle resserrait sans cesse l'étreinte, ce qui fit se cabrer sa poitrine. Blèche entrevit un tétin qui pointait sous le taffetas de la chemisette. Il eut un éblouissement. Cette Melody qu'il avait d'abord prise pour une gamine, était vraiment devenue femme, et elle l'envoûtait. Il avait su, jusqu'ici, repousser la tentation, mais en cet après-midi de soleil et de colombes qui roucoulent, il se sentait moins héroïque. Et puis, était-ce faute à lui si Melody lui tombait fréquemment dans les bras? Car l'assaut que venait de machiner l'espiègle enfant n'avait rien d'inédit. Durant tout l'été, elle n'avait cessé de le poursuivre, se montrant capable de toutes les ruses. Elle cherchait par tous les moyens à se trouver sur son chemin. Tantôt, Blèche la voyait accourir, comme par hasard, soi-disant dans le but d'aider à quelque menue besogne. Tantôt, elle surgissait de nulle part, faisant une imaginaire marelle, pour ensuite exécuter une révérence à la manière des grandes dames de Boston.

— Comment allez-vous, mon ami?

Son français s'améliorait sensiblement et les consultations qu'elle avait avec son professeur s'accompagnaient toujours de petites scènes de séduction.

— Comment dites-vous, *great love?* Célèbre amour? Grosse amour? Grande amour?

Blèche n'était pas dupe. Héroïquement, il refusait de se prêter à ces petits jeux. Il se dérobait du mieux qu'il pouvait, convaincu que la fille se moquait de lui — lui, un pauvre garçon d'écurie, sans manières et sans charmes, un maigrichon aux yeux naïfs et cernés, un orphelin sans nom, qui ne possède que les hardes qu'il a sur le dos, bref, un gueux réduit à coucher avec les rats au fond de

l'écurie de son patron. Comment la fille d'un riche
bourgeois pouvait-elle vraiment avoir des égards
pour un sagouin de son espèce?

Il va sans dire que Melody voit sa proie d'un
œil tout différent. Maigrichon, Blèche? Assurément, mais il a quand même de l'allure et il se
montre autrement plus adulte que n'importe quel
godelureau du village. Les yeux cernés? Peut-
être, mais combien intelligents et surtout un peu
tristes... les yeux d'un pauvre troubadour. Pau-
vrement vêtu? Ah! pour ça, oui, mais qu'est-ce
que l'habit quand on a de la débrouillardise et
qu'on parle aussi bien l'anglais que le français?
Qui sait? Sous les hardes de ce loqueteux se cache
peut-être le rejeton d'un noble seigneur...

Mais pour cette rêveuse de Melody, la première
qualité de Blèche c'est assurément d'être là, tout
près, à portée de la main. Aussi, était-elle constamment à ses trousses. Elle l'avait tellement harcelé
que le pauvre garçon s'était senti faiblir de jour en
jour. Les entourloupettes de la friponne avaient fini
par avoir sur lui un effet de philtre enchanteur.
Chaque nuit, il luttait, mais en vain, contre les rêves
fous qui l'assaillaient. L'imprévisible nymphe n'en
finissait plus de se permettre des familiarités provo-
cantes : un sourire non équivoque par-ci; une moue
aguichante par-là; de fréquentes bourrades amicales. Mais c'était la première fois qu'elle osait passer
son bras au cou du jeune homme. Complètement
fasciné, Blèche lui prit gentiment le bras et se déga-
gea.

— *What is the matter,* dit elle, avez-vous peur de moi?

— *Of course not,* dit Blèche.

L'attelage et l'alêne glissèrent à ses pieds. Il se leva tout ému. Comme malgré lui, sa main avait enlacé la taille souple et frémissante de Melody qui, aussitôt, jeta ses deux bras autour de son cou et le regarda droit dans les yeux.

— Oh! Blèche, *how nice!*

Elle l'entraîna gentiment vers un coin d'ombre et se laissa choir à la renverse sur un tas de foin. Libérés sur l'heure de toute peur et de toute appréhension, les amoureux enfoncèrent voluptueusement dans leur nid moelleux, grisés par l'odeur du foin frais coupé qui flottait jusque dans les combles du fenil.

Souple comme une anguille, Melody roula sur sa proie. Elle mordillait les lèvres de Blèche avec une avidité féroce.

— *Kiss me! Hold me tight!* haletait-elle.

Ne pouvant plus réprimer le violent désir qu'il avait de cette inconsciente enfant, Blèche enfonça ses doigts dans son abondante chevelure, puis, d'un énergique coup de hanche, il la fit rouler sous lui. Ses lèvres effleuraient celles de la nymphe puis glissaient, palpitantes, vers son cou. Melody roucoulait comme les colombes au bord du toit. Elle se faisait toute petite dans le creux de l'épaule de son pauvre troubadour. Blèche entendait battre son cœur. Ses lèvres progressaient lentement vers le creux des seins. D'un geste grave et sensuel, Melody tira le

cordon de sa chemisette et Blèche laissa tranquillement errer sa main sur la chair tiède. C'était la
première fois qu'il goûtait au «fruit défendu»; la
première fois qu'il tenait dans ses bras une femme
ardente : une femme aux yeux brûlants de désir;
une femme qui se laissait faire et qui témoignait de
son plaisir en remuant d'aise son corps d'odalisque.
La jambe blanche de l'odalisque émergea du foin
chaud, puis, son jupon à guipures glissa mollement
le long de sa cuisse veloutée. Comme un serpent, la
jambe s'enroula autour des reins de Blèche.

—*Take me; kiss me,* roucoulait la colombe. *I
am all yours.*

Ce doit être ce qu'on appelle l'extase, pensa
Blèche. Il s'abandonna à une étreinte grisante; une
étreinte que la passion rendait encore plus étroite.
Une odeur de lavande et de talc se mêlait à celle du
foin. Le silence n'était troublé que par la respiration haletante des deux amants, ainsi que par la
grosse roue du moulin à grain qui, au loin, enchaî-
nait, impassible, ses monotones grincements.

L'ombre tirait, sur ces délices, son manteau
pudique. Plus le nid se creusait dans le foin, plus
s'estompaient les chuchotements et les petits rires de
la nymphe. Seuls son petit soulier et la frange de son
jupon débordaient le nid.

Combien de temps dura l'extase? Blèche eut un
moment l'impression d'avoir eu un blanc de mémoire. Que s'était-il passé? Comment tout cela
avait-il commencé? Était-ce bien lui qui était là,
étendu à côté de la fille d'Ichabod... le terrible

Ichabod? Il se ressaisit, réalisant soudain la gravité de ce qui venait de se passer. Il releva la tête. Melody faisait semblant de somnoler. Des brindilles de foin s'emmêlaient aux mèches de ses cheveux. Elle entrouvrit les yeux et esquissa un sourire qui révéla ses petites fossettes. Blèche redevint lui-même. Il recouvra le sourire compassé qu'il avait eu au début de la scène de séduction. Comment avait-il pu s'abandonner si facilement? Il voulut se dégager, mais Melody était insatiable.

— *Come on,* Blèche, *there's no hurry. My* papa, il ne saura rien. Il fait dodo *on the veranda.*

Elle rattrapa Blèche et l'attira à ses lèvres. Le jeune homme eut beau résister, lutiner l'enjôleuse, lui chatouiller les aisselles en vue de lui faire lâcher prise : rien n'y fit. La lutte se poursuivit durant plusieurs minutes quand, soudain, l'inévitable se produisit. Un formidable éclat de voix se fit entendre.

— Melody!

La tête des deux tourtereaux émergea du nid. Encore perdue dans ses rêves et éblouie par la clarté qu'encadrait la grande porte du fenil, Melody crut que c'était une sorcière de Salem qui lui apparaissait. Mais c'était bien son père; Ichabod en personne. Le bonhomme avait l'oreille fine; il avait entendu les ricanements. Sa silhouette noire et rachitique se découpait sur l'azur éblouissant. Le contre-jour accentuait la contorsion épouvantable des traits de son visage. Ses yeux lançaient des éclairs. L'austère puritain ressemblait à un réprouvé sorti d'une toile de Jérôme Bosch.

Les jeunes gens bondirent sur leurs pieds. Les jupes de Melody tombèrent comme une corolle au coucher du soleil. Ichabod suffoquait d'indignation.

— *Run home,* dit-il d'une voix éteinte.

Melody prit tout son temps. Elle renoua le cordon de sa chemisette, tout en défiant son père d'un regard oblique. Elle enleva de ses cheveux des brindilles de foin puis s'éloigna sans hâte en roulant les hanches. Sa robe godée balançait comme une cloche. Exaspéré et impuissant, Ichabod attendit qu'elle eût disparu avant de marcher sur Blèche et de l'attraper par une oreille.

— Voilà donc ce qui se passe, dit-il, quand je fais la sieste.

Blèche tenta de lui échapper, mais le patron lui tira l'oreille encore plus fort.

— C'est ainsi qu'on abuse de ma confiance?

Blèche voulut protester, mais le bonhomme n'était guère d'humeur à entendre des explications. Pour lui, la cause était entendue et jugée. Lui tordant toujours l'oreille, il entraîna le criminel dehors.

— Tu profites de ma confiance pour abuser de ma fille, *poor child!* Tu n'es qu'un satyre, un sale papiste, fruit d'une lente et inexorable corruption. Ma Melody n'avait pas d'idées pareilles avant que tu sois là. C'est toi qui lui as mis des saletés dans la tête. Je n'endurerai pas plus longtemps une ordure de ton espèce sur mes terres.

Saisissant le poignet d'Ichabod, Blèche y enfonça ses ongles avec une telle force qu'aussitôt l'étau qui lui tordait l'oreille se desserra. Comme un chat traqué de trop près, il fit mine de vouloir se défendre. Offusqué à l'extrême, à la vue d'une attitude aussi sacrilège, Ichabod saisit une gaule qui était appuyée, près de la porte du fenil, et assena un grand coup qui vint s'abattre sur l'épaule de l'impertinent. Il releva aussitôt la gaule, mais cette fois, le chat bondit et désarma l'assaillant. Ichabod écarquilla de grands yeux. Blèche écumait de colère. Il saisit de nouveau le poignet de son agresseur et le tordit au point de le faire tomber à genoux. Le patron et l'engagé se dévisagèrent un moment, mais l'engagé reprit ses sens et abaissa le poing qui allait s'abattre dans la figure du puritain. Ce dernier se releva en grimaçant. Une éraflure lui chauffait le poignet.

Voyant qu'Ichabod n'avait plus envie de le frapper, Blèche courut à l'écurie en se tenant l'oreille.

●

Scandale retentissant... D'autant plus retentissant que l'irascible puritain apaise sa colère en allant raconter à tout venant que ce pourceau... ce papiste de Blèche avait violé sa fille et, qu'en conséquence, il allait le laisser pourrir, à tout jamais, au fond des geôles, à Plymouth. Tout Pembroke s'indigna du crime inqualifiable commis par le *French Neutral* et s'apitoya sur les souffrances morales infligées au pieux aubergiste et à son innocente pucelle par ce suppôt de Satan.

Marie-Venance luttait de toutes ses forces contre une obsédante incertitude. Blèche...? Un garçon timide et sans malice? Blèche... en prison pour avoir violé la fille du saint patron? C'est incroyable.

— La belle Melody? Il faisait tout pour l'éviter! C'est lui-même qui nous l'a dit.

Complètement désemparés, Pierre et Marie-Venance se sentent plus isolés que jamais. Plus personne pour leur assurer un minimum de contact avec des gens devenus plus hostiles que jamais. L'un et l'autre réalisent soudain à quel point Blèche occupe une grande place dans leur vie. Blèche... mais c'est leur voix et leurs oreilles à tous les deux. Blèche... c'est lui qui entend ce qui se dit... c'est celui qui comprend ce qui se passe. Marie-Venance a les yeux rivés sur la broche de son petit rouet, mais son esprit est ailleurs. Une idée lui trotte dans la tête. Pourquoi n'irait-elle pas chez le patron intercéder pour Blèche? Expliquer que, sans lui, il n'est plus possible de communiquer et de se comprendre? Faire valoir que Blèche, un si bon garçon, n'a sûrement pas fait ce qu'enfin...

La jeune femme élabore, dans sa tête, son petit plaidoyer... Et son pied de se faire plus agité sur la pédale du rouet. Pendant qu'elle cherchait ses arguments, Pierre parut dans l'embrasure de la porte. Il était accompagné d'Ichabod et d'un étranger. Étonnée, elle se leva, mais Ichabod se dirigea vers elle et la fit rasseoir.

— *No, no, remain seated.*

Ichabod est tout miel. Il a mis la main sur l'épaule de la jeune femme, puis, rayonnant, se tourne vers l'étranger.

— *Look here, Rupert. This young lady* est une perle rare. Elle tisse de la toile qui fait l'envie de toutes les dames de Pembroke.

Rupert salue gauchement, ne sachant que dire. Ichabod fait les présentations.

— *My cousin... from Duxbury...*

Pierre et Marie-Venance saluent timidement, étonnés d'être ainsi présentés à un pur étranger. Le patron semble intarissable. Par ses gestes, sa mimique et ses chuchotements enthousiastes, il tient son cousin en haleine. Celui-ci acquiesce à tour de cou. Soudain, il aperçoit Martine qui se tenait toute menue dans un coin.

— *Oh! here she is,* dit-il.

Martine arrondissait des yeux de chat méfiant. Ichabod se mit à lui caresser le toupet en baragouinant des apartés à l'intention de Rupert. Pierre et Marie-Venance ne comprennent absolument rien à ces cajoleries. Tout en parlant, le puritain a entraîné la fillette vers la porte.

— *Really nothing to do,* répète-t-il. Seulement les commissions; aller chercher le courrier; apporter la tisane; approcher le tabouret...

Ichabod a passé la porte. Il tient toujours Martine par la main. Marie-Venance commence à flairer le danger. Le patron veut emmener Martine. Elle se lève. Son petit sourire de circonstance s'est dissipé. D'une voix blanche, elle interpelle le patron.

— Monsieur Ichabod? Qu'est-ce que vous faites? Qu'est-ce que ça signifie?

Contrarié, Ichabod tente une fois de plus d'expliquer que Martine sera bien traitée chez la *old mother* du cousin Rupert. Qu'elle vivrait dans une *big house...* à Duxbury... *not far away.*

Marie-Venance ne comprend toujours pas ce que tente de lui expliquer le patron qui poursuit :

— Bien traitée, chez Rupert, répète-t-il. Elle va apprendre à parler anglais... *Come and see, papa... mama, often.*

La femme ne comprend pas, mais ce qu'elle et Pierre commencent à saisir, c'est qu'Ichabod et Rupert emmènent Martine.

— C'est une enfant, fit Marie-Venance se précipitant. Vous n'avez pas le droit.

Ichabod eut un geste d'effarement. Décidément, les cajoleries ne lui réussissent guère. La jeune femme le brave : une chose qu'elle n'avait jamais osé faire. Les traits crispés de son visage en disent plus long que ses paroles.

— Vous n'avez pas le droit, répète Marie-Venance.

Le cousin Rupert sent tout de suite que les choses vont se gâter.

— *Come,* Ichabod, murmure-t-il. Laisse tomber.

Ichabod se rebiffe. Laisser tomber? Pas question. Il importe, au contraire, d'établir clairement que les proscrits sont malvenus de résister à leur maître.

L'aubergiste ne rit plus. Il se montre fort contrarié de voir qu'on fait obstacle à ses volontés en présence d'un étranger. D'autorité, il s'engage dans le sentier, tenant fermement Martine par la main.

— Ils emmènent Martine, criait Marie-Venance. Ils emmènent Martine!

C'était l'évidence même. Pierre se précipite à son tour dans le sentier.

— *No, no,* dit-il d'une voix rauque. Martine, *don't go...* Martine... *stay here!*

De ses petits yeux de rat, Ichabod dévisage Pierre par-dessus l'épaule.

— *What?* dit-il. *You...? Talking to me that way?*

Rien ne pouvait plus arrêter Pierre. Il marcha sur Ichabod et lui enleva brutalement Martine.

— *Stay here,* Martine, *understand?*

Des larmes de terreur coulent des yeux de la fillette qui s'agrippe fermement à la jambe de son père. Marie-Venance ne peut que gémir au coin de la porte.

— *Drop it,* Ichabod, répétait Rupert.

Furieux, le sombre puritain ne voulait rien entendre. Il ne pouvait vraiment pas tolérer qu'un subalterne, un *French Neutral* par-dessus le marché, se permette un geste aussi insolent. Le visage décomposé par la colère, il se prévalut de ses pouvoirs de patron pour braver Pierre.

— Qui commande ici? vociféra-t-il en son anglais le plus incisif, toi ou moi? Hein? Écarte-toi, ou j'appelle *the militia*

Il tenta de faire lâcher prise à Martine, agrippée de toutes ses forces à son père mais Pierre le saisit par les épaules et le secoua comme un plumeau en lui disant, avec son accent acadien tout aussi incisif :

— Va la chercher, ta *militia,* vieille face de carême. Je l'attends de pied ferme.

Il donna à Ichabod une violente poussée qui l'envoya rouler dans un bouquet de ronces. Rupert se tenait toujours à l'écart, fort ennuyé de se savoir la cause de ce drame. Toutefois, il n'osait plus contrarier son cousin. Fou de rage, ce dernier se releva avec peine. Les ronces et les chardons adhéraient à son justaucorps. Ses lèvres minces, ses yeux de pachyderme et son front ravagé de rides en disaient long sur tout ce que ce geste malheureux allait avoir pour conséquence. D'un geste brusque, Ichabod rabattit les revers de son habit puis redescendit le sentier à grands pas.

Pierre et Marie-Venance ne furent pas longs à reprendre leurs sens. Après ce qui venait de se passer, ils savaient qu'il fallait s'attendre au pire. Quand à Ichabod, il ne tarda pas, lui non plus, à prendre des procédures. Le soir même, il revint avec Rupert, Big Sam, le *selectman* et deux miliciens en armes. La délégation avait de quoi impressionner les malheureux *Frenchies.* Cependant, la présence du *selectman,* loin de terrifier Pierre, le rassura, car il connaissait bien, maintenant, ce bon vieux Peleg Bonney. Il lui livrait régulièrement de l'eau de son puits, et le vieux lui faisait toujours bon visage. Il s'efforçait même de dire quelques mots en français : «Bonjour, Pierre... eau très bon... J'aime beaucoup.»

Le vieux Peleg s'approcha et, d'une voix douce et paternelle, il entreprit d'expliquer la situation. Ses phrases s'émaillaient de mots français, ce qui facilitait les choses. Il parvint d'abord a faire comprendre qu'en vertu de ses pouvoirs, il avait l'autorité d'ordonner aux parents de mettre leurs enfants en apprentissage, ou au service de quelqu'un.

— *The little girl,* dit-il, bien traitée... avec la maman de M. Rupert à Duxbury... Apprendre l'anglais... Venir te voir souvent... *Understand?*

Penaud et soumis comme un condamné à mort, Pierre acquiesçait faiblement, cependant que Marie-Venance demeurait muette de peur au fond de la pièce. Le vieux Peleg posa sa main sur l'épaule de Pierre en hochant tristement la tête.

— Toi, frapper *our good friend Ichabod? Bad, Peter, very bad. Sorry, you are under arrest.*

Il fit signe aux miliciens qui prirent Pierre par le bras et l'entraînèrent dehors. Le vieux Peleg enveloppa la petite Martine d'une main paternelle, marcha vers la porte, puis se tourna vers Marie-Venance.

— *We will take good care...* Prendre bon soin... *Nice little girl...* Venir voir vous *often.*

Rupert éprouva le besoin, lui aussi, de rassurer la pauvre femme qui tremblait comme une feuille.

— *I will act as a father with her,* dit-il. *I promise.*

Il sortit, suivi d'Ichabod et de Big Sam. Marie-Venance entendit appeler Martine :

— Maman!

Elle courut à la porte, s'affaissa sur le seuil et fondit en larmes. Escorté des miliciens, elle vit disparaître Pierre en bas du sentier. La brunante commençait à brouiller les contours des collines à l'horizon. Des engoulevents poussaient leurs cris enjoués dans le ciel pourpre.

Comme une somnambule, Marie-Venance s'en fut prendre le petit Jean-Baptiste dans ses bras et, d'un pas incertain, se dirigea vers la forêt. Elle monta sur le petit tertre que dominait la croix couleur de pluie et de vent, plantée de travers sur la tombe de Marie Sallé. Le calme du soir lui inspira une prière naïve. «Vous avez ben de la chance, grand-mère, vous v'là au boute de vos peines, vous. Moi, ça continue, et j'ai peur de manquer de courage. Ô bonne grand-mère, demandez donc à vos saints de m'en donner un p'tit brin. J'en ai grandement besoin, vous savez. Me v'là toute seule, avec votre petit Jean-Baptiste que vous aimiez tant. Ah! grand-mère, que je suis malheureuse!»

Elle écarta une larme du revers de son pouce, puis d'un pas toujours incertain, elle redescendit le sentier.

Qu'elle lui parut grande, tout à coup, la petite maison! La nuit s'engouffrait dans tous les coins. Elle alluma la chandelle, coucha le petit et vint distraitement s'asseoir devant son rouet pour réfléchir à tout ce qui venait de se passer. «C'est vrai, se dit-elle en elle-même, Pierre est trop prompt. Il a eu grandement tort de bousculer le patron. Mais il le regrette amèrement. Il ne recommencera plus, j'en suis sûre. Ah! si je savais parler anglais, j'irais lui expliquer à M. Ichabod. Il m'écouterait et me comprendrait. Ça arrive à tout le monde de se fâcher. Ça lui arrive, à lui aussi, M. Ichabod, non?»

Marie-Venance essaie de se rassurer. C'est peut-être vrai, après tout, que Martine va se trouver en de bonnes mains; c'est peut-être vrai qu'elle viendra faire un tour à la maison de temps en temps... Et puis, la prison... on finit toujours par en sortir. Peut-on emprisonner quelqu'un bien longtemps parce qu'il a fait une colère? Bien sûr que non. Et puis, il y a ce bon M. Peleg, un homme juste. Il va arranger les choses; il va faire libérer Pierre; il va voir à ce qu'il n'arrive rien à Martine.

La jeune femme s'accroche à tous les arguments rassurants qui lui passent par la tête. Elle essaie de filer et de tisser mais tout s'embrouille dans sa tête. Elle casse des fils, échappe des brins, ne sait plus où elle en est.

Les premiers jours de solitude lui parurent interminables. Le travail allait au ralenti. La toile promise au pasteur Smith ne serait sûrement pas prête à l'automne. Ichabod était venu s'enquérir de la situation et il avait eu l'impression que Marie-Venance faisait la mauvaise tête. Il avait manifesté sa grande déception en tempêtant et trépignant d'impatience pour signifier qu'il fallait se hâter. Mais la tisseuse n'arrivait plus à se concentrer. Elle se sentait engloutie dans le noir, et il lui semblait qu'elle ne pourrait jamais en sortir.

Ce qu'ignorait Marie-Venance, c'est qu'Ichabod se vengeait sur elle des persécutions qu'il subissait dans sa propre maison. Pauvre Ichabod! Comme il a perdu de sa belle assurance! Abigail, sa femme, et l'insupportable Melody lui empoisonnent constamment l'existence.

— Vous devriez avoir honte, lui répète Abigail. Vous en prendre à des gens sans défense; leur enlever leur fillette...

— Je ne l'ai pas enlevée, proteste Ichabod, je l'ai simplement prêtée à Rupert. Elle sera comme en apprentissage chez lui. Elle va apprendre l'anglais.

L'aubergiste se donne bonne conscience, mais il sent bien que ses allégations ne trompent personne, surtout pas Abigail qui, sans répit, revient à la charge. Elle s'indigne surtout du fait que son bigot de mari a rendu sa famille ridicule en allant raconter à tout le monde que Melody avait été violée. La dame ne cherche aucunement à dissimuler son dépit. Elle pince les lèvres; agite nerveusement son face-à-main.

— Violée! dit-elle, où êtes-vous allé chercher cette histoire?

Affaissé dans son grand fauteuil, la tête basse, Ichabod subit la tempête avec résignation. Même Melody tente de mettre son grain de sel.

— Vous voilà bien avancé, dit-elle. Vous avez chassé deux hommes, et...

C'était trop fort. Ichabod éclata.

— Ah! toi, dit-il, sache que je me passe très bien de tes remontrances. Une fille qui se vautre dans le péché, avec un papiste, n'a pas de leçon à donner à son père.

— N'empêche qu'il ne vous reste qu'une femme et son bébé...

— Tais-toi, te dis-je, vociféra Ichabod.

Abigail se tourna vers le vociférateur et le foudroya de son petit sourire d'apitoiement.

— Calmez-vous, voyons. Si vous continuez à hausser le ton, vous allez faire une hémorragie!

Elle eut un petit haussement d'épaule avant de poursuivre.

— Vous savez fort bien que Melody a raison. Vous avez chassé tout le monde. Vous voilà seul à l'auberge... seul à la ferme... seul avec vos maux de reins.

Ichabod ronge son frein. Il voudrait bien justifier sa conduite, mais il connaît Abigail. Elle démolit ses arguments avant même qu'il ait réussi à les faire valoir. Pourtant, tout, au départ, lui était apparu évident et plein de bon sens. Blèche avait fait un scandale inouï, et Pierre l'avait sauvagement agressé. Que pouvait-il faire d'autre que de faire f... ces coquins en prison? Même qu'il avait consulté Big Sam avant d'intenter des procédures. Le colosse, membre de la *General Court,* était parfaitement d'accord. *« Get rid of the bastards»*, avait-il dit. Or, voici que tout le monde se tourne contre lui maintenant. Avec ses grands airs, Abigail ne rate aucune occasion de le rappeler à la réalité.

— Vous aviez deux hommes qui ne vous coûtaient presque rien, disait-elle. Vous voilà privé d'aide, et bientôt, la Législature va vous supprimer l'indemnité à laquelle vous aviez droit. Tels sont les fruits de vos emportements.

L'impitoyable matrone tourne le fer dans la plaie, cependant que Melody — l'insolente qu'Ichabod n'arrive plus à faire taire — joue les enfants martyrs.

— Nous sommes devenus la risée du village, répétait-elle. Vous m'avez fait passer pour une guenon. Me voilà réduite à vivre enfermée comme une nonne.

Même pis qu'une nonne. Melody n'ose plus aller au village avec sa mère. C'est à peine si on lui permet d'aller dans la cour soigner les oies et les poules. Le soir du scandale, Ichabod l'avait même confinée à sa chambre, mais Abigail n'avait pas tardé à désavouer ce châtiment.

Le pauvre puritain sait, depuis longtemps, qu'il n'est plus le maître sous son propre toit, mais c'est la première fois qu'on censure sa conduite avec autant d'à-propos, car enfin, il faut bien qu'il se rendre à l'évidence : c'est vrai qu'il a eu tort d'ébruiter l'incident du fenil ; c'est vrai que la colère de Peter découlait d'un simple malentendu; c'est vrai que Blèche et Pierre lui fournissaient une main-d'œuvre indispensable et pas chère.

Ichabod est maintenant rongé de remords. Il sent qu'il a eu tort, et non seulement qu'il a eu tort, mais que le vide se fait autour de lui. Même que le bruit court que les gens du village lui en veulent d'avoir fait coffrer Peter : l'obligeant *Frenchie* qui distribuait de la si bonne eau.

Les griefs s'accumulant sans cesse, l'aubergiste a l'impression d'avoir perdu l'estime de tous. Il désespère de pouvoir jamais sortir de l'impasse où il se sent plongé.

•

Un soir, le *selectman* le convoqua, lui et Samuel Jacob, à une rencontre de caractère professionnel. Peleg Bonney rayonnait de bonne humeur. Après avoir échangé quelques banalités avec ses invités, il entra, tout de go, dans le vif du sujet.

— *So then,* fit-il sur un ton badin, ces messieurs croient pouvoir se débarrasser à tout jamais de leurs *French Neutrals* en les faisant jeter en prison?

Big Sam se mit à bafouiller.

— *Well now listen... you know... these fanatics...*

— Fanatiques, fit le *selectman* en écho. Vous n'exagérez pas un peu?

Tout en faisant entendre un petit rire espiègle, le vieux Peleg prit place derrière son bureau et se mit à remuer des paperasses.

— En prison... depuis plus d'un mois maintenant. *My goodness!* Vous vous rendez compte?

Il avait enfin mis la main sur le document qu'il
cherchait. Il l'exhiba pour rappeler que, selon la
loi, tout *colonist* demeure responsable des *displaced
persons* à son service, même après leur arrestation.

— C'est écrit ici, dit-il, montrant le document.

Loin de regimber, Ichabod et Big Sam ne firent
aucune difficulté. Au contraire, d'instinct, ils se
montrèrent bon princes, car ils sentaient qu'au fond,
la loi leur permettait, à l'un et à l'autre, de sauver la
face. En reprenant les *bastards* à leur service, ils ne
se trouvaient pas à avouer leurs torts, mais à se
conformer à la loi en loyaux sujets de Sa Majesté.

— *All right,* fit Ichabod affectant d'être contrarié. Puisque c'est la loi. Que faut-il faire?

Ichabod avait la mine fort piteuse, non à cause
des rigueurs de la loi, mais parce que les cinq semaines qui venaient de s'écouler avaient eu un effet
néfaste sur ses reins et ses jambes. La corvée qu'il
avait dû s'imposer lui avait fait constater à quel
point les services de Blèche lui manquaient. Quant à
Big Sam, c'était plutôt le revenu provenant des
abonnés à l'eau du puits qui lui manquait.

— Ce qu'il faut faire? répéta le vieux Peleg.
Bah, la peine est purgée. La loi est satisfaite. Vous
redevenez responsables de ces gens conformément à
l'engagement que vous avez pris.

En sa qualité de membre de la *General Court,*
Big Sam savait fort bien que les autorités à Plymouth ne pouvaient garder infiniment les deux

French Neutrals dans des cachots. La Province du Massachusetts n'avait pas le moyen de faire vivre à rien faire des gaillards en bonne santé. Aussi, la démarche du vieux Peleg ne pouvait l'étonner. Par de petits signes de tête, il acquiesçait docilement à tout ce qu'expliquait le *selectman*.

Le lendemain matin, Ichabod attela le pur-sang et fila vers Plymouth.

•

Les trembles ont commencé à jaunir et les sapins noirs pointent derrière leur feuillage frissonnant. Les vinaigriers écarlates font bien bas la révérence au bord du *Little Pudding*. Marie-Venance a donné la bouillie au petit et a repris sa place devant le rouet. Le silence n'est troublé que par le bruit de la pédale.

La porte s'ouvre brusquement. La fileuse sursaute. Une ombre se dresse dans le contre-jour. Est-ce une apparition? Immobile, l'ombre a la mine d'un gamin timide qui n'ose entrer. Défiante et n'en croyant pas ses yeux, Marie-Venance se lève.

— Pierre!

Elle court se jeter dans ses bras, secouée par un petit rire nerveux. La surprise était trop forte. Elle ne peut que répéter.

— Pierre! Pierre! Est-ce bien toi?

Ce grand gamin de Pierre la serre très fort et se mord les lèvres dans l'espoir de refouler les larmes qu'il sentait monter. Revoir sa Marie-Venance, le petit Jean-Baptiste et la maison après si longtemps, si longtemps... Le bébé dormait à poings fermés dans son ber.

— J'ai cru que je reviendrais jamais, fait-il à l'oreille de sa femme.

Il enveloppe, de ses grosses mains, ce frêle visage que ses yeux humides et émerveillés semblaient redécouvrir.

— Te retrouver... C'est comme un rêve.

Suffoquée par l'émotion, Marie-Venance ne peut que sourire et lever sur son homme des yeux remplis de larmes. Elle se dégage gentiment et, de ses paumes, s'essuie les joues.

— Tu dois avoir faim, dit-elle.

Légère comme le vent, elle court prendre un petit fagot près de la porte et le pose sur la cendre grise. Pierre se précipite à son tour.

— Attends, laisse...

Tout en battant des œufs, Marie-Venance se met à parler de tout et de rien. Ah! c'est qu'elle en avait beaucoup à raconter. Elle n'avait rien su; le patron ne l'avait pas prévenue; elle avait vécu, tout ce temps-là, dans l'angoisse, et seule avec le petit...

Pierre balance la tête avec un sourire attendri. Il savoure en silence l'incomparable douceur du foyer retrouvé, et il se garde bien d'interrompre le rapport détaillé que la petite femme lui fait des jours affreux qu'elle vient de vivre. Pourtant, lui aussi a beaucoup à dire. D'abord, que Blèche a été libéré.

— Blèche? Libéré? Lui aussi?

— Ichabod l'a repris. Et puis, sais-tu, en prison, j'ai appris beaucoup de choses... Une grande nouvelle!

Marie-Venance s'immobilise et le regarde, étonnée. Une grande nouvelle? Elle ne pouvait imaginer plus grande nouvelle que la libération de son homme.

Mais il y a beaucoup plus, et Pierre prend bien soin de ne pas tout déballer d'un seul coup. Affaire de ménager ses effets, il commence par dire la grande surprise qu'il avait eue de retrouver en prison l'ami Blèche et...

— Devine qui?

Marie-Venance venait de déposer une écuelle d'étain au bout de la table. Ses yeux brillaient dans l'attente de la suite. Pierre se lève et prend son temps pour venir s'attabler devant les œufs frits et une épaisse tranche de pain. De toute évidence, il s'ingénie à faire languir son impatiente auditrice.

— Quelqu'un du pays?

— Tu pourras jamais deviner, dit Pierre. Figure toi que le lendemain de mon arrivée à la prison, j'ai fait face à Damien... mon frère Damien. Je le croyais pas, «C'est bien toi?» que je lui dis. «C'est bien toi, Damien?» Il m'examina avec ses yeux creux. «Mais c'est Pierre! qu'y me dit. Pierre... toi aussi, en prison?» Si tu l'avais vu! Maigre comme une échalote!

C'est que, d'expliquer Pierre, son bourgeois lui fait la vie dure à Damien. Tellement dure, qu'un jour, il a décidé de sacrer le camp et d'aller à

Barnstable rejoindre sa femme et les enfants, mais les miliciens lui ont tout de suite mis la main au collet et l'ont ramené à Plymouth.

— Pauvre Damien! C'est à peine si je l'ai reconnu.

Pierre hoche tristement la tête. Tout en parlant, il mangeait ses œufs et mordait dans le pain à grosses bouchées.

— On a jasé longtemps, dit-il, et à un moment donné, il m'a pris le bras. Quelque chose venait de lui revenir à la mémoire. «T'as pas perdu un enfant, toi?» qu'il me demande.

Dans un geste d'appréhension, Marie-Venance croise les mains sur sa poitrine.

— Mon Dieu! fait-elle, haletante,

— Comme toi, continua Pierre, j'ai eu le souffle coupé. «Oui, que je lui réponds : le petit Tienniche.» Damien est devenu *jonglard*. Il avait l'air de rassembler ses souvenirs. «J'ai entendu dire, qu'y me dit, que les Bourg, qui se trouvent à Hanover, ont hérité d'un enfant Lebasque.»

Le visage de Marie-Venance s'illumine, transfiguré.

— Tienniche? Chez les Bourg? À Hanover? C'est loin?

— Seulement quelques milles, dit Pierre. Pas besoin de te dire qu'à la première occasion, je vais le chercher.

Marie-Venance pâlit. Sa grande joie s'est soudain dissipée. Aller chercher Tienniche? C'est

courir le risque de se faire arrêter de nouveau, et
cette fois, pour beaucoup plus longtemps peut-être.
Pierre la rassure. Blèche a pensé à quelque chose. Il
a un plan en tête.

•

C'est en riant et en jubilant comme un fou que
Blèche avait accueilli Pierre dans la grande cellule
de la prison de Plymouth, mais c'est avec fort peu
d'enthousiasme qu'il s'était rattelé à la tâche à la *Old
Garrison.* Pour lui, recouvrer la liberté, cela voulait dire retrouver son coin, dans l'écurie, avec les
rats. Il n'y avait là rien de réjouissant. À la prison,
au moins, il avait pu dormir sur un grabat.

Une consolation pourtant : celle de retrouver
Goliath. Blèche parlait au cheval et aux autres animaux comme si c'étaient des personnes. Il leur avait
même donné un nom. Il les interrogeait et répondait
à leur place. C'était sa façon à lui de tromper
l'ennui de longues soirées solitaires. Il allait et
venait dans l'écurie, à l'étable, au poulailler, inter-
pellant à droite et gauche : *Catherine,* la vache
caille qui avait des yeux mouillés comme ceux de la
tante Catherine Gaudet; *Gratte-Grogne,* le gros
cochon toujours pris de démangeaisons; *Matineux,*
le grand coq roux; *Barbe-en-l'air,* le bouc efflanqué.

Blèche et Pierre se remirent à la tâche. Il était
temps. Le pauvre Gratte-Grogne baignait dans son
purin; il ne restait plus un brin de paille fraîche

dans le carré des veaux; Barbe-en-l'air empestait son harem... Décidément, Ichabod en avait plein les bottes.

Blèche n'a plus une minute de répit. Il va et vient, se gardant bien de regarder du côté de la *Old Garrison* où, comme un fauve en cage, le patron fait le guet. Quant à Melody, elle doit rester cachée dans la maison. Ordre du patron. Embusquée derrière le rideau de la salle de séjour, elle ronchonne.

— Vous avez libéré Blèche, et c'est moi maintenant qui me trouve en prison. Je ne peux même plus aller soigner les poules.

Ichabod fronce les sourcils.

— Soigner les poules...? Comme te voilà bien empressée de travailler à la ferme, tout à coup! Est-ce bien l'affaire d'une jeune fille que d'aller soigner les animaux, hein? Reste tranquille. On ne te demande rien.

— Ton père a raison, dit Abigail. Reste tranquille. Avec ces gens-là, vaut mieux garder ses distances. Souviens-toi de l'assaut sauvage dont tu as été victime.

Melody haussa les épaules comme pour marquer le peu d'importance qu'elle attachait à ce qui s'était passé. Ichabod surprit le geste et en fut profondément indigné.

— Quoi? dit-il. Ce n'était pas un « assaut sauvage » peut-être?

— Assaut, assaut..., fit Melody sur un ton visant à contester l'exactitude du terme.

— «Assaut sauvage »... tes propres termes, ragea le paternel. Il t'a sauté dessus, comme une bête en chaleur.

Ichabod n'en finissait plus de s'irriter contre cette enfant qui lui tenait tête.

— C'était couru, poursuivit-il. Avec ces papistes, on peut s'attendre à tout. Ils ont le sexe dans le sang.

— En tout cas, je vous jure qu'il n'a rien fait de mal avec moi.

— Rien fait de mal? «Assaut sauvage...», «bête en chaleur» avec une fille... dans le foin. Me prends-tu pour une bourrique?

Le puritain resservait à sa fille les propos qu'elle avait elle-même tenus pour se disculper après l'incident. Melody se sentait coincée. Elle ne pouvait tout de même pas se dédire. Ne sachant comment s'en tirer, elle devint aberrante.

— Vous jugez tout le monde, dit-elle sur le ton le plus faux qu'on puisse imaginer. Faut pardonner, non? rendre le bien pour le mal... C'est dans les Saintes Écritures.

Les longs cils d'Abigail se mirent à battre éperdument.

— Les Saintes Écritures? Qu'est-ce que tu vas chercher là?

Hors de lui-même, Ichabod marcha sur la scélérate.

— Pardonner? dit-il. Pour ensuite recommencer? Ma parole, ce garçon t'a vraiment tourné la tête. Voilà que tu raisonnes comme ces gens-là, maintenant. Attention, ma fille. Ces catholiques, je les connais bien, moi : tous de mœurs dissolues, du simple fidèle jusqu'au pape. Des hypocrites; des sanguinaires. Tu vois ce qu'ils viennent de faire au fort William-Henry? Un massacre épouvantable... Pardonner? Des sanguinaires? Des impudiques? Des suppôts de Satan?

Tête basse, Melody fait les cents pas autour de la grande table. Son puritain de père cherche des imprécations susceptibles d'apaiser sa sainte colère. Comme rien ne lui vient à l'esprit, il hausse les épaules et sort en claquant la porte.

●

Pierre en liberté, Marie-Venance avait le sentiment qu'elle ne pouvait désirer rien de mieux que les minutes de tendresse qu'il lui était donné de vivre avec son homme. Un soir, Pierre évoqua des souvenirs et se mit à parler avec émotion du pays perdu. De sa main terreuse, il caressait la joue de sa femme et glissa doucement son pouce sous la mâchoire.

— Ah! Pierre, murmura tout bas Marie-Venance, mon pays c'est toi.

Les époux demeurèrent longtemps serrés l'un contre l'autre. Soudain, un bruit de pas se fit entendre dans le sentier. Pierre courut à la porte.

— Qui va là?

— C'est moi, dit Blèche d'une voix contenue.

— Blèche! exulta Marie-Venance. Quelle bonne surprise!

Elle alluma la chandelle. Le visiteur avait l'air du mauvais garnement qui fait l'école buissonnière. Les trois amis prirent place autour de la table. Blèche faisait décidément une bien drôle de tête.

— Tenez-vous bien, dit-il, je viens d'en apprendre une bonne. C'est le saint patron soi-même qui m'a mis au courant. Le cousin Rupert va venir demain... avec la petite.

— Quoi? Avec Martine?

Marie-Venance joint les mains. Ses lèvres se contractent en un sourire béatifique. C'était donc vrai. M. Rupert tient parole.

— C'est pas tout, ajouta Blèche. Il vient chercher le patron et la patronne et leur Melody. La tribu descend à Plymouth. Affaire de succession, paraît-il.

Marie-Venance est dans un état d'extrême exaltation.

— Martine qui revient...

— Pour deux jours, précisa Blèche.

Deux jours! C'est inespéré. La jeune femme ne tient plus en place. Après plus d'un mois d'attente et d'angoisse, la voilà vraiment comblée. Blèche l'observe d'un œil attendri, puis il se tourne brusquement vers Pierre.

— V'là ben ta chance, dit-il.

— Ma chance? dit Pierre, intrigué.

— Eh ben, oui... Ta chance d'aller à Hanover chercher Tienniche.

Il se fit un grand silence. C'était pourtant vrai. Les patrons absents deux jours : c'est en plein le temps d'en profiter. Blèche se met à expliquer son plan. L'enthousiasme écarquille ses petits yeux de fouine.

— C'est simple, répète-t-il. Faut surtout pas que tu parles. T'es muet, et tu montres ton papier, c'est tout.

Pierre examine la note rédigée en anglais. Marie-Venance roule de grands yeux inquiets.

— Doux Jésus! Que j'aime pas ça!

Pierre partage l'enthousiasme de Blèche. La stratégie arrêtée lui semble des plus ingénieuses. Il se lève et se met à arpenter la pièce.

— Ça peut pas rater, dit-il. Et puis, un muet... les gens ont pitié d'un muet.

Au passage, il attrapa Marie-Venance par la taille et la souleva de terre.

— On peut pas souhaiter une meilleure occasion.

La jeune femme n'arrive pas à partager l'enthousiasme des hommes.

— Il reste que c'est dangereux, dit-elle.

Pierre la retient toujours, et elle agite en vain les jambes afin de retoucher terre.

— Allons donc, je vais faire attention.

Marie-Venance encercle de ses bras le cou de son mari.

— Toi? Faire attention...? Tu te fâches facilement, tu sais.

— C'est vrai.

Et Pierre se mit à grimacer et à grogner comme un chien méchant. Marie-Venance riait et criait, tout en essayant de se dégager, mais Pierre la retenait fermement par la taille, faisant mine de lui mordre le visage. Blèche se leva.

— Faut que je retourne. Je vous laisse à vos *minouchages*. À demain.

Il disparut dans l'obscurité. Pierre referma la porte et leva les bras en l'air.

— Une chance du ciel! dit-il. Tu veux que je te dise? Eh ben, j'ai comme le pressentiment que toute la famille sera réunie sous le même toit, après demain.

Il entraîna Marie-Venance vers le lit.

— Et si ça réussissait pas?

Il la rassura d'un long baiser, après quoi il s'attarda à contempler son front lisse, ses yeux ardents et les cheveux d'ébène qui mettaient si bien en valeur la blancheur de sa peau. Qu'elle était désirable! Pierre dénoua la bonnette à frissons. La femme lui parut palpitante dans le clair-obscur chevrotant que répandait la chandelle sur la table. Les regards devinrent plus éloquents que les paroles. Comme un serpent sournois, un désir irrésistible cingla les reins des époux. La femme s'abandonna. Elle n'opposa aucune résistance à la main calleuse qui cherchait ses seins sous le corsage. Le va-et-vient d'une barbe rugueuse sur ses bras et ses aisselles aiguisait son attente. Quelles délices de pouvoir se retrouver enfin seuls; de pouvoir se posséder sans retenue et sans crainte. Cela n'était pas arrivé depuis une époque qui paraissait déjà tellement lointaine; l'époque de la vie heureuse et paisible à Port-Royal.

Pierre haletait, ardent et muet. Ah! l'enivrement d'un cou tendre et lisse; la chaleur d'un ventre délicieusement velouté et moelleux; la douceur des cuisses tièdes. Les bras des époux se rejoignirent en une longue et profonde étreinte.

— Ah! Pierre! Pierre! murmura Marie-Venance, tu vas me faire mourir.

Pierre se pressa doucement contre son flanc chaud. Il contempla longuement ce beau visage encadré d'abondants cheveux défaits. Marie-Venance avait fermé les yeux.

— Pierre, dit-elle, j'en suis sûre : nous venons de faire un enfant.

Pierre glissa son bras autour de ses épaules. Il la sentait, toute frêle et toute nue le long de son corps. La petite femme ouvrit les yeux.

— Un autre petit exilé, dit-elle.

— Chut... fit Pierre tout bas. Dors, dors, tout doux, dans mes bras.

•

Samedi matin, ciel ourlé de nuages, brise de mer. Une foule bigarrée grouille dans le port de Plymouth. Les cris des forains dominent le piaillement des commères. Des gamins se chamaillent autour des chevaux et des charrettes parqués en tous sens. Panier au bras et ramassées dans leur châle, des ménagères se pressent autour des étalages et aux abords des bateaux de pêche pour marchander les légumes, la morue et les crustacés. Soudain, un remous se produit dans la foule. Des jeunes se mettent à crier :

— *Look! Look here! Another scoundrel on the stocks.*

On vient de pousser un gibier de potence sur le pilori. L'homme avait le torse nu et était tombé sur ses genoux. Un carcan de bois lui entourait le cou et les mains.

Les curieux se précipitent par bandes. Le tortionnaire déambule sans hâte autour de sa proie. Il remue les muscles de ses larges épaules et fait claquer son fouet en attendant qu'augmente le nombre des spectateurs.

— Qui c'est? Qu'est-ce qu'il a fait? interrogent les premiers arrivés au pied de l'échafaud.

— *A runaway French Neutral,* répond le tortionnaire avec un rictus qui en disait long sur la raclée qu'allait attraper le *runaway.*

Un chuchotement se répand dans l'assistance. On voyait se contracter les visages.

— *French...? French Neutral...? A bloody bastard!*

Les spectateurs se mettent à crier :

— *Away, away!* Ces *Frenchies* sont des assassins. *Kill them all!*

Le tortionnaire a un impressionnant balancement du bras, et le fouet s'abat sur le dos nu du *Frenchie*.

— *One...* hurle la foule avec ardeur.

L'homme au pilori ferme les yeux et serre les dents. Son corps vibre à chaque coup de fouet.

— *Two... three... four...,* scandent les curieux en délire.

Pierre n'a desserré ni les dents ni les paupières. Il a encaissé les dix coups sans un cri, sans un râle. Sa respiration écumante et oppressée dilatait ses narines. On eût dit un fauve pris au piège. Plus les lanières labouraient ses chairs, plus ses ongles s'enfonçaient dans ses paumes. La foule était au comble de l'exaltation.

— *... nine, ten...*

Le compte y était. Le bourreau promena son rictus placide sur la foule, tel le virtuose satisfait du morceau qu'il vient d'exécuter. Il replia son fouet et la foule se mit à protester.

— *Ha! come on! Give him the whip for good.*

En roulant les épaules, le tortionnaire regagna ses quartiers. Les curieux se pressaient aux abords du pilori. Pierre n'était pas beau à voir. Même le plus innocent des hommes a l'air d'un scélérat quand il a la tête dans le carcan, les cheveux et le front trempés de sueur et le dos zébré d'éraflures. Pierre desserra les paupières et vit graviter des visages dans son étroit champ de vision; des visages qui l'examinaient avec de gros yeux horrifiés; des visages qui lui faisaient des grimaces de mépris et de haine. Des bourgeois rassemblés tout près lui montraient le poing en proférant des malédictions.

— Incorrigibles, ces *Frenchies,* pérorait un rentier. Virtuoses du scalp, meurtriers, engeance maudite. Ils répandent la terreur sur tout le continent et persistent à refuser de prêter le serment d'allégeance à notre gentil roi George.

Pierre n'aurait jamais pu imaginer pareille humiliation. Qu'avait-il fait à tous ces gens pour qu'ils soient tous aussi en colère contre lui? Pourquoi ces jeunes semblent-ils si joyeux de le voir là, la tête et les mains coincées entre deux madriers? Il referma les yeux. Il se sentait comme englouti au fond d'un trou noir. Il repassait dans sa tête des questions auxquelles il ne trouvait aucune réponse. Qu'avait-il fait de si grave pour mériter un châtiment aussi dégradant? Comment a-t-on pu croire qu'il voulait fuir? Fuir? Tout seul, quand il y a Marie-Venance qui attend à la maison? Comment a-t-on pu le croire capable d'une infamie pareille?

L'amertume envahissait le malheureux : une profonde et noire amertume qui le rongeait, là, au creux des tripes. Le jacassement des gens et les cris des gamins résonnaient, confus, contre ses tempes.

Peu à peu, le pauvre *Frenchie* réalisa qu'on l'avait abandonné seul au milieu d'une foule hostile. Allait-on le laisser là jusqu'au soir? Comme une lame de couteau, la brise de mer glissait sans cesse sur les plaies vives de son dos. Une affreuse pensée lui traversa l'esprit : ses forces n'allaient-elles pas

l'abandonner à la fin? Déjà, ses genoux semblaient
près d'éclater en morceaux sous le poids de son
corps. Ses poignets tremblaient dans les serres et
menaçaient de ne plus pouvoir retenir le poids du
corps. Si les poignets allaient fléchir, ce serait le
coincement du cou dans le carcan. Pierre durcissait
ses muscles et tâchait de ne plus penser aux tensions
affreuses qu'il éprouvait à la nuque et aux reins. Il
fermait les yeux et des picotements lui envahissaient
le cerveau.

Après une heure d'épouvantable solitude, deux
gardes vinrent le délivrer et le ramenèrent à Pembroke, ligoté aux brancards de leur charrette. C'est
Big Sam qui l'accueillit, poings aux hanches.

— *So, so...*, fit-il d'une voix de tonnerre.

Blèche lui avait dit ce qui en était, mais il avait
trouvé suspecte cette balade du côté de Hanover.
Chercher un enfant perdu? Prétexte de pure inven-
tion, assurément. Aucun sens du devoir, ces *Frenchies*. S'esquiver, sans rien dire, quand il y a tant à
faire.

Big Sam empoigna Pierre par le bras et le
poussa vers l'écurie.

— Va-t-il falloir que je t'attache au poteau de
la grange?

Encore une fois, le patron dépensa beaucoup de
salive pour rien. Selon lui, ce *scoundrel* de Pierre a
voulu fuir et a encouru un juste châtiment. Que cela
lui serve de leçon. Pierre ne pige pas grand-chose
aux remontrances de Big Sam. Ce qu'il finit par
saisir, toutefois, c'est que, disparu de la circulation

depuis trois jours, les gens à qui il livre régulièrement de l'eau s'inquiètent. C'est demain le sabbat, et
tout le monde réclame sa portion.

— *Make haste!* commande Big Sam.

Pierre attela Sandy et partit en vitesse.

Dès qu'elle vit paraître la charrette au bas du
sentier, Marie-Venance se précipita hors de la maison et courut à la rencontre de son homme. Pierre
était dans ses petits souliers. Il avait appréhendé cet
instant où il se retrouverait en présence de sa
femme. Il sauta à terre et, de son bras, lui enveloppa gauchement les épaules. Marie-Venance avait les
yeux cernés et tuméfiés. Ah! ce qu'elle s'en était fait
du mauvais sang durant ces trois derniers jours!
Trois jours à ne pas savoir ce qu'il advenait de
Pierre; trois jours à imaginer le pire : Abattu par
un milicien? Perdu en forêt? Jeté en prison?

Marie-Venance a la gorge serrée. Sa joie est
telle qu'elle ne peut rien dire. Pierre lui revient,
tranquillement, avec Sandy, comme s'il ne s'était
rien passé. Il a la mine abattue : l'air d'un gamin
pris en faute. L'échec de son entreprise lui donne
l'impression d'être un grand coupable. Il se contente de tapoter l'épaule de la femme. Après un
moment d'embarras, il remonte dans la charrette et
dit bêtement :

— Faut que j'aille distribuer mon eau.

Ce soir-là, Blèche accourut aux nouvelles. Il
avait, lui aussi, perdu son enthousiasme et sa belle
assurance. La stratégie qu'il avait lui-même arrêtée
et qu'il avait crue des plus astucieuses, avait abouti à

un échec pitoyable. Le corps meurtri de son ami lui en fournissait une preuve accablante.

Assis au milieu de la place, le dos à la chandelle, Pierre recevait les premiers soins. Avec d'infinies précautions, Marie-Venance lui épongeait le dos avec de l'eau tiède. Le sang s'était coagulé. Les épaules, les côtes, les flancs n'étaient plus qu'une plaie mauve striée de balafres noires. Blèche grimaçait d'horreur. Il n'en revenait pas... Infliger un châtiment aussi cruel à un homme qui ne voulait de mal à personne.

— Les Peaux-Rouges auraient pas fait mieux, dit-il.

Comment une affaire aussi prudemment préparée a-t-elle pu si mal tourner? Pierre se montre peu bavard. Marie-Venance a bien tenté de lui tirer les vers du nez, mais il se contente de grogner :

— Une histoire de fou... Y a que des constipés dans ce pays. On dirait que les gens ont peur de leur ombre.

En réalité, Pierre avait plus mal à son amour-propre qu'à son dos. Partir dans l'enthousiasme, et revenir, non seulement bredouille, mais désossé comme un galérien : beau résultat qui n'avait rien pour le rendre faraud. Il branlait la tête et s'administrait de grands coups de poing dans la main.

— Pourtant, j'avais pris toutes mes précautions.

Blèche le pressait gentiment de questions.

— Allons, raconte... T'as pas à avoir honte. C'est ma faute, ce qui est arrivé. C'était mon plan.

Pierre protesta d'un signe de la main.

— T'as pas de reproches à te faire, dit-il. J'cré plutôt que c'est moi qui a un visage à fesser dedans.

Marie-Venance rangea son bassin d'eau et Pierre s'enveloppa d'une couverture de laine.

— Un *morvâillon* dit-il, est venu me traiter de *French Neutral,* et v'là que des curieux s'approchent. Y en a qui me rient au nez; d'autres me montrent le poing.

Blèche fut soudain frappé d'une évidence. Il avait pensé à tout, sauf au déguisement. Un «morvâillon» qui traite un inconnu de *French Neutral?* C'est que ça crevait les yeux! Avec son tricorne plat, son justaucorps râpé et ses vieilles guêtres d'étoffe, Pierre ne pouvait faire autrement que de sentir le *French Neutral* à plein nez.

Blèche devint sombre. Comment avait-il pu oublier ce détail capital? Par bribes, Pierre se mit à raconter sa mésaventure.

Parti de grand matin, il avait longé le *Herring Brook* jusqu'au marais *Great Cedar,* pour ensuite se diriger vers la rivière *Indian Head.*

Arrivé au village, il vit venir une petite vieille. Elle lui parut sympathique avec son dos voûté et ses petits yeux chassieux. Il souleva son tricorne et lui tendit son papier. La bonne femme avait une face de gargouille. Elle examina le papier, puis leva sur Pierre son regard farouche.

— *Bourg family? This is not an English name.*

Pierre haussa les épaules en montrant sa bouche avec son doigt.

— Han, han...

La vieille prit peur, laissa tomber le papier et s'éloigna en faisant d'affreuses grimaces.

Un gamin avait surpris le geste de Pierre. Il s'approcha et se mit à se moquer de lui. Il montrait sa bouche en faisant : «han, han...» Pierre eut d'abord envie de lui frotter les oreilles mais il se ravisa. Valait mieux jouer le jeu à fond. Qui sait? Ce gamin n'est peut-être qu'espiègle; il connaît sans doute plus de gens que la vieille dans ce village. Il lui tendit le papier. Surpris de la confiance qu'on lui faisait, le gamin prit le papier.

— Bourg? lut-il. Surely a *French Neutral.* Tu es un *French Neutral,* toi?

— Han, han... fit de nouveau Pierre, montrant sa bouche.

Le gamin pouffa de rire et se mit à faire «han, han» à son tour. D'autres jeunes s'étaient approchés.

— Han, han... firent-ils, ricanant. Vas-y, *Frenchie,* fais-le encore.

Plus brave, du fait de l'attroupement, la vieille revint sur ses pas et se mit à alerter les gens.

— *Look, look,* lança-t-elle de sa voix éraillée. *Surely a French Neutral.* Il a l'air louche! C'est sûrement un déserteur.

L'idée que ce déserteur pouvait être un espion ne fut pas longue à devenir une certitude aux yeux de tous ceux qui faisaient cercle autour de Pierre. D'enjouée, la foule devint menaçante. Les badauds se passaient le mot :

— *Good heavens!* Ils ont mis la main sur un *French spy*.

Des fiers-à-bras à la trogne peu rassurante montraient le poing au présumé espion. Pierre sentit que les choses se gâtaient. Il voulut fuir, mais deux miliciens fendirent la foule des curieux et l'attrapèrent par le bras. Affolé, Pierre joua vigoureusement du coude et un des miliciens roula par terre. On entendit des Ho! de stupéfaction.

— *This man is dangerous,* dit l'un des fiers-à-bras.

Le milicien se releva, furieux, et marcha sur Pierre. Ce dernier perdit le sens de la réalité et oublia qu'il était muet.

— Lâchez-moi, hurla-t-il. J'ai rien fait.

La vieille triompha.

— Qu'est-ce que je vous disais? gazouilla-t-elle. C'est un *French Neutral*. Pas de chance à prendre avec ces gens-là. Emmenez-le.

Blèche et Marie-Venance n'avaient pas de mal à imaginer la scène. Pierre n'avait négligé ni les gestes ni la mimique.

— Une histoire de fou, dit-il à la fin. Les gardes m'ont attaché les mains et les pieds; ils m'ont jeté dans une charrette et m'ont amené en prison. Le gardien m'a reconnu. J'ai passé la nuit dans le noir, sans savoir ce qui m'attendait.

On imagine sans peine la colère d'Ichabod quand il apprit que Pierre avait profité de l'absence des patrons pour se lancer dans une folle aventure.

— Et moi qui commençais à lui faire confiance, fit-il avec amertume.

Blèche était tellement malheureux de ce qui était arrivé qu'il se lança dans un ardent plaidoyer pour défendre la cause de son ami.

— Ce n'était pas une folle aventure, dit-il. Il voulait seulement aller chercher son fils.

— Pourquoi en faire un mystère, gronda Ichabod. Pourquoi agir en cachette? Il n'avait qu'à m'en parler.

«Il n'avait qu'à m'en parler...» Ce petit bout de phrase surprit Blèche. Faut-il comprendre que le patron aurait consenti à faire quelque chose pour aider? Le jeune homme baissa la tête.

— Il n'aurait jamais osé vous en parler, dit-il. Il croyait qu'il pouvait se débrouiller tout seul et que personne n'apprendrait la chose. Il faut le comprendre. Il faut l'aider.

Ichabod se rendit compte tout de suite qu'il était allé trop loin. Il avait parlé sans trop réfléchir. Il eut un haut-le-corps.

— L'aider? J'en ai déjà trop fait. Je vous traite bien, l'un et l'autre, *by Golly!* Mais vous autres, vous n'obéissez pas aux ordres. Toi, tu as tourné la tête à Melody, et *Peter* déserte et se bagarre tout le temps.

Ichabod en remettait. Il cherchait à dissiper l'impression qu'il avait donnée de pouvoir être de quelque utilité. Blèche hésita un moment. Il se demandait s'il devait insister.

— Pourtant, murmura-t-il, si vous vouliez...

— Si je voulais quoi? Que veux-tu dire? Tu voudrais peut-être que je récompense *Peter* après tous les ennuis qu'il m'a causés? Tu voudrais que j'aille chercher son fils? Que j'assume l'obligation de nourrir une autre bouche?

Blèche comprit qu'il n'y avait rien à faire. Il trouva pourtant un dernier argument.

— *Believe me, Sir,* dit-il, *Peter* n'est pas un bagarreur. C'est rien qu'un homme malheureux. Il a perdu un fils, et dès qu'il eut appris que ce fils pouvait être à Hanover, il n'eut qu'une seule idée : aller le chercher. Il n'a écouté que son cœur de père. Il est parti. Il a risqué le tout pour le tout. Il a fait ce que vous auriez fait vous-même pour Melody... euh... je veux dire, pour votre fille.

Blèche se mordit les lèvres. Le parallèle qu'il venait d'établir entre le patron et son employé lui parut tout de suite inconvenant; d'autant plus inconvenant qu'Ichabod se redressa, interloqué, la mine abrutie. Blèche ne savait comment réparer sa gaffe.

— Ce que je veux dire, bafouilla-t-il, c'est que vous seul pouvez l'aider.

Ichabod ne répondit pas. Il rentra et passa la journée du sabbat affaissé dans son fauteuil. Il fut soudain pris de compassion pour ses deux employés. De braves gens, en somme, pensa-t-il, et qui lui ont tout de même défriché plusieurs arpents de terre... et qui ne lui coûtent pas cher. *Peter* a de bonnes raisons d'être amer. Attraper dix coups de fouet, uniquement parce qu'on n'a pas compris qu'il recherchait son fils, il y a de quoi être amer.

Le lendemain matin, Ichabod fit atteler le pur-sang et invita Pierre et Blèche à monter avec lui dans la voiture. Il passa les rênes à Blèche. Son visage ne trahissait aucune émotion.

— *We are on our way*, fit-il sèchement, le regard rivé sur l'horizon. *To Hanover.*

Les deux hommes n'en croyaient pas leurs oreilles.

— *To Hanover?* vérifia Blèche.

— *What is the matter, young man?* Es-tu sourd?

Ichabod jouait les insensibles. Les mâchoires serrées, le front couvert de rides, il promenait sur le paysage ses petits yeux rabougris. Tout le long du trajet, il demeura muet comme une carpe. Ni Blèche ni Pierre n'osèrent poser de questions. En entrant dans le village, Ichabod tourna légèrement la tête vers Blèche.

— *What is the name? Bourg?*

Crinière au vent, Goliath avait trotté allègrement de Pembroke à Hanover. Ichabod fit un signe, et Blèche immobilisa la bête devant la porte du *se-lectman,* William Magoun.

— Bourg?

— Le *selectman* examina les visiteurs par-dessus ses petites lunettes de broche. Non, fit-il de la tête, il n'y a pas de Bourg à Hanover.

— *What?*

— *Nobody of that name*, répéta le *selectman.*

Ichàbod ne cacha pas sa déception. Lui qui croyait pouvoir se racheter par une bonne action, voilà que sa démarche aboutissait à rien. En silence, les trois hommes remontèrent dans la voiture et rentrèrent à Pembroke. Ichabod était encore plus sombre au retour qu'à l'aller. Pierre n'avait pas retrouvé Tienniche, mais il se sentait délivré d'une hantise. Sans doute que Damien avait mal compris. Tienniche est sûrement chez les Bourg, mais pas à Hanover. Il n'y avait plus d'inquiétude à avoir de ce côté. Pierre voudrait exprimer sa reconnaissance au patron, mais le visage fermé de ce dernier le fit hésiter. Fallait-il le remercier tout de suite, ou attendre plus tard? Faisant appel à tout ce dont il était capable en fait de hardiesse, il s'empara de la main d'Ichabod.

— Ah! merci monsieur, merci ben, dit-il. Vous venez de me rendre un très grand service.

Le patron retira sa main. Son visage de puritain demeurait de glace, même si au fond, la reconnaissance naïve de cet homme au geste gauche n'était pas sans le troubler.

Le trot du pur-sang tressait un cordon de poussière derrière la voiture. Des moineaux bagarreurs se disputaient des piquets de clôture. Pierre avait le dos endolori, mais il se sentait maintenant léger comme une plume. C'est animé des meilleurs sentiments du monde qu'il retourna à ses bêtes, à ses souches, à son puits. Sa résolution est prise. Jamais plus on n'aura à se plaindre de lui.

●

Des feuilles mortes tremblent au bout des branches tordues des vieux merisiers. Novembre achève de rouiller les roseaux des marais. Pendu à un levier, Pierre tente de décoller une souche de cèdre. Il souffle; il sue malgré le froid. Il faut se hâter de défricher le fond de terre avant les neiges. La souche résiste; on dirait une dent gâtée. Elle finit par décoller, juste assez pour que Blèche puisse glisser une chaîne entre ses racines terreuses.

— Hue! Sandy!

Les jours se succèdent, mornes et sans histoire. Blèche vient faire «une saucette» à la giole, chaque fois qu'il réussit à mettre la main sur un numéro du *Boston Globe*.

— Paraît que ça chauffe en Europe, annonce-t-il, un soir.

Le jeune homme se fait mystérieux. Il parle bas, comme s'il avait le sentiment de révéler quelque secret d'État.

— Quelque chose se prépare, dit-il. Je viens de lire, dans le journal, qu'un grand général anglais est débarqué à Boston avec quatre mille cinq cents habits rouges!

Pierre et Marie-Venance en ont le souffle coupé.

— Quatre mille cinq cents habits rouges!

Mais Blèche s'empresse de les rassurer en rappelant que, s'il y a des habits rouges à Boston, il y a des soldats français à Louisbourg.

— Quand ça va commencer, fait-il avec un sourire en coin, les Anglais vont tomber comme des mouches.

Ce que Blèche ignorait, c'est que la guerre faisait rage, non seulement en Europe, mais également aux frontières canadiennes. La Législature suivait de près les événemens.

— Les jours de la terreur papiste sont comptés, prophétisait le pasteur Gidion.

Nouveau Caton, le représentant Lovell renchérissait en bombant le torse.

— *Delenda est Canada, and, mind you,* Canada sera détruit. *Proud Louisbourg* a courbé l'échine devant le grand amiral Boscawen; nos armes ont eu raison des Français au Fort Duquesne et au Fort Frontenac; le maréchal Jeffrey Amherst s'apprête à envahir le Canada. *Victory is at hand, gentlemen.*

Mais le pauvre Blèche ne pouvait mettre la main sur tous les numéros du *Globe* que le *postman* livrait à la *Old Garrison.*

À la fin de janvier, la mère du cousin Rupert décéda. Abigail et Melody partirent aussitôt pour Duxbury et rentrèrent, trois jours plus tard, avec le cousin et Martine. Marie-Venance et Pierre étaient dans le ravissement. Après tant d'épreuves, une surprise aussi soudaine : le retour définitif de leur petite fille : cela paraissait incroyable. Rayonnante comme une fillette à qui on vient de faire un gros cadeau, Marie-Venance tendit les bras à Martine. Elle ne put s'empêcher de verser des larmes de joie.

— *Very good girl,* dit Rupert qui avait tenu à venir personnellement à la giole reconduire la fillette. *Very good girl, thank you very much.* Et il mit dix shillings six pence dans la main de la femme.

— Oh! *thank you!* répéta Marie-Venance d'une voix émue.

Pierre piétinait à l'écart, un vague sourire accroché au coin de la joue, et ne sachant que dire. Rupert et son cousin prirent congé, n'arrivant pas, eux non plus, à allonger le discours.

C'était les retrouvailles : une vraie grande fête. Même Ichabod sentit le besoin de s'y associer. Il s'en fut à la basse-cour, tordit le cou d'une oie blanche et revint lui-même l'offrir à la famille en liesse.

Pierre et Marie-Venance se répandaient en courbettes et en *thank you* reconnaissants. Ichabod fit une grimace qui se voulait un sourire, puis redescendit le sentier d'un pas allègre. Pierre n'en croyait pas ses yeux.

— Le patron... en passe de largesses? dit-il. Pour sûr que la fin du monde approche.

Le lendemain, Blèche crut découvrir en partie la raison profonde de cette subite générosité. Bien sûr, Ichabod se sentait en dette envers la femme qui lui tissait de la si bonne toile et qu'il ne payait que deux pence par jour. En lui faisant présent d'une oie, il cherchait sans doute à compenser un peu pour le salaire dérisoire qu'il lui versait. Et puis, il ne voulait pas être en reste avec ce prodigue de Rupert qui venait de se montrer d'une générosité qu'en son for intérieur il jugeait tout bonnement indécente.

Mais l'euphorie et la générosité des deux hommes avaient, à l'examen, un mobile autrement plus profond. Le cousin Rupert avait passé quelques jours à l'auberge, et Blèche avait surpris une conversation qu'il avait eue avec Ichabod dans la laiterie, près de l'étable. Ichabod se frottait les mains.

— *Thank God, James, this may be the end.* Ces terroristes ne nous créeront plus d'ennuis. Nos armes les ont écrasés... complètement écrasés. Le *English Flag* flotte sur Québec.

Blèche en eut le souffle coupé.

— Le commencement de la fin, répétait Ichabod. Avant longtemps, l'Amérique tout entière sera unie et pacifiée sous un même drapeau.

Blèche eut du mal à avaler son carré de lard et son croûton de pain ce soir-là. Assis à l'indienne sur son grabat de paille, il ronchonnait.

— T'as entendu, Goliath? Le *English Flag* sur Québec!

Dès que la nuit fut venue, Blèche courut chez ses amis. Pierre eut une moue qui attestait, on ne peut mieux, son scepticisme.

— T'as mal compris, dit-il.

— Écoute, j'étais dans l'étable, protesta Blèche, près de la barrique à moulée. Je pouvais pas perdre un mot.

Pierre et Marie-Venance échangèrent des regards effarés. Si c'est vrai que la France a

perdu Québec, elle ne reviendra pas de sitôt reprendre l'Acadie. Blèche était complètement estomaqué.

— Nous v'là à jamais exilés, dit-il.

Pierre se tapa le front.

— Ça m'entre pas là, dit-il. Si c'est vrai que
les Anglais se font battre aux frontières, pourquoi
est-ce qu'ils gagneraient à Québec?

Blèche n'y comprenait rien lui non plus.

— C'est peut-être que des troupes fraîches
viennent d'arriver de l'autre bord.

Les deux hommes se révoltèrent contre ce qui
leur paraissait un contresens.

— Québec? fit Blèche le regard ailleurs, c'est
rien qu'une bataille. La France peut perdre une bataille, mais elle va gagner la guerre.

— Que le ciel t'entende, soupira Marie-Venance.

À l'écart, dans son coin, Pierre broyait du
noir.

— La France... la France... fit-il avec une
moue amère. J'cré qu'elle nous a oubliés, la
France.

— Je l'ai toujours dit, soupira encore Marie-
Venance, va falloir se contenter du pays des
autres.

Pierre s'agita comme un diable dans l'eau bénite.

— Pourquoi répètes-tu toujours la même
chose, gronda-t-il.

•

Un jour, un jeune caporal vint passer la nuit à l'auberge. Dans la soirée, il fit allusion à l'événement, alors que Blèche était en train de ranimer les braises dans la cheminée.

— *Unbelievable, I was told,* déclamait le caporal. Une bataille d'à peine vingt minutes : un choc foudroyant! *Two gallant generals* moururent en braves à la tête de leurs troupes. Les Canadiens ont fui, et nos soldats les ont talonnés jusqu'aux portes de la ville.

Blèche avait l'impression d'entendre des propos sacrilèges. Il eut du mal à contenir son indignation. Quels sont ces racontars que colporte ce blanc-bec? Les Canadiens? Fuir? Ça ne leur ressemble guère. Ce caporal de malheur raconte des histoires.

Blèche tenta d'écarter de son esprit, comme une mauvaise pensée, les propos qu'il venait d'entendre. Il s'abstint même d'en faire part aux amis tellement il les tenait pour absurdes. Les longs mois qui suivirent semblaient lui donner raison. Le journal continuait de parler de «préparatifs» et d'«attaque imminente».

À la fin septembre, il récupérait un numéro du *Globe* qui portait, en grande manchette, le titre effarant : *«Montreal surrenders».* Blèche eut un éblouissement. Les caractères de la manchette parurent se brouiller.

— Montréal? Capitulé?

Il cacha le journal sous sa veste et courut à l'écurie. Accroupi sur son grabat de paille, il allongea une binette d'épagneul et entreprit de lire la nouvelle. Sitôt la nuit tombée, il courut à la giole. Ce fut la consternation. Blèche ne savait que dire pour remonter le moral de tous.

— Pourtant, répétait-il, le roi de France n'a pas dit son dernier mot.

À la fin, Pierre éclata, les traits crispés par la colère.

— Ne me parle plus du roi de France, veux-tu? Est-ce qu'il est revenu reprendre nos terres, le roi de France? Hein? Pourquoi est-ce qu'il reviendrait pour reprendre celles des Canadiens? Sait-il même qu'on existe, le roi de France?

Aux oreilles de Marie-Venance, ces paroles frisaient le blasphème.

— Pierre, Pierre, murmura-t-elle, scandalisée.

Le «blasphémateur» courba la tête. Après un long silence, Blèche se leva, et, la tête basse, prit congé.

Fin octobre, nouvel émoi. Le *Globe* annonçait la mort de *His Excellency* Charles Lawrence, gouverneur de la province de la Nouvelle-Écosse.

— Lawrence? Est-ce bien le nôtre? Le gouverneur de par chez nous?

— En personne, dit Blèche.

Et de raconter ce qu'il avait lu dans le journal.

Boston avait souligné, par une grande fête de nuit, la chute de Québec et de Montréal. On avait allumé d'immenses feux de joie au Fort Hill, dans le port et sur les hauteurs de Copp's Hill. Quarante-cinq barils de goudron, deux cordes de bois, de vieux bateaux saupoudrés de cinquante livres de poudre : un brasier d'enfer. On n'avait rien vu de tel depuis le grand incendie qui avait détruit une partie de la ville. Une grande lueur rougeâtre illuminait la baie. Une fête à tout casser. On avait chanté et dansé toute la nuit. Toute la population avait trinqué à la victoire, le Conseil ayant mis trente-deux gallons de rhum et de la bière à profusion à la disposition des buveurs.

La haute gomme de la ville avait eu rendez-vous chez le gouverneur Bernard, à *Province House*. Des généraux à perruques poudrées donnaient le bras à des *ladies* décolletées à la Pompadour. Les verres et les regards brillaient de leurs plus beaux éclats sous les chandeliers de cristal.

Son Excellence, Charles Lawrence, gouverneur de la province de la Nouvelle-Écosse, n'aurait pas manqué ce rendez-vous pour tout l'or du monde. Une grappe de beaux officiers faisaient cercle autour de lui. Il leva haut son verre.

— *Gentlemen,* fit-il, déclamatoire, je lève mon verre au gentil roi George, à la bonne ville de Boston et à la victoire.

Des «hurray!» et des cris de joie saluèrent cette ronflante santé. Les invités frappaient allègrement leur verre. Les longues robes à frisons, les tuniques à galons d'or, les jabots bien empesés, tous ces chatoyants atours évoluaient d'un salon à l'autre de la *Province House.*

Les santés se succédèrent à un rythme tel que les échansons avaient à peine le temps de remplir les verres. Le rhum et le porto coulaient gaillardement, et le volume des conversations montait proportionnellement. Le gouverneur Lawrence levait le coude comme un cosaque, et plus il levait le coude, plus il devenait casse-pied. Debout au milieu du grand salon, il réclama la parole de sa voix de stentor.

— *May I have your attention please?*

L'air contrarié, les groupes suspendirent leurs conversations. Lawrence empestait le rhum. Il promena sur l'assistance ses yeux de sanglier.

— *The Crown has won Canada,* dit-il. Nos armes ont triomphé à Québec et à Montréal, mais nous aurions tort de nous reposer sur nos lauriers. *Believe me,* il nous reste à extirper du continent ces perfides et vils Français. Tant qu'il restera un de ces terroristes et de ces maniaques du scalp sur nos terres, nous n'aurons pas la paix.

L'euphorie générale et le rhum empêchaient les auditeurs de voir l'outrance de pareils propos. Toutefois, le major-général Winslow eut l'impertinence de soulever un point.

— Je ferai remarquer à Votre Excellence, dit-il, que ce sont les Peaux-Rouges, et non les Français, qui sont les maniaques du scalp.

— *Now now, Major-General,* rétorqua Lawrence avec un grand éclat de rire, vous êtes un militaire trop avisé pour ignorer que les Français ne
font rien pour corriger cette manie des Peaux-
Rouges. Bien au contraire, Sa Majesté Très catholique elle-même, l'encourage. Elle accorde une
prime pour chaque chevelure que ces barbares
arrachent aux Anglais.

Le gouverneur Bernard ne fut pas long à
s'apercevoir que l'altercation risquait de s'envenimer et que les outrances de son bouillant homologue
ennuyaient ses invités. Il esquissa un sourire tout
miel et vint se placer à côté de Lawrence.

— *With your permission, Excellency,* je voudrais, moi aussi, lever un toast.

— *By all means, Governor; by all means.*

Lawrence fit un pas à l'écart et le gouverneur
Bernard leva son verre.

— *Friends,* dit-il, je bois à la santé du gouverneur de la province de la Nouvelle-Écosse, *His Excellency* Charles Lawrence.

L'assistance ne demandait pas mieux que
d'applaudir bien fort afin de pouvoir, ensuite, revenir à ses menus propos et ses marivaudages.

On trinqua et on badina jusqu'aux petites
heures du matin. Peu à peu, les invités prirent
congé de leur hôte. Les salons de *Province House* se
vidèrent sans hâte. Seuls quelques officiers continuaient à conter fleurette à des beautés flétries.

En traversant le petit boudoir, un valet fit
face à un spectacle fort gênant. Affalé sur un

divan, le gouverneur Lawrence était ivre mort.
Les revers de sa tunique de velours étaient ra-
magés de bavures de rhum. Sa perruque gisait
à terre, au bout de son bras ballant, et une coupe
vide avait roulé tout près. Embarrassé, le valet
ne savait que faire. Il ne pouvait tout de même
pas laisser un si haut personnage, en une posture
aussi indécente, dans le boudoir de Madame. Et
puis, si quelque invité égaré allait passer par là!
Aux aguets et tout tremblant, il s'approcha du
personnage et lui mit doucement la main sur
l'épaule.

— *Your Excellency!*

Aucune réaction. La tête coincée dans l'angle
capitonné du divan, *His Excellency* semblait plongé
dans le plus abruti des sommeils. Le valet fit appel à
tout son courage et, cette fois, secoua légèrement le
dormeur.

— *Your Excellency, please... Your Excellency...*

L'inertie du gisant lui parut anormale. Pris de
panique, il donna l'alerte et le secrétaire de Lawrence accourut en vitesse. La stupéfaction le figea
sur place lorsqu'il aperçut son maître, le puissant
gouverneur de la Nouvelle-Écosse, dans un état
aussi dégradant.

— Il est sûrement malade, dit-il. Il faut aller
chercher un médecin.

Le branle-bas attira l'attention du gouverneur
Bernard qui, la mine contrefaite, entra, avec sa
femme, dans le petit boudoir.

— *Charles...* dit-il, d'une voix chevrotante, *what is the matter, Charles?*

Il lui prit la main, mais la relâcha aussitôt.

— *Great God! He is dead!*

Médusés, les curieux se pressaient sur le pas de la porte du boudoir. Le gouverneur, sa femme, le secrétaire et le valet étaient sans voix, les yeux rivés sur celui qui avait été la terreur de tout un peuple. Charles Lawrence n'était plus qu'une misérable dépouille, puant la sueur et le fond de tonne. Le secrétaire branla la tête.

— La victoire l'a rendu tellement heureux, dit-il, qu'il sera mort de joie.

Le gouverneur Bernard avait repris son sang-froid, et, avec morgue, prononça un diagnostic différent.

— Trop de santés, dit-il, et il sortit du boudoir, suivi de sa femme, du secrétaire et du valet.

— *Well, I think the party is over,* dit-il aux curieux qui s'écartaient sur son passage.

●

Durant les trois années qui suivirent, les *French Neutrals* dispersés dans les treize colonies britanniques eurent l'impression que l'avenir ne leur laissait plus d'espoir. Plusieurs s'abandonnaient à la mélancolie; d'autres n'arrivaient plus à réprimer leur rancœur.

— Des *déjetés,* répétait Pierre. On est rien que des déjetés, dispersés aux quatre vents. Plus personne pense à nous. On nous a oubliés.

Marie-Venance haussait tristement les épaules. Comment réfuter ce qui lui paraissait, à elle aussi, une évidence?

À l'aube de 1763, une nouvelle vint pourtant réconforter les exilés. La France acceptait de faire la paix avec l'Angleterre, mais Louis XV, le «Bien-Aimé», avait insisté, assurait-on, pour que le traité qui scellerait cette paix assure aux Acadiens, «ses très chers sujets», le rapatriement en France.

C'est avec une joie délirante que la plupart des exilés apprirent la chose. Bientôt, le bruit courut que des navires français viendraient les embarquer tous pour les ramener au Vieux pays, et à la liberté.

«Rapatriement en France?» De prime abord, l'idée ne sourit guère à Pierre.

— Mon pays, c'est pas la France, protesta-t-il. C'est Port-Royal.

Mais il ne fut pas long à céder à «la vague de fond» dont parlaient les journaux, et qui entraînait quantité de *French Neutrals* vers le port de Boston. Les colons avaient beau user de douceur et de menaces pour décourager l'exode, rien n'y fit. Les exilés profitaient de la complicité de la nuit pour fuir.

Après s'être assuré que Blèche l'accompagnerait, Pierre fit comme tout le monde. Il chargea la malle de l'ancêtre sur une brouette éreintée et quitta Pembroke en pleine nuit avec sa petite famille.

À Boston, c'était l'euphorie. On avait annoncé que des navires en provenance de La Rochelle et de Rochefort allaient bientôt accoster au *Long Wharf*. Les exilés affluaient de partout, et les habits rouges ne savaient plus où donner de la tête. Conformément aux règlements, ils auraient dû les coffrer tous, mais leur affluence compliquait singulièrement les choses. Ils reçurent l'ordre de laisser porter, et de n'arrêter personne, attendu que la prison n'aurait jamais pu recevoir tant de monde.

Le gouverneur Bernard fit appel à la raison dans une ordonnance rédigée en français et qu'il fit lire par les crieurs aux abords des quais.

«Oyez, oyez... Ordre, par les présentes, est donné à tous les Français originaires de la Nouvelle-Écosse et qui ne résident pas à Boston de rentrer chez leurs maîtres. Les rumeurs qui circulent sont fausses. Aucun bateau n'est parti de France pour venir vous chercher, car le traité de paix n'est pas encore signé. Soyez raisonnables, rentrez chacun chez vous. C'est le gouverneur de la Province du Massachusetts qui vous en donne l'ordre. Le gouverneur ne vous veut que du bien. Il vous fera signe dès que le traité sera signé et que les bateaux arriveront de France. En attendant, retournez dans vos villages. Le gouverneur a donné des ordres pour que vos maîtres n'usent pas de représailles à votre endroit. Au nom du Roi, il vous est ordonné de vous disperser immédiatement.»

L'ordonnance n'ébranla guère la conviction qu'avait un peu tout le monde que les navires du bon roi Louis XV étaient en route. Comment le gouverneur pouvait-il savoir si tôt que les navires français n'avaient pas encore levé l'ancre? La rumeur avait été si persistante qu'elle était devenue une certitude dans l'esprit de tous. Les navires seront là bientôt. Tout le monde en a l'assurance, et tout le monde ne peut pas se tromper.

Les forces de l'ordre durent intervenir, et ce fut la panique. La poussée de la foule devint telle que Blèche dut prendre le petit Jean-Baptiste dans ses bras pour le mieux protéger. Les membres d'une même famille se donnaient la main pour ne pas se perdre, une précaution que Marie-Venance avait négligé de prendre. En conséquence, elle se trouva soudain isolée. Les habits rouges refoulaient les gens avec leur fusil. Des exilés tentaient de leur résister et vociféraient leur indignation; d'autres essayaient de fuir, mais la bousculade les ramenait dans la cohue.

Au plus fort de la mêlée, Marie-Venance fit soudain face à un habit rouge. Stupeur! Elle reconnut tout de suite ce visage, et, visiblement, le militaire reconnaissait le sien.

— Vous? Que le ciel fait bien les choses! dit le militaire en un français guindé.

Marie-Venance se mit à trembler, comme une biche devant le loup.

— Vous me reconnaissez? C'est moi, Jonathan Briggs. Vous vous souvenez?

La biche fit légèrement signe que oui.

— Venez là, que je vous regarde.

Et il la fit reculer entre deux entrepôts. Morte de peur, Marie-Venance tenta de lui échapper.

— Il faut que je parte, dit-elle. Ordre du gouverneur.

Jonathan la repoussa doucement de la crosse de son fusil.

— Je sais, je sais. Soyez sans crainte. Je vous raccompagne. Mais attendons que cette foule se disperse.

— Non, on... on me cherche.

— Je vous raccompagne, que je vous dis. Où c'est, chez vous?

— Loin... très loin... Pembroke.

— Hon..., fit Jonathan avec une moue. Pembroke? L'arrière-pays? Quelle pitié!

Une fois de plus, la femme tenta de s'échapper, mais le militaire l'attrapa aussitôt par le bras.

— Lâchez-moi. Que me voulez-vous?

— Vous emmener, dit-il, l'enlaçant de ses grands bras.

La femme écarquilla de grands yeux terrifiés.

— *Come, come,* dit Jonathan d'une voix mielleuse. Venez avec moi... Oubliez Pembroke.

Marie-Venance fait des efforts inouïs pour se dégager. Elle se débat, mais le galant accentue son étreinte.

— *Quiet, quiet...* Écoutez-moi, au moins une minute! *Will you?*

Faisant appel à toutes ses énergies, Marie-Venance tambourine de ses petits poings la poitrine de Jonathan qui encaisse en souriant. Les grands bras

du Don Juan se sont fermement resserrés autour de
la taille de l'insoumise. Les deux visages sont tout
près l'un de l'autre.

— Vous êtes la plus belle femme du monde,
vous savez... murmure le militaire, la bouche en
cœur.

Les traits du visage de l'insoumise sont affreusement crispés.

— Laissez-moi m'en aller, supplie-t-elle. Que
me voulez-vous à la fin?

— Vous emmener... très loin... au bout du
monde. En Angleterre¡ Je ferai de vous une *lady*...
Vous serez vêtue de soie... Vous porterez des bi-
joux...

Marie-Venance est à bout de force. Elle ne
peut que crier, appeler au secours, mais c'est peine
perdue. Le bruit de la foule qui tourbillonne tout
près recouvre ses cris. Jonathan sourit toujours. Il
s'enivre de la chaleur de ce corps palpitant contre le
sien.

— N'ayez pas peur, supplie-t-il. Je ne vous
veux aucun mal. *I love you! Understand?* Je pense
à vous depuis la première fois que je vous ai vue.
Venez avec moi. Nous partirons, loin de ces contrées sauvages.

Marie-Venance ne peut que gémir d'impuissance. Du fond du sombre couloir où la retient
l'obsédant soupirant, personne ne peut l'entendre.
Aux abois, Pierre va et vient dans la foule. Il crie;
il appelle : rien. Aussi bien chercher une aiguille
dans un tas de foin. Comment contourner les mili-

taires qui refoulent tout le monde vers la place du marché?

— Marie-Venance! Marie-Venance!

Blèche est au désespoir. Il a perdu Pierre de vue depuis un bon moment. Il part à sa recherche, tenant fermement le petit Jean-Baptiste par la main. Il avance péniblement, s'immobilise, scrute la foule, échappe de justesse à un barrage d'habits rouges. Il entrevoit soudain la tête de Pierre. Visiblement pris de peur, l'homme rase les murs en courant; Marie-Venance lui tient la main et a du mal à suivre.

— Pierre! Pierre!

— Venez... dit Pierre hors d'haleine, faut disparaître en vitesse.

Le danger passé, Marie-Venance ne put s'empêcher de faire une crise de larmes. Elle se sentait à la fois humiliée et coupable : humiliée d'avoir eu à subir, à deux reprises, les assauts charnels d'un homme qui lui a toujours fait horreur; coupable de n'avoir jamais soufflé mot du premier assaut, ce qui, craignait-elle, rendait le deuxième suspect si jamais Pierre apprenait. Elle pressa la main de son homme dans la sienne.

— C'est pas ma faute, fit-elle, refoulant ses larmes.

Blèche ne comprenait rien à la grande détresse de la femme.

— Ils t'ont arrêtée?

— Pire que ça, répondit-elle.

Pierre comprit que Marie-Venance avait besoin d'être rassurée. Il lui serra la main à son tour.

— C'est le Prince charmant, crâna-t-il, qui voulait m'enlever ma Marie-Venance.

Ce discret signe de tendresse rassura la petite femme qui pressa de nouveau la main de Pierre. Elle voulait qu'il sente à quel point elle lui était attachée.

Le petit groupe disparut à travers les ruelles de la ville et rentra précipitamment à Pembroke. Les représailles qu'appréhendait Marie-Venance ne se firent pas attendre. Le surlendemain à midi, le vieux Peleg Bonney se présenta à la ferme de Big Sam avec deux miliciens. Pierre venait d'atteler Sandy et s'apprêtait à monter au puits. Les miliciens lui mirent la main au collet.

— C'est lui, dit l'un d'eux. Il répond au signalement.

Big Sam sortit précipitamment de l'écurie.

— *Heh! Wait a minute!* hurla-t-il. Qu'est-ce qu'il y a encore?

Le vieux Peleg haussa les épaules pour signifier qu'il n'y pouvait rien.

— Faut l'amener, dit-il. Il a frappé un soldat de Sa Majesté.

— *Holy Moses!* fit Big Sam, soulevant son chapeau et se grattant le haut du crâne.

Les miliciens avaient ligoté les mains et les pieds du prévenu et l'avaient balancé dans leur charrette. Hors d'haleine, Marie-Venance accourut, mais déjà, la charrette s'éloignait en direction du *Bay Path.* Elle partit en courant sur la route.

— Arrêtez, c'est pas sa faute... C'est pas sa faute. C'est à cause de moi que...

Blèche la rattrapa.

— Calme-toi, je t'en prie. Ça va s'arranger. Tu verras.

À travers ses larmes, Marie-Venance vit s'éloigner la charrette qui emmenait son homme vers ce qu'elle supposait devoir être le pire des châtiments : le fouet, la prison à vie, la potence... Qui sait?

Blèche la ramena à la *Old Garrison* où il fit appel à tous ses talents d'interprète pour convaincre le patron qu'il fallait aider Pierre à se tirer de ce mauvais pas.

— Peter a le droit de se défendre, insistait-il, mais sans interprète, comment voulez-vous qu'il le fasse?

Émue par les larmes de Marie-Venance, Abigail intervint.

— Blèche a raison, dit-elle. Laissez-le au moins aller voir de quoi il retourne.

— Et moi? protesta Ichabod. Je vais me retrouver seul une fois de plus? Seul pour voir à tout? C'est exaspérant à la fin.

— On vous donnera un coup de main, mon ami; comme d'habitude.

Ichabod eut un haut-le-corps. Il ne comptait pas trop sur les coups de main que pouvaient lui donner deux femmes qui retroussaient avec dédain leurs jupes, chaque fois qu'elles mettaient les pieds à l'étable. Il se mit à faire les cent pas. Laisser partir Blèche? Et si le sacripant s'avisait de prendre la clé des champs avec Goliath... pour ne plus revenir?

— *Nonsense,* dit Abigail. Il y a partout des barrières et des gardes. Et puis, où voulez-vous qu'il aille? Un orphelin?

Ichabod rédigea un laisser-passer précisant que le porteur n'avait le droit d'aller qu'à la *Court House, Queen Street, Boston,* pour rentrer, ensuite, directement à Pembroke.

Dès le lendemain, Blèche attela Goliath en vitesse et fila vers la grande ville.

•

Soleil brouillé, chaleur accablante, Jonathan et trois de ses camarades blaguent et plaisantent à la porte de la *Court House.*

— Et alors, brigadier, est-ce vrai qu'on se fait chiper son fusil et qu'un salopard de *French Neutral* vous a fiché son poing au visage?

Jonathan ne prise guère ce genre de plaisanteries. Il rit jaune, tandis que ses amis continuent à le torturer.

— Encore heureux que vous vous en tiriez avec seulement un œil au beurre noir.

— Il vous va bien... Vous ressemblez au capitaine Kidd.

— Remerciez le Manitou. Vous auriez pu vous faire scalper. Ces gens-là sont des spécialistes de la chose.

Masque de fer, perruque blanche, nouée d'un cadogan, d'épais sourcils qui, telles de grosses chenilles grises, ondulent sans cesse au-dessus des cavités crâniennes, l'officier-juge Gray avait pris place derrière sa tribune. Il fit avancer le plaignant, ainsi que l'accusé et son interprète. Les rieurs s'étaient glissés dans la salle et avaient pris place sur les banquettes.

Quelle ne fut pas la surprise de Pierre lorsque, du banc des accusés, il aperçut l'habit rouge avec son œil endeuillé.

— La cour est ouverte, annonça le juge d'un coup de maillet.

— Que fait ici cet individu? demanda sèchement Jonathan.

Le masque de fer dévia légèrement en direction du plaignant.

— *The gentleman is French,* dit-il d'une voix caverneuse, il lui faut un interprète. *Any objections?*

Jonathan hésita un moment, se frottant le menton.

— *But, Your Honor,* dit-il, je parle français moi-même.

— *Ho, you do!* fit le magistrat avec un léger haussement de ses épais sourcils. Mais, moi pas.

Visiblement contrarié, Jonathan voulut argumenter.

— S'il ne comprend pas l'anglais, dit-il, il n'a qu'à en subir les conséquences. Cet interprète est sûrement de mèche avec l'accusé.

— Mais que craignez-vous? demanda le juge. C'est vous qui portez plainte. Faites entendre vos accusations, et laissez cet individu se défendre comme il pourra.

La voix caverneuse avait de quoi décourager toute réplique. Jonathan dut se résigner. Il se «raplomba» sur ses longues jambes et releva bien droite la tête.

— Cet individu, dit-il, m'a sauté dessus durant l'émeute, dans le port, l'autre jour. Il m'a sauvagement arraché mon fusil et a menacé de m'abattre. Mais il s'est ravisé, et il m'a frappé à la figure. Vous voyez?

Il montrait son œil au beurre noir comme pièce à conviction. Un ricanement se fit entendre dans la salle.

— Ça saute aux yeux, dit le juge avec morgue.

Pierre chuchota quelque chose à l'oreille de Blèche. Ce dernier se donna un moment de réflexion, puis, se tourna vers le tribunal.

— Officier-juge, dit-il, l'accusé admet avoir frappé le plaignant, mais il ne lui a ni sauté dessus, ni arraché sauvagement son arme.

— Cet interprète n'a rien vu, lança Jonathan, et l'accusé arrange les choses à sa façon.

— Le fusil a tout simplement glissé de l'épaule du plaignant, expliqua Blèche. L'accusé l'a ramassé, a enlevé les balles, et le lui a remis.

— Enlever les balles? demanda le juge d'une voix incrédule. Mais pourquoi faire?

Blèche se sentait sur une corde raide.

— Euh... fit-il, cherchant une réponse, c'est que l'accusé avait peur de se faire tirer dessus.

Jonathan ne put s'empêcher de bondir.

— Ces *lousy Frenchies,* fit-il haussant le ton, ont l'imagination délirante.

Le juge se tourna de nouveau vers Blèche.

— Rien ne sert, dit-il d'inventer des choses. Allez-vous me faire croire qu'un militaire de la qualité du brigadier ici présent puisse, comme ça, perdre son fusil? le laisser vider de ses balles et, pour comble, encaisser un coup de poing à la figure sans réagir?

— *Well...* bafouilla Blèche, pouvait pas réagir... Il était bien trop occupé.

— À contenir les manifestants, sans doute?

— *No no...* à harceler et bécoter la femme de l'accusé.

Un vaste éclat de rire se fit entendre au fond de la salle.

— *How interesting!* fit le juge, se caressant le menton pour dissimuler le sourire qu'il ne parvenait pas à contenir.

Jonathan bouillait sur son siège.

— *Now, now, officer,* vous n'allez pas croire sur parole des... des ennemis de notre bon roi George! Il est facile d'accuser... Plus difficile de prouver. L'accusé n'a qu'un interprète. Il n'a ni preuve, ni témoin.

— C'est juste, dit l'officier-juge s'adressant à Blèche. *Be careful, my friend,* vous insinuez-là des choses fort graves. Des choses dont ni vous ni l'accusé n'avez été témoins. Sans preuve ni témoin, la cour ne peut retenir votre déposition.

Blèche sursauta.

— Mais... il y a un témoin, et il y a une preuve.

— Vraiment?

— La femme de l'accusé, et... le gant qu'il a oublié... dans son corsage.

— Quoi? Qu'est-ce que vous racontez-là?

L'officier-juge riait dans sa barbe et les grosses chenilles ondulaient de plus belle sur son front. Dans la salle, les copains rigolaient et se tapaient sur les cuisses. Les yeux de Jonathan lançaient des éclairs en direction du tribunal. Que cet officier-juge se montrait peu sympathique!

L'œil rond comme un animal traqué, Pierre attend avec appréhension la suite. Quant à Blèche, il a le sentiment d'avoir commis une grave erreur en associant Marie-Venance à la cause. Il s'en mord les pouces. Comment a-t-il pu croire que la simple vérité aurait raison d'accu-sations portées par un brigadier de l'armée de Sa Majesté britannique? L'officier-juge se penche au-dessus de la tribune avec un air de grand inqui-siteur.

— Ainsi donc, vous insinuez que le brigadier ici présent ne se serait pas conduit en gentleman avec la femme de l'accusé?

Blèche baisse la tête. Il se tripote nerveuse-ment les doigts.

— Vous voyez, triomphe Jonathan, qu'est-ce que je disais?

— Laissez-moi faire, dit le juge, sans laisser Blèche du regard. Nous verrons bien.

L'inquisiteur se fait menaçant.

— Vous savez que je pourrais vous prendre au mot : convoquer cette dame et la sommer de remettre ce gant qui, comme vous dites, se serait égaré quelque part dans...

Nouvelle rigolade des copains.

— Suffit, tonna le juge qui a visiblement du mal à ne pas rire. Qu'on évacue la salle!

Les copains quittèrent les lieux en faisant des gorges chaudes. Jonathan est désemparé. Ce juge se montre bien peu empressé à faire triompher la cause d'un serviteur de Sa Majesté. Sans doute un natif du pays, pense-t-il et qui en a, lui aussi, contre la *Mother England*. Le malheureux brigadier se sent perdu, lui qui avait cru que le tribunal aurait expédié cette affaire en vitesse et envoyé au poteau un vulgaire *French Neutral*... après quoi, qui sait? il serait peut-être possible d'entrer dans les bonnes grâces de la veuve, et...

Après un moment d'hésitation, le juge se lève.

— *Very well,* dit-il, je vais sommer cette dame de comparaître et de m'apporter ce gant, si gant il y a...

— Non, non, fit Jonathan, sursautant. Je ne veux pas.

Le juge-officier avait commencé à ramasser ses paperasses. Il s'immobilisa, bouche bée.

— Comment, vous ne voulez pas...

— Ces gens sont tous de mèche. Ils sont capables de toutes les infamies. Leurs mensonges m'accablent et me dépassent.

L'officier-juge tomba assis sur son siège.

— Mais enfin, dit-il, puisque tout ceci n'est qu'un tissu de mensonges, qu'avez-vous à craindre?

— Tout. Plus j'aurai affaire à des gens aussi vils, plus je serai en danger de voir ma réputation souillée gratuitement.

De plus en plus perplexe, le juge s'accouda au tribunal.

— Écoutez-moi bien, brigadier, dit-il, le pointant du doigt, aux yeux de vos amis, vous êtes désormais soupçonné d'avoir folâtré avec une *French Neutral...* une papiste... Vous ne laisserez pas s'accréditer cette légende sans rien faire pour la dissiper.

Affaissé sur son banc, Jonathan avait perdu sa belle assurance. Comme Blèche, tout à l'heure, c'était à son tour de se tripoter les doigts.

— Mais enfin, dites quelque chose, dit le juge avec un geste d'impatience.

Le malheureux brigadier releva piteusement la tête.

— Eh bah... voilà, bafouilla-t-il, je crois plus sage de retirer ma plainte et, en bon chrétien, de pardonner à l'accusé son geste d'humeur.

— Pardonner?

Le mot avait l'air du grec aux oreilles du juge. Jonathan enchaîna d'une voix éteinte :

— Un soldat de Sa Majesté britannique ne doit pas s'abaisser à plaider avec une plèbe aussi fruste. J'ai eu tort.

Le juge haussa les épaules et ne put s'empêcher d'esquisser un sourire entendu.

— Pardonner, dit-il, d'une voix paternelle, voilà qui est très bien, brigadier. Vous aurez une belle place en paradis.

Puis, se tournant vers Blèche et Pierre.

— *Well, gentlemen,* puisque le brigadier «pardonne», je crois qu'il ne nous reste plus qu'à rentrer chacun chez soi.

Le regard de Blèche s'illumina.

— Rentrer à la maison? Nous sommes libres?

— Puisque le galant militaire «pardonne», fit le juge avec un sourire sarcastique.

Blèche et Pierre se dépensèrent en révérences adressées au juge et à Jonathan.

— *Thank you,* monsieur le juge; *thank you,* brigadier.

D'un pas hésitant, les deux hommes se dirigèrent vers la sortie. Pierre se pencha à l'oreille de Blèche qui, après un moment d'hésitation, revint vers le tribunal.

— Et le gant? hasarda-t-il.

Les grosses chenilles s'agitèrent de nouveau.

— Le gant? Ah! oui, le gant!

L'œil coquin, l'officier-juge interpella Jonathan.

— Dites, brigadier, vous tenez à le récupérer ce gant?

Jonathan eut un haut-le-corps, claqua des talons et sortit précipitamment. Mi-figue, mi-raisin, le juge dit à Pierre :

— *Well...* que madame le garde en souvenir.

De retour à Pembroke, c'est une Marie-Venance muette d'étonnement et aux yeux cernés que Pierre trouva, assise sur une bûche, entourée de Martine et de ce grand garçon de Jean-Baptiste qui avait maintenant sept ans et les yeux d'un vrai Lebasque.

La femme se leva. Elle en avait le souffle coupé. Pierre s'immobilisa tout gauche sur le pas de la porte. Comme tout ce petit monde lui paraissait beau et merveilleux. L'émotion provoqua soudain le rire et les larmes. Il posa ses grosses mains sur les épaules de Marie-Venance et colla son front sur son sein. La petite femme fut, à son tour, secouée par un rire nerveux et Jean-Baptiste se mit à sauter de joie.

Pierre eut l'étrange impression de redécouvrir son petit univers. Il regardait Marie-Venance droit dans les yeux : ces beaux grands yeux mouillés qui brillaient d'un éclat à la fois ravissant et tragique. Il les voyait maintenant sous un nouveau jour, et il se sentit soudain bien pauvre et démuni face à cette femme qui avait fait tourner la tête à un brigadier de Sa Majesté britannique. Qu'avait-il, lui, à offrir à cette femme superbe? L'exil? Une cabane en torchis? Deux bras qui ne savaient que couper des arbres et bêcher la terre? Quelle misère! Combien y a-t-il, dans le monde, d'hommes plus beaux, plus instruits, plus riches que lui? Des hommes qui trouvent sa femme belle et qui la désirent? Des hommes qui l'emmèneraient, cette femme, bien loin, au pays des marquises et des grands princes? Ces pensées hantaient Pierre depuis le jour où il avait vu sa Marie-Venance se débattre dans les bras d'un homme qui savait, sans doute, lui dire des choses tendres et la caresser beaucoup mieux qu'il ne pouvait le faire lui-même.

Pierre riait toujours : un rire incontrôlable, ce rire qui naît après le danger. Ah! ce qu'il aurait donné pour savoir parler : dire quelque chose de beau et de bien senti. Mais rien ne venait. Pour rompre le silence, il ne trouva rien de mieux qu'une blague assez peu élégante.

— Ton beau galant, dit-il, je te l'ai abîmé un peu... Je lui ai fait un œil de hibou... un beau petit œil, tout rond et tout noir.

Marie-Venance lui sauta au cou, et le serra fort dans ses bras. Elle était, elle aussi, secouée d'un petit rire clair. Les larmes avaient tuméfié ses joues. Pierre caressa la natte de cheveux qui débordait de sa bonnette blanche.

— Sèche tes larmes, dit-il. Tu vois, on m'a relâché encore une fois. L'habit rouge a eu peur.. Il a eu peur de la vérité... et de son gant.

— Son gant? Qu'est-ce qu'on en fait?

— Le juge a dit de le garder en souvenir... Butin de guerre.

•

Ichabod devint irritable et plus soupçonneux que jamais. Pour avoir encore plus à l'œil ses *Frenchies* de malheur, il engagea comme surveillant un abruti du nom de Tony.

— Tout ce que je te demande, avait dit le patron à l'abruti, c'est d'être *a good watchman* et de ne pas perdre de vue les *damn papists*.

Tony n'eut pas à se le faire dire deux fois. Dès les premiers jours, il manifesta d'étonnantes aptitudes à guetter et à moucharder. Incorruptible, le Tony. Au surplus, il se prenait volontiers pour un *foreman*.

Un soir, Blèche réussit à tromper sa vigilance pour aller tailler une bavette chez son ami Pierre. Une nuit sans étoiles; personne n'aurait pu le voir grimper le sentier. À peine installé devant la cheminée, la porte de la cabane s'ouvrit en coup de vent. Ichabod et Tony firent irruption dans la pièce. Le chapeau rabattu sur l'œil et poings aux hanches, le patron se mit à vitupérer.

— Qu'est-ce que ces rassemblements? On conspire encore? On prépare une autre fugue peut-être? Finis vos rendez-vous clandestins. Et toi, Blèche, que je ne te reprenne plus à venir ici sans ma permission.

— Mais...

— *Shut up...*, retourne dans ton coin.

Blèche enfonça son tricorne jusqu'aux oreilles et sortit en faisant claquer la porte. «Comme c'est

curieux! grommela-t-il. Sur quelle herbe a-t-il bien
pu piler pour devenir aussi bête?»

En réalité, le patron avait eu peur : peur de
perdre des tâcherons auxquels il tenait de plus en
plus. Ces tâcherons lui étaient restitués, grâce à
l'habile intervention du gouverneur, et il s'était juré
que les pendards ne lui échapperaient plus. Aussi,
les faisait-il espionner afin qu'ils n'aient plus une
minute de répit pour tramer leurs complots.

Mais il y avait plus. Le bonhomme avait obtenu un alléchant contrat : fournir du bois de ses
terres à la scierie de Pembroke. Deux cents troncs
de pins blancs à livrer avant la fonte des neiges.
Plus que jamais, il avait besoin de Pierre et de
Blèche. Toutefois, Big Sam, si bon voisin fût-il,
avait refusé de se départir complètement de son
handy man. Deux fois la semaine, Pierre devait
continuer à faire sa tournée. Condition capitale,
car le nombre des abonnés à l'eau du puits mira-
culeux avait considérablement augmenté, et ce petit
négoce commençait à se révéler fort intéressant
pour lui.

Abattre et ébrancher deux cents troncs : entreprise d'autant plus colossale qu'une barricade
de bouleaux, de hêtres et de broussailles d'environ
cinq arpents entourait le massif sombre des grands
pins.

Dès six heures du matin, le premier jour de ce
gigantesque chantier, Pierre et Blèche, hache et godendard à l'épaule, étaient partis en direction du
Great Cedar. Les dernières étoiles pâlissaient au

firmament et les premières neiges avaient accroché de somptueuses guirlandes aux branches nues des trembles et des merisiers. Parvenu au pied de la barricade, Blèche se frotta le menton.

— Ouais... dit-il, une vraie tignasse.

Pierre avait soigneusement fait l'inspection des lieux et avait arrêté une stratégie.

— Tiens, avait-il dit, attaquons de ce côté; il y a une éclaircie.

S'étant craché dans les mains, les deux hommes se mirent à ébrancher et à bûcher de plus belle. Le flanc des collines renvoyait en écho les coups de hache et le craquement des branches. Au bout d'une heure, Tony fit son apparition.

— *Heh! For heaven's sake!* fit-il, faisant claquer son fouet, où allez-vous par là? Piquez tout droit, *straight ahead.*

— *But,* dit Blèche, c'est plus dense, *straight ahead.*

— *So what?*

— *Well...* l'éclaircie nous fait gagner du temps.

— *Shut up!* Qui est-ce qui commande, ici? Hein? *Hurry! Get to work!*

Ne dissimulant pas leur ahurissement, les deux hommes quittèrent le sentier qu'ils avaient commencé à dégager, et, l'air contrarié, se dirigèrent vers l'endroit qu'avait désigné Tony.

— *Hurry up, I said,* fit ce dernier en faisant claquer son fouet qui, cette fois, effleura la nuque de Pierre.

Décidément, cet intendant se prenait pour un garde-chiourme. Pierre se frotta la nuque puis, se tourna du côté de l'agresseur qui, aussitôt, tira son pistolet.

— *Better keep quiet, Frenchie.*

Blèche prit Pierre par le bras et le tira à l'écart.

— C'est un peureux qui fait le jars, dit-il à voix basse. Fais pas attention. Viens.

Grinçant des dents, Pierre coucha un jeune tremble d'un seul coup de hache. Les jambes campées en accent circonflexe dans la neige, les poings aux hanches et le doigt sur la gâchette, Tony prenait vraiment son rôle au sérieux. Ses deux forçats se remirent au bûcher en ronchonnant.

— Il m'a attrapé au cou, l'animal, dit Pierre. C'est pas un accident; il l'a fait exprès.

— Il fait son jars, que je te dis. Vaut mieux pas le contrarier.

— T'as raison. Un intendant, ça vous a le poil encore plus ras que le maître.

Les deux hommes étouffèrent un petit rire qui eut l'heur de mettre Tony dans tous ses états. Il fonça sur les rieurs, toutes griffes dehors.

— *What's that?* Où croyez-vous être? Dans un parloir? *Get to work!* Et malheur à vous si j'entends encore chuchoter et ricaner.

Pierre et Blèche n'en firent aucun cas. Les haches s'abattaient en cadence sur le pied des troncs. Décontenancé, Tony remit son pistolet dans sa ceinture. Le fouet au poing, il se mit à faire les cent pas. Pierre attendit qu'il se fut éloigné pour murmurer.

— Il est fou! Il nous oblige à couper de beaux arbres, plutôt que les *fardoches* de l'éclaircie.

— Pouah... dit Blèche, les beaux arbres : il s'en sacre.

Tony s'amusait à affirmer son autorité, mais ne servait aucunement les intérêts de son maître. Plutôt qu'une semaine, c'est trois qu'il fallut pour ouvrir le chemin. Exaspéré, Ichabod vint voir où en étaient les travaux. Blèche le vit venir.

— V'là le patron, dit-il à l'oreille de Pierre. Rien qu'à le voir marcher, j'ai l'impression que ça va barder.

Blèche avait vu juste. Ichabod écumait, trouvant incroyable qu'on n'ait pas encore atteint le massif de pins blancs.

— C'est que ces *Frenchies* sont des *lazy-bones,* explique Tony. Ils passent leur temps à bavarder et à ricaner.

Ichabod s'approcha des bûcheurs.

— Écoutez-moi bien, vous deux. Il faut que ces pins sortent du bois avant la fonte des neiges, ou je fais un malheur.

Tony reçut l'ordre de presser les choses. Il y mit tellement d'ardeur, qu'au bout de quelques semaines, Blèche se sentit faiblir. Il n'arrivait plus à abattre et à ébrancher les pins au rythme qu'Ichabod avait cru possible.

Un jour qu'il était en train de scier au godendard avec Pierre, tout se mit à tourner dans sa tête. Il eut l'impression de voir passer des papillons noirs devant ses yeux. Il s'immobilisa et se mit à se frotter le visage. Tony vit les deux hommes immobilisés.

— *For heaven's sake,* hurla-t-il, on s'amuse à contempler le paysage maintenant?

Pour toute réponse, Blèche se frappa la poitrine, ce qui déclencha une quinte de toux.

— *Come on, get to work.* La comédie, ça ne prend pas avec moi.

Dans un effort pour se ressaisir, Blèche s'accrocha des deux mains au manche du godendard, mais bientôt, ses oreilles se mirent à bourdonner. Il eut l'impression que la forêt chavirait sous ses pieds, puis, il s'écroula dans la neige. Convaincu qu'il jouait encore la comédie, Tony s'approcha en brandissant son fouet.

— *Get up, you lousy Frenchie,* fit-il levant son fouet. Ça ne prend pas avec moi, que je te dis.

Comme Blèche demeurait inerte, le visage dans la neige, Tony se précipita, le fouet en l'air. Rapide comme un chat, Pierre lui saisit le poignet et le tordit avec une telle force, que l'impétueux intendant laissa échapper son fouet et tomba à genoux. Pris de peur, il fit un effort pour attraper son pistolet, mais Pierre avait prévu le réflexe. Il désarma son homme, et de la voix la plus calme du monde, lui dit, le regardant droit dans les yeux.

— Cet homme est malade, *sick,* à bout de souffle. *Understand?* Faut le porter à la maison. Aide-moi.

Dépouillé de son fouet et de son pistolet, et se retrouvant seul devant un Pierre qui n'avait pas du tout envie de rire, Tony devint doux comme un agneau. Il recula discrètement de quelques pas, puis essaya de prendre la fuite.

— Ho, ho! fit Pierre, pointant le pistolet. *Come back.* Blèche est malade, et on va pas le laisser geler dans la neige.

Complètement dégonflé, Tony revint sur ses pas, mais n'avança pas trop près. Il ne quittait pas Pierre des yeux. Ce dernier lança le fouet au milieu d'une touffe de sapins, puis, glissa tranquillement le pistolet dans la ceinture de son épaisse culotte.

— *Come,* dit-il, s'approchant de Blèche et indiquant ses pieds. Prends ton bout.

Le regard à pic, comme des fauves, les deux hommes se penchèrent, méfiants, au-dessus du malade. Tony lui prit les pieds, et Pierre les épaules. Vue de l'orée du bois, la *Old Garrison* paraissait bien loin, surtout aux yeux de Tony qui soufflait et ahanait comme un vieux cheval.

Après environ un arpent de route, Blèche reprit ses sens et on put le remettre sur ses pieds. Suspendu aux épaules de Pierre et de Tony, il put enfin entrer au chaud.

Toute l'équipe du chantier dans son salon en plein après-midi? Ichabod se prit la tête à deux mains.

— *Good God! What is this?*

Après avoir assis Blèche sur le banc, près de la porte, Pierre tira le pistolet de sa ceinture et alla le poser au milieu de la table. Il se tourna vers le patron.

— Ça, monsieur Ichabod, c'est un jouet dangereux. *Dangerous!*

Puis, se tournant vers Tony.

— Je l'ai enlevé à Monsieur.

Ichabod fixait Pierre avec des yeux effarés. Il regarda le pistolet, puis Tony.

— *What?*

Le patron se précipita vers Blèche.

— *Oh! my God!* C'est vrai? Il a tiré?

Terriblement nerveux, Tony voulut répondre à la place de Blèche.

— *Listen, Sir...*

— *I'm not talking to you, stupid boy,* dit le vieux puritain sur un ton qui n'admettait aucune réplique.

Blèche se remettait lentement. Ichabod reposa la question à Pierre.

— Il a tiré?

— *No, Sir...,* hasarda de nouveau Tony.

— *Shut up, I said.*

Pierre se tenait près de la porte, sa tuque à la main.

— Il a pas tiré, dit-il, mais il nous a visés, et il va tirer si on lui laisse un joujou comme ça entre les mains.

Pierre hésita un moment. Mais voyant que le patron était tout oreille, il en profita pour ajouter:

— On n'a besoin ni de ce monsieur, ni de son fouet, pour couper vos arbres, monsieur Ichabod.

Abigail et Melody émergèrent discrètement du rideau à quenouilles de papier qui pendait dans la porte d'arche du grand salon. Melody avait entendu ce que venait de dire Pierre et n'attendit pas d'en être priée pour agir comme interprète.

Perplexe, Ichabod ne savait plus que penser. Affaissé sur son banc près de la porte extérieure, et le visage couleur de cendre, Blèche tentait vainement de déboutonner le col de son épaisse chemise de flanelle. Melody se précipita pour l'aider. Visiblement, Ichabod ne prisait guère l'intervention des femmes dans cette affaire.

— On ne te demande rien, Melody, dit-il.

— Mais, père, vous voyez bien que Blèche est malade.

— C'est l'évidence même, trancha Abigail qui avait posé sa main sur le front du malade.

Ichabod se prit de nouveau la tête à deux mains.

— *Ladies, ladies,* fit-il, haussant le ton, ne vous mêlez pas de ce qui me regarde. Allez, retournez d'où vous venez.

Abigail n'était pas femme à se laisser parler sur ce ton devant des étrangers. Elle releva la tête, et, de son regard altier, dévisagea son homme.

— *Good Lord!* Que vous êtes nerveux, mon ami!

Maternellement, elle mit la main sur l'épaule de Blèche.

— *Tell me, young man,* qu'est-ce qui s'est passé?

Blèche haussa les épaules.

— Sais pas, dit-il. J'ai perdu connaissance.

— *He fainted? My goodness!* Un homme de son âge ne perd pas connaissance à propos de rien. C'est très sérieux. Faut aller chercher le docteur Hall.

Ichabod sursauta.

— Le médecin? Allons donc.

Ichabod s'approcha d'Abigail et lui dit sur un ton qui se voulait, cette fois, le plus calme du monde.

— Ne nous énervons pas, voulez-vous? Un étourdissement? Cela arrive à n'importe qui. Et puis, on s'en remet.

Recouvrant progressivement ses esprits, Blèche s'affola à l'idée d'une visite du médecin.

— Ça va, dit-il. Ça va mieux.

La pâleur des joues de Blèche, ses yeux blancs, n'avaient rien pour rassurer Abigail qui insistait pour qu'on aille chercher le docteur Hall. Du geste et de la mimique, Ichabod s'y opposait catégoriquement.

— Mais de quoi avez-vous peur, grand Dieu? dit Abigail. Et s'il arrivait quelque chose? Allez, faites venir le médecin. Vous en aurez le cœur net.

— Mais puisqu'il dit que ça va mieux, s'entêta Ichabod. N'est-ce pas, Blèche, que ça va mieux?

Le jeune homme se leva péniblement et mit la main sur l'épaule de Pierre.

— Ça va mieux, je vous assure. Je vais aller faire un petit somme.

Pierre ouvrit la porte et amena Blèche à l'écurie. Ichabod jeta sa pèlerine sur ses épaules et mit son chapeau de puritain. Il fit signe à Tony de le suivre.

— À nous deux, maintenant.

L'algarade qu'eut à essuyer l'intendant porta fruit. Pierre et Blèche purent reprendre la tâche sans l'avoir à leurs trousses, et Ichabod put livrer ses billes de pin dans les délais prévus.

•

L'hiver parut interminable. La neige rendait difficile toute escapade du côté de la giole; Tony surveillait jusqu'aux pistes.

Toujours seul à l'écurie, Blèche se languissait. Sitôt achevée la conversation avec Goliath, il passait à l'étable où Catherine, Gratte-Grogne et Barbe-en-l'air se révélaient aussi peu loquaces que le pur-sang. Recroquevillé sur son grabat, il lisait et relisait les journaux qu'il réussissait à récupérer de la boîte à bois, ou ceux que les voyageurs abandonnaient dans leur chambre.

Un soir, Tony oublia de barrer la porte de l'écurie. Blèche en profita pour s'esquiver et courir chez Pierre.

— Salut! fit-il, l'air espiègle.

Il se tira une bûche, prit place à table et, du pouce, fit glisser son tricorne sur l'arrière de sa tête.

— J'ai du nouveau, lança-t-il d'un air dissipé.

Il tira un journal de sa chemise et promena sur ses hôtes un regard lourd de mystère.

— Vous savez quoi? dit-il sur le ton de la plus stricte confidence, le roi de France vient de donner signe de vie... Il nous offre de partir à Saint-Domingue.

Contrairement à ce qu'il attendait, cette révélation laissa plutôt froids ses auditeurs. Plutôt que de jubiler, Pierre dressa un sourcil défiant.

— À Saint-Quoi? dit-il. C'est où, ça?

La question prit Blèche au dépourvu. Il ne savait pas très bien, lui non plus, où se trouvait ce... cette «paroisse». Il se gratta le haut du crâne, contrarié de voir son ami se préoccuper d'un détail qu'il jugeait insignifiant.

— Bah... dit-il, je crois que c'est quelque part... près de la Louisiane...

Il se redressa et redevint tout feu tout flamme pour ajouter :

— En tout cas, c'est là où il fait chaud... Dans les mers du sud.

La précision ne fit guère se détendre le sourcil défiant.

— Les mers du sud? bougonna Pierre. Qui est-ce qui a envie de partir pour les mers du sud?

Blèche ne cacha pas sa déception. Loin d'émoustiller son monde, la nouvelle semblait le contrarier. Même que Pierre réagit d'une façon plutôt fielleuse.

— Mon pays, bougonna-t-il encore, c'est pas les mers du sud; tu le sais bien.

Blèche fit mine d'ignorer la remarque. Avec un sourire entendu, il déplia le journal.

— Attends, dit-il avec exaltation, c'est pas tout. À Saint-Domingue, il y a une terre qui nous attend.

Toujours pas de réaction.

— Une terre! Il va nous donner à chacun une terre, le roi... Vous entendez? Chacun une terre!

Le sourcil défiant se détendit.

— Une terre?

— C'est écrit ici, regarde : «... *grant land*». Ça veut dire : «concéder de la terre».

Blèche crut qu'il avait enfin réussi à faire valoir l'importance de sa nouvelle — une nouvelle si bien confirmée par l'entrefilet du *New York Post*. Marie-Venance avait maintenant le visage tout épanoui.

— Une terre? À chacun ?

— Tu te rends compte, dit Blèche avec élan, une terre... la fin de nos misères!

— Ou le commencement d'un autre exil, ronchonna Pierre en écho.

Le ronchonnement mit fin à l'extase. Marie-Venance avait perdu son beau sourire. La mauvaise foi d'une pareille réflexion la fit bondir.

— Ah! Pierre, dit-elle sur un ton de reproche, pourquoi imagines-tu toujours le pire?

L'idée de partir pour un pays autre que le sien répugnait au ronchonneur, lui qui n'avait jamais cessé de croire possible un retour au patelin de l'ancêtre. À ses yeux, l'enthousiasme de Blèche et

de Marie-Venance fleurait la trahison : le renon-
cement au pays natal. L'amertume l'envahissait, et
il avait besoin d'en déverser le trop plein.

— Le roi de France, dit-il avec dérision, il est
prêt à tout nous donner, sauf nos terres, nos vraies...

Marie-Venance laissa s'affaisser ses épaules et
poussa un soupir d'extrême contrariété. Elle n'y
comprenait vraiment rien.

— Moi, Port-Royal, dit-elle d'une voix grêle,
j'en ai fait mon deuil, quand j'ai vu flamber nos
maisons.

La flamme pâlotte du bec de corbeau dansait
faiblement dans l'obscurité. Les mains terreuses de
Pierre se crispaient au bord de la table. Visiblement, l'homme faisait des efforts pour qu'on ne lui
souffle pas la petite lueur d'espoir qu'il n'avait jamais cessé d'entretenir quelque part, au fond de lui-
même.

— Elle a raison, dit Blèche. L'Acadie, c'est
fini. La Nouvelle-Écosse a pris sa place, et en Nouvelle-Écosse, il y a des Ichabod et des Tony... et ils
sont peut-être pires que ceux d'ici.

Blèche referma le journal, et Marie-Venance
revint à la charge.

— Sur la terre du roi, il n'y aura plus
d'Ichabod du tout. Nous aurons un autre chez-nous.

Pierre s'irritait de plus en plus de voir Marie-
Venance se laisser gagner à l'idée de partir pour des
contrées lointaines et inconnues.

— «Un autre chez-nous», répéta-t-il avec un
tremblement dans la voix. Qu'est-ce que tu vas

t'imaginer? Y a pas d'autres chez-nous; y en a rien qu'un...

Il souffla, puis se tourna vers Blèche :

— Ton Saint-J'sais-pas-qui, et la terre du roi, tu peux la garder. J'en veux pas, tu entends?

Marie-Venance n'entendait plus ce qu'il disait. La moutarde lui était montée au nez. Elle éclata à son tour.

— On dirait, dit-elle, exaspérée, que tu le fais exprès pour chercher la bête noire. Tu t'emportes; tu te fâches; tu t'acharnes à espérer l'impossible, et tu refuses d'examiner ce qui est possible. Qu'est-ce que tu veux, à la fin? Que nous passions le reste de nos jours dans ce... dans ce...

Suffoquée, elle mit ses mains sur son visage et éclata en sanglots : les sanglots de la colère et de l'impuissance. Toute recroquevillée sur son siège, elle tremblait comme une feuille. Elle eut l'impression de sombrer dans un gouffre noir et fut saisie de peur : la peur de sa propre témérité. Comment avait-elle pu s'oublier à ce point? Elle n'avait jamais parlé sur ce ton à son homme. À quelle impulsion funeste avait-elle bien pu céder? Elle se mordit les lèvres.

Pierre en avait eu le souffle coupé. Il était sans parole, et le silence devint bientôt insupportable. La sortie de sa femme avait eu sur lui l'effet d'une douche d'eau froide. Loin de s'irriter, il devint tout miel. Il n'aurait jamais cru que cet être qui lui était si cher pouvait trouver à ce point insupportable le sort qui lui était fait. Il allongea gauchement le bras sur la table. Sa grosse main cherchait celle de la malheureuse.

— Marie-Venance! dit-il d'une voix navrée.

La petite femme refoulait ses larmes du mieux qu'elle pouvait, s'épongeant nerveusement le coin des yeux.

— Pardonne-moi, murmura-t-elle. C'est la fatigue.

Pierre lui tapota la main, ne sachant que dire. Il regarda Blèche qui fuyait son regard, et il se rendit soudain compte à quel point il s'était montré détestable. Les sanglots de Marie-Venance le rendaient extrêmement malheureux, et il ne savait comment s'excuser.

— C'est moi qui te demande pardon, dit-il. Je raisonne comme un pied, mais je voulais pas te contrarier. Tu me connais : j'essaie seulement de voir clair, et j'ai pas toujours les mots qu'il faudrait.

Pierre s'était glissé tout près.

— Ma chère petite mère, dit-il, lui pressant tendrement l'épaule, tu sais bien que, moi aussi, je veux sortir de cette misère, et le plus tôt sera le mieux.

Cette soirée tendue eut pour effet de refroidir l'enthousiasme de Blèche. Bien sûr, lui aussi, préférerait retourner à Port-Royal, mais il lui semblait que Saint-Domingue valait mieux que rien. De retour sur son grabat, dans l'écurie, il lut et relut l'entrefilet. Il y était bel et bien question du roi Louis XV, du comte d'Estaing, gouverneur des Antilles, et d'un certain John Hanson, marchand de

New York, prêt à mettre ses navires à la disposition des autorités des Antilles pour le transport des exilés...

•

Un dimanche soir, la Catherine fit entendre de longs meuglements indiquant qu'elle était sur le point de vêler. Blèche courut prévenir le maître et prendre les seaux qu'il avait laissés dans la cuisine d'été. Sans faire de bruit, il entra par la porte d'à côté. Par la vitre de la porte intérieure, il vit que le patron et sa femme étaient en grande conversation. Ichabod brandissait son journal, cependant qu'Abigail piquait sa broderie à la lueur du petit candélabre.

— Ces politiciens, fulminait le patron en indiquant le journal, de vraies poules mouillées. C'est pourtant bien simple : faut les arrêter tous, et les renvoyer chez leurs maîtres.

— C'est la solution qui ferait votre affaire, dit Abigail sans lever les yeux de sa broderie.

— C'est la seule, *good grief!* La loi, c'est la loi.

— Ah! la loi, vous savez...

Cette réflexion désabusée parut exaspérer Ichabod qui haussa le ton pour dénoncer l'abandon coupable des nobles traditions établies par les *Pilgrim Fathers*.

— Le mépris des lois, grommelait-il, c'est le commencement de la décadence.

Blèche commençait à se sentir drôlement indiscret. Les convenances exigeaient qu'il frappât à la porte sans plus tarder, mais comme il se sentait protégé par l'obscurité et que la conversation qu'il entendait l'intéressait au plus haut point, la curiosité l'emporta sur les convenances.

— *Truly, my dear*, je ne vous comprends pas, grommelait toujours Ichabod. On dirait que vous vous ingéniez à être toujours contre moi.

Lady Abigail daigna enfin lever les yeux.

— Mon pauvre ami, fit-elle, esquissant un sourire compatissant, qu'allez-vous chercher là? J'essaie seulement de comprendre. Vous, vous voulez qu'on applique impitoyablement la loi et qu'on empêche ces étrangers de partir. Mais il y en a d'autres qui, au contraire, voudraient bien les voir disparaître à jamais.

— Là n'est pas la question. Il y a une loi, et il faut la faire respecter.

Lady Abigail s'était de nouveau penchée sur son cadre de tulle.

— Votre loi, dit-elle, faisait l'affaire il y a dix ans. Maintenant que ce n'est plus une, mais des dizaines de familles qui désertent...

— Qu'est-ce que cela change?

Lady Abigail tira un brin de filoselle et immobilisa en l'air son aiguille.

— Vous voulez que je vous dise? Les autorités n'appliquent plus la loi parce qu'elles ont changé d'idée...

Ichabod fronça les sourcils et attendait la suite.

— *Evidently,* poursuivit la brodeuse, il y a trop de désertions. On ne les arrête plus parce qu'on a décidé de les laisser partir.

Ichabod se leva et lança son journal sur la table.

— Les laisser partir? les céder gratis au roi de France? *Nonsense!*

Blèche crut bon de ne pas pousser plus loin l'indiscrétion. Il ouvrit la porte extérieure et la referma avec fracas, après quoi il marcha bruyamment vers l'entrée intérieure. Alerté par le bruit, Ichabod parut sur le seuil.

— *The white Jersey,* fit Blèche, feignant d'être à bout de souffle, elle va bientôt avoir son veau.

Le patron courut prendre son chapeau et sortit.

Ce soir-là, Blèche eut beaucoup de mal à s'endormir. Il tournait en tous sens sur sa paillasse. L'analyse de la situation par Lady Abigail avait, à ses yeux, valeur de révélation. La loi ne joue plus quand il y a tant de gens qui la transgressent. Et puis, s'il y a tant de déserteurs, c'est sûrement que des bateaux français attendent pour les embarquer à Boston.

Le jeune homme s'était juré de ne plus parler d'évasion avec Pierre, mais il avait tellement réfléchi à ce qu'il avait entendu dire et à ce qu'il restait à faire qu'il lui semblait que, cette fois, il aurait raison des réticences de son ami.

Il s'esquiva, le lendemain soir, et courut à la chaumière. Marie-Venance l'accueillit avec un

sourire ravi. Elle ne l'avait pas revu depuis le soir
où elle avait fait une scène.

— Quelle bonne surprise! s'exclama-t-elle.

Elle puisa un bol d'eau chaude dans le chaudron suspendu au-dessus du feu.

— Tiens, dit-elle, goûte un peu à ma tisane
d'orge.

Le jeune homme s'approcha de l'âtre. Il avait,
au coin des lèvres, un petit rictus qui lui donnait
l'air de l'enchanteur qui va faire surgir un génie de
la vapeur de sa tisane.

— Rien qu'à te voir, dit Pierre sur un ton en-
joué, t'as encore appris quelque chose.

C'est avec élan, et un enthousiasme qui se
voulait communicatif, que Blèche décrivit la scène
dont il avait été témoin, mettant en valeur les arguments de Lady Abigail : les autorités qui ont changé
d'avis, les déserteurs qu'on renonce à arrêter, leur
grand nombre qui rend impossible leur interne-
ment.

— Ça me paraît clair comme de l'eau de roche,
acheva Blèche, les autorités laissent partir ceux qui
veulent partir.

Assis dans son coin, Pierre demeurait songeur.
Partir, déserter... Il n'arrivait pas à dissocier cette
idée du risque d'un nouveau passage à tabac sur le
pilori.

Blèche sirotait sa tisane, tout en regardant folâtrer la flamme dans la cheminée.

— Qu'est-ce qu'on a à perdre, hein? Ni terre,
ni liberté, ni avenir...

Sans s'en rendre compte, le visiteur était plus convaincant qu'il ne croyait. Il se leva et alla tranquillement poser son bol sur la table.

— En tout cas, moi... ma décision est prise : je pars.

Silence de mort. On n'entendait plus que le pétillement des braises sous la cendre. Soudain en proie à une agitation où se mêlaient l'angoisse, Pierre se mit à tourner en rond, comme un fauve en cage.

— C'est vraiment sérieux? Tu pars? Tu nous abandonnes, comme ça?

— J'ai une chance de m'en sortir, répliqua le jeune homme. Je la prends.

— Mon Dieu! soupira Marie-Venance. Si tu pars, qu'allons-nous devenir, nous autres?

La mine désemparée de la pauvre femme avait quelque chose de pathétique. Blèche entrevit ses yeux mouillés, ses mains crispées au bout des genoux.

— Faut me comprendre, murmura-t-il. Suis seul, moi... un orphelin. J'ai besoin d'aller faire ma vie; fonder un foyer... Tandis que vous autres, vous êtes mariés, vous avez des enfants.

Le pauvre garçon baissa la tête et murmura :

— Vous avez pas idée ce que c'est que de moisir, à longueur de soirée, au fond d'une écurie, avec les rats, à la lueur d'un bout de chandelle.

Marie-Venance s'épongeait le coin de l'œil du revers de son tablier et lui donnait raison en acquiesçant de petits coups de tête.

— Bien sûr, bien sûr, murmura-t-elle.

Après un moment, elle releva brusquement la tête pour protester.

— Mais toi aussi, faut que tu comprennes. Si tu pars, y aura plus personne pour nous dire ce qui se passe, et puis...

Elle hésita et fit entendre un petit reniflement.

— Et puis... il y a le patron... Il va sûrement se venger sur nous si tu pars.

Elle était toute frémissante et toute pâle. Elle détourna la tête et donna libre cours à ses larmes.

Blèche se sentait tout gauche et tout empoté. Lui aussi, il avait envie de pleurer. Il avait su réfuter les objections de Pierre, mais il se sentait complètement impuissant face aux larmes de cette femme qui lui avait toujours fait bon visage, qui l'avait toujours traité comme un grand frère, qui n'avait toujours eu que des bontés pour lui. Il avala péniblement sa salive, et, la tête basse, se dirigea vers la porte.

— J'ai eu tort, dit-il.

Il hésita un moment, la main sur la clenche.

— Oui, j'ai eu tort... Je pars pas.

Et il sortit précipitamment, n'arrivant plus à retenir ses larmes.

BOSTON (1775)

FANEUIL HALL

LONG WARF

STATE HOUSE

FORT HILL

LE PORT

KING'S STREET

BEACON HILL

COMMON STREET

SUMMER STREET

NEW BURY STREET

L'ENTREPÔT

POINTE DU MOULIN

COMMON

ORANGE STREET

SEC À MARÉE BASSE

THE NECK

3

Au bord de la révolution

À pas de loup, et tenant sa chandelle à bout de bras, Blèche fait sa ronde. Gratte-Grogne dort, étendu de tout son long sur la paille; la vieille Catherine rumine langoureusement à côté de son veau; Barbe-en-l'air ressemble à un moine avec ses pattes enfoncées sous son poil. Seul Goliath monte la garde. Ses sabots font résonner le pavage de la stalle. Son œil globuleux brille dans l'obscurité. Étrange! Comme cet œil farouche et visqueux paraît triste soudain; et ces oreilles qui pointent toutes droites, à travers la crinière, comme pour mieux entendre ce que va dire ce visiteur bien matinal.

Blèche s'est glissé dans la stalle en tapotant les flancs de la superbe bête qui, fringante, manifeste son contentement en remuant de la tête et de la queue.

— Salut, vieux frère!

Le pur-sang est tout excité; il appuie sa tête contre l'épaule de son jeune maître. Blèche tient bien haut sa chandelle.

— Laisse-moi te regarder un peu. T'es mon bon ami, tu sais. Même que t'es le seul à qui j'ai vraiment raconté mes peines.

L'homme a collé sa joue contre la ganache de la bête.

— Quoi? Plus rien là-dedans? Mais t'as un appétit de fer, sais-tu? Attends, je t'apporte une ration secrète.

Et, tout en parlant, il a versé un grand seau d'avoine dans l'auge, sous les naseaux palpitants de Goliath qui, par ses piétinements, exprime avec ardeur sa reconnaissance.

— Tiens, c'est mon cadeau! Chut!

Blèche a la larme à l'œil. Il observe longuement le cheval qui a déjà le nez dans la mangeoire. Il lui flatte doucement les soies du poitrail, réalisant tout à coup quelle grande place occupe ce fier animal dans sa vie. Il n'arrive pas à détacher sa vue de cet œil triste qui lui semble lourd de reproches. Une dernière tape amicale et Blèche s'arrache à la fascination qu'exerce sur lui cette silencieuse présence. Il prend son balluchon, souffle la chandelle et saute, par le carreau de l'écurie, sur le tas de fumier.

Le jour se lève derrière une brume épaisse — une brume à trancher au couteau. C'est le sabbat. Paré de ses atours puritains, Ichabod sort de la maison. Plutôt que de trouver, comme d'habitude,

Goliath attelé et prêt à acheminer son monde vers la *Meeting House*, c'est un Tony aux abois et le chapeau de travers sur la tête qu'il aperçoit. Désemparé, l'homme va et vient, tel un chien abasourdi.

— *What's the matter, Tony?*
— *They're gone*, fait-il d'un air consterné.
— *Gone? What do you mean, gone?*
— Blèche, Peter.... *the whole family... Gone!*
— *What?*

Enveloppées de châles noirs, Lady Abigail et Melody sortent à leur tour de la maison.

— *Gone*, répète Tony. Plus rien que la paillasse à l'écurie, et la petite maison, là-bas... vide, complètement vide.

Ichabod se prend la tête à deux mains. Il n'arrive pas à croire ce que raconte Tony. Partir, en pleine nuit de novembre, alors qu'hier encore, il a vu, ses deux antéchrists, vaquer à leur besogne le plus consciencieusement du monde et comme si de rien n'était.

— *Well, I told you*, fait Lady Abigail d'un air détaché. Il fallait que ça arrive, tôt ou tard.

Le visage du maître devient sombre et terrible. L'observation de sa froide et lucide moitié le met autant, sinon plus, en rogne que la désertion des *Frenchies*.

— *I know, my dear*, dit-il. Je sais que vous savez tout à l'avance.

Et il s'empresse d'enguirlander Tony avant que ne vienne la réplique de sa pimbêche de femme.

— Et tu n'as rien vu, lui dit-il. Rien entendu? Et moi qui t'avais dit de ne jamais les perdre de vue.

L'intendant a le dos rond comme un chat battu. Écumant de colère, Ichabod marche sur lui.

— Où étais-tu donc?

Le malheureux hausse les épaules.

— *Hell!* proteste-t-il timidement, je ne pouvais pas deviner qu'ils plieraient bagage et déguerpiraient, comme ça... en pleine nuit.

— Inouï! dit Ichabod se tournant vers les femmes. Vous l'entendez? Il s'imaginait peut-être que ces hérétiques déserteraient à notre nez, en plein jour.

— *Good heavens, my dear,* dit Lady Abigail, ne vous échauffez pas les esprits comme ça. Faites plutôt atteler le cheval. C'est l'heure d'aller à l'église.

Sandy vient de s'arrêter à l'entrée de la ferme.

— *What's wrong?* crie Big Sam. Vous venez à l'église?

— Oui, dit Ichabod, et sois gentil : emmène ces dames avec toi. Moi, j'ai des comptes à régler avec ce coquin.

Lady Abigail et Melody montent dans le cabriolet de Big Sam et disparaissent à la croisée des chemins. Ichabod fait signe à Tony d'approcher.

— À nous deux, maintenant, dit-il.

Tony est blanc comme un mort. Il a la certitude que c'est pour lui la fin, et que le patron va le mettre sans façon à la porte. Il s'approche d'un pas hésitant.

— Ils sont partis à pied, raisonne Ichabod, et au milieu de la nuit. Ils ne peuvent pas être très loin.

Tony devine tout de suite où le maître veut en venir.

— C'est à cause de ta négligence qu'ils sont partis, enchaîne Ichabod, c'est donc à toi qu'il incombe de me les rattraper.

— Moi? Les rattraper?

— Oui, toi, et plus vite que ça. Pars avec Goliath, et emporte la corde. Ligote-les solidement, tous les deux, et ramène-les-moi.

— Mais, dit Tony qui n'a pas du tout envie de se lancer dans une aventure aussi risquée.

— Pars vite, te dis-je.

L'intendant demeure figé sur place. Il appréhendait d'être congédié, et voilà que, tout à coup, il trouve ce châtiment infiniment préférable à la mission périlleuse qu'on veut lui confier. Non, cela lui paraît vraiment trop dangereux. Il ne risquera pas sa peau pour les beaux yeux du patron.

— *Good grief!* Qu'est-ce que tu attends, tonne Ichabod.

— C'est que, voilà... bafouille Tony. Il ne faut pas compter sur moi...

— Quoi?

— Pensez-y... ils sont deux. Et puis... vous connaissez Peter? Il a le poing leste et dur.

Tout hébété, le puritain dévisage un moment son homme.

— *What?* As-tu peur?

Tony se moque bien de passer pour un poltron.

— *Hell, yes*, répond-il, sans hésiter.

Ichabod se met à examiner le personnage avec un souverain mépris :

— Et moi qui croyais que tu étais un homme!

Aucun doute possible : Tony tient plus à sa peau qu'à son honneur.

— Écoutez, patron, dit-il, si ces gens ont eu l'audace de braver les intempéries et de filer en pleine nuit, ils auront sûrement celle de me résister, surtout moi qu'ils ne peuvent sentir...

Ichabod n'en revient pas.

— Si j'avais su, dit-il, que tu n'étais qu'une poule mouillée.

Tony encaisse, mais à contrecœur. Il se cherche des excuses, un moyen de ne pas trop perdre la face. Une idée lui passe par la tête.

— Peut-être que.... hasarde-t-il, mais il n'ose pas achever.

Ichabod attendait impatiemment la suite.

— Peut-être que quoi?

— Bah... si j'étais armé...

C'était l'évidence même, mais le patron a tout de même un moment d'hésitation.

— Armé...? fait-il d'un air méfiant. Mais ce n'est pas des cadavres que je veux que tu me ramènes, mais mes employés... les deux *Frenchies* qui connaissent cette ferme... et qui la font marcher...

— *I know*, dit Tony, mais laissez-moi finir. Je ne tuerai personne, *by Joe!* Pour qui me prenez-vous? Un meurtrier?

Ichabod devient songeur. En conscience, il lui répugne de recourir à des moyens qu'un bon puritain se doit de répudier, mais comme il se considère comme le propriétaire légitime de gens qui ont passé tant d'années à son service, il s'estime justifié d'user de tous les moyens possibles pour les rappeler à l'ordre. «Puisque la Législature ne peut faire observer ses lois, pense-t-il, il appartient aux colons de défendre leurs droits.»

— *Well, well, let me see*, dit-il, poursuivant sa réflexion intérieure. Un pistolet? Entre les mains d'un poltron?

Piqué au vif, Tony bondit.

— Mais puisque je vous dis que je ne tirerai pas. Je veux rien que vous les ramener vos *Frenchies*. Mais avouez qu'avec un pistolet, je serais bien plus convaincant, et puis...

Le puritain lutte contre sa conscience et se laisse peu à peu gagner à la stratégie imaginée par l'intendant. Ses petits yeux brillent comme des têtes de clous.

— Et puis quoi, encore?

— Eh bah... bafouilla Tony qui, cette fois, risque le tout pour le tout, ce serait encore plus convaincant si... si... si vous veniez avec moi...

Ichabod a appréhendé ce coup bas. Il cède à la colère même s'il sent qu'au fond, ce que propose Tony est le bon sens même.

— Aller avec toi? fait-il, enflant la voix. C'est donc que tu es vraiment une poule mouillée. Si c'est pas malheureux! Bâti comme un Mattakessett, et avoir peur de deux hors-la-loi sans feu ni lieu!

— J'ai pas peur, crâne Tony, furieux. Mais comprenez donc qu'ils sont deux... Pendant que j'en ligoterai un, vous pensez que l'autre va rester bien tranquille à attendre son tour?

— Tais-toi, trouillard, hurle Ichabod, rouge de colère. C'est qui le *watchman?* Toi ou moi? Je te paye pour que tu fasses respecter mes ordres. C'est ta fonction, *good grief!* Obéis!

Le bonhomme parle fort, mais c'est beaucoup plus pour dissimuler sa propre trouille que pour affirmer son autorité. Il sait bien que Tony a raison, mais il se souvient encore du jour où Peter n'a pas hésité à le bousculer, lui, le maître, et à l'envoyer rouler dans les ronces. Pas question, par conséquent, d'accompagner Tony. Toutefois, il sent qu'il faut tout de même faire une concession.

— C'est bon, dit-il. Comme ils sont deux, je te passe le pistolet... mais sans balles.

Tony demeura un moment bouche bée, mais plutôt que de protester, il sella Goliath en vitesse et piqua dans sa ceinture le pistolet que le maître était allé lui chercher. Il accrocha un lasso au pommeau de la selle et se mit en route. Avec son chapeau à large bord, sa chemise rouge et sa veste de chevreau, il avait l'air d'un bien piètre hidalgo, même s'il avait eu la précaution de se faire une petite provision de balles, car il savait où le maître les cachait dans la remise.

•

L'hidalgo n'a pas encore chevauché une heure entre les champs râpés, qu'il aperçoit la petite caravane qui chemine au loin, cahin-caha. Il a beau sentir la crosse du pistolet toute chaude dans le creux de sa main, et se convaincre qu'un homme est plus impressionnant à cheval qu'à pied, il a quand même un peu le trac. Il pousse Goliath au grand galop afin de faire peur aux fugitifs, et ensuite mieux profiter de l'effet de surprise.

Blèche entend le bruit sourd des sabots du cheval.

— Nom d'un chien! dit-il, c'est Goliath.

La gueule écumante et les dents dehors, le cheval est bientôt en travers de la route des marcheurs. Il se dresse sur ses pattes arrière et pousse un hennissement avant de s'immobiliser.

— *All right, folks,* commande Tony d'une voix de caporal, *back home!*

Si impérieux que se veut ce commandement, il n'a pour effet que de ralentir à peine la marche du petit groupe qui, après avoir jeté sur le caporal un regard de défi, poursuit sa route, passant tranquillement devant Goliath. Tony a un moment d'hésitation avant de faire de nouveau caracoler sa monture pour ensuite revenir barrer la route des marcheurs.

— *Back home, I said.*

— *Now, listen, Tony...*

Blèche n'a pas le temps d'achever, car Pierre a soudain lâché les brancards de sa brouette, ce qui fit aussitôt entrer le pistolet en scène.

— Éloignez-vous, dit Pierre à Marie-Venance et aux enfants. On s'en laissera pas imposer par ce flanc mou.

— Attention, Pierre, supplie Marie-Venance. Il est armé.

Bravant le pistolet, Pierre fonce sur l'agresseur, mais Tony le met aussitôt en joue.

— *Better stay back, my friend*, dit-il.

Pierre hésite un moment, car il sait que Tony est assez poltron pour tirer. Blèche a le même sentiment.

— *Easy, easy, Tony*, dit-il.

Mais Pierre a déjà esquissé une feinte. Complètement affolé, le *watchman* a fermé les yeux et pressé sur la gâchette. Le coup de feu fit se dresser Goliath sur son train arrière.

— *For heaven's sake*, Tony, hurle Blèche.

Pierre avait réussi, on ne sait comment, à saisir son agresseur par le bras et à le tirer en bas de son cheval. Une chute lamentable. L'hidalgo vit des étoiles. Son chapeau roula dans l'herbe mouillée du fossé. Les yeux hagards, il tenta de se relever, mais Pierre se jeta aussitôt sur lui et lui colla les épaules au sol avec une telle force que le pistolet s'échappa du poing crispé. Pierre s'en empara et, s'étant relevé précipitamment, le braqua sous le nez du gisant. Marie-Venance se mit à crier.

— Pierre, Pierre, ne tire pas.

— Crains rien, je lui ferai pas de mal.

Abasourdi et se frottant la tête, Tony se relève
et, sans perdre de vue le pistolet, il ramasse son chapeau, se l'enfonce sur la tête, tout en fixant Pierre
avec des yeux qui annonçaient les pires représailles.
Les deux hommes se guettent et ont le front bas
comme deux mouflons défendant leur territoire.
Poings aux hanches, le chapeau sur les yeux, Tony
semble méditer un coup bas. Pierre agite le pistolet.

— Oust... sacre-moi le camp, fait-il pointant
son arme.

Tony fit preuve d'un certain courage; il ne
broncha pas.

— Dis-lui, Blèche de retourner d'où il vient,
ou je lui crible les fesses.

La brume du matin se dissipe lentement.
Blèche tapote doucement le chanfrein de Goliath,
tandis que Tony, l'œil méchant, ne perd pas Pierre
de vue.

— *Better give up*, Tony, dit Blèche. Va dire
au maître que si jamais nous rentrons chez lui, ce
sera sous l'escorte des soldats de Sa Majesté britannique.

Désarmé et un peu sonné, l'intendant ne peut
que trouver sage la suggestion de Blèche, mais il répugne de rentrer bredouille, lui qui avait cru que le
pistolet ferait des miracles. Pierre le tient toujours
en joue, ne réalisant pas encore que lui-même avait
été touché. C'est Marie-Venance qui, la première,
aperçoit la tache noire sur la manche du gilet.

— Mon Dieu! Pierre, s'écrie-t-elle, terrifiée, tu saignes!

Pierre se tâta l'épaule. Sa manche était imbibée de sang : un sang chaud qui suintait lentement sur sa peau. Il leva sur Tony un regard terrible. Celui-ci comprit enfin qu'il valait mieux ne pas insister. Il prit Goliath par la bride et battit en retraite en grommelant des malédictions. Plus il s'éloignait plus il s'enhardissait à proférer des menaces en brandissant le poing.

La silhouette falote de l'homme et de la bête s'estompe sur la route. Le gravier grince sous les sabots de Goliath. Machinalement, Pierre a piqué le pistolet dans sa ceinture. Il a l'impression de revenir à la réalité. Il grimace affreusement. La brûlure à l'épaule se fait terriblement sentir. Le sang coule maintenant tout le long de son bras et entre ses doigts.

— Viens vite, que je t'aide à enlever ton gilet, dit Marie-Venance. Faut arrêter le sang.

Délicatement, elle retire la manche du vieux gilet de daim. Une lointaine et sourde vibration se fit entendre.

— C'est la diligence, dit Blèche. Faut s'ôter de là.

En vitesse, il s'empara des brancards de la brouette et s'engagea dans un chemin de pied qui serpentait à travers des touffes de sureau. La petite caravane fut bientôt à l'abri.

Tirée par quatre grands chevaux, la diligence passa tout près. Le fer des grosses roues et des sabots fit trembler la terre. Le charretier se tourna du côté où s'étaient réfugiés les exilés, mais maintint le train de ses bêtes. Le bruit s'éloigna. On a bien vu disparaître Tony à l'horizon, mais, qui sait? peut-être aurait-il pu prendre la diligence et solliciter l'aide des voyageurs.

Le chemin de pied où se sont blottis les fuyards mène à un bosquet au bout duquel serpente un ruisseau. À tâtons, Marie-Venance a réussi à mettre la main sur une vieille écharpe qu'elle se souvenait d'avoir fourrée dans un coin de la malle. Elle en mouilla la frange et se mit à éponger la blessure de son homme. Accroupi tout près, Blèche surveillait l'opération. Il sursauta :

— Mais, dit-il, la balle! Je la vois! Regarde!

— Tu la vois, dit Pierre, arrache-là au plus sacrant.

Blèche prit son couteau de chasse et s'en fut le nettoyer au ruisseau. À l'instar des forts et stoïques Micmacs qu'il avait connus dans sa jeunesse, Pierre se croisa les bras et serra les dents.

— Vas-y! Arrache!

Du pouce et de la pointe de son couteau, Blèche tente de pincer solidement le bout visible de la balle. Après une couple de tentatives infructueuses, il parvient enfin à s'assurer d'une bonne prise, et, d'un coup sec, dégage le projectile de la blessure où le sang dégorgeait sans cesse. Des sueurs froides perlaient sur le front du blessé. Marie-Venance acheva d'éponger la plaie et banda solidement l'épaule avec l'écharpe.

La brume est tombée. Un soleil frileux vogue à travers des nuages en effilochures. À quatre pattes, en bordure du ruisseau, Martine et Jean-Baptiste ont réussi à attraper à la main une dizaine de petits carpeaux. Blèche alluma le feu et, à l'aide de petites branches d'aubépine, chacun se fit frire un poisson.

La route est déserte, mais on juge plus prudent de suivre le chemin de pied, car on craint toujours de voir reparaître Tony avec du renfort. Les exilés ont passé la nuit recroquevillés sous des couvertures râpées, dans une cabane ouverte aux courants d'air.

•

Chassés par le vent et les intempéries, les fuyards ont évacué la cabane bien avant la fin de la nuit et ont repris hardiment la route. Ils se souviennent des émotions qu'ils ont éprouvées, trois ans auparavant, lorsque, pour la première fois, ils avaient franchi le goulet qui rattache Boston à la terre ferme. Mais l'affluence était telle alors, que les gardes avaient laissé passer tout le monde sans créer de difficultés.

Mais de se retrouver seuls, en ce matin de brouillard, face aux murs de la forteresse britannique qui se dressent à la sortie de Roxbury, a de quoi leur inspirer une émotion plus vive encore, car cette fois, il n'y a pas affluence et la palissade se révèle d'autant plus redoutable qu'à côté de la barrière se dresse — sinistre présence — une potence. Pour comble, aux rebords des redans de la fortification, dépasse la gueule béante de gros canons.

D'un pas hésitant, le petit groupe s'approche de la barrière. Escorté de deux gardes, un habit rouge, coiffé de son casque conique, leur barre la route.

— *What's this?* demanda l'officier.

Le militaire est blond et carré comme un Viking. Avec une moue dédaigneuse et un air moqueur, il examine la brouette.

— *Beggars?*

Il fait ouvrir la malle, tâte les balluchons puis écarquille de grands yeux. Il vient d'apercevoir le pistolet à la ceinture de Pierre.

— Ho, ho! fait-il. *How interesting!*

Il s'empare de l'arme et esquisse une moue entendue.

— *Terrorists, heh? Revolutionaries? Or maybe one of those so called 'Sons of Liberty'?*

— *No, No*, dit Blèche, complètement pris au dépourvu par la découverte de ce maudit pistolet. *French exiles.*

L'officier opine ironiquement d'un air entendu.

— *Ho! I see : more French Neutrals*, rectifie-t-il.

Du canon du pistolet, il remue les pauvres hardes dans la malle, tandis que Pierre et Blèche ont la pénible impression d'êtres perçus comme de dangereux malfaiteurs. Comment ont-ils pu oublier l'existence de ce joujou compromettant? Quelle erreur stupide que de ne l'avoir pas fait disparaître!

Les deux hommes s'inquiètent de la réaction de l'officier dont le petit sourire hermétique laisse présager le pire. Blèche hasarda une explication.

— *We're on our way...* nous... nous allons donner notre nom...

— *I know, I know*, dit le Viking sur le ton de celui qui a déjà entendu le refrain.

Le sourire hermétique se fait insolent. L'officier fait sauter le pistolet dans le creux de sa main.

— *And you need a gun?*

— *The gun...* dit Blèche qui ne savait vraiment pas comment se tirer de ce mauvais pas, *the gun... well...* il n'est pas à nous... Nous... nous l'avons trouvé... sur la route...

De toute évidence, le militaire ne croit pas un mot de ce que raconte le bafouilleur. Il branle la tête comme pour laisser entendre que le pistolet allait singulièrement compliquer les choses.

— *Come and sit here*, dit-il, et il regagna son quartier sans autre explication.

Les gardes firent entrer les exilés dans une salle sombre, attenante à leurs locaux, et les portes se refermèrent sur un angoissant inconnu. L'après-midi parut interminable. L'officier et ses hommes faisaient tranquillement la conversation, laissant languir les malheureux fuyards qui s'inquiétaient du sort qui les attendait; un sort terrible sans aucun doute puisqu'il faut tant de temps pour en décider.

— C'est ce sacré pistolet qui va nous faire pendre.

— Je me demande, dans le monde, pourquoi je l'ai pas *garroché* dans le ruisseau? grommelle Pierre.

Les deux hommes vont d'une fenêtre à l'autre. La bruine brouille le paysage. Au-delà des fortifications, ils entrevoient un batardeau, bordé d'herbes fanées, puis, une langue de terre qui, telle une queue de poêlon, s'accroche à l'île de Boston qu'on distingue à peine à travers le crachin. De chaque côté, s'étendent les galets que le jusant achève de lisser. Quelques mouettes se pourchassent dans le ciel gris.

Le jour baisse. La flamme d'une lampe frissonne dans la salle des gardes. Tout à coup, on entend grincer les roues d'une vieille charrette. Un garde met le nez dehors, fait un signe de main, puis réintègre la salle. Un paysan passe la barrière et s'engage sur le batardeau. Les détenus s'étaient fait du mauvais sang pour rien. Ils sombrent de nouveau dans le silence aveugle.

— Est-ce qu'on va finir par s'occuper de nous autres? dit Pierre entre les dents.

L'exaspération se transforme en angoisse. L'enthousiasme du départ n'est plus qu'un mauvais souvenir. Après le dangereux accrochage avec Tony, la veille, cette attente angoissante sonne, à n'en pas douter, le glas de l'aventure.

— Maudit pistolet, fulmine Pierre.

Décidément, le fait de se trouver si longtemps immobilisés dans le noir ne peut être que le prélude d'un châtiment exemplaire.

— Nous voilà bel et bien prisonniers, réfléchit Blèche à voix haute. Je vois ce que c'est : ils vont faire enquête... ils vont finir par trouver à qui appartient le pistolet...

Il ne reste plus qu'à imaginer le pire. On va sûrement les traduire tous en justice; les interroger; découvrir qui est leur maître et les faire escorter jusqu'à Pembroke. Marie-Venance a subi cette longue attente sans rien dire. L'hypothèse mise de l'avant par Blèche la tire de son mutisme.

— C'était trop beau, soupira-t-elle. Et puis... c'est ma faute. J'ai trop insisté. C'est toi, Pierre, qui avais raison.

Et elle fond en larmes. Pierre s'approche.

— Allons, allons... dis pas de bêtises.

Elle renifle et, du coin de son châle, s'essuie énergiquement les joues. Pierre cherche à se faire rassurant mais, au fond, il y a belle lurette qu'il imagine le pire lui aussi. Même qu'il s'est laissé envahir par le désespoir. Quant à Blèche, comme Marie-Venance, il s'incrimine en son for intérieur. C'est lui qui a provoqué cette équipée insensée en menaçant de partir seul. Comment a-t-il pu croire à ce point en l'impossible?

Accroupi dans un coin, Pierre a déjà pris le parti de se résigner au sort qui l'attend. «C'est peut-être mieux ainsi, pensa-t-il. Chez Ichabod, j'avais le gîte et un gagne-pain. De plus, j'avais le puits; les gens qui me connaissaient et qui avaient de l'*avenance*... Tout bien considéré, Pembroke, c'est quand même mieux que la prison.»

La nuit tombe. Rien. Non, il n'y a vraiment plus rien à attendre. Les gardes continuent de bavarder et de s'affairer à de menues besognes comme si leurs détenus n'existaient plus.

•

De nouveau, on entend des pas de chevaux, puis le bruit sourd de roues cahotant sur le cailloutis de la cour. Deux énormes chevaux, attelés à un chariot recouvert d'une bâche, s'arrêtèrent devant le poste de garde. Le charretier saute à terre et entre chez les militaires. Après un long moment, la porte s'ouvrit et un garde, tenant un falot à la hauteur de son visage, fit irruption dans la salle obscure.

— *All right, folks, come along.*

Tel du bétail partant pour l'abattoir, les exilés suivirent le garde jusqu'au chariot. Le militaire leur fit signe de monter. Marie-Venance et les enfants se blottirent dans un coin, tandis que Pierre et Blèche chargeaient la malle et la brouette.

La pluie a cessé, et la marée achève de monter. Les chevaux traversent d'un pas lourd cette digue naturelle appelée le *Boston Neck*. Par l'ogive que décrit la bâche sur le ciel noir les détenus peuvent entrevoir un vague paysage. Ça et là, un arbre déchiqueté, une fenêtre où tremble une pâle lueur. Tout près, derrière le chariot, un chien va et vient, le nez à terre. Les cailloux du chemin font vibrer le chariot qui, après avoir franchi la porte de la ville, enfile une série de quais et de ruelles avant de s'engager dans un dédale de rues sombres pour enfin s'arrêter devant une longue bâtisse d'aspect sinistre. Le charretier saute de nouveau à terre.

— *This is it*, dit-il.

Il frappe trois grands coups à la porte. Une silhouette chevelue parut dans l'entrebâillement et braqua une lampe-tempête sous le nez de Pierre.

— Acadjiens? fit la silhouette, fronçant d'épais sourcils.

Interloqué et n'y comprenant rien, Pierre répond :

— Euh... oui... Anciennement de Port-Royal.

La silhouette s'écarte ce qui permet aux arrivants d'entrevoir une tête de patriarche.

— Savoie, mon nom, dit le patriarche d'une voix profonde. Anciennement de Beaubassin. Entrez. Trouvez-vous un coin. Faites comme chez vous.

Hésitant et ne comprenant vraiment rien à ce qui leur arrive, les exilés entrent dans ce qui leur paraît un piège. La vaste bâtisse baigne dans une demi-obscurité. Quelques chandelles fument derrière des draps suspendus à des cordes, laissant deviner la présence de gens à moitié endormis.

— Tiens, dit le vieux Savoie, je vous ai trouvé un coin. Installez-vous là, avec votre malle.

Les exilés n'en croient pas leurs oreilles. En plein Boston, et presque en pleine nuit, se retrouver en prison, avec un geôlier qui parle *acadjien* : c'est à n'y rien comprendre. Blèche brûle d'envie de poser des questions, mais le geôlier a plutôt l'air bourru.

Un peu courbatu, il éclaire les nouveaux venus avec sa lampe.

— Rien à vous mettre sous la dent, je suppose, dit-il. Venez, il y a là du pain et de la *molue* boucanée.

Sur le coin d'une huche, et à la lueur d'une bougie agonisante, les nouveaux venus cassent la croûte en silence, après quoi, sans faire de bruit, ils s'installent tant bien que mal dans leur petit coin. Le père Savoie apporte une botte de paille.

—Tenez, dit-il, glissez-vous ça sous les reins.

Nuit interminable, ponctuée de bruits insolites : gémissements saccadés du vent; fracas intermittent des vagues contre les quais et la coque des bateaux; grincements étranges et terrifiants. À tout cela, s'ajoutait la rumeur des ronflements et des pleurnicheries d'enfants. Ces échos nocturnes et, sans doute davantage, le fait d'ignorer dans quel guêpier ils sont tombés, n'a rien pour amener les nouveaux venus à sombrer dans un profond sommeil.

•

Aux petites heures du matin, il se produisit un vacarme d'enfer. C'est le père Savoie qui, sans pitié, venait de sonner le réveil en frappant le bord d'un gros chaudron de fer avec un rondin.

— Six heures dans dix, cria-t-il. Debout tout le monde.

Impatients de voir dans quel étrange prison ils se trouvent, les nouveaux venus bondissent sur leurs jambes dès le premier coup de rondin. Pierre fait quelques pas tout en se frottant les reins.

— Le premier matin, dit le père Savoie, pince-sans-rire, on a le plancher dans le corps, mais on s'habitue.

Au branle-bas sourd et diffus qui s'ensuivit Pierre eut l'impression de se trouver dans une immense prison. Il sentait grouiller du monde partout: à l'étage comme au rez-de-chaussée. Il vit s'allumer des bougies dans les coins sombres et se dresser, un peu partout, des silhouettes échevelées. Le bruit étouffée des toux et des conversations sommaires allait s'amplifiant. Des hommes, des femmes, des enfants surgissaient de derrière les draps tendus. D'autres descendaient de l'étage dans une échelle le long du mur. Le cercle s'agrandissait autour de la cuvette installée au milieu de la vaste pièce. De solides gaillards puisaient de l'eau dans leurs mains et se frottaient énergiquement le visage.

Quelqu'un poussa un contrevent, puis un autre, et la lueur du jour permit à Pierre de se faire une meilleure idée de l'endroit où il se trouvait. Non, ça ne ressemblait aucunement à une prison, mais bien plutôt à un grand hangar construit de planches étroites. De petits carreaux munis de volets s'alignent, deux à deux, entre chaque porte de grange. Les gens réunis en cet étrange endroit ont chacun leur petit coin. Des draps et des couvertures bigarrées sont suspendus entre les poutres. Ces misérables loques tiennent lieu de cloisons et protègent, tant bien que mal, l'intimité de chaque famille.

Près de la porte d'entrée, le père Savoie a établi son poste d'observation : une table et un fauteuil râpé. De son poste, il peut voir ce qui se passe à l'intérieur et à l'extérieur de l'entrepôt. Un vaste cabanon sert de cuisine. Une cheminée improvisée en occupe un coin. À l'autre extrémité de la bâtisse, une sorte de guérite, meublée d'une chaise percée, sert de petit coin. C'est le seul dont dispose la communauté.

Un adolescent sortit du cabanon avec une corbeille remplie de petits pains. Le père Savoie se pencha vers Pierre.

— Tiens, je te présente Noiraud : mon homme de confiance. Salut Noiraud.

— Salut ben.

Visiblement à l'âge ingrat, ce Noiraud ne semble pas très bavard. Maigrichon, le teint olivâtre, il a l'œil vif et méfiant. Avec ses cheveux crépus, ses oreilles décollées et son visage pointu, il ressemble à un raton apeuré.

Noiraud pose la lourde corbeille près de la table et regagne son cabanon d'un pas feutré. Les petits pains dégagent un arôme du tonnerre.

— Allez, servez-vous.

Blèche, Marie-Venance et les enfants se sont approchés. Le père Savoie croque avec appétit la croûte de son petit pain. Il mastique dans le coin de la bouche, ce qui fait onduler sa grosse moustache de Gaulois.

Le personnage avait paru plutôt redoutable, hier soir. Mais il se révèle, ce matin, sous un tout autre jour : un patriarche qui n'a de sévères que des traits durcis par l'épreuve. Des yeux bridés, un nez aquilin sillonné de veines mauves, des cheveux à longues mèches blanches : on dirait un druide sorti de la nuit des temps.

Par petits groupes, et la mine compassée, des hommes, des femmes et des enfants s'approchent de la corbeille. Le père Savoie fait les présentations.

— Des nouveaux venus, dit-il. Les Lebasque de Port-Royal. Et celui-là, c'est Blèche; originaire de Grand-Pré. Lui, il sait lire et parler l'anglais.

On entendit des clameurs provenant du fond de l'entrepôt.

— Lebasque? Lebasque? Pierre?

On vit, tour à tour, accourir La Piraude, Jacques Poirier, Maurice Coing et plusieurs autres. Incroyable! Se retrouver, après tant d'années... Tout ce monde se regarde avec des yeux ébahis et un peu tristes. La misère a visiblement laissé, sur tous ces visages, les marques de son inexorable burin. La Piraude a toujours ses bajoues, ses bras potelés et son regard de femme que rien ne peut abattre, mais la mèche vert-de-gris qui déborde la bonnette atteste assez des durs coups qu'elle dut encaisser depuis la fin tragique de son Louison. Maurice Coing a toujours les reins cassés et sa tête de canard, mais des rides profondes lui ont rétréci le front, et sa tête semble un peu plus engoncée dans la peau du cou.

— Faut croire aux miracles, proclama Poirier en serrant la main de Pierre et de Blèche.

Il a conservé son entrain celui-là, mais il n'a pas retrouvé sa Marie-Catherine. Et puis, comme il a maigri! Comme il a la peau terreuse!

Tout le monde se précipite, la main tendue : Gaspard Laforge, Cajetan Gauterot et même la mère Caloube, toute menue et courbée sous ses quatre-vingt-cinq ans.

Les proches connaissances font cercle autour des nouveaux : les Martin, les Caudebec, les Brun. Un homme à l'œil crevé s'approcha :

— Blèche, dis-tu? Tu serais pas le garçon du défunt Bernard Gaudet?

Blèche devient pâle comme s'il allait apprendre un nouveau malheur. Il acquiesça d'une manière hésitante.

— Eh ben, je suis ton oncle Émery... Émery Blanchard, le frère de ta défunte mère.

Blèche serre sans conviction la main de cet oncle à l'œil vraiment peu rassurant, cet oncle qu'il n'avait jamais vu. Pierre prit la parole et remercia tout le monde pour le chaleureux accueil.

— Hier encore, dit-il, je me croyais condamné à la prison, et voilà qu'aujourd'hui...

Poirier lui coupa la parole.

— Tu t'es pas trompé, Pierre. Nous voilà tout comme en prison dans cette baraque. On travaille comme des bœufs, et on mange comme des poulets...

La Piraude sursauta :

— Qu'est-ce que t'as à redire de ma soupe et de mes petits pains? dit-elle, les deux poings résolument accrochés aux hanches.

La bonne humeur et les rires n'ont rien pour accréditer les dires de Poirier. Tout le monde plaisante. Quels étranges détenus! Ils bavardent tout en mastiquant de grosses bouchées de pain. Certes, ils admettent que l'entrepôt a tout du parc à bestiaux, mais ils prennent d'autant plus leur mal en patience qu'ils tiennent à peu près pour certain leur départ imminent pour les Antilles.

●

Craquant de toutes ses planches et de toutes ses poulies, la grande porte de l'entrepôt s'ouvrit toute grande et l'on vit se dresser la silhouette d'un petit homme aux jarrets grêles.

— *All right, folks, time to get to work.*

L'air martial et la barbiche retroussée, l'homme n'a pas l'air commode.

— *Come along, hurry!*

— Il a un nom à coucher dehors, fait le père Savoie à l'oreille de Pierre. Il s'appelle Kristlecox, mais nous autres, on l'appelle Crête-de-coq : c'est plus facile à retenir.

Un à un, les hommes passent la porte et se retrouvent aussitôt mêlés au va-et-vient du quai Wheeler. Deux corvettes arrivées de la veille attendent leur déchargement. L'une contient des sacs de maïs pour le moulin, l'autre, des tonneaux de mélasse pour la distillerie. En apercevant Pierre et Blèche, Crête-de-coq n'hésita pas un instant; il les affecta à ce qui exigeait le plus de muscles : la mélasse.

Pavé de gravier, le quai Wheeler s'étend du gros moulin à vent, au bout de la pointe qui avance dans la rade, et va jusqu'à la cour à bois, rue Summer. En bordure, s'alignent les entrepôts aux toits de bardeaux et aux murs couleur de paille et lie de vin. Attenants à ces longues bâtisses, des appentis, des guérites et des échelles ajoutent à l'encombrement créé par l'amoncellement de grosses caisses, de claies, de sacs, de tonneaux et de barils. À travers ce capharnaüm vont et viennent des chevaux attelés à de gros chariots, des dockers avec des câbles accrochés à l'épaule, des poissonnières se rendant à leurs viviers. À perte de vue, de la pierre de taille borde les quais où se déploient, en toile d'araignée, la mâture et les cordages des brick-goélettes, chalutiers ou autres galiotes venus d'on ne sait où.

Peu après le départ des hommes, des charrettes vinrent prendre les femmes. Destination : la salle Faneuil, en plein centre de Boston, où il y a des planchers à laver, des boiseries à polir et des cuivres à astiquer en préparation d'une grande réception en l'honneur des officiers de la marine.

Pour Marie-Venance, les jours se suivent et ne se ressemblent vraiment pas. La voilà armée d'une brosse, à l'étage de l'imposante salle d'où, dix ans auparavant, le vieux Jeremiah les avait emmenés tous à Pembroke. Loin de se plaindre de son sort, elle s'émerveille au contraire de ce qui lui arrive.

Comme Marie-Venance, Pierre et Blèche se félicitent, eux aussi, de la tournure des événements. Réduits à faire la navette entre la planche de la goélette et le gros chariot au bout du quai, ils ne se sentent pas moins en route vers un avenir qu'ils embellissent à souhait.

En sa qualité de surveillant et de responsable, le père Savoie demeure à l'entrepôt avec les jeunes et les personnes âgées, assignant à chacun de menues besognes. Martine travaille au ménage et à l'entretien, et Jean-Baptiste, à la cuisine : tâches essentielles dans un refuge où s'entassent, chaque soir, à travers un fouillis de malles et de grabats, près de cent personnes. Rouler les grabats, vider les bassins, nettoyer le petit coin, faire fondre les bouts de chandelles pour en couler d'autres : Martine a de quoi s'occuper.

Quant à Jean-Baptiste, le père Savoie en a fait l'adjoint de Noiraud à la cuisine. Sous les ordres de La Piraude, il voit à rentrer le bois, apporter l'eau et la farine, récolter les cendres pour la lessive, distribuer la soupe, laver les écuelles.

Même si elle peine, à quatre pattes, sur le plancher de la *Town Hall*, Marie-Venance trouve tout à fait emballant ce qui lui arrive. Hier, elle avait eu l'impression de se trouver au fond d'un tunnel sans issue, et voilà qu'elle se retrouve avec des connaissances : de jeunes femmes qu'elle n'espérait plus revoir : Perrine Bourg, Sébastienne Picotte et cette toute belle Anne-Séraphie Sincennes qui n'était qu'une fillette au moment de la déportation. Et puis, il y a Boston : ses rues remplies de beau monde, ses hauts clochers, ses riches maisons, et *Faneuil Hall,* avec son clocheton et ses fenêtres cintrées comme à l'église.

Pierre et Blèche s'abandonnent a la même euphorie. Ils n'éprouvent aucune fatigue à rouler leurs tonneaux. Le va-et-vient sur les quais et sur les ponts des navires les comble d'enthousiasme. Ils ont l'impression de faire partie d'une immense machine. Crête-de-coq s'affaire d'un bateau à l'autre, tenant tout son monde en haleine. On entend chanter et siffler des matelots au-dessus du bruit des vagues qui fouettent les quais et les appontements, le tout scandé par les grincements des grandes ailes du moulin, dressé comme une vigie sur *Windmill Point.*

Maurice Coing explique la situation.

— L'équipe de la mélasse, dit-il, travaille surtout à la distillerie, et celle des poches de maïs, au moulin. La mélasse, c'est plus dur, mais ça donne droit à un petit coup de rhum de temps en temps.

L'homme parle comme s'il s'agissait d'un état de fait appelé à s'éterniser, ce qui irrite Pierre.

— Un petit coup de rhum, c'est ben beau, dit-il, mais j'ai pas déserté mon patelin pour venir travailler dans une distillerie. Je suis venu donner mon nom pour aller dans les mers du sud où le roi va nous donner des terres.

Jacques Poirier roule son tonneau d'un bras de fer. Il se mit à rire.

— Les mers du sud... Hm! Mon pauvre vieux! Encore une fois, on nous a fait marcher.

L'homme s'éponge le front du revers de sa manche de chemise.

— John Hanson? dit-il, on lui verra jamais la binette, à celui-là; remarque bien ce que je te dis. Les armateurs du port ont bien trop besoin de nos bras. Tu te rends compte? On charge et on décharge leurs bateaux, et tout ce que ça leur coûte? Un hangar plein de courants d'air pour nous loger, et des rations de carême pour nous nourrir.

— Toi, Poirier, tu vois tout en noir, protesta Maurice Coing.

— Je vois les choses en face, rétorqua Poirier. Le gouverneur a refusé de nous émettre des passeports. Nous voilà condamnés à trimer comme des forçats dans le port de Boston.

Maurice Coing proteste encore, même s'il sait bien que Poirier a raison. Le gouverneur Bernard et la Législature n'ont pas donné suite à la requête que leur avaient adressée soixante-six pères de famille, en décembre de l'année précédente.

— C'est vrai que c'est déprimant, reconnaît-il, mais faut pas désespérer. Le gouvernement, on sait ce que c'est. Ça *brette*, ça poireaute, et puis, au moment où on s'y attend le moins, crac... ça aboutit.

La mer est haute. Les lames moutonnent au large où une frégate étire ses vergues dans le ciel mat. Sur le midi, un brick vint mouiller à l'entrée de la rade.

— Tiens, murmura Poirier, après la mélasse, je vous gage qu'on va nous mettre au charbon.

— Pas le temps de se rouler les pouces, ronchonne un petit homme à la trogne de babouin.

Quel étrange personnage! Taciturne mais constamment à l'affût de ce que l'on raconte. On le voit tendre l'oreille, mais il ne place que très rarement son mot.

Un à un, les hommes défilent à la porte du cabanon où La Piraude sert de la soupe. Le babouin s'approche de Pierre.

— Comme ça, t'es un Lebasque?

— Eh bah, oui... Pierre Lebasque.

— Moi, Joffriau, Mathias... anciennement des Mines.

L'homme a l'œil blanc et le nez en flûte.

— Lebasque de Port-Royal, fait-il, le regard lointain.

Il se frotte le menton, puis avale deux ou trois cuillerées de soupe. Après un long silence, il fronce un sourcil inquisiteur.

— Des Lebasque, demande-t-il d'une voix sourde, est-ce qu'il y en avait ailleurs qu'à Port-Royal?

— Sais pas, dit Pierre. Tout ce que je sais, c'est que mon grand-père avait un frère : François. Il est allé s'établir à la Pointe-à-Lévis, en Canada.

Joffriau ne pose pas d'autres questions. Il vint déposer son écuelle sur une tablette du cabanon et partit en direction de la goélette. Pierre l'observa d'un air intrigué.

Un à un, les tonneaux roulent lourdement sur la planche puis sur le gravier. De plusieurs dégoulinent des matières visqueuses qui collent aux mains des dockers improvisés.

Le déchargement fut achevé en une journée, à la grande satisfaction de Crête-de coq qui, après avoir fait l'inspection de la cale, lança à la cantonade.

— *Well boys, tomorrow*, il y a du charbon à décharger.

— Qu'est-ce que je disais? dit Poirier.

Tout le monde se mit à rire et Crête-de-coq campa aussitôt une barbiche indignée. Un sourcil féroce se dressait au-dessus de l'œil jaune. Qu'est-ce qui se passe? Va-t-on se moquer du *foreman* maintenant? L'équipe rit de bon cœur, et l'homme prit le bon parti de se rallier à la bonne humeur de tous.

•

Barbiche au vent et un pied posé sur la lisse du plat-bord du doris, Crête-de-coq file, avec son équipe, en direction du brick-goélette. Il a l'air d'un général menant ses hommes à l'assaut. Le doris glisse sur la nappe pâle des eaux étales. Le soleil dort encore au fond de l'Atlantique. Au fur et à mesure que l'embarcation s'éloigne des quais, on peut voir Boston hérisser ses clochers et ses pignons dans le ciel ardoisé. Des petits bateaux vont et viennent. Le port s'éveille. La lueur du jour naissant permet de distinguer, écrit au-dessus de l'écubier, le nom du Brick.

— *Chesapeake*... c'est au sud, fit savoir l'omniscient Poirier.

La masse du brick grandit. La voilure gris cendré pend en arc sous les vergues, et les cordages griffonnent sur l'horizon de sombres paraphes. Entre les mâts de misaine et d'artimon, se dresse, de guingois, un mât de charge au bout duquel est frappée une poulie d'où pend un long filin.

Poirier a poussé Pierre du coude.

— Tu vois ce mât, dit-il, ça va être notre supplice toute la journée, à moi et au gros Laforge.

— Supplice? Comprend Pas.

— Écoute moi ben, tu vas comprendre. Le charbon est dans la cale, comme tu sais, et il va falloir le charger dans la grosse barge que tu vois, à côté du bateau. Il y a une équipe pour étendre le charbon dans la barge, et une équipe pour emplir le gros panier dans la cale. Tu me suis?

— Oui, oui, dit Pierre.

— Eh ben... moi et Laforge, notre rôle, c'est de *palanter*. Paraît qu'on est passé maîtres là-dedans, mais c'est éreintant en diable.

— Éreintant? Haler un filin?

— Hé, hé... c'est qu'il s'agit point de haler. Pour faire monter le maudit panier, faut se pendre au trapèze, se sacrer dans le vide et aller se ramasser sur le tas de charbon, au fond de la cale.

Pierre fut bientôt en mesure d'apprécier la justesse de la description. Crête-de-coq l'avait retenu, lui et Blèche, sur le pont pour attraper le panier au vol, au sortir de la cale, et le vider dans la barge.

Lent au départ, le rythme de la manœuvre a fini par s'accélérer. Le fonctionnement du palan a de quoi donner le vertige. Dès que Crête-de-coq lance son retentissant *«Hoist!»*, Poirier et Laforge sautent dans le vide, la poulie grince et le panier surgit de l'écoutille ballant au bout de ses élingues. Les deux hommes n'ont plus qu'à remonter sur le pont et à recommencer la manœuvre.

— Un vrai jeu d'enfant, dit Pierre.

Feignant l'indignation, Poirier rétorqua :

— Jeu d'enfant? Prends donc ma place, voir.

Pierre en brûlait d'envie. Comme un gamin dissipé, il se saisit de la poignée du trapèze. N'ayant rien vu, Crête-de-coq s'approche de l'écoutille et, sans crier gare, hoquette son *«Hoist!»* guttural. Pris au dépourvu, Pierre se voit entraîné dans le vide, et le choc produit par son propre poids lui fait lâcher prise. Il disparaît au fond du trou noir. Dans sa chute, il a heurté le panier qui retombe lourdement, laissant Laforge suspendu dans les airs.

— *What the hegg!* s'écrie Crête-de-coq, affolé.

Blèche et l'équipe de la cale avaient, à l'unisson, poussé un cri d'horreur. Le choc contre le lourd panier avait projeté Pierre sur une varangue. L'homme vit trente-six chandelles. Complètement sonné, il demeura un instant sans mouvement. Il entendit hurler le contre-maître, entrouvrit les yeux et aperçut le visage contrefait de Quentin Caudebec.

— Sacrebleu! Il s'est assommé.

— Non, non, proteste Pierre, se relevant avec peine. C'est rien...

Pataugeant un moment dans le charbon mouvant, il finit par recouvrer ses sens.

— ... rien, insiste-t-il. Rien qu'un tour de rein.

Il grimpa péniblement la descente. De retour sur le pont, il fit face à Crête-de-coq qui sacrait comme un démon. Le délinquant essuya l'algarade, la tête basse. Poirier se tapait les cuisses.

— Jeu d'enfant, hein?

Voyant que Pierre n'avait rien de cassé, la tragédie devint comédie. Tout le monde plaisantait, même Crête-de-coq. Pierre reprit piteusement sa place avec Blèche au bord du pavois. De vives douleurs lui tenaillaient le dos chaque fois qu'il devait attraper le panier au vol pour le faire basculer par-dessus bord.

•

Ce soir-là, il rentra courbatu à l'entrepôt. Poirier ne manqua pas de raconter, dans le détail, ce qui s'était passé.

— Il a culbuté comme un lièvre, déclama-t-il, les quatre fers en l'air. On l'a vu réapparaître sur le pont : pas une égratignure.

— Minute, protesta Pierre. Faut pas se fier aux apparences. J'ai le dos tout râpé.

Cette révélation intrigua La Piraude qui s'approcha.

— Le dos râpé? tu dis. Ça te fait ben mal?

— Ça me part pas de l'idée, avoua Pierre.

— Montre-moi ça.

Il releva sa chemise, et la grosse femme écarquilla de grands yeux.

— Oye, oye, oye... ! T'as le dos pas mal barbouillé, mon gars.

— Laissez faire le barbouillage... C'est une vieille histoire.

— J'savons ben ce qu'y te faudrait, fit La Piraude se frottant le menton. Des rouelles de génitoires de castor...

— Génitoires de castor?

— Un remède de sauvage... Tu gales et tu guéris, le temps de le dire.

La bonne femme hoche la tête.

— Comme de raison, les castors courent point les rues par icitte.

Courbatue et à pas menus, la mère Caloube s'est approchée. Elle tient précieusement un petit pot entre ses mains émaciées.

— J'avons c'qui faut, fait-elle avec un sourire fripé. De l'onguent de sent-bon. J'l'avons fait moi-même avec de l'huile de blé d'Inde.

Elle tend son petit pot à Marie-Venance.

— Tenez, ma petite dame. Frottez-lui le dos avec cet onguent là. C'est moins bon que les génitoires à La Piraude, mais ça va le soulager.

•

Fort heureusement, c'était le lendemain dimanche. Le dimanche, les détenus ont convenu d'un rituel qu'ils observent à la lettre. Le père Savoie sonne le réveil à «six heures dans dix» comme d'habitude. Aussitôt, des hommes sortent se faire une toilette à la pompe à côté de la grande porte, et les femmes prennent d'assaut les grands bassins d'eau froide alignés sur un établi le long du mur. Ce n'est visiblement pas une journée comme les autres. Droit et solennel dans son justaucorps de serge bourre, le père Savoie a l'air de monter la garde, comme une sentinelle, à côté de la porte du cabanon. Il tient un gros missel contre sa poitrine, et Noiraud, méconnaissable avec sa chemise blanche à large col, sa culotte bleue et ses bas de fil, se tient bien droit à côté, avec, à la main, un cierge allumé.

Par petits groupes, hommes, femmes et enfants ont fait cercle autour du vieillard et de son acolyte. Tout le monde est plus ou moins endimanché. La mère Caloube a mis sa mantille noire. Pétronne Amiraux et la belle Anne-Séraphie ont l'air de petites nonnes avec leur bavolet blanc. Perrine, Victoire, Barbe et les autres se tiennent toutes droites et toutes propres au premier rang, un chapelet enlacé aux doigts. Même La Piraude révèle une féminité insoupçonnée dans sa jupe de ferrandine. Moins ragoûtants, les hommes cachent, derrière les femmes, leurs nippes de «semaine».

Pierre et Blèche se sont sentis passablement inconvenants dans leurs hardes. Quant à Marie-Venance, elle a réussi à faire face à la situation en tirant, du fond de la malle, une *gorgette* de toile et une gentille petite coiffe de taffetas.

Tout le monde étant réuni, le père Savoie fait un grand signe de croix.

— C'est aujourd'hui le premier dimanche de l'Avent, annonce-t-il d'une voix grave.

De ses gros doigts, il ouvre le missel et se met à lire l'introït. Noiraud tient bien haut le cierge, afin de lui permettre de mieux distinguer les lettres et les mots du texte. Le vieux prononce avec une infinie application chaque syllabe. Il hésite sur un grand mot, trébuche sur un autre. Ses épais sourcils remuent autant que sa moustache.

— ... *viens pour notre attente, ne tarde plus. Pour notre délivrance, viens Seigneur...*

Ces paroles ont une résonnance toute particulière aux oreilles d'une assemblée qui ressemble plus à celle des catacombes qu'à celle d'une cathédrale.

— ... *réveille, Seigneur, ta puissance, et viens...*

Tendant le cou vers le patriarche, et dans un complet silence, l'assistance boit, avec ferveur, ces paroles du psaume, leur prêtant un sens beaucoup plus concret que symbolique. Des femmes joignent leurs mains avec ferveur. Sous sa mantille, la mère Caloube éponge une larme.

— ... *pour que nous obtenions, par ton soutien, la délivrance, et par ton rachat, le salut...*

Malgré la voix rauque, et les écorchures à la diction, le texte résonne comme un chant de délivrance. L'une après l'autre, les syllabes s'enchaînent *recto tono*. Le père Savoie lit en entier, et d'une voix plus assurée, le texte plus connu du propre de la messe.

Après la petite cérémonie, Noiraud et Jean-Baptiste procédèrent à la distribution de petits pains encore tièdes que les détenus savouraient tout en échangeant de menus propos.

Une longue journée à regarder s'écouler le temps et à errer aux abords de l'entrepôt et du moulin à vent. Étouffé au départ, le murmure des conversations s'amplifie peu à peu. Des groupes se forment. Des bambins folâtrent autour des jupes de leur mère, tandis qu'au fond de la sombre pièce, mémé Caloube et le vieil Émery Blanchard se chauffent autour d'un bidon où finit de brûler une bûche de bois.

●

Dès que Pierre eut achevé de manger son petit pain, il se dirigea vers la sortie, mais aussitôt, Joffriau s'approcha et lui saisit le bras.

— Euh... faut que je vous parle, dit-il, à toi et à ta femme.

L'homme a l'air tout drôle.

— Parler? À Marie-Venance et à moi?

— Oui, dans le particulier.

Joffriau s'agite, tout gauche. Il fait signe à Noiraud et à Victoire, sa femme, d'approcher. Pierre se laisse entraîner à l'endroit où se trouvent Marie-Venance et Jean-Baptiste. La mise en scène ajoute au mystère, d'autant plus que le pauvre Joffriau, terriblement embarrassé, piétine sur place, ne sachant vraiment pas comment amorcer l'entretien qu'il vient de solliciter.

— Venez là, dans notre coin, dit Marie-Venance. Il y a moins de monde et moins de bruit.

Elle étend à terre sa grande catalogne.

— Tenez, assoyez-vous.

Le petit groupe fait cercle à l'indienne. Joffriau fait vraiment pitié à voir. Victoire n'en mène guère plus large. Toute petite, les cheveux poivre roulés en chignon sur la nuque et l'œil ardent, elle s'est accroupie timidement à côté de Noiraud. Le silence devient pénible. Joffriau n'arrive pas à casser la glace. Ses petits yeux lancent des éclairs.

— C'est rapport, dit-il, à... à...

Les mots ne viennent décidément pas. Il penche la tête et se met à se tripoter les doigts.

— ... rapport à quelque chose que j'ai là... sur la conscience... depuis... depuis votre arrivée.

— Parle, parle, mon vieux, fait Pierre d'une voix qui se veut rassurante.

Joffriau relève la tête : une tête de naufragé qui veut lancer un cri de détresse, mais qui ne peut pas. Le trouble de cet homme commence à inquiéter vivement Pierre et Marie-Venance.

— C'est rapport aux Lebasque, dit Pierre. Mon frère peut-être. Tu as de mauvaises nouvelles? Parle.

— Sais pas comment dire, murmura Joffriau.

Le pauvre homme fait des efforts pour maîtriser ses nerfs. Il se mord les lèvres, puis, du regard appelle sa femme à la rescousse. Victoire se montre, à son tour, fort embarrassée. Elle ne trouve pas, elle non plus, les mots qu'il faudrait. Elle joint résolument les mains aux bout de ses genoux puis, risquant le tout pour le tout, elle lance, à brûle-pourpoint :

— Avez-vous connu Rébecca Giroir?

Marie-Venance sursauta.

— Quoi? Rébecca? Mais c'est ma sœur. Vous avez de ses nouvelles? Vite, parlez.

Victoire et Joffriau auraient été frappés par la foudre qu'ils n'auraient été plus sidérés. Ils paraissaient l'un et l'autre, changés en statues de sel. Marie-Venance comprit tout de suite qu'il fallait s'attendre au pire. Elle pencha la tête pour cacher son trouble. Une fois de plus, l'épreuve la frappait sans crier gare.

— J'ai compris, soupira-t-elle. Elle est morte.

Le silence qui suivit parut intolérable. Victoire fit une affreuse grimace.

— Votre sœur? C'était votre sœur?

Elle se couvrit le visage de ses mains et éclata en sanglots. Joffriau enchaîna d'une voix navrée :

— Morte à Plymouth, en février 56... Les poumons.

— Ha... ! fit Marie-Venance, fondant à son tour en larmes. Pauvre Rébecca... Je m'en doutais un peu... mais, quand même, j'espérais que...

Pierre lui mit tendrement la main sur l'épaule, ne sachant que dire pour la consoler. Joffriau tenta bien, lui aussi, de réconforter Victoire, mais ce fut peine perdue. La pauvre femme sanglotait comme une enfant, la tête ensevelie dans son châle.

Le spectacle de cette femme terrassée par le chagrin a pour effet de distraire brusquement Marie-Venance de la douleur que lui a causée la révélation de la mort de sa sœur. De ses poings, elle s'essuie stoïquement les yeux, puis se penche affectueusement vers Victoire.

— C'est à mon tour, dit-elle, de sympathiser, madame. Je ne savais pas que vous étiez si près de ma sœur.

Victoire n'était plus qu'une pitoyable chose sous son châle noir. Le fait d'apprendre que cette lointaine Rébecca Giroir était une parente aussi proche de cette famille Lebasque lui causait un choc encore plus violent que celui que venait d'éprouver Marie-Venance en apprenant la mort de sa sœur. Victoire était repliée sur elle-même, comme une bête mortellement blessée. Les spasmes causés par ses soupirs faisaient vibrer tout son corps.

— Sachez, madame, poursuivit Marie-Venance d'une voix dolente, que vos larmes me touchent, mais il ne faut pas se laisser abattre. Rébecca est partie. Le bon Dieu est venu la chercher. Faut pas pleurer. Allons, séchez vos larmes et parlez-moi d'elle.

Ces propos attendrissants n'eurent aucun effet sur Victoire. Joffriau se mit à hocher désespérément la tête. Il se pencha vers Marie-Venance.

— Pardonnez-moi, dit-il d'une voix éteinte. Je ne savais pas que c'était votre sœur... Je sympathise.

— Moi aussi, fait Victoire en écho. Vous avez perdu une sœur... mais il vous reste une famille.

— Merci, merci bien, dit Marie-Venance, s'essuyant les yeux. Parlez-moi d'elle. Où l'avez-vous vue? Comment l'avez-vous connue?

Joffriau pencha la tête et se mit à pleurer en silence.

— Pauvre madame, dit-il, s'efforçant de maîtriser ses nerfs, je peux pas vous parler de votre sœur. Je l'ai pas connue; Victoire non plus... Je l'ai vue rien qu'une fois... sur son lit de mort.

Stupéfaits, Pierre et Marie-Venance n'y comprennent vraiment plus rien. Que signifient ces larmes? puisque Rébecca n'était rien pour ces gens.

— Vous pouvez pas comprendre, balbutia Joffriau. Moi et puis Victoire, on pouvait pas s'attendre à une preuve aussi forte.

— Une preuve? Quelle preuve?

L'homme pleure comme un enfant. Noiraud s'affole. Il n'a jamais vu pleurer son père. Il se glisse tout près.

— Papa, tu pleures?

Les larmes tirent de petits sillons livides sur le visage osseux.

— Pourquoi tu pleures? Pourquoi pleurez-vous, comme ça, tous les deux?

Joffriau lève sur Noiraud un long regard mouillé.

— Ah! mon gars, fit-il, mettant paternellement la main sur la tête de l'adolescent, si tu savais
comme c'est difficile ce que j'ai à te dire...

— À me dire? À moi, papa?

L'homme fit un signe affirmatif de la tête. Il
avalait sans cesse sa salive.

— Écoute... faut bien, maintenant, que tu
saches... Ton père et ta mère, c'est ni moi, ni Victoire...

Il se fit un silence impressionnant.

— ... ton père et ta mère, c'est eux autres...

La révélation est trop énorme pour que Pierre
et Marie-Venance en saisissent immédiatement le
sens. Joffriau se tourne de leur côté et enchaîne
d'une voix tragique :

— Comprenez-vous, dit-il d'une voix de naufragé, Noiraud c'est Étienne... c'est votre fils.

L'adolescent eut du mal à se remettre du choc
que lui causa cette révélation. Il s'approcha, appré-
hensif, de Joffriau.

— Papa, dit-il, qu'est-ce que tu dis?

L'homme passa sa main calleuse sur les cheveux crépus de l'adolescent.

— La vérité, mon gars. La vérité. Mais, pour
moi, s'empressa-t-il d'ajouter, tu resteras un fils.

— Ah! papa!

— Mais ton papa, ton vrai papa, c'est Pierre
Lebasque, et ta maman, c'est Marie-Venance Giroir,
la sœur de Rébecca.

C'est trop d'émotions à la fois. Marie-Venance
a l'impression de flotter en plein rêve. Elle voit

bien cette femme inconsolable; elle entend les paroles qui sortent de la bouche de cet homme au regard inondé de larmes, mais elle n'arrive pas à en croire ses oreilles. Il lui paraît impossible que ce grand adolescent qui pleure dans les bras de son père adoptif et qui est atterré par ce qu'il vient d'apprendre, puisse être son fils à elle.

Durant toutes ces années, Marie-Venance avait religieusement conservé, dans sa mémoire, l'image d'un tout petit bonhomme d'à peine quatre ans; un tout petit bonhomme qu'elle avait surnommé Pouce. Oui, c'est Pouce qui était son fils; Pouce qui avait hardiment tenté de repousser les avances de Jonathan; Pouce qui s'était échappé pour courir après son mouton et qui n'avait survécu que dans son souvenir.

Stupéfaite, Marie-Venance regarde Noiraud devenu Tienniche, mais elle ne le voit pas. Elle ne reconnaît pas Pouce dans cet adolescent au visage pointu et au teint verdâtre. Ce Tienniche a soudain, à ses yeux, un aspect monstrueux. C'est un étranger. Ah! si c'était encore Pouce, comme elle lui tendrait les bras! Comme elle le serrerait sur son cœur! Mais devant cet adolescent de quinze ans, une étrange pudeur la paralyse. Elle ne sait que dire. C'est comme si Pouce venait de mourir.

C'est Jean-Baptiste qui dissipa le malaise.

— Eh ben, quoi? Noiraud, dit-il, ça te fait tant de peine d'être mon frère?

Tienniche écarquille de grands yeux. De toute évidence, il n'acceptait guère cette subite révélation.

Une grosse larme s'échappe du coin de son œil, puis, il est soudain secoué par un irrésistible fou rire qui devint bientôt communicatif. Tout le monde en profite pour se détendre un peu après ces moments d'extrême émotion. Même Victoire parvient à maîtriser ses nerfs. Elle s'éponge les yeux, du coin de son châle, et s'efforce de faire bon visage.

Réalisant à la fin que ce n'était pas un rêve, et que Joffriau avait bel et bien prononcé les paroles qu'elle venait d'entendre, Marie-Venance exulte.

— Ah! Tienniche, dit-elle, c'est le plus beau jour de ma vie. Je n'aurais jamais cru...

Elle penche la tête et se mord les lèvres. L'adolescent sourit gauchement, ne sachant que dire. Il est, lui aussi, comme paralysé. Une étrange pudeur le cloue sur place. La révélation a été tellement subite. Il lui faudra sans doute un peu de temps pour se faire à l'idée que sa mère n'est plus la bonne Victoire, mais cette belle Marie-Venance. Son regard va de l'une à l'autre. Victoire s'efforce tant qu'elle peut de recouvrer son aplomb.

— Allons, mon garçon, dit-elle, sois gentil : embrasse ta mère.

Tienniche hésite un moment, puis se glisse doucement à côté de Marie-Venance. Il lui paraissait inconvenant de faire ce que lui commandait celle qu'il avait toujours considérée comme sa mère. À la fin, c'est Marie-Venance qui lui sauta au cou.

— Ah! Tienniche, je n'arrive pas à le croire.

Elle cacha son visage dans le creux de l'épaule de son fils retrouvé et fit des efforts inouïs pour ne pas pleurer. Victoire en fit autant de son côté.

— La vie nous joue de bien vilains tours, dit Joffriau. Comme on n'avait pas d'enfant, Tienniche était notre consolation... Et puis voilà que, tout à coup...

Pierre se fit réconfortant.

— T'es devenu, pour moi, un autre homme, dit-il.

Joffriau ne put achever sa phrase. Il a la gorge serrée.

— Je comprends... dit Pierre. Je comprends. Pour nous autres, c'est le bonheur de retrouver un enfant, tandis que pour vous autres...

Il ne put achever sa phrase lui non plus. Il avala péniblement, puis, enchaîna :

— Notre Tienniche a maintenant deux familles; la tienne et la mienne. Je te jure que si Dieu le veut, les deux familles resteront à jamais unies.

Joffriau a un sourire de reconnaissance.

— À jamais unies, fait Marie-Venance en écho.

C'est avec ferveur que Victoire accueille les propos de Pierre, propos ardemment corroborés par Marie-Venance.

— Nos deux familles ont maintenant quelque chose en commun. Nous sommes parents, quoi.

La sérénité revient au fur et à mesure que chacun s'habitue à la réalité nouvelle. Marie-Venance a retrouvé son fils, mais a perdu sa sœur.

— Dites, parlez-moi d'elle. Que s'est-il passé?

Joffriau se frotte le menton.

— C'est un fermier de Plymouth qui m'avait engagé, commence-t-il. Un soir, un voisin est venu me chercher. «Une de vos compatriotes se meurt», qu'il me dit. J'accours, et qu'est-ce que je vois? Une pauvre femme, toute fiévreuse, sur un grabat. Je me penche, et elle me dit à l'oreille : «Ah! monsieur, je vous en supplie, prenez soin du petit Tienniche... c'est le fils de Pierre Lebasque et... » Elle était trop faible pour achever. Sa tête roula sur l'oreiller de paille. Elle était morte. J'ai emmené Tienniche, et c'est par la suite que j'ai appris que la dame s'appelait Rébecca Giroir.

— Pauvre Rébecca, soupire Marie-Venance.

Craignant de voir sa mère s'abandonner de nouveau à la tristesse, Martine se lève :

— C'est pas le moment d'être triste, dit-elle. Nous voilà tous réunis. C'est un grand jour.

Tout enjouée, elle s'approche de Tienniche.

— Lève-toi, dit-elle, et embrasse ta grande sœur.

Tout rougissant, l'adolescent lui bécote les deux joues.

Le bruit de l'heureux événement ne fut pas long à se répandre dans l'entrepôt. La Piraude prépara un grand ragoût de légumes et de morue, et le repas de ce midi-là en fut un de joyeuses retrouvailles.

●

Les jours se succèdent, mornes et sans surprise. Un dimanche, un incident étrange vint rompre la monotonie. Deux militaires en armes ouvrirent, avec fracas, la porte de l'entrepôt et, de la crosse de leur fusil, envoyèrent trois hommes rouler sur le plancher.

— *Next time*, dit un militaire, ce sera la prison.

Et il referma rageusement la porte. Grimaçants et moulus, Pierre, Blèche et Poirier se relevèrent.

— *Next time*, hurla Poirier, brandissant le poing en direction de la porte, c'est vous autres, bande de farauds, qui allez vous faire cogner dessus.

Affolée, La Piraude est sortie précipitamment du cabanon.

— Bonne sainte Bénite! Qu'est-ce qui vous arrive?

De toute évidence, les trois hommes ont passé un mauvais quart d'heure. Ils ne sont pas beaux à voir. Blèche saigne du nez; Pierre a un œil enflé. Quant à Poirier, il est méconnaissable. On ne lui voit que le blanc des yeux; une boue glaiseuse lui recouvre tout le visage.

Le sourcil menaçant, le père Savoie s'est levé de son fauteuil. Il imagine sans peine ce qui a pu se passer.

— Je vois ce que c'est, gourmande-t-il, on déserte; on se moque des règlements...

Poirier gargarise d'inaudibles malédictions, tout en se décrottant les yeux, le nez et les oreilles.

— Règlements, règlements... fait-il, exaspéré. C'est pas la première fois que je pars faire un petit tour, le dimanche. J'ai piqué une pointe jusqu'à la taverne de la rue Mackerel, la semaine passée, et il m'est rien arrivé.

Le père Savoie s'est approché et a plissé les yeux pour examiner le visage de Poirier.

— Eh bah... c'te fois icitte, apparence qui vous est arrivé quelque chose. Même que vous vous êtes battus, à ce que je vois.

Accroupi sur une bûche, Blèche tente d'arrêter le saignement de nez.

— Qu'est-ce que vous allez imaginer? dit-il. Nous autres? Nous battre avec des habits rouges?

— Des habits rouges? Miséricorde! dit La Piraude, essuyant ses grosses mains sur son tablier.

— Y en avait partout, de renchérir Pierre. Ils étaient juchés sur des chevaux rétifs qui levaient les pattes et qui montraient les dents. Ils cherchaient à se frayer un chemin au milieu d'une bande d'énervés qui hurlaient et qui brandissaient des bâtons, des gaules et des banderoles.

Tous les occupants de l'entrepôt s'étaient approchés, les yeux effarés et la bouche entrouverte, pour écouter ce que les trois éclopés avaient à raconter.

— Épeurant à voir, dit Poirier qui avait encore de la boue dans les sourcils. Une jeunesse déchaînée qui bravait les mousquets des habits rouges et des gendarmes. Ils avaient ligoté les poignets d'un pauvre type... un maigrichon qui n'en menait pas large, je vous en passe un papier.

— Ligoté les poignets? fit Maurice Coing qui avait pris place aux premières loges.

— Ouais, poursuit Poirier, et ils le traînaient comme un veau qu'on mène à l'abattoir.

— Qu'est-ce qu'il avait fait?

— C'était le percepteur d'impôts, précisa Blèche.

Maurice Coing et les autres n'y comprennent pas grand-chose.

— M'est avis que vous en inventez.

— Inventer? Fallait voir ça, dit Pierre. Le maigrichon, les jeunes l'ont barbouillé de mélasse, puis, ils l'ont roulé dans de la plume de poule.

Blèche s'était levé et était allé chercher un vieux journal qu'il avait rangé dans son coin, sous l'échelle.

— Ces jeunes, on les appelle les Fils de la liberté, dit-il, brandissant le journal. On parle rien que d'eux autres, là-dedans.

— Tu sais lire, toi? Et en anglais, par-dessus le marché?

La Piraude n'en revient pas, et les auditeurs commencent à se montrer moins sceptiques. Si c'est écrit dans les «gazettes», c'est pas des blagues.

— Croyez-le ou non, dit Blèche, les gens de Boston sont furieux... et savez-vous contre qui? Contre l'Angleterre.

Nouveaux indices de scepticisme dans l'auditoire.

— Contre l'Angleterre? Allons donc. Des Anglais qui sont contre l'Angleterre!

L'œil coquin, Blèche défie la naïveté de ses auditeurs.

— C'est que, dit-il, les Anglais de Boston et les Anglais de l'Angleterre, c'est pas pareil. Ceux d'ici en ont soupé de l'Angleterre.

Décidément, l'auditoire ne marche plus. Des Français contre des Anglais, ça se comprend. Mais des Anglais contre des Anglais...

— Et tout ça est écrit dans tes journaux? hasarda le gros Gaspard Laforge.

— Et c'était écrit sur les banderoles qui volaient au vent, au-dessus des manifestants, de renchérir Blèche. J'ai pu lire : *«It was England's war»* ; *«Let England pay»; «Benjamin Franklin, traitor».* Ça veut dire que l'Angleterre a imposé une taxe aux Anglais d'ici pour aider à payer sa guerre avec la France, et les Anglais d'ici sont furieux. Les Fils de la liberté disent que c'est la guerre des Anglais, et que c'est à eux de payer.

La Piraude n'a pas quitté Blèche des yeux. Elle a joint ses grosses mains sous son double menton.

— Que c'est beau l'instruction! murmura-t-elle.

Le père Savoie caresse sa barbe de druide.

— Mais tout ça ne nous dit pas ce qui vous est arrivé, à tous les trois.

— Euh... quand on a vu arriver le défilé, dit Pierre, on s'est mis à courir, les talons aux fesses, vous comprenez bien. Mais, à un carrefour, plus moyen de passer, à cause de la foule.

— C'est à l'angle de la rue Essex, précisa Poirier, là où il y a le gros orme rabougri. Comme qui dirait : une relique de l'ancien temps. Et ça se bousculait; ça criait; ça hurlait...

Blèche n'en finissait plus de s'éponger le nez. Il précisa :

— Ça brandissait le poing en disant : *«Revoke, revoke your bloody Stamp Act»*. Le *Stamp Act*, c'est la loi en question.

— Dans la mêlée, dit Pierre, j'ai attrapé un coup de crosse dans l'œil, et Blèche, un coup de trique sur le nez.

— Et moi, dit Poirier, un coup de croupe de cheval qui m'a fait plonger la tête la première dans un trou de vase. Je me suis relevé, mais on s'est retrouvé, tous les trois, devant deux gendarmes moustachus qui n'entendaient pas à rire.

Blèche expliqua :

— Nous sommes des étrangers, que je leur ai dit.

— *Strangers, heh? Agitators?*

— *French*, que j'ai ajouté.

— *French?* qu'ils ont dit. *Terrorists from Canada?*

— J'aurais dû y penser, dit Blèche. Je venais d'aggraver notre cas, à tous les trois. Pour les moustachus, *French* égalait : ennemi de l'Angleterre; et ennemi de l'Angleterre égalait : complicité avec les Fils de la liberté. Un des militaires fit le rapprochement.

— *Ho! I see*, dit-il, vous appartenez à la bande de hors-la-loi détenus au *Windmill Point*.

— J'en ai eu le souffle coupé. Je venais de réaliser qu'aux yeux des gens d'ici, nous n'étions tous qu'une bande de hors-la-loi.

— Ça te surprend? dit le père Savoie, après un long silence. Des hors-la-loi, je me souviens guère d'avoir été autre chose, durant toute ma vie.

•

Foule grouillante dans le port : des bourgeois qu'on prendrait pour John Bull en personne; des matrones à lorgnons penchées sur les étalages; des marins en goguette qui sifflent de jolies grisettes; des fermiers menant leur cheval à la bride; des dockers roulant des tonneaux pansus...

Au carrefour, un forain vend des marrons grillés. La tête bandée d'un foulard sale, de robustes gaillards dégringolent les planches des goélettes à quai avec, sur l'épaule, de gros paniers de morue.

— *G'mornin', ladies. Here's your daily cod.*

Et ils déversent, dans les éviers, le gluant contenu de leurs paniers : d'énormes poissons aux yeux ronds et au ventre livide. Marie-Venance et ses compagnes n'ont guère le temps de se rouler les pouces. Armées de couteaux pointus, elles dépècent... dépècent... dépècent...

Parfois, les dépeceuses voient défiler leurs hommes derrière Crête-de-coq qui a toujours la barbiche à l'équerre. Elles savent, alors, qu'une cargaison de coton, de bois ou de sucre vient d'accoster au grand quai Hancock.

Pierre a eu une promotion! Fini, pour lui, le va-et-vient d'un quai à l'autre. Le *foreman* l'a choisi, lui et Joffriau, comme homme de main au moulin.

— Le blé d'Inde... la farine..., je me sens plus près de la nature, assure-t-il.

Le grand *Windmill* se dresse, haut et fier, à l'extrémité de la rade. Avec son toit en forme de calotte, son ventre blanchi à la chaux, ses fenêtres noires et ses hautes ailes de toile grise, il ressemble à un grand Pierrot qui tend les bras aux vents de l'ouest.

Lourde et tranquille, la meule écrase les grains jaunes. La mouture tombe, molle et fraîche, dans le crible, puis dans les poches qui bâillent sous le sas. Joffriau a l'œil au sabot et à la trémie. Il est passé maître dans l'art de tortiller de solides oreilles aux poches de farine.

Le soleil tape dur en ce mois d'août. Pierre grimpe et redescend sans cesse l'escabeau. La poussière lui colle au visage et l'eau lui coule au bout du nez. Au niveau de la petite fenêtre tapissée de toiles d'araignée, il fait parfois halte pour prendre une bouffée d'air. Au large, des navires à l'ancre découpent leur mâture dans le ciel aveuglant. Comment ne pas rêver de départ et d'évasion? Mais la meule ne fait pas halte, elle; elle roule, roule... Il faut descendre et regrimper l'escabeau avec un autre sac de maïs.

Les soirs d'été apportent aux reclus de l'entrepôt quelques moments de détente. La Piraude prend le frais à côté de la porte; Poirier et Maurice Coing vont se balader le long des quais; Blèche fait timidement la cour à la belle Anne-Séraphie. Quant à Pierre et Marie-Venance, ils ont leur petit coin préféré : le ponton au pied du moulin. Là, ils échappent à une promiscuité devenue tyrannique, et ils ont l'impression de flotter entre mer et ciel.

●

Un soir, la marée achevait de refouler ses guirlandes de goémon aux franges des galets. De ses feux obliques, le soleil dorait la coque des barques échouées sur des bancs de vase. Au large, un petit voilier, toutes voiles rentrées, dormait sur la ligne d'horizon.

Marie-Venance s'est blottie contre Pierre, savourant un rare moment d'intimité. Elle sent la chaleur de son corps et de son gros bras replié sur sa hanche.

— Ne regrettons rien, dit-elle, dans un souffle. Si nous étions restés à Pembroke, nous n'aurions pas retrouvé Tienniche.

Pierre la regarde avec des yeux émerveillés.

— Ah! comme c'est vrai, dit-il, et il plaqua un gros baiser sur l'épaisse natte de cheveux noirs qui débordait du petit bavolet blanc.

Une mouette vint se percher sur une des ailes du moulin. Marie-Venance la regarda un moment, puis se mit à réfléchir tout haut.

— Au fond, dit-elle, nous avons eu de la chance, toi et moi. Non seulement nous sommes ensemble, mais nous avons retrouvé l'enfant que nous croyions perdu... Pense à ce pauvre Poirier qui craint de ne pouvoir jamais retrouver sa femme.

Marie-Venance sent, sur sa hanche, se resserrer le bras de Pierre. Ému, l'homme se penche pour lui chuchoter à l'oreille :

— Si je te perdais, toi, je crois que je deviendrais fou.

Rien ne bouge. Des éclats de voix lointains parviennent à peine à troubler le silence qui enveloppe la Pointe du Moulin. Se sentant à l'abri des regards indiscrets, Pierre enroule ses bras autour du corps frêle de sa femme et cueille sur ses lèvres un baiser passionné et glouton. L'odeur de cette chair si blanche et si douce le trouble. Ah! comme il a envie de l'étreindre et la posséder toute. Mais Marie-Venance l'écarte. La clarté transparente de cette chaude soirée rend bien trop vulnérables des ébats amoureux. Elle se sent à la merci du premier vagabond venu. Elle se dégage et Pierre retire son bras.

La mouette a quitté son perchoir pour s'en aller planer, en rase-mottes, au-dessus de la surface miroitante de la grève. Au loin, nu-pieds et panier au bras, Tienniche et Jean-Baptiste pataugent dans la vase, à la recherche d'huîtres et de palourdes pour les soupes de La Piraude. Triste et frustré, Pierre fixe intensément le petit voilier qui dort au large. Il mijote, dans sa tête, une idée dont il n'a pas encore osé parler.

— Un jour, dit-il, je partirai...

Un sourire de tranquille assurance effleure sa joue d'airain ce qui pique drôlement la curiosité de Marie-Venance.

— Oui, nous partirons... répète-t-il, et à pied s'il le faut.

— Nous partirons tous, Pierre. Tous.

Les deux époux sursautent. C'est le père Savoie qui vient de surgir derrière le moulin. À contre-soleil, sa chevelure blanche lui fait une auréole d'argent. Il s'approche en égrenant un petit rire paternel et vient s'asseoir sur un des pieux du ponton. Marie-Venance l'observe. La confirmation qu'il semble apporter aux propos sibyllins de Pierre l'intrigue fort.

— Nous partirons tous? fait-elle d'une voix blanche. Pour Saint-Domingue? Quand? Vous avez appris quelque chose?

Le père Savoie fait signe que non, tout en continuant d'égrener son petit rire. La lueur que ses paroles a fait poindre sur le visage de la femme se dissipe brusquement. Sans hâte, le vieux tire de sa poche sa blague à tabac et se met à bourrer consciencieusement sa pipe. Les mouettes vont et viennent dans le ciel en poussant leurs cris étranglés.

— Les temps vont changer, dit le patriarche, absorbé par le rituel qui entoure toujours, chez lui, la préparation d'une bonne pipée de tabac de matelot.

Muets, Pierre et Marie-Venance sont à l'affût. Ils se demandent ce qu'a bien voulu dire le vieux sage. Mais ce dernier n'est pas pressé. Il bourre tranquillement sa pipe, puis, se met en frais de l'allumer. Instant solennel! Il plisse les yeux et savoure avec volupté les premières bouffées. N'y tenant plus, Marie-Venance tente de presser un peu les choses.

— Qu'est-ce qui vous fait dire que les temps vont changer? demande-t-elle.

— Les jeunes, rétorque aussitôt le père Savoie. Quand les jeunes commencent à se mêler de politique...

Pierre et Marie-Venance échangent des regards intrigués, ne sachant vraiment en quoi les jeunes pouvaient contribuer à modifier leur sort à eux.

— Les jeunes, vous dites?

Le vieux aspire trois ou quatre bouffées, puis, accroche son brûle-gueule au coin de sa moustache en parenthèses.

— Vous savez ce qu'ils ont fait hier? dit-il. Un charivari du diable. Ils ont marché, en rangs serrés, à partir de leur fameux orme de la liberté, jusqu'à la rue King, avec un gros bonhomme de paille qu'ils sont allés faire brûler sur la butte de Fort Hill.

Pierre n'avait pas de mal à imaginer une scène à laquelle il avait déjà participé bien malgré lui.

D'une voix rauque et monotone, le père Savoie poursuit sa description de la manifestation, ne négligeant aucun détail : des tomates et des œufs pourris lancés sur la *State House;* une pierre qui a fracassée un carreau et qui est tombée sur la table du Conseil; le gouverneur Bernard qui tremblait comme une feuille derrière les rideaux.

— Les gardes en avaient plein leurs bottes, poursuit-il. «Surtout pas de martyrs», avait dit le commandant. Mais, ce qui devait arriver arriva. Un membre de l'*Artillery* reçut une pierre en plein visage. Son tricorne roula sous la foule et il s'effondra. Aussitôt, on entendit des coups de fusil. Un nuage de fumée bleue s'éleva au-dessus des manifestants, et on entendit des cris de mort. Une balle perdue avait écorché le bras d'un jeune énervé. Le commandant s'arrachait les cheveux. «Les bâtards, qu'il a dit, leur martyr, ils le voulaient? Ils l'ont.»

Ayant achevé son récit, le père Savoie constate que sa pipe est éteinte.

— Comme vous voyez, dit-il, les jeunes n'ont pas froid aux yeux de nos jours. Les habits rouges, la Législature, les lois, l'Angleterre même... ils s'en sacrent.

Pierre et Marie-Venance ne comprennent toujours pas où le vieux veut en venir.

— Je vois pas en quoi les fureurs et les excitations des jeunes peuvent nous êtres utiles, dit Pierre.

— Bah... dit le père Savoie, c'est ben certain que le gouvernement a trop de chats à fouetter pour s'occuper de nous autres. Mais, avec toutes ces manifestations, ses jours sont comptés, et ça va changer.

Le vieux arc-boute les deux mains sur ses genoux et se lève.

— Faut surtout pas désespérer. Tout finit par avoir une fin. Les idées changent. Les jeunes poussent les vieux... ils font du tapage. C'est un signe. Avec le temps...

Pierre se montre bien sceptique.

— Et puis, qui sait? achève le patriarche. Un jour, le Grand Patron, là, en haut, va peut-être s'en mêler.

Les deux pouces accrochés aux bretelles, et la tête basse, le vieux s'éloigna à petits pas. Songeurs, Marie-Venance et Pierre le virent disparaître derrière le gros moulin.

— Bien sûr... murmura la femme, le Grand Patron va s'en mêler; Il va pas nous laisser moisir, le reste de nos jours, dans un hangar humide et qui pue la sueur.

Pierre veut bien, lui aussi, faire confiance au Grand Patron, mais la situation ne lui inspire guère confiance. Les jours, les semaines, les mois passent : rien; aucun signe; aucun espoir. Toujours la même routine qui fait paraître improbable ce départ tant attendu vers les terres du roi, dans les mers du sud. Qu'est-ce qu'on attend? Où est donc passé le fameux Hanson qui doit venir les chercher tous?

Qu'est-ce qu'on attend? Les journaux n'en parlent guère, mais la Législature s'interroge. Les conseillers s'empêtrent dans les règles démocratiques qu'en bons puritains ils observent à la lettre et qui paralysent leur action. Rapatrier les *French Neutrals?* Plusieurs le souhaitent, mais il y a le risque de voir tous ceux qui profitent de leurs services se venger en rejoignant les rangs des Fils de la liberté. Les retenir? Plusieurs le recommandent, mais il y a le risque de voir ces apatrides se venger en se joignant aux ennemis de l'Angleterre.

Arguties qui font rire sous cape un esprit fort qui commence à en mener large à Boston et qui s'appelle Samuel Adams.

●

Même si c'est l'été, le soleil n'est pas toujours de la partie. À tout bout de champ, et sans crier gare, un nuage sombre surgit de l'océan et vient secouer ses rideaux de pluie dans le port et sur la ville. Aux déchaînements des éléments, succèdent des vents à écorner les bœufs, ou un soleil de plomb.

Un après-midi de chaleur torride, La Piraude sort de son cabanon, en quête d'un petit coin au frais. Une caisse vide, à l'ombre du grand moulin : c'est le mieux qu'elle peut trouver. Torses nus et luisants comme des scarabées, des nègres se hâtent on ne peut plus lentement aux abords d'une goélette. La mer étale renvoie la lumière éblouissante d'un grand ciel émeraude. L'absence des badauds sur les quais, le va-et-vient au ralenti des dockers, le train paresseux des chalands, tout invite à la somnolence.

La Piraude n'est pas longue à sombrer dans le rêve mille fois caressé : le rêve commun à tous les habitants de l'entrepôt, le rêve qu'un jour ce sera le grand départ pour la terre promise : la terre où il y aura une maison pour chacun, un clocher rassurant, des champs paisibles, avec des animaux et des grands saules, un petit port de pêche, avec son échafaud, sa cabane, ses barques.

La bonne femme est brusquement tirée de sa rêverie par Martine qui fait soudain irruption à ses côtés.

— Venez vite, dit la gamine hors d'haleine et les yeux désorbités. Je crois qu'elle délire.

— Quoi?

— Elle respire mal.

La Piraude se leva et suivit Martine en trottinant.

— Elle a les yeux à l'envers, hoquette la fillette. De grosses sueurs coulent sur son visage.

La Piraude presse le pas autant qu'elle peut. Elle disparaît dans la pénombre de l'entrepôt et se dirige vers le petit grabat, met un genou en terre et se penche sur la malade.

Pauvre mère Caloube, elle fait pitié à voir, recroquevillée comme un oiseau blessé sur sa couche rembourrée d'épluchures de blé d'Inde. La Piraude lui éponge le front avec un coin de son tablier.

— Miséricorde! Elle est tout en nage.

La vieille respire par à-coups. Elle entrouvre les yeux.

— De l'air! De l'air! dit-elle d'une voix étranglée.

Martine court chercher un linge et se met à l'éventer.

«Elle est au plus mal, et je crains le pire», avait chuchoté La Piraude à l'oreille des hommes et des femmes à leur retour des quais.

À pas de loup, chacun fait une petite visite au grabat, et se retire en branlant tristement la tête. Le père Savoie se sent débordé par les événements.

— Faudrait trouver un docteur, dit-il.

— Il y en a un au coin de Mylne et de Marborough, dit Tienniche. Je peux aller lui demander de venir?

En tout autre temps, le père Savoie aurait sûrement fait des difficultés. S'éloigner de la Pointe-du-Moulin, sans permission? Pas question, jamais. Mais la gravité de la situation justifiait bien un petit écart au règlement. Et puis, Tienniche, un gringalet inoffensif, n'avait-il pas toutes les chances du monde de pouvoir s'acquitter de sa mission sans éveiller de soupçons?

— C'est bon, dit le père Savoie, vas-y, mais arrange-toi pour qu'on ne te voie pas trop. Passe par les ruelles; rase les murs... Compris?

N'écoutant que la pitié que lui inspirait la pauvre mémé, Tienniche part en courant.

Un quart d'heure passe... La respiration de la malade se fait de plus en plus pénible et saccadée. Une demi-heure... et Tienniche qui n'est pas encore de retour. Une heure... Marie-Venance et Victoire essaient de se faire une raison.

— Le docteur aura, sans doute, été retenu au chevet d'un autre malade, et Tienniche l'attend.

Il fait maintenant nuit. C'est exaspérant. La flamme d'un cierge crochu tremblote à la tête du grabat où la bonne Pétronne Amiraux et sa nièce, Anne-Séraphie, égrènent des Avé. Les exilés se pressent autour de la mourante. Les grand yeux de Pétronne ont un éclat métallique dans la pénombre. Du coin de leur mouchoir, des femmes étouffent de discrets reniflements. Debout sur le pas de la porte, Pierre est à l'affût du moindre bruit. Rien. Il grogne :

— Et Tienniche qui est parti sans fanal...

La mère Caloube a un spasme, puis, plus rien. Chacun se met à s'interroger anxieusement du regard. Marie-Venance et Victoire s'agitent dans l'ombre.

— Mais qu'est-ce qu'il fait, grand Dieu! Bientôt deux heures!

Des femmes se pressent autour du grabat. On avait perçu un faible souffle, tout à l'heure. On n'entend plus rien. Terrifiée et les mains tremblantes, Pétronne se penche sur le visage de la vieille, puis, se redresse, le front tragique. À son tour, La Piraude se penche et colle son oreille sur la poitrine de la Caloube. Elle se redresse lentement, hoche la tête et ferme les yeux de la défunte. N'y tenant plus, Pétronne, et Anne-Séraphie fondent en larmes.

— Pauvre mémé... Pauvre mémé...

La Piraude s'approche de Pétronne et d'Anne-Séraphie.

— Faut point pleurer, dit-elle. Demandez plutôt au bon Dieu de vivre aussi longtemps qu'elle.

La vieille s'est éteinte en même temps que les derniers feux du couchant. Angoisse extrême. Personne n'en souffle mot, mais tous ont désormais la conviction qu'il est arrivé quelque chose à Tienniche. Courbatu et malheureux, le père Savoie ouvre son missel.

— *Du fond de l'abîme, j'ai crié vers Vous, Seigneur : Seigneur, entendez ma voix.*

Tout le monde s'agenouille, tandis que, de sa voix rauque, le vieux ânonne le texte du psaume.

Extrêmement tendues, Marie-Venance et Victoire tournent en rond, à l'arrière du groupe, incapables de s'associer à la prière commune. Pierre et Joffriau ont beau se faire rassurants en imaginant toutes sortes d'explications, les femmes ne tiennent plus en place. Sans cesse, elles se précipitent à la grande porte pour scruter, mais en vain, les ombres de la nuit.

— Qu'est-ce qui a bien pu lui arriver?

— Il y a tant de chenapans en ville...

— C'est ma faute, grommelle le père Savoie, d'un air confus. J'aurais pas dû le laisser partir.

— Faut prévenir Crête-de-coq, dit Blèche qui avait déjà allumé une lampe-tempête.

— T'as raison, dit le vieux. C'est ce qu'on aurait dû faire d'abord.

Blèche part le long des quais, et revient, une demi-heure plus tard, suivi d'un Crête-de-coq terriblement affolé. Un décès... Un disparu... On soulève le drap blanc et il jette un coup d'œil horrifié sur le cadavre.

— *Good God!* fit-il d'une voix blanche. Quelle fâcheuse affaire!

Il prend Blèche à part et lui dit à l'oreille :

— C'est très grave, *you know*. Va falloir alerter les autorités, et ça va créer des ennuis.

— Et Tienniche?

Crête-de-coq hoche la tête.

— Rien à faire, d'ici demain. Tout le monde dort.

Au bord des larmes, Marie-Venance et Victoire se mordent les lèvres pour ne pas crier. Pierre sursaute.

— Demain? dit-il, mais c'est tout de suite qu'il faut entreprendre les recherches.

Ne sachant que dire, le pauvre *foreman* hausse les épaules et sort, abandonnant les malheureux à leur détresse.

Le lendemain matin, on vint livrer des planches de bois blanc au moulin, et c'est Pierre qui eut pour tâche de fabriquer le cercueil. Dans l'avant-midi, un grave personnage, vêtu d'un froc de velours rouge, vint faire les constatations d'usage. Il fronça de gros yeux. De toute évidence, l'aspect lugubre et le délabrement des lieux le stupéfiaient. À voix basse, il donna des ordres à Crête-de-coq, puis, remonta dans son cabriolet et disparut.

— C'est un membre du Conseil, dit Crête-de-coq, visiblement impressionné.

— Du Conseil? fait Blèche en écho.

— Il m'a dit qu'il va trouver un petit coin à la dame au vieux Granary.

— Et Tienniche?

— Il s'en occupe aussi, dit Crête-de-coq.

Peu après le départ de l'auguste personnage, c'est à contrecœur, et en proie aux plus vives inquiétudes, que Marie-Venance et Victoire partaient rejoindre leurs compagnes au *Town Dock*. Le teint pâle, les traits tirés, elles continuaient à imaginer le pire. Elles étaient à bout de nerfs.

Le front las et le cœur serré, elles sombrèrent dans un silence obstiné. Leur couteau pointu tranchait nerveusement la tête et les nageoires de morues aux yeux étonnés. Du revers du poing, elles devaient, à tout bout de champ, refouler les larmes salées qui leur chatouillaient le coin des yeux. Sans cesse renaissaient, dans leur tête, les phantasmes de la nuit : une nuit où bien peu de reclus de l'entrepôt avaient réussi à fermer l'œil. Personne, pas même des hommes coriaces comme Laforge et Poirier, n'avaient su dominer l'horreur qu'inspirait la froide présence de la mort.

Immédiatement après le décès, on avait enveloppé la Caloube dans un drap blanc, et on l'avait étendue, entre deux cierges, sur l'établi de bois. À tour de rôle, des femmes s'étaient approchées de la dépouille pour réciter le chapelet. Vers minuit, Poirier s'était levé et, de sa voix de stentor, avait entonné un vibrant *Ave Maris Stella.* Hésitante d'abord, puis, d'un seul cœur, la communauté avait enchaîné à l'unisson. Plusieurs n'avaient pu achever, à cause de l'émotion qui leur serrait la gorge. Des larmes ruisselaient sur les joues de Pétronne. Le père Savoie dissimulait son trouble derrière ses gros sourcils crispés.

Tard dans la nuit, Marie-Venance avait fini par fermer l'œil, mais fut en proie à d'affreux cauchemars. Elle avait l'impression d'assister, impuissante, à un sinistre sarabande. Des visages aux contorsions fantastiques se diluaient dans des flammes; des lances, des fleurets et des gourdins s'entrechoquaient avec frénésie; de-ci de-là, surgissaient des habits rouges qui, d'un poing de fer, se saisissaient de Tienniche, et, aussitôt, Marie-Venance se dressait sur sa paillasse pour ensuite retomber sur ce qui lui servait d'oreiller et retrouver les mêmes phantasmes.

●

L'avant-midi parut interminable. Des hommes de peine venaient sans cesse verser des paniers de morue sur les tables où s'épaississait le flot visqueux de sang et de viscères à l'odeur suffocante. Immobile, le regard tragique, Marie-Venance restait de longs moments à fixer un point vague situé quelque part parmi les mâts et les vergues des grands navires du port. De son côté, Victoire reniflait constamment, tout en coupant rageusement la tête des poissons. Perrine Bourg s'approcha.

— Écoutez, écoutez-moi...

À bout de nerfs, les deux femmes se tournèrent vers Perrine et donnèrent libre cours à leurs larmes.

— Ah! Perrine... je n'en peux plus.

— Allons, allons... Ils vont le retrouver... C'est point une épingle, bon sang!

Ce fut enfin l'heure de casser la croûte. Les gens allaient et venaient sur la place. Quelque chose d'insolite et de malsain flottait dans l'air. À quelques reprises, des jeunes firent irruption par bandes aux abords du *Town Dock*, scandant des bouts de phrases qui, de toute évidence, se voulaient provocants. Parfois, c'est un superbe cavalier qui surgissait à l'improviste. Aussitôt, les jeunes se mettaient à jouer les saintes nitouches, mais recommençaient leur chahut dès que le militaire avait disparu. Perrine observait ce manège d'un air ahuri.

— Quelle ville énervante! dit-elle. On dirait que tout le monde s'en veut.

Vers la fin de l'après-midi, un mystérieux signal fut donné. Des militaires éperonnèrent leur monture et ce fut le début d'une affolante mêlée. Prises de panique, les femmes abandonnèrent sur les tables leurs poissons éventrés, et ce fut le sauve-qui-peut vers l'entrepôt.

Surprise! Tienniche est là, tranquillement en train de peler ses pommes de terre, comme si de rien n'était.

— Tienniche!

C'est avec un élan d'exaltation extrême que Marie-Venance et Victoire courent l'embrasser. L'une et l'autre pleurent et rient en même temps.

— Faut pas pleurer, dit le jeune homme. Vous voyez, je suis là. On m'a relâché, comme ça, et comme par enchantement. Un militaire est venu me reconduire, bien gentiment, jusqu'à la porte.

Les deux femmes n'en croient par leurs yeux. Tienniche est bien là, tout simple et tout gauche, son couteau à peler à la main. Elles se mettent à le presser de questions.

— Pourquoi est-ce qu'on t'a arrêté? Où est-ce qu'on t'a emmené? Qu'est-ce qu'on t'a fait?

Tout en continuant à peler ses pommes de terre, Tienniche raconte qu'il s'est trouvé, par hasard, mêlé à une bande de jeunes qui cherchaient la chicane.

— *Sons of Liberty?* Ils m'ont pris pour un de la bande, dit-il. J'avais beau protester... dire que je m'en allais seulement chercher le docteur... Rien à faire. Ils m'ont mis en prison avec les autres qui criaient et qui hurlaient en secouant les barreaux de leur cage. J'étais au milieu d'eux, et je braillais comme un veau. Je me disais... comme ils vont être inquiets, à l'entrepôt...

Tienniche a penché la tête. Marie-Venance et Victoire l'observent d'un air compatissant et attendri. Le jeune homme hoche tristement la tête.

— Pauvre mémé Caloube, dit-il. J'aurais tant voulu revenir bien vite avec le docteur.

Mémé Caloube... Avec toutes ces émotions, on l'avait un peu oubliée, la pauvre vieille. Toute blanche et auréolée de sa chevelure cendrée, la morte avait perdu le masque comateux qu'on lui avait vu la veille. Elle semblait maintenant dormir d'un calme et paisible sommeil. Martine avait recouvert le linceul de fleurs de trèfle et de marguerites cueillies en bordure du champ des Coffins. Les deux cierges achevaient de se consumer. On en mit deux, tout neufs, à brûler à chaque bout de la petite caisse de bois.

Le père Savoie s'en fut quérir son missel. Sa voix chevrotante avait des accents impressionnants.

— *Nous vous implorons humblement pour l'âme* d'Émérencienne Caloube *Votre servante qui, sur Votre appel, vient de quitter ce monde. Ne la livrez pas aux mains de l'ennemi, ne l'oubliez pas pour l'éternité, mais ordonnez à Vos anges de la recevoir et de la conduire au ciel, sa patrie...*

•

Tôt, le lendemain matin, Jean-Baptiste courut à la porte.

— Ho! Venez voir!

Le père Savoie s'approcha. Il y avait là un superbe cheval bai, attelé à un petit corbillard orné de vermiculures d'argent. Tout endimanché, Crête-de-coq sauta à terre, suivi d'un cocher tout en noir et coiffé d'un superbe haut-de-forme.

— Hé! Blèche, fit Crête-de-coq, campant sa barbiche toute propre et toute peignée.

Les deux hommes ont une courte conversation. Les femmes se pressent autour de la porte. Plusieurs pleurent, non plus à cause de la mort de la Caloube — qui, au fond avait bien de la chance de pouvoir échapper à tout jamais à la crasse et à l'humidité d'une infecte baraque. Non, si elles pleuraient, c'est bien plus à cause de l'apparition inattendue et inespérée de cet impressionnant équipage.

— Un cheval! Un corbillard! Une vraie cérémonie!

À l'affliction, succède l'exaltation. La Caloube ne sera donc pas enterrée, n'importe où, comme une bête.

— Dieu soit loué! s'écrie La Piraude. On la jettera pas à la mer, comme mon Louison, elle.

— Ah! pour ça, oui, que Dieu soit loué, fait Marie-Venance en écho, on ne la laissera pas seule, au fond d'un bois, comme la pauvre Marie Sallé.

— Ni dans un terrain en friche, comme votre sœur Rébecca, murmura Joffriau.

Frappée de stupeur, Marie-Venance joint les mains.

— Rébecca, dit-elle, d'une voix navrée. Elle aussi?

Impressionnée par la gravité de l'événement, Martine s'accroche à sa mère, regardant, à la dérobée, la scène qui se déroule sous ses yeux. La Piraude tire le drap sur le visage de la morte. Pierre s'approche et, le plus discrètement qu'il peut, se met à clouer le couvercle du cercueil. Les reniflements des femmes et les coups étouffés du marteau ajoutent à la gravité du silence.

De toute évidence, Crête-de-coq a chargé Blèche d'agir comme maître des cérémonies. Le jeune homme a de graves instructions à transmettre au père Savoie et à Pétronne. À la fin, il monte sur une petite caisse.

— Écoutez, dit-il d'une voix contenue. Il y a un changement. Elle ne sera pas enterrée au vieux Granary.

Des visages s'assombrissent. Quoi? Pas enterrée au cimetière? Chacun se met à s'interroger du regard, pendant que Crête-de-coq chuchote quelque chose à l'oreille de Blèche. Pas enterrée au cimetière? C'était trop beau pour être vrai! On va l'enterrer comme les autres, dans un coin perdu, sans croix, sans prières. Crête-de-coq sortit et Blèche continua de transmettre les instructions.

— Voici, dit-il, le représentant du Conseil qui est venu hier, accorde une journée de congé à tout le monde en signe de deuil, mais, par mesure de prudence, il ne peut permettre à tous d'accompagner la défunte à son lieu de repos. Un cortège, même funèbre, pourrait servir de prétexte à de nouveaux désordres. Mais il est bien entendu que Mlle Amiraux conduira le deuil, avec Anne-Séraphie, et que le père Savoie agira comme témoin.

— Et où est-ce qu'on l'enterre? dit Laforge sur un ton exaspéré.

— À *Copp's Hill*, répondit Blèche.

— C'est quoi, *Copp's Hill?*

— Le vieux Granary est réservé aux notables. Les places sont limitées. *Copp's Hill* est plus grand, mais il est beaucoup plus loin, sur une butte, en face de la *Christ Church,* à l'autre bout de la ville.

La brume matinale rampait encore dans les ruelles du quartier d'où émergeait la silhouette de rares passants. La mine grise et muets de compassion, les habitants de l'entrepôt faisaient cercle autour du petit cortège qui était en train de se former.

— Adieu, mère Caloube, fit La Piraude en levant au ciel son gros bras de paysanne.

— Adieu! firent les autres, timidement.

Crête-de-coq fit dire à ceux qui restaient de s'éloigner.

— Après ce qui s'est passé, hier, traduisit Blèche, le moindre attroupement devient suspect.

Le petit corbillard roule, cahin-caha, sur les cailloutis. D'un pas menu, le père Savoie, Pétronne et Anne-Séraphie, suivent derrière, tandis que, de chaque côté, marchent les porteurs.

Les muscles à fleur de peau, et tirant à franc collier, le cheval bai grimpe hardiment les pentes du Common. À bout de souffle, le père Savoie a du mal à suivre.

L'œil chassieux du soleil commence à percer la brume. Le piteux cortège approche de la rue School. Le père Savoie s'est arrêté, à bout de souffle. Crête-de-coq accourt :

— *What is it? The old man* se sent mal?

— *No, no,* dit Blèche, seulement le temps de reprendre haleine.

— *Oh! of course, yes.*

Le *foreman* s'éloigne d'un pas hésitant, puis revient.

— *Well,* que le *gentleman* prenne ma place, à côté du cocher.

Le père Savoie a un sourire d'infinie reconnaissance et, de peine et de misère, monte s'asseoir sur la haute banquette. Le contour violacé des toits et des clochetons du bas de la ville commence à se découper sur le bleu délavé du ciel. Cabriolets, tombereaux et piétons s'entrecroisent au carrefour. Une étrange odeur de débris calcinés flotte dans l'air. Un petit jet de fumée rouille se déhanche au-dessus des toits. Horreur! À une intersection, près du moulin à eau, un spectacle stupéfiant immobilise le convoi funèbre. Les débris sont encore tout fumants. Une colonne corinthienne maculée de suie, quelques poutres noircies, un monceau de cendre : voilà tout ce qui reste d'une riche demeure patricienne juchée au sommet d'un somptueux jardin. Ça et là, jonchant le sol tout autour, des bras de fauteuils en beau bois d'acajou, des lambeaux de draperies de velours, des livres et des gravures déchiquetés, le buste fracassé d'un illustre Stuart. Silencieux, des curieux errent, l'air ahuri, autour des décombres. Hypnotisé par ce spectacle, Crête-de-coq se met à marmonner :

— *What a nasty thing to do!* Une si belle demeure!

— *Unbelievable!* murmure le cocher.

Pétronne et les porteurs n'osent pas s'éloigner du corbillard. Un peu plus brave, Blèche marche le long du chemin. Il aperçoit, dans l'herbe, une bouteille vide en verre noir et en forme d'oignon. Il la ramasse. Quelques gouttes vermeilles s'échappèrent du goulot. Il y avait une petite étiquette : «Bourgogne, 1759».

Plusieurs bouteilles semblables jonchent le bord du chemin. Blèche s'avance encore, en direction de Crête-de-coq et du cocher. Ce dernier a un mouvement de révolte.

— *Heaven forbids,* dit-il, que j'aille m'inscrire en faux contre la liberté et la démocratie, mais...

Il hésite un moment, le temps de reprendre contenance, car il a vu Blèche approcher.

— Mais approuver une barbarie pareille? *Never.*

— *I agree,* murmure Crête-de-coq. Tommy Hutchinson n'est tout de même pas un monstre.

Blèche joue les innocents.

— *Stupid accident?* fait-il sur un ton à peine interrogatif.

Crête-de-coq se retourne brusquement et le fixa de ses petits yeux d'ambre.

— *Accident? No, madness! The Sons of Liberty!* Vois ce qu'ils ont fait. Ils ont rasé le bel hôtel du lieutenant-gouverneur, après avoir cassé ses meubles, déchiré ses livres...

Le petit homme aperçoit la bouteille que Blèche a encore à la main.

— ... et bu son vin.

C'est par une petite ruelle longeant l'étang du moulin que le convoi funèbre de la mère Caloube parvint au pied du haut clocher de la *Christ Church* et de la montée à *Copp's Hill*.

La cérémonie se résuma à fort peu de choses. À l'aide de cordes que le cocher avait sous son siège, les porteurs descendirent avec précaution le petit cercueil dans la fosse. Le père Savoie récita un *Pater*, après quoi Pétronne, la larme à l'œil, jeta une pincée de terre dans le trou noir. Tous les autres imitèrent son geste. Crête-de-coq ramena tout son monde à l'entrepôt.

•

Le surlendemain de l'enterrement de la mère Caloube, de solides gaillards firent irruption dans l'entrepôt, décrochèrent sans façon les cloisons de fortune et, du pied tassèrent grabats et paillasses.

De son cabanon, La Piraude les observait avec effarement.

Qu'est-ce encore que ces «gueules de bois» qui vont et viennent comme s'ils étaient chez eux? Le père Savoie n'osa pas intervenir, préférant attendre que Blèche soit de retour des quais. Mais son indignation fit place à l'étonnement lorsqu'il vit les intrus installer des chevalets, percer des fenêtres, lambrisser les murs et même élever une cloison au fond pour les lieux d'aisance.

Tout cela paraissait bien étrange et, pour tout dire, bien suspect. En tout cas, le branle-bas ne fit guère bondir de joie La Piraude.

— Si on répare la baraque, dit-elle, c'est sûrement point pour nos beaux yeux.

La bonne femme avait, tout de suite, eu la conviction qu'on allait les reloger tous ailleurs, dans un autre entrepôt, et la plupart des exilés partageaient son avis, tellement tout s'était enveloppé de mystère. Même Crête-de-coq y perdait son latin. On ne l'avait mis au courant de rien.

Les réparations terminées, quelqu'un fit livrer de vieilles chaises, des tabourets et même quelques lits. On fit remplacer les bidons de goudron par un vrai poêle muni d'un long tuyau, afin de permettre à la chaleur de mieux se répandre.

Comme La Piraude, le père Savoie commençait, lui aussi, à trouver tout cela suspect. On n'en finissait plus d'agrémenter le décor. L'air et la lumière pénétraient de toute part. Les losanges de verre qu'encadraient les châssis tamisaient les rayons du soleil matinal. L'entrepôt ressemblait à une vaste infirmerie, avec ses cloisons de draps blancs, ses lits et ses paillasses bien alignés. Tout s'était tassé. Chacun avait maintenant son petit coin.

Le temps passait et rien n'annonçait le déménagement prochain dans un autre entrepôt. Personne n'osait poser de questions.

— Vaut mieux ne pas savoir ce qui nous pend au bout du nez, dit La Piraude.

Des commis étaient venus établir la liste des noms et fonctions de chacun et, un soir, alors que tout le monde cassait la croûte, Crête-de-coq entra et, sans rien dire, déplia sa liste.

— Ça y est, grommela le père Savoie, une autre déportation.

— *Mister Savoy*, dit Crête-de-coq avec difficulté.

Le vieux eut un froid dans le dos.

— *Come, come,* fit le contremaître d'un geste de la main.

Le vieux s'approcha et Crête-de-coq lui remit une petite enveloppe.

Tous les hommes et toutes les femmes affectés à des fonctions spécifiques reçurent une enveloppe semblable, mais personne n'osa l'ouvrir, convaincu qu'elle contenait une mauvaise nouvelle. Quand Crête-de-coq eut achevé sa distribution, il regagna sans façon la porte.

— *Good night* lança-t-il, avant de sortir.

Plus téméraire que les autres, Blèche avait ouvert l'enveloppe et affichait un large sourire.

— Incroyable, dit-il, des pence!

— Quoi? De l'argent?

Les pence brillaient sous le feu des chandelles. Les exilés écarquillaient des yeux émerveillés. Quelles magnifiques pièces!

— C'est-y qu'on nous paye en argent astheure?

— J'tombons des nues, dit La Piraude. Des écus! Ça va *rempleumer* nos bas de laine!

— Y a du sacre là-dedans, s'écria Poirier, égrenant un petit rire. J'y comprends rien.

— Ni moi non plus, nasilla en écho Maurice Coing.

Il fallut bien se rendre à l'évidence : ces pence représentaient un salaire puisqu'à chaque semaine Crête-de-coq revint distribuer ses petites enveloppes. Marie-Venance, Victoire, Perrine, Pétronne et les autres versaient ces trésors dans le coin le plus secret de leur malle ou de leur balluchon.

À la fin de novembre, Crête-de-coq vint livrer des brassées d'oies et de dindons. Il déposa le tout aux pieds de La Piraude.

— *For Thanksgiving! Best wishes to all.*

Peu après, les gens de la ferme Coffins apportèrent un petit baril de lard salé, des légumes de toutes sortes et une grosse citrouille.

— *Best wishes for Thanksgiving!*

La Piraude n'en revenait pas.

— C'est-y Dieu possible qu'on se mette à nous gâter astheure!

Pétronne Amiraux s'approcha timidement pour admirer toutes ces bonnes choses. Elle hocha la tête.

— C'est ma bonne vieille mémé, dit-elle, qui nous protège de là-haut.

La Piraude braqua sur elle ses yeux de chouette.

— Vous voyez, ajouta Pétronne, depuis qu'elle est morte, tout a changé.

La Piraude écarquilla de grands yeux. L'évidence venait de la frapper.

— Pourtant vrai, dit-elle. C'est sûrement la mère Caloube qui prie le bon Dieu pour nous.

Blèche eut un sourire en coin qui fit aussitôt se froncer les sourcils de la grosse femme.

— Qu'est-ce que ça signifie, mécréant? fit-elle de sa voix rauque.

— Rien, rien dit Blèche. La mère Caloube était une sainte femme. Pour sûr qu'elle ne nous nuit pas là-haut. Mais...

— Mais quoi?

— M'est avis que ça dépend un peu aussi du représentant du Conseil qui est venu nous faire une petite visite à la mort de la vieille.

La Piraude devint songeuse.

— Tu crois? dit-elle.

— La mort de la mère Caloube a fait se déplacer un membre du Conseil. C'est quelque chose, ça! Le membre du Conseil est venu, et il a vu et il a fait réfléchir ses collègues...

La Piraude ne savait que répondre. À quelle intercession devait-on l'amélioration subite du sort de tous? À celle de la mère Caloube qui est sûrement au ciel? À celle d'un vague personnage, membre du Conseil? La pauvre femme n'en savait évidemment rien, mais il lui répugnait d'en attribuer la responsabilité au Conseil. Pourquoi ce dernier ferait-il des largesses à de pauvres exilés, oubliés dans un coin du port de Boston?

— En tout cas, dit-elle, moi, je me méfie. Y a sûrement anguille sous roche.

— Allons donc, dit Blèche. Qu'est-ce que vous allez encore imaginer?

La Piraude s'arc-bouta les bras aux genoux et fit de larges signes négatifs de la tête. Aucun doute possible, elle n'ajoutait guère foi à l'interprétation que Blèche donnait des événements.

— Tu veux que je te dise? Eh bah, moi, je trouvons que c'est pas normal... Qu'on nous bouscule, c'est dans l'ordre des choses; mais qu'on nous porte sur la main, comme ça, à propos de rien...

— Suis de votre avis, grogna Pierre.

Blèche devint tout pâle. Un sourire crispé trahissait son irritation. Qu'une vieille femme croie à une intervention céleste, passe encore; mais que Pierre lui donne raison... Il éclata :

— Vous êtes bons, vous autres! On vous maltraite, et vous chialez; on s'occupe de vous, et vous vous méfiez... «Il y a anguille sous roche»... Qu'est-ce qu'il vous faut, bon sang? Vous ne voyez toujours que le mauvais côté des choses, ma parole : Des Anglais malveillants, il y en a, c'est entendu. Mais on peut aussi tomber sur des bons. Et puis, les Bostonais, c'est pas des Anglais; même qu'ils commencent à les avoir pas mal de travers, les Anglais... Qui sait? Celui qui est venu nous visiter est peut-être un Bostonais qui ne prise pas les Anglais. Il a vu le trou où nous vivions, et il nous a pris en pitié.

La sortie eut l'effet d'une douche d'eau froide sur la petite communauté. L'air piteux, La Piraude avait penché la tête, comme une coupable. Dans le silence pénible qui suivit, Blèche se rendit compte qu'il était allé trop loin. Il visait Pierre, et c'est la vieille cuisinière qu'il avait blessée. À son tour, il pencha la tête.

— Je m'excuse, dit-il. J'ai eu tort de m'emporter.

— T'excuse pas, mon garçon, fit le père Savoie d'un air complice. Tu as bien parlé. C'est vrai qu'on prête trop souvent de mauvaises intentions aux gens.

— C'est point ce que j'avions voulu dire, dit La Piraude d'une voix repentante.

— Ni moi non plus, enchaîna Pierre.

— Je sais, je sais, dit Blèche qui était demeuré tout penaud, malgré la caution morale du père Savoie. Je ne sais pas ce qu'il m'a pris.

La tête basse, et à pas comptés, Pierre s'approcha et lui mit la main sur l'épaule.

— T'as raison, dit-il d'une voix amène, et t'as pas à t'excuser. Le délégué du Conseil nous a pris en pitié, c'est certain, mais c'est justement ce qui m'inquiète.

Blèche leva sur son vieux compagnon un regard intrigué.

— Tu te rends compte, poursuivit Pierre. Si on a fait percer les fenêtres, lambrisser les murs, installer un poêle et même des *chiottes,* c'est qu'on est pas près de sortir d'ici. C'est que le Conseil a décidé de nous garder longtemps, peut-être même tout le temps...

Les traits de chacun se crispèrent. «Tout le temps...?»

— C'est désespérant, tu ne trouves pas? acheva Pierre.

La nuit avait enveloppé de ses ombres les flammes tremblotantes des bougies. Les visages soucieux des exilés semblaient suspendus comme des masques dans l'obscurité.

— «Tout le temps...», répéta le père Savoie, c'est difficile à admettre, mais c'est ce qui nous attend.

La logique des déductions de Pierre sautait maintenant aux yeux de tous. Si le Conseil a accepté de faire des dépenses pour rendre l'entrepôt plus habitable, c'est que le projet de colonisation à Saint-Domingue est bel et bien tombé à l'eau, et qu'il n'est plus question de laisser partir qui que ce soit.

— Tout le temps... soupira La Piraude.

— Au salaire qu'ils nous payent, lança Poirier, ça les arrange en diable de nous garder.

Ce qui avait d'abord semblé une exagération, commençait à s'imposer comme la dure vérité.

— La «terre promise», hasarda timidement Joffriau, on la verra jamais...

Pierre eut un geste de révolte.

— Faut pas dire «jamais», dit-il. Nous dépendons trop du Conseil. Nous devrions tous nous donner le mot : ramasser nos *chelins*, et, au printemps, nous partirons... dans la nuit... malgré le Conseil...

Dans la pénombre, les masques s'agitèrent. Le père Savoie leva sur Pierre un regard défiant.

— Nous partirons? dis-tu, mais pour aller où, mon pauvre vieux?

Pierre demeura tout éberlué.

— Pour aller où? rétorqua-t-il, mais en Acadie, bon sang! Chez nous, en Acadie.

Le père Savoie demeura un instant moustache bée.

— En Acadie? dit-il. Mais c'est chez les Anglais plus que jamais, en Acadie, et ils ont pris nos terres, les Anglais. Tu veux retourner chez des gens qui ont persécuté nos pères, et qui nous ont dispersés, nous autres, aux quatre coins d'une terre étrangère?

Pierre baissa la tête et se mit à grommeler.

— Vous ferez ce que vous voudrez, vous autres, mais moi, je plie bagage au printemps, et je sacre le camp.

Personne, pour le moment, n'osa douter de la sagesse de ce présomptueux projet. Chacun regagna son coin, ce soir-là, mais la perspective d'avoir à séjourner indéfiniment, dans un entrepôt, même aménagé, empêcha plusieurs de dormir.

•

L'hiver paraît plus long et plus rigoureux que d'habitude. Des bouchons de grésil s'effilochent sans cesse dans la mâture des bateaux de pêche avant de venir fouetter le toit des hangars et des barques du port. Le vent n'épargne rien. Il transperce les murs et les os. On gèle, malgré les réparations, malgré le poêle que Tienniche bourre de grosses bûches.

Au froid s'ajoute une promiscuité qui finit par rendre insupportables une infinité de petits riens : la toux agaçante de Perrine Bourg; Blèche qui, le nez dans un vieux journal, met bien du temps à souffler sa chandelle, Poirier qui ronfle comme un ogre. Plus personne ne s'illusionne. Finis les rêves d'évasion et de liberté. On a échappé aux sautes d'humeur d'anciens maîtres, mais ç'a été pour tomber aux mains d'autres maîtres, plus humains peut-être, mais qui ont le bras autrement plus long.

Tout le monde broie du noir, sauf Blèche qui, lui, semble aux as. Tous les soirs, il rentre en sifflotant, gai comme un pinson. À quoi attribuer ce débordement? Au petit coin discret que le père Savoie lui a assigné sous l'échelle qui monte à l'étage? Peut-être, car, comparé à la paille fétide qui lui servait de couche dans l'écurie d'Ichabod, ce petit coin, qui sent bon l'épinette, est un palais. Il y a l'échelle qui sert un peu de cloison, et surtout, il y a les vieux journaux cachés sous la paillasse. Bien sûr, Goliath n'est plus là pour lui tenir compagnie, mais il y a infiniment mieux que Goliath! Il y a la belle Anne-Séraphie Sincennes. Chaque soir, quand il rentre des quais et gagne son petit coin, la jeune fille guette son regard, puis, lui sourit timidement.

Anne-Séraphie est une nymphe à la peau blanche et à la voix infiniment douce. Elle a l'œil pers et fascinant, un sourire éthéré, une bouche vermeille et des joues percées de fossettes ravissantes. Des boucles blondes débordent son bonnet à frisons. La manche de la chemisette bouffe sur l'épaule et la jupe de lin flotte comme une cloche autour de sa taille de guêpe.

•

Convaincu de n'être qu'un misérable garçon d'écurie, un mal fagoté sans manières et sans charme, Blèche n'avait pas osé tout d'abord lever les yeux sur cette blanche vierge, mais il prenait plaisir à la regarder à la dérobée, admirant son profil triomphant, ses seins naissants et le pied léger.

Un soir qu'il la contemplait, du coin de son vieux journal, son regard croisa le sien et, dans le contre-jour créé par la flamme de la bougie fixée au coin de la malle, il vit qu'elle lui souriait tendrement, n'étant aucunement indifférente à ses attentions. Ce fut pour lui l'extase. Quoi? Sa secrète vénération agréait à cet ange du paradis?

Peu à peu, il apprit à vaincre sa timidité. Jouant les lunatiques, il s'arrangeait pour se trouver sur le chemin de la belle, et il eut bientôt la surprise de constater qu'Anne-Séraphie avait recours à la même stratégie. Ces rencontres, qui se voulaient fortuites, n'avaient rien de très compromettant à l'intérieur d'un entrepôt surpeuplé. Mais elles attirèrent l'attention, et surtout les railleries, dès qu'elles devinrent des tête-à-tête sur les quais ou derrière le moulin.

La bonne Pétronne Amiraux se faisait du mauvais sang, car elle se considérait un peu comme la mère de cette «pauvre fille» qui avait perdu la trace de ses parents depuis la déportation. Elle en avait eu soin, ainsi que de la vieille mémé Caloube, durant toutes les années passées dans la ferme d'un riche propriétaire à Barnstable. Mais voilà que Pétronne se sent dépassée par les événements. La «pauvre fille» est devenue une femme — une femme resplendissante de beauté et qui cherche à voler de ses propres ailes.

Dès l'arrivée de Blèche à l'entrepôt, Anne-Séraphie avait été fascinée par ce jeune homme qui, certes, ne payait guère d'apparence, mais qui savait lire et qui était au courant de tant de choses. Elle aimait lui entendre raconter ce qu'il avait lu dans les journaux.

Tout l'été, on avait vu Anne-Séraphie et Blèche se balader gentiment le long du quai Wheeler. La jeune fille avait évoqué ses souvenirs du temps qu'elle aidait au potager du grand fermier de Barnstable. Elle se souvenait surtout de la solitude partagée avec la mère Caloube et la tante Pétronne, dans une petite hutte suspendue entre mer et ciel, au bout de la grande ferme.

De son côté, Blèche avait raconté comment, devenu orphelin de père et de mère, il avait été recueilli par un missionnaire qui lui avait enseigné à lire et à écrire, et comment, au cours de ses périples à Louisbourg, à Grand-Pré et à Port-Royal, il avait appris l'anglais.

Même si Anne-Séraphie l'appelait «maman», Pétronne n'osait se prévaloir de l'autorité qu'elle avait sur elle. Mais sa conduite l'inquiétait. Elle fit appel aux lumières du patriarche, car elle en était venue à juger inconvenantes les relations entre les deux jeunes gens.

— Pourquoi «inconvenantes»? demanda le père Savoie. Ils ne font rien de mal. Ils sont à peu près du même âge... Ils ont un penchant l'un pour l'autre... Quoi de plus normal?

Peu convaincue, Pétronne hocha la tête. À son avis, il fallait parler à Anne-Séraphie et la mettre en garde contre les pièges d'une amourette.

— Mais, parlez-lui vous même, Pétronne, dit le vieux. Vous êtes un peu sa mère après tout.

— Un peu, si vous voulez, dit-elle, mais vous, vous êtes un peu le curé. Vos conseils ont bien plus de poids que les miens.

Ni le patriarche ni Pétronne n'intervinrent. Il valait mieux laisser le temps arranger les choses.

L'été avait été plus radieux que jamais. L'haleine salée de la mer avait quelque chose de grisant. Anne-Séraphie et Blèche se retrouvaient, chaque dimanche, sur le petit ponton derrière le moulin. En silence, ils demeuraient de longs moments à observer les cumulo-nimbus qui roulaient leurs biceps roses dans l'azur satiné.

•

Un dimanche, La Piraude s'en fut faire une petite marche aux abords du moulin. Au détour de l'épaisse masse de pierre, qu'est-ce qu'elle vit? Blèche qui tenait Anne-Séraphie par la taille et qui avait appuyé sa tête contre la sienne. Les deux tourtereaux étaient assis sur le ponton et se laissaient tremper les pieds dans l'eau. Anne-Séraphie leva sur Blèche ses yeux de colombe et le jeune homme lui bécota faiblement la joue. La grosse femme se retira sur la pointe des pieds. Elle aussi crut devoir attirer l'attention du père Savoie sur ce genre d'intimités entre personnes qui ne sont pas mariées.

— Bah... dit le vieux qui suçait le bout de son brûle-gueule avec volupté, le bon Dieu comprend ça. C'est lui qui a créé l'homme et la femme. Il les a créés pour s'aimer et s'entendre.

La Piraude sursauta.

— Ouais, fit-elle, en fronçant les sourcils, «... qu'en mariage seulement», qu'il a dit le bon Dieu.

— C'est vrai, dit le vieux qui plissait ses petits yeux de satyre. Mais un petit bec, pris en passant, faut comprendre ça, voyons. C'est une belle créature, la petite Anne-Séraphie. Elle a des joues à croquer, cette enfant-là. Que Blèche en profite un petit brin... ça prouve qu'il a du goût. Je ferais comme lui si j'étais à sa place.

La Piraude dévisageait le vieux avec des yeux ronds comme des pence.

— Vous? Parler de même? À croire que vous troussiez les jupons dans votre jeune âge.

— Hé, hé... ricana le bonhomme, me prenez-vous pour un bout de bois?

La Piraude se mit à rire. Au fond, elle sentait bien qu'elle avait grossi l'incident. Aussi, prit-elle le parti de se montrer tolérante elle aussi. Mais chaque dimanche, elle ne pouvait s'empêcher de faire discrètement le guet avec Pétronne.

Un soir, le père Savoie prit Blèche à part.

— Dis donc, il paraît qu'elle t'est tombée dans l'œil, la belle Anne-Séraphie.

Blèche, cet intrépide Blèche, qui n'avait jamais eu froid aux yeux, rougit jusqu'aux oreilles. Il baissa la tête, comme un coupable devant le juge.

— Tu l'aimes, oui ou non?

— Oh! oui, fit le coupable avec élan.

— Eh ben... elle aussi, figure-toi, elle t'aime bien. C'est Mlle Amiraux qui me l'a dit.

De sa vie, c'était assurément l'aveu le plus troublant qu'ait reçu le pauvre garçon d'écurie.

— Si vous vous aimez assez pour vous jurer fidélité devant témoins, vous êtes déjà mariés, même si la cérémonie à l'église ne peut avoir lieu que plus tard.

Le père Savoie vit naître un sourire béatifique sur le visage de Blèche. Apprendre, de la bouche du personnage le plus respecté de l'entrepôt, qu'Anne-Séraphie l'aimait bien et, qu'en conséquence, elle pouvait devenir immédiatement sa femme, causa au jeune homme une émotion telle qu'il en vit des étoiles. Il eut l'impression d'être sur le pignon du monde. N'était-ce pas trop beau pour être vrai?

Il va sans dire que les événements se précipitèrent : tête-à-tête, consultation, arrangements... Rassurée par le patriarche, «maman» Pétronne ne fit aucune difficulté et donna son consentement.

Le dimanche suivant, gauche et guindée comme des pantins, les deux amoureux comparurent devant l'assemblée des exilés. Anne-Séraphie resplendissait à côté de Blèche qui avait les cheveux bien lissés sur le front et le bonheur parfait au cœur. Flanqué de Pétronne et de La Piraude, le père Savoie lut les formules d'usage, et d'une voix fluette, les nouveaux époux se jurèrent fidélité à la vie à la mort.

●

Peu après les réparations, c'est un nouveau patron du nom d'Archie qui prit en charge les équipes de dockers. Tête de barbet, cheveux blondasses, paupières tombantes, le nouveau venu a une gueule de tortionnaire. Sa fonction? Tenir en haleine la faune des quais; veiller à ce que personne n'ait le temps de bayer aux corneilles.

Crête-de-coq a donc changé de casquette. Le voilà surintendant. Il représente le Conseil, et Archie, les armateurs. Nouvelles structures. Le Conseil taxe les armateurs et verse en salaire une partie de cette taxe aux exilés, ce qui irrite tout le monde. Les armateurs grognent à cause de la taxe, et le Conseil, à cause du salaire payé à des gens qu'on loge et qu'on nourrit déjà.

Les habitants de l'entrepôt ignorent tout de ces querelles de mandarins. Les jours ont passé et tout a fini par se tasser. Crête-de-coq et Archie font bon ménage. Il va sans dire que l'un et l'autre tempêtent à cœur de jour, mais chez eux, c'est plus une manie qu'autre chose. Et puis, leurs vociférations n'effarouchent que les goélands mélancoliques égarés sur les quais.

Un matin, des événements insolites vinrent brusquement rompre la monotonie de la routine. Un roulement sourd et lointain fit lever des mâtures une volée de mouettes blanches.

— Morgué! dit Poirier en se précipitant dehors. Mais... c'est le canon!

— Le canon!

Presque tous les exilés envahirent le quai. Pierre et Blèche rejoignirent Poirier devant le moulin.

— Ça vient de l'autre côté de l'anse, dit Poirier. Ma foi du bon yeu, c'est la garnison du Castle qui donne l'alerte. C'est la guerre.

— Allons, allons, dit le père Savoie hors d'haleine.

Le vieux cligne des yeux pour mieux voir de l'autre côté de l'anse d'où la marée vient de se retirer.

Aux canons du Castle, les batteries de la ville se mirent à faire écho.

— Poirier a raison, dit Pierre. On boute le feu aux canons. C'est sûrement la guerre.

Le père Savoie se mit à murmurer :

— Y a pourtant point de Français dans le coin.

— Non, mais il y a les Anglais, et c'est pire, dit Blèche.

Les hommes ont regagné l'entrepôt. Chacun échafaude son hypothèse. Pendant qu'on devise à qui mieux mieux, le *Wheeler's Port* retentit des accents d'un chant qui n'a rien d'harmonieux. Bras dessus, bras dessous, deux hommes avancent en titubant de bâbord à tribord. Sorti puiser de l'eau, Tienniche reconnaît Crête-de-coq et Archie. Dans une tonalité différente, les deux hommes gueulent à tue-tête, beaucoup plus qu'ils ne chantent :

My Bonnie is over the ocean.
My Bonnie is over the sea.
Oh! bring back my Bonnie to me.

Le duo s'acheva à la porte de l'entrepôt où les deux compères se mirent à se disputer l'honneur de transmettre les ordres pour la journée. Crête-de-coq n'a plus les yeux tout à fait en face des trous. Quant à Archie, sa mèche blondasse lui barre le front, et ses paupières sont totalement tombées. Tous deux parlent et gesticulent ensemble, de sorte qu'il n'y a rien à comprendre à leur baragouin. Poings aux hanches, La Piraude hoche la tête.

— En fête, un lundi matin! dit -elle. Aura ben fallu qu'y *pintochent* toute la nuit pour se soûler de même.

Blêche s'approcha et Crête-de-coq lui assena une grande tape sur l'épaule.

— *Come on, Blèche, you tell everybody.*

Et d'essayer d'expliquer la situation, tandis que, par toutes sortes de taquineries et d'apartés, Archie cherchait à lui couper la parole.

— *You heard the canon... Boom, boom... Holiday! Understand? The bloody Stamp Act, kwick... dead... understand?*

Holiday et *Bloody Stamp Act* : c'est à peu près tout ce qui se dégage du charabia des deux noceurs. L'un et l'autre n'en finissent plus d'administrer des bourrades dans le dos de ce pauvre Blèche qui en perd l'équilibre à tout coup et qui ne peut rien faire d'autre que d'encaisser de bonne grâce et en riant.

— *All right, Blèche, you tell everybody.*

Le spectacle se prolongea durant plusieurs minutes avant que les gais lurons ne repartent vers la ville bras dessus, bras dessous. Léger comme un moineau, Blèche sauta sur un banc.

— Écoutez, dit-il, c'est incroyable. On nous donne congé pour toute la journée.

— Congé? Un lundi?

Personne n'en croit ses oreilles. Blèche lève les deux bras pour réclamer le silence.

— Laissez-moi finir que diable... Les autorités lèvent l'interdit. Le gouverneur nous donne la permission d'aller à la fête en ville.

« À la fête en ville?» Tout le monde se met à parler ensemble. Non, vraiment là, c'est trop. Blèche a mal compris.

— Puisque je vous le dis, s'exclame le jeune homme. C'est Crête-de-coq qui l'assure... le Conseil lève l'interdit pour la journée.

— Crête-de-coq, grommelle La Piraude, faut point s'y fier. Il est soûl comme la botte, tu vois ben...

Blèche s'agite de plus belle sur son petit banc.

— C'est à cause de la fête... la fête en l'honneur du *Stamp Act*... l'Angleterre vient de l'abroger.

Blèche voit grandir la méfiance sur les visages. Son explication est du grec pour ces gens. Le *Stamp Act* personne ne sait au juste ce que c'est. Comment l'expliquer?

— En tout cas, c'est fête, répétait Blèche, toute la journée. Interdit levé jusqu'après le feu d'artifice.

Tout cela paraît tellement extravagant que personne ne veut y croire. Passe pour un congé, mais ignorer la consigne, s'éloigner de la Pointe-du-Moulin, aller à la fête : il y a là sûrement un piège. Blèche abandonne la partie.

— Bon, si vous aimez mieux passer la journée à niaiser et à regarder voler les oiseaux de mer, c'est tant pis pour vous autres. Moi, je vais à la fête.

— Moi itou, dit Poirier.

— Allons-y tout le monde, lance Pierre. Qu'est-ce qu'ils peuvent nous faire, hein? On est déjà tous des prisonniers, pas vrai?

En effet, qu'y avait-il à appréhender? Que pouvait-on inventer de pire que l'entrepôt comme prison? L'envie d'un peu de dissipation a bientôt raison des appréhensions. Seuls le père Savoie, La Piraude et quelques autres choisirent de demeurer à l'entrepôt. Les autres coururent aux malles se parer de leurs plus beaux atours.

•

Le petit groupe part pour la fête d'un pas hésitant. La rue Cornhill fourmille de monde. Les fermiers des environs arrivent en chariot et ont du mal à se frayer un passage jusqu'à la place du marché. Attelées à des cabriolets fraîchement astiqués, et la crinière ornée de papillotes, des juments à robe blanche se dandinent comme des ballerines. L'œil coquin et la bouche en cœur, des officiers bardés d'aiguillettes zieutent des jeunes filles en fleur.

Le petit groupe d'exilés n'en mène pas large au milieu de ce beau monde. Attifées à l'acadienne, ces femmes aux coiffes délavées et aux gros sabots ont l'impression d'être furieusement voyantes à côté de leur homme en haut-de chausses en lin et aux cheveux en corde de poche. Ne va-t-on pas les prendre pour des romanichels venus là pour donner un spectacle? Sans se l'avouer, la petite bande s'attend à voir, d'une minute à l'autre, des gendarmes lui barrer la route et, sans façon, la reconduire à la Pointe-du-Moulin.

— Allons donc, crâne Pierre. Qui a envie de s'inquiéter de nous autres un matin pareil?

Un matin de commencement du monde en effet. Soleil brillant, piqué comme une épinglette à la boutonnière du grand ciel bleu. Partout, des visages épanouis, des toilettes vaporeuses fleurant bon le lilas, des justaucorps aux boutons de cuir tout luisants, des fracs solennels. La foule dévale par bandes tourbillonnantes, de chaque côté de la *State House*. Au-dessus d'une mer de coiffes, de fontanges et de tricornes galonnés d'or, se dressent des ombrelles à franges fleuries, les bonnets des géants de la *Ancient and Honorable Artillery*, et des cabriolets immobilisés dans la foule. Aux fenêtres des hautes maisons, des vieillards, des femmes et des enfants agitent des mouchoirs et interpellent des connaissances.

Soudain, une apparition : Crête-de-coq et Archie qui viennent de se détacher d'un groupe de buveurs.

— Ça y est, marmonne Pierre, la fête est finie.

Vaine appréhension. Les deux compères n'avaient pas dessoûlé.

— *Well, look who's here*, lance Crête-de-coq.

— *What? What?* piaille Archie qui essaie d'y voir par la mince fente de ses paupières affaisées.

— *Our good friends from the docks.*

Les gais lurons dirigèrent les *good friends* vers un comptoir ou un colosse débonnaire prenait fort au sérieux son rôle d'échanson du peuple.

— *Come on, Harry. Be kind to those poor people.*

L'échanson ne se fit pas prier. Il versa à chacun un gobelet de vin.

— *The wine of liberty,* fit-il levant son verre.

Après le vin, tout le monde eut droit aux pastèques et aux marrons grillés. Une gigantesque fête champêtre.

Le soleil commence à s'enfoncer dans la pourpre du couchant. Comme rien de fâcheux ne s'est produit de toute la journée, Tienniche court à l'entrepôt chercher La Piraude et le père Savoie. Le jeune homme n'a pas grand mal à les convaincre. Tous deux brûlaient d'envie de voir le feu d'artifice.

Au début de la soirée, on sent flotter dans l'air une douceur enivrante. Au manoir Hancock, l'élite s'est donné rendez-vous. Des bourgeoises aux allures de marquises et des gentilshommes tout poudrés arrivent en somptueux équipage : des chevaux pomponnés, attelés à des calèches enguirlandées. De vastes chapeaux à plumes blanches décrivent de profondes révérences devant des dames aux guimpes lourdes de broches d'or et de perles nacrées.

À la brunante, un joueur de luth s'approcha d'un petit obélisque et se mit à chanter :

T'was in the merry month of May
When green buds all were swellin',
Sweet William on his death bed lay
For love of Barbary Allen...

La foule est soudain devenue muette. Fasciné par ce chant, Blèche paraît tout bouleversé.

— Qu'est-ce que tu as? lui demanda Anne-Séraphie.

— Rien... c'est cette ballade.

Marie-Venance se tenait tout près, elle aussi un peu chavirée à cause de cet air mélancolique.

— Qu'est-ce qu'elle raconte, cette ballade?

— Une bien triste histoire. L'histoire de Barbary Allen. Quand elle apprit que *Sweet William* était mort d'amour, elle mourut de chagrin à son tour.

Les deux femmes ont perçu un petit chevrotement dans la voix de Blèche.

— Comme elle est triste, cette chanson! dit Anne-Séraphie.

— Attends, ce n'est pas tout... On enterra les deux amants côte à côte, derrière la vieille église, et puis, du cœur de *Sweet William* est sortie une rose, et de celui de Barbary Allen, un églantier. En grandissant, la rose s'est enroulée autour de l'églantier et lui a fait un nœud d'amour.

Marie-Venance esquisse un faible sourire. Ses prunelles humides brillent d'un éclat métallique dans la pénombre. Cette histoire lui fait une boule dans la gorge.

Une formidable pétarade fit sursauter la foule. Le roulement des bombes se répercute contre les collines. Ce tonnerre assourdissant déclenche des hourras et des applaudissements frénétiques.

Le balcon du manoir se mit à verser des larmes de feu qui tombaient en une molle cascade. Tout à côté, des fusées égrenaient de longs chapelets d'étincelles dans le ciel noir. Dispersés dans la foule, des gens brandissaient des chandelles romaines.

Le feu d'artifice s'acheva en apothéose. Des bombes assourdissantes faisaient jaillir des boules de feu qui s'épanouissaient comme des ligules de chrysanthèmes, ou des rosaces de cathédrales.

La foule se dispersa lentement, avançant à tâtons dans l'obscurité. Muets et déjà nostalgiques, les exilés regagnèrent leur sombre gîte.

•

Dans les mois qui suivirent, Crête-de-coq et, surtout, Archie, redevinrent bourrus et intraitables. Une fausse manœuvre, une vétille, un rien les irritait. À leur dire, les hommes manquaient d'allant et d'énergie.

— *Come on, lazy bones,* hurlait Archie.

À un rythme accéléré, les exilés s'échinaient du matin au soir à mille et une corvées : rouler des barils de tabac, charger à l'épaule des madriers de pin, culbuter d'énormes ballots de coton.

— *Come on, lazy bones.*

Armé d'un fouet qu'il faisait claquer à la manière des dompteurs de grands fauves, Archie talonnait son monde et se plaignait sans cesse de la lenteur de ses *lazy bones.*

Vers la mi-décembre, un rafiot chargé de tonneaux de mélasse et de caques de hareng accosta au *Bull's Wharf.*

— *Rush this one,* commanda Archie, faut libérer le quai avant six heures.

Il faisait un froid de loup. Pierre avait beau se frotter les mains au givrage des tonneaux, il n'arrivait pas à vaincre l'engelure qui lui crispait les doigts. Une caque lui échappa et alla se fracasser contre une bitte. Le petit hareng glissa sur l'appontement, puis à la mer.

Archie vit rouge. Il monta quatre à quatre les barrotins de la planche, sauta sur le pont et, de son fouet, cingla la nuque du coupable. Pierre vit rouge à son tour.

Il bondit sur Archie, l'empoigna par la manche de sa pèlerine et l'envoya rouler au pied du mât. Archie se releva, la rage au cœur. Il leva de nouveau son fouet, mais Poirier et Joffriau lui saisirent le bras et le lui firent lâcher.

— Reprends tes sens, beau blond, dit Poirier sur un ton qui ne souffrait aucune réplique. Si tu nous prends pour des chevaux, tu te trompes.

Crête-de-coq sauta, à son tour, sur le pont et comprit tout de suite la situation. L'œil pointu, il donna un petit coup de tête de biais. Archie hésita un moment, puis, blanc comme un mort, redescendit à terre, sous le regard réprobateur des hommes.

Crête-de-coq réalisa sans peine qu'il valait mieux en rester là. Les dents serrées, les hommes se remirent au travail. Le soir même, Crête-de-coq prit Pierre à part.

— *Well, let me see...*

Il enleva sa mitaine et se mit à tripoter les poils blancs de sa barbiche. Les bras ballants, Pierre attendait l'orage.

— *I'm sorry,* fit le petit homme, remettant sa mitaine.

Étonné, Pierre n'arrivait pas à comprendre que le contremaître tentait gauchement d'expliquer la conduite de son assistant.

— *Nervous, you know...* Fatigué, *understand?*

Pierre haussait les épaules et cherchait Blèche du regard. Entraînant l'interprète à l'écart, Crête-de-coq se vida le cœur. Il avait l'air d'une gargouille de cathédrale avec ses joues creuses et ses yeux d'épervier.

— *I'm your friend,* dit-il tout en martelant gentiment du bout des doigt le creux de l'épaule de Blèche.

Et, d'une voix éteinte, il expliqua comment il avait appris à mieux connaître les *Frenchies* de l'entrepôt, comment il avait fini par comprendre qu'eux aussi étaient à la merci de décrets injustes.

— *You're on our side, I know,* répétait-il, martelant toujours du doigt son discours.

L'air suppliant, il fit une moue.

— *Please,* dit-il, gardez pour vous ce qui s'est passé.

Et, à mots couverts, il expliqua la situation, retenant le confident près d'un quart d'heure après que l'équipe eut réintégré l'entrepôt.

Blèche dut attendre après le repas pour faire rapport des confidences qu'il avait reçues.

— Il a admis, dit-il, que lui-même et Archie étaient devenus plus sévères, mais que c'était les ordres.

— Les ordres?

Blèche s'accrocha une cuisse au coin d'une table et se fit mystérieux.

— Vous pouvez pas vous imaginer.

Tout le monde était suspendu à ses lèvres.

— Crête-de-coq et Archie ont comparu devant le Conseil... à cause de la fête.

De la fête... Chacun se rendit compte qu'effectivement, c'est depuis la fête que le climat s'était gâté.

— À cause de la fête, répéta Blèche. Tous deux avaient bel et bien reçu l'ordre de nous accorder une journée dc congé, mais ils avaient aussi reçu l'ordre de nous avoir à l'œil toute la journée. Crête-de-coq m'a dit qu'il avait ignoré cet ordre parce qu'il nous connaît bien et qu'il nous fait confiance.

— Il nous fait confiance, ricana Poirier. C'est bien plutôt parce qu'ils étaient pleins, jusqu'au goulot, tous les deux.

— N'empêche qu'on en a profité, dit Maurice Coing. Et puis, c'est eux autres qui nous ont fait goûter à la piquette.

— Ils nous portaient sur la main, dit Pierre, songeur. Ce que je ne comprends pas c'est de les voir s'*emmalicer*, comme ça, tout d'un coup.

— Moi, je comprends, dit Blèche. On les a punis, et ils ont la gueule sure.

— Punis? fit La Piraude, dressant un sourcil incrédule. Qu'est qu'on a bien pu leur faire?

— On leur a coupé les gages.

— Quoi?

— Archie a le feu, et il se venge sur nous autres.

— Par exemple!

Le malheureux coup de fouet d'Archie se révéla un mal pour un bien. La bonne routine reprit ses droits à l'entrepôt, et on eut l'impression que les deux contremaîtres avaient pris de bonnes résolutions.

•

Les jours s'écoulent maintenant mornes et sans surprise. Le printemps est maussade. C'est à peine s'il a réussi à faire surgir de frêles pissenlits sur les franges de terre grise qui bordent les murs pourris des baraques du port. Dans un ciel ramagé comme une faïence, les mouettes grimpent, à grands coups d'ailes, des rampes de vent pour ensuite se laisser mollement glisser vers des flaques d'écume qui ondulent au flanc des grands navires.

Un soir du début de mai, un cheval blanc, attelé à un cabriolet pimpant, sortit de la rue South et vint s'immobiliser devant la grande porte de l'entrepôt.

— Mon Dieu! murmure La Piraude.

Silence de mort. La grosse femme semble changée en statue de sel.

— Encore une mauvaise nouvelle, soupire de son côté Marie-Venance.

Droit et imposant, le visiteur descend du cabriolet et noue les rênes au pommeau de la selle de son cheval. Le tricorne majestueux comme un chapiteau, le gilet et le justaucorps marron à larges revers, les manchettes à dentelles et les souliers fins à boucles de cuivre : tout annonce le patricien du plus pur gratin chez ce personnage à perruque poivre et au profil bourbon.

— Mais je le connais, dit Blèche. C'est lui qui est venu à la mort de la mère Caloube.

À pas comptés, le personnage pénètre dans l'entrepôt, enlève son chapeau et fait une courte révérence.

— Bonsoir, dit-il en français. *Do you remember me?*

— *Yes, yes*, s'empresse de répondre Blèche.

Le jeune homme se tourne vers les autres.

— Vous vous souvenez de monsieur?

Les exilés esquissèrent un petit signe d'affirmation de la tête.

— Bien le bonsoir, monsieur, fit le père Savoie au nom de tous, et il lui désigna le petit tonneau qu'il venait de quitter.

Le visiteur eut un sourire débonnaire pour le remercier, mais préféra rester debout.

— *My name is Samuel Adams,* dit-il et je viens au nom du Conseil.

Par la porte entrouverte, un reste de crépuscule découpe les traits calmes et sereins de l'homme, révélant l'œil paterne, le nez aquilin et le double menton débordant l'encolure de la chemise blanche.

— *Well*, dit-il, mi-anglais, mi-français, j'ai... *let me see*, un message... *yes*, un message... *from the Legislature*.

Un léger sourire soulève un coin de sa joue, puis, il sort un parchemin de la poche de son gilet et le déplie lentement. Plus personne ne bouge. Des yeux défiants brillent dans la pénombre.

— *You may go*, lance le délégué du Conseil. Vous pouvez partir... partir là-bas, *in Canada*. C'est le désir du... *British Crown*... C'est le désir de la *Legislature, and Governor James Murray will receive you*... Tous les *French Neutrals* du Massachusetts *may now leave*... Vous partez à Québec ou à Montréal... *Governor Murray will grant you land*... Des terres à vous, *understand?*

Aucune réaction de l'auditoire qui n'arrive pas à saisir très bien le sens de ce que raconte le personnage. Blèche s'approche et prie l'homme de répéter en anglais ce qu'il venait de dire. Le délégué du Conseil écarquille de grands yeux blancs, visiblement déçu du peu de succès qu'avait eu son français. Il met une main sur l'épaule de Blèche et recommence lentement son boniment. Le jeune homme traduit au fur et à mesure.

— Le gouverneur de Québec accepte de nous recevoir... Il va nous faire concéder des terres... Du côté de Québec et du côté de Montréal... Le Conseil nous a voté de l'aide... Nous pouvons partir... dès la semaine prochaine... le temps de se préparer.

Samuel Adams fit de nouveau la révérence.

— Bonne chance, dit-il, et bon voyage.

Il remit son chapeau, remonta dans son cabriolet et disparut au fond de la ruelle obscure.

C'était vraiment trop d'un seul coup. Comment croire en une délivrance du côté du Canada quand on a attendu si longtemps, et en vain, celle du côté des mers du sud? Partir? Aller en Canada? Où c'est maintenant plein d'Anglais? Et un gouverneur anglais qui distribuerait des terres? Cela paraissait vraiment une histoire à boire debout. Maurice Coing rompt le silence.

— Y a une attrape là-dedans.

Poirier se met à tourner en rond, comme un ours en cage.

— Pour sûr qu'il y a une attrape... Nous laisser partir, comme ça, nous autres, les tâcherons du port? Nous autres qui faisons les besognes que les autres ne veulent pas faire?

Chacun apporte son grain de scepticisme. Même Joffriau a un commentaire :

— Peut-être qu'on leur coûte trop cher...

Le père Savoie réfléchit très fort. Il se lève pour aller prendre sa pipe dans la poche de son vieux caban.

— Et si c'était, dit-il à brûle-pourpoint, un geste de repentir de la part des Anglais? Si c'était qu'enfin, ils trouvent que ça n'a ni rime ni bon sens de nous garder tout le temps enfermés, comme des animaux, dans un entrepôt?

Poirier pivote sur ses talons.

— Vous, fait-il sur un ton à peine contenu, vous prêtez des bonnes intentions à tout le monde. Vous voyez où ça mène, les bonnes intentions. En tout cas, moi, je le trouve pas mal à retardement leur repentir.

Affaire de détendre un peu l'atmosphère, Blèche se met à rire.

— Toujours les mêmes, dit-il. On dirait que vous croyez rien qu'aux mauvaises nouvelles.

— Tu y crois, toi aussi, au repentir des Anglais?

Avec un sourire entendu, Blèche hoche la tête.

— Je ne crois à rien, dit-il, mais je sais que l'homme qui vient de sortir n'est pas n'importe qui. C'est monsieur Samuel Adams : un homme respecté et écouté au Conseil. On parle de lui, dans les journaux. On dit qu'il est du bord des Fils de la liberté. C'est assez dire qu'il ne porte pas, lui non plus, les Anglais dans son cœur. S'il s'est déplacé personnellement pour venir nous annoncer qu'on pouvait partir, c'est que c'est sérieux.

— Partir, partir, mais pour aller où?

C'est Pierre qui vient enfin d'éclater.

— En Canada? Notre chez-nous, c'est ni le Canada, ni à Saint-Domingue, morgué! Notre chez-nous, c'est là-bas, en Acadie.

— Y a une attrape là-dedans, que je vous dis, répète Maurice Coing.

Poings aux hanches, La Piraude regagne son cabanon en hochant la tête.

— Plutôt que de faire des suppositions, attendons les événements. On verra ben.

Elle se tourne brusquement.

— Et puis, Pierre, dis-moi donc un peu : en Canada, ça peut-y être pire qu'icitte? hein?

•

Dès le lendemain, Crête-de-coq et Archie vinrent donner des ordres qui confirmèrent ce qu'avait dit le représentant du Conseil. Seuls les hommes partirent pour les quais; quant aux femmes, on leur donna congé afin qu'elles commencent les préparatifs du départ.

— Eh bah... dit Joffriau, apparence que c'est vrai. On nous laisse partir.

Pierre résistait à l'euphorie qui commençait à gagner ses compagnons. Tout s'embrouillait dans sa tête. Passe pour les mers du sud, dans une île française... Mais partir en Canada? Un pays inconnu... maintenant aux mains des Anglais? C'est partir pour un nouvel exil... s'exposer aux caprices d'un autre gouverneur : une pure folie.

Blèche avait beau faire valoir que c'était le gouverneur du Canada qui consentait à les recevoir, et non celui de la Nouvelle-Écosse, Pierre n'en démordait pas. Il faillait risquer le tout pour le tout, et choisir le pays plutôt que l'exil; rentrer en Acadie, plutôt que d'aller s'aventurer en Canada.

— J'ai vécu dix ans à Pembroke, répétait-il, c'était l'exil; à Boston, depuis un an et demi, c'est l'exil; en Canada, ça va être l'exil.

Le père Savoie eut raison des appréhensions de Pierre et de ceux qui commençaient à les partager.

— Partons en Canada, dit-il, ce sera toujours ça de pris. Plus tard, on verra. Il sera toujours temps de rentrer au pays.

Le lendemain matin, une petite caravane de chevaux somnolents, attelés à dix charrettes éreintées, déboucha de la rue South et s'immobilisa aux abords du moulin. Dans une de ces charrettes : du foin, de l'avoine, des pelles, des haches et des seaux de bois; dans une autre, les provisions : des barils de lard, des caques de hareng saur, des caisses de thé, deux muids de maïs...

Maurice Coing promenait un regard critique sur le matériel roulant. S'approchant de La Piraude, il lui dit à l'oreille :

— Vous avez vu? C'est point des charrettes; c'est des *barouches*. Et puis les chevaux... si c'est pas malheureux : des *pitons*. Tenez, c'tui-là, j'cré qu'y a le *souffle*. Y fera pas l'voyage.

Mine de rien, le critique s'approcha d'une caisse rangée à l'avant de la *barouche* à foin. Il voulut soulever le couvercle, mais Archie l'écarta sans façon.

— *Don't touch,* fit-il, dominant du haut de ses paupières affaissées.

L'incident ne manqua pas de piquer la curiosité. Chacun s'interrogeait du regard, tout en continuant à traîner les malles vers les charrettes et à balancer des balluchons par-dessus des monceaux de couvertures et de hardes.

Des curieux commençaient à s'assembler autour des charrettes, mais ils durent se garer à l'approche de deux chariots remplis de membres de l'*Honorable Artillery*. En tunique bleue et hallebarde au poing, les gardes descendirent des chariots. L'un d'eux s'approcha. Il avait l'air renfrogné avec sa moustache de hussard et son chapeau à cornes rabattu sur le front. Il prit connaissance de l'état des préparatifs, puis, fit apporter des ballots de vieilles toiles de navires. On déplia ces toiles et, telles des bonnets de nonnes, on en recouvrit les charrettes.

La Piraude sortit de l'entrepôt, les bras chargés d'un panier de galettes de maïs qu'elle avait fait cuire en hâte la veille. Tienniche et Jean-Baptiste en firent la distribution. Le père Savoie leva les deux bras pour réclamer le silence.

— Mes amis, dit-il c'est le dernier repas que nous allons prendre à Boston. Remercions le Seigneur de nous avoir préservés jusqu'à ce jour. Moi qui vous parle, je le remercie de m'avoir laissé vivre assez vieux pour entrevoir la délivrance, parce que, aujourd'hui, oui, aujourd'hui, c'est... c'est vraiment...

Le patriarche ne put achever. Luisante comme un grain de chapelet, une grosse larme se détacha du coin de l'œil et alla se loger dans sa moustache. Il leva sa grosse main de pêcheur.

— Mangeons, dit-il.

Depuis un bon moment, la tête basse et la paupière lourde, les chevaux mastiquaient leur picotin. Comme eux, et le vague à l'âme, les exilés croquaient les galettes de maïs. Ils avaient l'air de romanichels rassemblés autour de leurs roulottes

Crête-de-coq leva les bras à son tour. On fit immédiatement silence. Comme ce petit homme paraissait rassurant tout à coup!

— Malgré tout, c'est un bon diable, avait observé Poirier.

Oui, «un bon diable», et qui faisait bien dans le décor. Il était en quelque sorte de la famille. Le fait qu'il en serait bientôt séparé n'était pas sans causer quelque vague regret.

— *I wish you all,* bon voyage, dit le «bon diable» avec un sourire un peu triste. «Bon voyage» and a *fair weather*.

Il fit appel aux bons offices de Blèche pour expliquer l'itinéraire.

— *Head for the West...* toujours à l'ouest, jusqu'au lac George, au nord d'Albany. Le lac George mène au fort Ticonderoga, à la tête du lac Champlain : c'est la route du Canada.

Escortée par la *Honorable Artillery,* la caravane se mit en branle, et, par la ruelle Auchmuty et la rue Essex, gagna la grand-rue qui mène au Neck. Sur le pas des portes, des curieux, écarquillaient de grands yeux pour voir passer l'étrange défilé. De derrière les maisons, des chiens surgissaient en aboyant, et des badauds, se frottant les yeux, se demandaient :

— *What in the world...?*

La vibration des roues sur les cailloux du chemin imprimait un frémissement à la bigarrure des hardes et guenilles. Muets et le cœur serré, les exilés marchaient de chaque côté des charrettes. Les caques de hareng puaient l'ammoniac.

Bien sûr, la vie n'avait pas été facile à l'entrepôt, mais on s'y était fait, et puis, on laissait des souvenirs. Marie-Venance y avait retrouvé son Tienniche; la pauvre mère Caloube y avait rendu l'âme, et puis, il y avait la routine, les mouettes familières, le grincement des ailes du grand moulin, la grande paix des messes blanches, le dimanche. Et voilà que c'était de nouveau l'incertitude du lendemain, les hasards d'une route inconnue.

Mis au courant de ce qui se passait, les gardes du *Castel* ne firent aucune difficulté pour ouvrir toute grande la barrière de sortie. Marie-Venance reconnut, en passant, le petit coin où, un an et demi auparavant, elle avait connu les affres de la détention.

Sitôt sortie de Boston, la caravane fit halte et un militaire, accompagné de Crête-de-coq, prit le père Savoie à part pour lui remettre une grosse clé et lui signifier que c'était la clé du coffre à l'avant de la charrette des provisions, et qu'il en était le dépositaire. Le vieux glissa la clé dans la poche de son caban et le militaire sortit d'une mallette un petit parchemin qu'il déplia.

— *Here is a safe conduct*, dit-il.

Apparemment, il s'agissait d'une simple note rédigée en une écriture en pattes de mouches et au bas de laquelle apparaissait le sceau du gouverneur et son paraphe.

— *Show this paper whenever you are in trouble.*

Il replia le parchemin rigide et le tendit au père Savoie qui le retint précieusement entre ses grosses mains.

Ce fut alors le signal du grand départ. Pierre empoigna la bride du cheval de tête et le piteux cortège se mit en branle. C'est alors que les membres de l'*Honorable Artillery,* Crête-de-coq et Archie prirent congé des exilés mais ne les quittèrent des yeux que lorsqu'ils les virent disparaître dans les broussailles qui encerclent la baie de Roxbury.

LOUISBO...

QUÉBEC

ACHICHE

'RÉAL

SAINT-JEAN

LAC CHAMPLAIN

R. CONNECTICUT

BAIE FRANÇAISE

PORT ROYAL

ACADIE

BOSTON

PEMBROKE

DEERFIELD

NEW YORK

•••••• PÉRIPLE PRÉSUMÉ DES EXILÉS

4

Une longue marche

Une petite brise humide hachure les flots noirs de la rivière Charles, charroyant, dans le ciel frileux, des paquets de nuages en lambeaux.

Se sentant vraiment, pour la première fois, laissés à eux-mêmes, les exilés s'abandonnent à la joie de se retrouver enfin libres dans la grande nature, sans personne pour les surveiller et les commander.

La route est invitante et bordée de merveilles. De petites maisons blanches juchées sur des collines, des vallons où serpentent des clôtures de perches. Ici, un orme coiffé d'un noir feuillage; plus loin, des vaches cailles ruminant placidement en bordure d'un étang.

— Libres! exulte Maurice Coing. Nous v'là libres! J'arrive point à le croire!

— C'est pourtant vrai, dit le père Savoie. Nous v'là libres avec la terre promise à l'autre bout du chemin.

— La terre promise...

C'est Pierre qui, avec dérision, manifeste encore sa frustration.

— Eh ben, quoi? Qu'est-ce qu'il te faut, toi? gourmande le vieux.

— Pour moi, la terre promise, c'est point à l'ouest, mais par-là, au nord.

Le patriarche hausse les épaules.

— Oui, bien sûr, mais le Canada, c'est quand même mieux que l'entrepôt; c'est mieux que Saint-Domingue.

La Piraude marche d'un pas résolu et enthousiaste. Elle s'approche de Pierre.

— Plutôt que de rechigner, fait-elle d'un air espiègle, regarde donc comme c'est beau : des clos tout verts, des labours qui sentent le fumier, des *coulées* avec de la bonne eau fraîche.

La vieille s'en met plein les yeux.

— Y a si longtemps que j'avions pas vu ça, dit-elle.

Un murmure d'approbation sanctionne cette sage remontrance. Blèche, puis Poirier, Pierre et les autres se sont approchés de la charrette où, engoncé dans un tas de foin, les jambes pendantes, le père Savoie est en train de bourrer sa pipe.

— Apparence que le militaire avait des secrets à vous dire?

— Secrets...? Sais pas. Il m'a donné ce papier.

Blèche ouvre le parchemin et met du temps à le déchiffrer.

— Qu'est-ce que ça dit? demande Poirier, impatient.

— C'est un sauf-conduit. Ça dit : «Ces gens sont des *French Neutrals* qui s'en vont en Canada. Prière de les laisser passer. Ordre de Sa Majesté.» Et c'est signé : «Francis Bernard, gouverneur.»

Poirier sursaute :

— Sa Majesté! Le gouverneur! Morgué! c'est précieux un papier de même!

Le père Savoie remet le parchemin dans sa poche, puis exhibe une clé.

— Il m'a aussi donné ça.

— Une clé!

— La clé du coffre! s'écrie Blèche. Donnez, que j'aille voir ce qu'il y a dedans.

Le père Savoie retint la clé.

— Attends qu'on soit rendus plus loin. M'est avis qu'on nous suit.

Impossible, bien sûr, de vérifier. Le sentier est cahoteux. La tête basse, le pas lourd, les chevaux halent les charrettes qui grincent de tous les barreaux de leurs ridelles. Du haut d'une butte, on peut voir le ruban beige qu'est devenue la route déjà parcourue. De chaque côté, des pacages rocheux et des planches de gras labours enveloppent le dos des collines. Voici la route qui mène à Concord.

La caravane fait halte. Personne en vue. Seule une corneille virevolte dans le ciel gris. Le père Savoie remet enfin la clé à Blèche qui, d'un bond, saute dans la charrette de tête, ouvre le coffre, demeure un instant ébahi.

— Qu'est-ce que c'est?

Blèche tire un mousquet du coffre, un flacon d'alcool, une cruche de rhum, un silex, un briquet et, au fond, de la poudre et des balles. Poirier se met à rire.

— Morgué! Faire tant de cachotteries, rien que pour ça.

— Un mousquet! Tu y penses pas? dit Blèche.

Pierre examina l'arme.

— Je vois ce que c'est, dit-il, c'est pour ça qu'ils ont fait des cachotteries, comme tu dis. Ils nous ont toujours pris pour des tueurs. On pourra dire qu'ils se sont méfiés jusqu'à la dernière minute.

— C'est vrai, dit le père Savoie, qu'ils nous ont toujours pris pour des tueurs. Mais c'est quand même une bonne pensée de leur part que de nous donner un fusil pour la chasse et pour faire peur aux ours.

Le cortège se remit en branle avec ardeur et allégresse et parcourut un bon bout de chemin d'un pas décidé. À la tombée de la nuit, une bruine, balayée par la rafale, se mit à fouetter les visages.

— J'cré qu'on ferait mieux de s'arrêter, dit Poirier. Y *mouillasse* et y commence à *faire brun*.

La route s'est soudain blottie au fond d'un vallon. Une obscure palissade d'épinettes se dresse sur le versant d'une colline, et tout au fond, une pâle clairière borde un petit étang hérissé de joncs et de roseaux.

— Tiens, campons là, dit Poirier, *à ras* l'étang où il y a des quenouilles.

Les charrettes s'immobilisèrent à l'orée du bois. Des hommes s'en furent couper des gaules, puis, les dressèrent en faisceaux, à la manière des Algonquins, pour en faire des wigwams. Tienniche monta un petit foyer de roches et mit le feu à une brassée de branchages. C'est dans la nuit la plus noire qui se puisse imaginer, et avec une pluie fine qui tambourinait sur les bâches, que les exilés s'initièrent à leur nouvelle vie de nomades.

La routine ne tarda pas à se rétablir. Le père Savoie conserva, bien sûr, son rôle de patriarche, relevant le moral de chacun et agissant, à l'occasion, comme préposé aux dévotions. La Piraude demeura naturellement responsable du grand chaudron — souvenir de l'entrepôt — mais il ne lui était plus possible de faire cuire des petits pains. Les femmes auraient à veiller aux réserves d'eau potable et à se charger de la lessive. Quant aux hommes, ils auraient, à tour de rôle, à aller chasser la perdrix et le lapereau et à monter et démonter les wigwams. Tienniche et Jean-Baptiste ne demandaient pas mieux que d'avoir à faire boire les chevaux et à les soigner.

La première nuit, seuls dans la nature et presque à la belle étoile, ne manqua pas d'en impressionner plusieurs. Mais le lendemain, un soleil jovial vint répandre une poussière d'or sur les gouttelettes de pluie suspendues aux aiguilles des pins blancs, ce qui redonna à tous le goût de reprendre la route.

Chaque matin, à la barre du jour, la caravane se remettait allègrement en marche. Aux abords de Concord, trois habits rouges à cheval vinrent lui barrer la route. Durant les quelques instants d'angoisse qui suivirent, le sauf-conduit se révéla des plus secourables. De redoutables et renfrognés, les cavaliers devinrent aussitôt de parfaits gentilshommes. Obligeamment et avec grâce, ils escortèrent la caravane jusqu'à la sortie du village. Comble d'obligeance, l'un deux parlait français.

— Toujours vers l'ouest, dit-il. Là, en face, c'est le mont Wachusett. Suivez la petite rivière. Vous arriverez à un hameau : c'est Leominster.

Les exilés manifestèrent, avec effusion, leur vive reconnaissance. Les indications du militaire se révélèrent exactes, mais on ne devait parvenir au hameau en question qu'après avoir bivouaqué sur les berges de la rivière Nashua.

Le bivouac se prolongea plus que prévu. D'abord, à cause d'un violent orage qui éclata au petit matin, rendant la route impraticable. Ensuite, et surtout, à cause de Victoire qui, toute la nuit, avait été prise de douleurs aiguës au ventre.

— Je voyons ce que c'est, dit la Piraude. Elle a dû avaler une arêche ou queuqu'fruitage pas mûr... Une tisane d'écorce de pruche qu'il lui faut.

•

À l'aube, le lendemain, les hommes s'assemblèrent discrètement autour de la charrette où reposait Victoire. Elle se dressa sur sa couche et rassura tout le monde.

— Je vous assure que ça va mieux.

La caravane se remit en branle. Les charrettes roulent maintenant sur un tapis d'aiguilles et de pommes de pin. Les troncs d'arbres se dressent, sombres et droits, comme les colonnes d'un cloître. Espiègles et rapides, des tamias et des lièvres signalent leur furtive présence, mais disparaissent aussitôt.

Mousquet à l'épaule et assisté de Tienniche et de Jean-Baptiste, Poirier précède la caravane en éclaireur. Tâche absorbante. Ici, il faut couper une branche qui barre un passage; là, enlever une roche; plus loin, dégager une charrette enlisée dans un bourbier. Quand les éclaireurs annoncent une *mouillère,* c'est la grogne générale, car alors, il faut couper de jeunes troncs pour paver l'ornière dangereuse. Faut-il s'engager sur une étroite corniche? Les femmes doivent alors descendre des charrettes et marcher.

Un soir, on planta les wigwams au bord d'un lac qu'ombrageait un mont hérissé de sapins noirs. Le lendemain, c'était dimanche et le père Savoie décréta une halte de repos.

•

Réjouissances dans tout le camp. On en profitera pour tendre les pièges, taquiner le goujon, piquer un somme. Tout le monde s'en promet. La main dans la main et à pas comptés, Blèche et Anne-Séraphie cheminent innocemment en direction de la forêt. Quel après-midi superbe! Une forte odeur de trèfle et d'écorce embaume l'air. Des taches de soleil tombées de la feuillée éparpillent, dans le sous-bois, des taches de lumière. Le clair-obscur et le chant de fauvettes aidant, la jeune femme promise se montre moins réticente que d'habitude. Enjouée, elle se fait lourde sur le bras de son futur et laisse tomber sa tête sur son épaule. Sa respiration se fait oppressée et ses lèvres humides et entrouvertes semblent s'offrir. Aucun doute possible, Anne-Séraphie éprouve un violent désir d'être embrassée et serrée dans les bras du jeune homme. Soudain, elle se met à courir et à folâtrer, traînant Blèche par la main. Dans un coin d'ombre, derrière un grand érable, elle se laisse choir sur un lit de feuilles mortes. Blèche trébuche à ses côtés et demeure un instant interdit. Il n'en revient pas. Est-ce bien lui, le pauvre Blèche sans famille et sans nom, l'orphelin sans pécule et sans avenir, l'éternel gamin, tout gauche et dépenaillé, oui, est-ce bien lui qui fait vibrer une femme aussi belle et aussi élégante? Une femme qui sait si bien parler, si bien sourire, si bien marcher? En un mot, une femme infiniment plus racée que lui?

La tête à la renverse, les yeux en coulisse, Anne-Séraphie promène sa main ardente sur la joue et la nuque du jeune homme. Son cou de cygne émerge de la collerette de dentelle. Paralysé, Blèche ne sait que faire. Oh! comme il voudrait couvrir de baisers ces yeux accrochants, cette bouche vermeille, ce cou de nacre, mais il n'ose pas. Que va penser cette créature si digne et si bien élevée? Timidement, il se penche sur ce visage envoûtant. La bouche vermeille s'offre, frémissante. Ses lèvres effleurent les siennes. Blèche perd la tête. N'y tenant plus, il se met à cribler de baisers ce front, ces joues, ce cou fleurant bon le cèdre. Sa main glissa sans hâte sous le corsage de l'enjôleuse qui n'opposait toujours pas de résistance. Au contraire, elle fermait les yeux et pressait amoureusement cette main sur sa poitrine. Dès lors, Blèche sentit qu'il pouvait faire preuve de plus de témérité.

— Que je t'aime! Que je t'aime! murmura-t-il bêtement.

— Moi aussi, moi aussi, ronronna Anne-Séraphie.

L'étrange sensation qu'éprouve Blèche à deviner la peau satinée sous la fine chemisette l'excite au plus haut point. Il caressa longuement cette petite vierge toute belle et toute offerte qui lui souriait avec infiniment de volupté. Sa main errait de l'épaule au coude, puis, du flanc à l'aisselle. Sa paume effleura la pointe ferme du mamelon. Le cœur d'Anne-Séraphie battait très fort sous le sein tiède.

Comme par enchantement, le cordon de la chemisette s'était dénoué et ce fut le ravissement. Blèche promena ses lèvres avides sur le corps éblouissant de cette femme qui le torturait de ses ongles. Les deux amoureux avaient complètement perdu la notion du temps et des lieux où ils se trouvaient. Anne-Séraphie connaît tous les raffinements des jeux de l'amour. Elle se comporte en véritable courtisane. Ses petites moues invitantes, l'ondulation des hanches, l'appel pressant des bras; tout contribue à combler les désirs de Blèche qui, au comble de l'exaltation, fit gentiment l'amour à la courtisane. Ravis et rassasiés, les deux tourtereaux s'endormirent comme des bienheureux dans les bras l'un de l'autre.

C'est Pierre et Marie-Venance qui les ramenèrent à la réalité. Confus et rougissants, les dormeurs se dressèrent sur leurs jambes. Ils avaient l'air de petits garnements pris en faute. Blèche releva la mèche rebelle qui lui barrait le front.

— C'est que... il faisait si beau, bafouilla-t-il, on en a profité pour faire un petit somme.

Marie-Venance eut un petit rire qui en disait long sur le sens à prêter au «petit somme». Elle avait entendu les roucoulements des deux coupables, ce qui lui avait aussitôt donné des idées à elle aussi. Succombant à la tentation, elle avait saisi son homme par la main et l'avait doucement entraîné vers un coin sombre de la forêt. Tout de suite éveillé par le manège de la séductrice, Pierre n'eut aucunement envie de se faire prier. Il avait accepté avec ardeur d'aller faire un «petit somme» lui aussi.

Ce soir-là, on s'attarda autour du feu et on parla de la «terre promise», de ce Canada tellement inconnu et tellement lointain. Aux journées de marche harassante, s'ajoutaient d'autres journées de marche harassante, et tout indiquait qu'on se trouvait encore à des lieues et des lieues de ce fameux lac George que Pétronne Amiraux pointait du doigt sur la carte : une vieille carte jaunie, souvenir de l'époque où elle était institutrice.

— On a dépassé le mont Wachusett, expliquait Blèche, penché sur la carte avec Anne Séraphie, de chaque côté de l'institutrice. Ici, c'est la rivière Otter. Je crois qu'on approche d'Orange.

Désespérant! Si court sur la carte, et si long à marcher! Combien faudra-t-il en franchir de prairies, de fleuves et de montagnes avant d'arriver aux frontières?

•

Les braises avaient commencé à blanchir. Un mince croissant de lune flottait au-dessus de la masse noire du mont tout près. Les moucherons devenaient obsédants. Personne n'avait envie d'aller se coucher. Quelque part, du côté de l'étang, une grosse grenouille barytonnait son coassement. Vers deux heures du matin, des cris déchirants éveillèrent tout le monde.

— Seigneur Jésus! Ça lui reprend.

La Piraude sauta à terre, alluma sa bougie et se précipita vers la charrette d'où venaient les cris. La pauvre Victoire se tordait comme un serpent dans le foin.

— J'ai mal, j'ai mal... C'est pas endurable...

La Piraude tenta de lui masser le ventre, mais la malade lui repoussa la main, ne pouvant rien endurer. Elle la prit maternellement dans ses bras.

— Là, là, arrête de te tortiller comme ça. Essaye de rester tranquille, ça va se passer.

Tout le monde s'était assemblé autour de la charrette. La flamme des bougies révélait des visages affligés. Joffriau et Tienniche se tenaient tout près, les bras ballants.

— Allez *qu'ri* la tisane, et qu'on prépare une compresse chaude, commanda la Piraude.

Tienniche et Joffriau se précipitèrent, trop heureux de pouvoir se rendre utiles. Victoire transpirait de tous les pores de sa peau. Les moucherons lui avaient tuméfié le visage. Marie-Venance chassait sans cesse les sales bêtes et épongeait le front de la malade.

Les cris de douleur retentissaient lugubres dans l'obscurité. À chaque cri, on sentait que la malade perdait des forces. La tisane et les compresses ne produisirent aucun effet. Une heure s'écoula. Les cris ne furent bientôt que de faibles gémissements. La respiration devint difficile. Les femmes commençaient à appréhender le pire. N'en pouvant plus Tienniche fit une crise de nerfs.

— Non, non... faut pas... faut pas qu'elle meure.

Des larmes muettes coulaient dans la barbe de Joffriau.

— Faut pas qu'elle meure, hoquetait Tienniche.

Le père Savoie prit à l'écart le pauvre garçon et le malheureux époux.

— Venez, dit le vieillard, on va réciter le chapelet. C'est ce qu'on peut faire de mieux pour l'aider.

Les *Pater* et les Avé s'élevèrent, ardents, dans le ciel noir, en même temps que les gémissements de plus en plus affaiblis de Victoire. Prosterné dans l'herbe fraîche, Joffriau avait d'autant plus de mal à maîtriser ses nerfs qu'il entendait le sifflement contenu des pleurs de Tienniche à ses côtés. Le malheureux enfant était agenouillé contre la roue de la charrette où se tordait la malade. Sa tête et ses épaules ployaient comme une plante fanée. La lueur du feu qu'on avait rallumé révélait les larmes qui mettaient un éclat livide sur ses joues bouffies. Une boule aigre lui roulait dans la gorge, ce qui l'empêchait de répondre au chapelet. Joffriau aurait voulu le réconforter, mais un poids étrange lui paralysait les membres. Il parvint tout de même à se retourner. Si imprécise que lui parût la silhouette de Tienniche vaguement découpée sur les rayons de la grosse roue, il ne put s'en approcher, ne sachant vraiment pas ce qu'il fallait dire dans des circonstances pareilles. Tout ce qu'il pouvait faire, c'est s'administrer des coups de poing dans les mains et se tordre les phalanges. Comme il se sentait impuissant devant ce grand malheur qu'il sentait éminent, tout en s'efforçant d'espérer malgré tout! Les larmes de Tienniche attisaient les siennes. Il les sentait serpenter à travers les poils de sa barbe. Il ne pouvait, lui non plus, répondre au chapelet, se sentant progressivement envahi par des sentiments de révolte : révolte contre un destin cruel et injuste alors qu'il ne pouvait rien faire qui puisse apaiser les souffrances de sa pauvre Victoire.

Dès que le père Savoie eut achevé la récitation du chapelet, Joffriau se leva et se mit à tourner en rond.

— Misère de misère! fit-il d'une voix vibrante que personne ne lui connaissait. Pas de docteur... pas de prêtre... perdus dans le bois, comme des animaux.

Calme et dolent, le père Savoie s'approcha et mit sa grosse main sur l'épaule du malheureux.

— Notre prêtre et notre docteur à nous autres, il est là, en haut, pas loin. C'est lui le Père; c'est lui qui décide. Faut lui faire confiance, même si, des fois, ça fait pas notre affaire.

Les exilés s'étaient levés après le chapelet, mais demeurèrent figés autour du feu. Le bruit immense provenant des gouffres du silence les envahissait. Aucun gémissement, aucune plainte ne parvenaient de la charrette que Tienniche ne quittait pas des yeux.

— On n'entend plus rien, dit Joffriau. Faut croire qu'elle repose.

Pierre était allé aux nouvelles.

— Les femmes lui ont donné une *ponce* de rhum, dit-il. Ç'a dû tuer le mal.

•

Le fin croissant de la lune glisse, impassible, au zénith. Tienniche et Joffriau ont des yeux de fantômes. Il ne leur reste plus de larmes à verser. Ils s'efforcent d'espérer malgré l'angoisse qui les a tenaillés toute la nuit. Qui sait? Le Père, en haut, va peut-être faire quelque chose.

La nuit a paru interminable. Sans qu'on s'en fût rendu compte, l'aube avait tiré son rideau mordoré derrière des chiffons de nuages suspendus à l'horizon. La masse noire du mont commençait à pâlir et dégageait l'haleine fraîche de ses pins et de ses cèdres. Un merle flûtait doucement, tout près.

Joffriau et Tienniche piétinent à droite et à gauche. Un râle étouffé, suivi de chuchotements, les immobilise.

— C'est elle, dit Joffriau. C'est Victoire. T'as entendu? Elle revient à la vie.

Le père Savoie se lève, secoue sa pipe au-dessus du feu presque éteint et se dirige vers son wigwam. Les chiffons de nuages ont maintenant des franges d'or. Ébouriffés et mal éveillés, des dormeurs sortent de leur trou et roulent leur grabat. Le matin clair dissipe les phantasmes de la nuit. Le soleil redonne aux choses leur juste dimension.

Soudain, on vit La Piraude qui soulevait la grosse toile et qui, gravement, descendit de la charrette, suivie de Marie-Venance. Tête basse, les deux femmes écrasaient de leur poing des larmes qu'elles ne pouvaient plus retenir. Tienniche céda aussitôt à la panique.

— Non, non, hurla-t-il. Non. J'veux pas; c'est pas vrai...

Marie-Venance le reçut dans le creux de son épaule.

•

Étendue toute droite sur un drap propre, Victoire, les deux mains jointes sur son chapelet, a l'air de sourire aux anges. La Piraude et Marie-Venance avaient pris bien soin de la laver, de la peigner et de lui passer sa chemise blanche avant de descendre de la charrette pour annoncer le décès.

La mine affligée et d'un pas hésitant, les exilés défilent un à un à côté de la charrette en faisant le signe de la croix. Le père Savoie prit son missel et récita le *De profundis.*

La prière a beau se faire rassurante, Marie-Venance a sombré dans une lugubre rêverie. Elle se sent envahie par un grand froid. Elle a peur; elle a peur de la mort : cette sournoise visiteuse qui tient trop bien ses comptes et qui sait toujours où trouver son monde. Elle a su trouver Victoire, même ici, au fond d'un vallon perdu, entre les conifères d'une butte sans nom et le miroir pâle d'un petit étang.

L'œil vague, les épaules affaissées, Joffriau a l'air d'un pantin qui regarde, sans les voir, les amis qui défilent pour lui offrir leurs sympathies. Le malheur est trop près et trop grand; l'homme n'en perçoit pas encore l'ampleur. C'est le père Savoie, qui, après avoir longtemps hésité, s'approche et tire le malheureux de sa torpeur.

— On va l'ensevelir, dit-il, et planter une grande croix sur sa tombe.

Joffriau sursaute. Ses yeux lancent des éclairs.

— L'ensevelir? En plein bois? Jamais de la vie; pas question.

— Mais...

— Pas question, que je vous dis. Je l'abandonnerai pas en terre d'exil. Je veux qu'on l'ensevelisse dans la terre du bon Dieu.

Le père Savoie lui prit affectueusement le bras.

— La terre du bon Dieu? Mais..., c'est partout, la terre du bon Dieu, mon pauvre vieux.

Joffriau ne voulait rien entendre,.

— Dans un cimetière, que je veux dire. Dans un cimetière, comme du monde... Pas n'importe où, comme une bête.

L'homme avait du mal à contenir son indignation. Le père Savoie n'insista pas. À contre-cœur, on se mit à replier bagage, après que les femmes eurent soigneusement enveloppé le cadavre dans une bâche et l'eurent dissimulé sous un tas de foin, dans la charrette où la pauvre femme avait rendu l'âme.

•

Dans les jours qui suivirent, la caravane longea la rivière Millers. Le dos rond, Joffriau marchait péniblement à côté de la charrette mortuaire. Une pensée l'obsédait : la longueur du chemin qui reste à parcourir. De son côté, Tienniche prend plus que jamais à cœur son rôle d'éclaireur. Il va et vient sans cesse et sans jamais reprendre haleine.

— Mais pourquoi cours-tu comme ça, tout le temps? lui demande Marie-Venance.

Il y avait un doux reproche dans le regard de la femme. Interloqué, Tienniche ne savait que répondre.

— Euh..., bafouilla-t-il après un moment, c'est que je... je cherche un raccourci.

Marie-Venance comprit et baissa la tête. Elle pria Blèche de bien vouloir le raisonner, ce qu'il tenta de faire le soir même. Il cassa une branche et se mit à dessiner un tracé géographique dans le sable. Tienniche suivait la démonstration avec des yeux effarés.

— Rien que la moitié du chemin de fait?

Blèche se pencha et lui chuchota à l'oreille.

— Crois-moi, les morts sont mieux en terre. La terre ici? La terre là-bas? C'est la même chose.

Après cinq jours d'une épuisante marche, le cortège déboucha sur une élévation qui dominait des terres basses. Dans un ravin tout près, de la belle eau blanche coulait en cascade entre de grosses roches mousseuses, faisant, au passage, frissonner un tapis de fougères.

Joffriau en avait pris son parti. Le coin lui parut propice et accueillant. Il s'en fut trouver le père Savoie.

— On peut pas continuer comme ça, dit-il d'une voix souterraine.. Le corps de ma pauvre Victoire est en train de... de...

— Oui, bien sûr... Si c'était l'hiver, on pourrait peut-être... mais, avec ces chaleurs...

Joffriau était devenu tout à fait conciliant.

— J'aurais dû suivre votre conseil. C'est vous qui aviez raison.

— Mais non, mais non, protesta le patriarche. C'est toi qui avais raison. Faut veiller les morts quelques jours avant de les enterrer, pas vrai?

Joffriau acquiesçait de bon gré.

— On l'a veillée à notre façon, Victoire. Pas comme dans une maison, bien sûr, mais sous le grand ciel du bon Dieu, en récitant une petite prière tous les soirs. Non, non, c'est toi qui avais raison, Joffriau. C'est toi.

L'homme revivait en silence la semaine douloureuse qui venait de s'écouler.

— Ici, c'est frais et c'est beau, dit-il à la fin. Peut-être bien que...

Le père Savoie lui tapota l'épaule.

— J'ai compris. Demain matin, on fera une petite cérémonie.

Joffriau esquissa un petit sourire de reconnaissance et, piteusement, regagna la charrette mortuaire. Un bout de la sinistre toile qui servait de linceul émergeait du tas de foin. Il fit à la disparue une muette confidence.

— J'aurais tant voulu t'amener jusque là-bas... J'ai fait ce que j'ai pu. Et puis, je crois que tu vas être bien ici, sur cette petite butte. Tu vas entendre chanter les oiseaux et gargouiller la petite chute.

Le père Savoie donna discrètement des ordres pour qu'on creusât la fosse a l'insu de Joffriau et de Tienniche. Pierre partit a la dérobée avec Poirier couper un jeune tremble en vue de fabriquer une croix .

Tôt le lendemain, les exilés firent un cercle autour de la fosse au fond de laquelle les hommes avaient descendu la grosse toile et son funèbre contenu. On récita le chapelet et le père Savoie lut quelques prières dans son missel, après quoi on procéda à la plantation de la croix de bois rond.

Immobiles et le vague à l'âme, les exilés ont les yeux rivés sur le trou noir. Un petit vent d'ouest retrousse les mèches rebelles de leurs cheveux. De grands nuages blonds, barbouillés de mauve, glissent à fière allure dans le ciel pers. La croix se dresse toute droite dans sa robe d'écorce grise. Sur le té, Blèche a gravé au couteau : *Victoire Cottard Joffriau — juillet 1767.*

Solennel, le père Savoie s'est approché et, d'un geste retenu, a lancé dans la fosse une motte de terre qu'on entendit s'effriter sur la bâche. Un à un, hommes et femmes, s'approchèrent du monceau de terre et imitèrent le geste du vieux. La petite assemblée marmonnait des Avé, tandis que des hommes remplissaient la fosse.

•

Comme c'était dimanche, le père Savoie annonça une journée de deuil et de repos. Pierre prit le mousquet et partit avec Blèche en direction du ravin où grondaient les chutes Millers. Poirier, Gaspard Laforge et Maurice Coing s'en furent explorer les terres basses. Bientôt, on entendit à peine retentir un coup de mousquet.

— Apparence qu'il y a du gibier, dit la Piraude.

Justement. Pierre avait surpris un jeune caribou en train de boire à une source. Retenant son souffle, et évitant tout geste brusque, il l'avait mis en joue et l'avait abattu d'un seul coup. L'animal s'écroula sur un tapis de mousse; son œil impassible reflétait le grand ciel bleu. Pierre et Blèche lui lièrent les pattes à une perche et revinrent au bivouac. Une superbe bête rousse. Ils l'étendirent sur l'herbe, mais se gardèrent bien de jubiler par respect pour la défunte.

Accroupis au pied des charrettes et des wigwams, des femmes sirotaient en silence du bouillon de perdrix, assaisonné aux coprins et à l'ail. Soudain, les yeux désorbités et hors d'haleine, le gros Gaspard Laforge se précipita au milieu du groupe.

— Ho! Regardez! Là-bas!

Sur le chemin, une troupe de cavaliers approchait au grand galop, soulevant un tourbillon de poussière safranée. Les chevaux avaient des crinières, des yeux et des dents de dragons mythiques.

— Ils nous sont vus, dit Gaspard, sur un ton de panique. Ils nous courent dessus.

Bientôt, une bande d'hommes armés de fusils, de fourches et de longs fouets encercla le camp des exilés. Les forcenés crient et profèrent, tous ensembles, des malédictions. Ils mènent un tapage de tous les diables, brandissent leur fusil, font claquer les fouets. L'œil en feu, l'encolure en arc, les chevaux piétinent nerveusement. Ils se dressent sur leurs pattes arrière en hennissant et en montrant les dents.

— *Poachers! Bandits! Beggars! Gypsies!*

Dominant le vacarme, ces exclamations semblent exciter la fureur des forcenés. Un coup de fouet en direction du chaudron de la Piraude fit se répandre son précieux contenu dans un lit de cendre grise.

Prenant son courage à deux mains, Blèche marcha tout droit en direction de cette bande déchaînée pour réclamer la parole. Un méchant coup de fourche déchira la manche de sa chemise et lui écorcha l'avant-bras. Poirier tenta de se saisir de cette fourche menaçante, mais un gros bâton s'abattit sur son épaule, ce qui le fit tomber à genoux.

La fureur des agresseurs laissait appréhender le pire. Un colosse moustachu et aux tempes argentées s'interposa entre ses hommes et les exilés menacés du fouet. Il fit signe à Blèche d'approcher. Le pauvre garçon hésita. Avec un lambeau de sa chemise, il tentait de se garrotter le bras afin d'arrêter le sang qui coulait abondamment. Le cheval du colosse moustachu avança de quelques pas.

— *What is this?* fit l'homme de sa voix de stentor. Des gitans?

— *No, French exiles,* dit Blèche. Nous ne voulons de mal à personne. Nous sommes des gens inoffensifs, *Sir. Harmless people.*

— *Harmless Frenchies?* Est-ce que ça existe?

— *Going to Canada.*

— *To Canada?* À pied?

Pour toute réponse, Blèche haussa les épaules tout en indiquant qu'il y avait tout de même les charrettes et les chevaux..

— *We have a safe-conduct,* ajouta-t-il, appelant à la rescousse le père Savoie.

Le vieux s'approcha et, tout en tremblant, tendit le sauf-conduit. L'homme fronça des sourcils incrédules et examina le document?

— *The King? The Governor? French Neutrals?* écuma-t-il.

Il lança le parchemin au visage du père Savoie.

— *Going to Canada, heh?* Eh bah... allez-y, et plus vite que ça. Débarrassez nos terres. Nous n'avons pas besoin de *French murderers* par ici.

Un des farouches cavaliers venait de découvrir la croix et la fosse au sommet de la colline.

— *Heh! Look here!*

Le moustachu éperonna sa monture et rejoignit le cavalier.

— *What is this?*

Blèche tressaillit.

— *One of our women,* dit-il. Elle est morte en chemin.

Il n'eut guère le temps de fournir d'explications. La nerveuse cavalerie faisait déjà cercle autour du petit tumulus où reposait Victoire.

— *Good heavens!* tonna la voix de stentor. *A dead woman!*

Le chef de la bande revint, furieux, vers Blèche.

— *Listen,* c'est une ferme, ici; non un cimetière. Enlevez-moi ce cadavre.

— *But...,* balbutia Blèche.

— *Go...,* enterrez-le où vous voudrez... de l'autre côté de la rivière, mais pas sur nos terres.

Les supplications du jeune homme, les larmes des femmes, rien ne put calmer la fureur de la bande frénétique. Déjà, des hommes secouaient violemment la croix pour l'arracher et, avec leurs fourches, commençaient à retirer la terre meuble de la fosse.

Une vive émotion s'empara des exilés qui, en criant et en pleurant, coururent défendre les restes de leur défunte compagne.

— *Stop, stop,* nous allons l'enlever nous-même, fit Blèche qui, du bras qu'il pouvait encore remuer, tentait d'écarter les sacrilèges.

— *All right, boys,* commanda le moustachu. *Leave them alone.*

C'est le désespoir dans l'âme, et avec des grognements d'indignation, que les hommes entreprirent d'exhumer les restes de Victoire, sous le regard horrifié des femmes, tandis que Tienniche, Blèche, Gaspard, s'empressaient d'atteler les chevaux. Les

dents serrées, Tienniche versait des larmes de terreur.

La panique devint générale. Les femmes cou-
raient en tous sens ramasser les hardes, le chaudron,
les écuelles. Elles ne savaient plus où donner de la
tête au milieu de ces forcenés dont les chevaux à la
crinière en feu et aux dents dehors donnaient à la
scène un air d'Apocalypse.

Apercevant, sur l'herbe, le petit chevreuil qui
baignait dans son sang, un cavalier alerta de nouveau ses comparses qui, aussitôt, accoururent en
criant comme des apaches. Furibond, à la vue de ce
nouveau méfait, le moustachu promena ses yeux de
hibou au-dessus de la cohue. Il cherchait Blèche
pour lui dresser un nouveau procès. Ne l'apercevant pas, il dut passer sa colère en vociférant à la
cantonade.

— *Dirty Frenchies!* Tueurs! Braconniers!

D'autorité, il confisqua la bête. Il la fit charger
sur le dos d'un cheval et décréta une fouille générale. Du bout de leur fusil et de leur trique, les cavaliers se mirent à tout chambarder. Accroupis sur
des meulons de foin, sous les toiles des charrettes,
des femmes et des enfants tremblaient de tous leurs
membres. Quant aux hommes, c'est plutôt de colère
qu'ils tremblaient, mais le père Savoie s'affairait de
l'un à l'autre pour les supplier de garder leur sang-
froid.

Un cavalier avait découvert le mousquet sous le
foin de la charrette de tête. Il se mit à le brandir
triomphalement au bout du bras, convaincu que

cette découverte allait confirmer les soupçons de ses compagnons.

— *Ha, ha! Terrorists... as I thought.*

On se mit à fouiller les charrettes avec encore plus de minutie. Les exilés avaient beaucoup de mal à se contenir. Le feu dans les yeux, des plis menaçants au front, ils formèrent un attroupement plutôt inquiétant derrière Blèche qui, d'une voix sèche, rappela au moustachu que la caravane détenait un sauf-conduit et qu'eux tous auraient à s'en repentir s'ils allaient faire fi de la signature du gouverneur du Massachusetts et leur créer de sérieux ennuis.

Rouge de colère, la horde se tenait prête à charger les impertinents.

— *No one is going to tell us what to do,* écuma le moustachu, ni le gouverneur du Massachusetts, et encore moins, des *lousy French terrorists.* Nous sommes chez nous, ici, à Deerfield. Nous défendons notre bien. Jamais plus de *bloody terrorists* ne viendront massacrer nos femmes et nos enfants.

Éberlué, Blèche répliqua calmement que lui et les siens étaient tous des exilés qui n'avaient jamais massacré personne et qui allaient immédiatement évacuer leurs terres sans rien briser.

Un des cavaliers les plus impétueux fit se cabrer son cheval, puis appliqua le canon de son fusil dans le creux de l'épaule de Blèche. Il lui donna une poussée tellement violente que le malheureux interprète tomba lourdement à la renverse, ne pouvant se garantir de son bras blessé. Le cheval piétinait dangereusement. Sa croupe frôlait de près le groupe des exilés. Pierre le prit par la bride et l'immobilisa. L'agresseur voulut lui donner une poussée à lui aussi, mais, d'un geste rapide, Pierre attrapa le canon du fusil et désarçonna le jeune téméraire qui tomba à son tour à la renverse. Fou de rage, il se releva, voulut ramasser son fusil, mais Pierre mit le pied dessus. L'incident menaçait de mal tourner. Le moustachu intervint. D'une voix terrible, il ordonna à ses hommes de s'écarter. Penaud et grommelant, le jeune cavalier remonta en selle. Pierre avait ramassé le fusil. Il le lui remit en lui adressant un sourire narquois.

— *All right,* dit le moustachu au groupe maintenant apaisé des exilés, *get out! Get out! And don't you ever come back.*

Talonnée par les chevaux écumants, la caravane dévala en vitesse la pente du coteau avec le cadavre et la croix de bois chargés en vitesse dans l'une des charrettes. C'est à la fine épouvante que le cortège passa le pont cahoteux de la rivière Millers. La horde apocalyptique qui lui donnait la chasse s'immobilisa soudain dans un nuage de poussière. Apparemment, la rivière marquait les limites de ses domaines.

La caravane s'enfonça en silence dans la brousse. À la brunante, elle atteignit les rives d'une large et puissante rivière.

— C'est la Connecticut, j'en suis sûr, annonça Blèche.

On alluma un grand feu. Joffriau avait découvert un petit tertre isolé qui surplombait la berge escarpée. C'est dans le silence le plus funèbre qu'on puisse imaginer qu'on procéda une fois de plus à l'inhumation. Le père Savoie aurait voulu prononcer quelques paroles réconfortantes, mais les émotions de la journée lui coupaient l'inspiration.

— Que Dieu et ce grand fleuve la protègent!

C'est tout ce qu'il put dire. Toutefois, il s'attarda un long moment, avec Joffriau et Tienniche, devant la croix qu'on avait plantée face au fleuve. La forêt dégageait une haleine de musc et de résine. La Connecticut tordait son gros cordon d'eau noire au fond de la berge. Le jour avait baissé. Un engoulevent solitaire virevolta bien haut dans les vapeurs de la brunante. Son cri vespéral retentissait comme un appel à la nuit.

— La croix va la protéger, dit le père Savoie.

Joffriau aimerait en être convaincu, mais, après ce qui venait de se passer... Le patriarche avait prévu l'objection.

— Oui, je sais... les gens sont nerveux, par ici. Et puis, c'était sur leur terre... Au bord de l'eau, loin de tout : pas de danger. Une croix, ça inspire le respect.

Joffriau mit la main sur l'épaule de Tienniche. Le pauvre garçon semblait frappé d'hébétude. La joue creuse, l'œil poisseux, sa mine de raton apeuré s'accentuait plus que jamais. Marie-Venance s'était pourtant appliquée à apprivoiser cet être renfermé sur lui-même. Elle n'avait rien négligé pour qu'il se sentît chez lui dans sa nouvelle famille, la sienne.

Martine le traitait en frère et cherchait, par tous les moyens, à le tirer de sa solitude. Farouche et distant, le jeune homme ne se confiait à peu près jamais et, quand il le faisait, c'était spontanément du côté de ses parents adoptifs qu'il se tournait. Depuis la mort de Victoire, il se révélait d'un mutisme impénétrable. L'âme en peine, il ne quittait plus Joffriau d'une semelle.

L'obscurité était maintenant complète. Accroupie devant le feu, Anne-Séraphie apporte d'infinies précautions à refaire le pansement du bras de Blèche. Le jeune homme avait les yeux fixés sur le brasier, mais il avait l'esprit ailleurs. Il revivait les incidents de la journée. Une phrase du chef de la bande lui revenait constamment à la mémoire. «Jamais plus des Français ne viendront massacrer nos femmes et nos enfants.»

— Ils nous prennent pour des meurtriers, murmura-t-il.

Anne-Séraphie s'immobilisa.

— Qu'est-ce que tu dis?

Blèche revint sur terre.

— Rien, dit-il. Rien.

•

Bien que côtoyant la Connecticut, la caravane reste en butte aux pires difficultés. Rives parsemées d'obstacles, forêts impénétrables : on avance à tâtons sur des pistes vagues, sinueuses. Les éclaireurs précèdent les marcheurs du plus loin qu'ils peuvent, mais comment prévoir que là-bas, au fond d'une pente douce, un ravin ouvre une gueule remplie de dents de pierres? Comment savoir où débouche la barricade de sapins qui ceinture le flanc des montagnes?

Par bonheur, la Connecticut signale sa présence rassurante à tous les tournants. Inlassablement, elle tresse son gros cordon d'eau glauque. Les vagues se précipitent et se chevauchent, ourlant des festons d'écume pétillante. Planté sur ses longues jambes et se tapotant la panse, Gaspard réfléchit tout haut.

— Elle a beau piquer franc nord, va falloir la traverser un jour.

— Ouais..., et elle va pas se laisser faire, prédit Maurice Coing en s'épongeant le front.

•

Les réserves ont considérablement diminué. On est même réduit à rationner le hareng devenu archisaur. Aucun village en vue. Ironie du sort, depuis la confiscation du mousquet, le gibier semble prendre un malin plaisir à venir narguer les marcheurs. À tout bout de champ, on peut voir une biche qui musarde à travers les branches, ou mieux, un jeune orignal qui descend tranquillement boire au bord de la rivière. Et puis, partout, des canards, des oies blanches et des outardes qui s'envolent au nez de tous. L'insolente parade de tout ce gibier fait gargouiller les ventres creux.

On multiplie les haltes, affaire de s'accorder plus de temps pour pêcher et pour tendre des pièges. Mais le poisson ne se montre guère glouton; quant aux lièvres, ils font preuve d'une prudence désarmante. Pourtant, on peut les voir folâtrer, un peu partout, dans la forêt. Il suffit de leur tendre un piège pour qu'ils deviennent d'une discrétion exaspérante. Gaspard Laforge n'y comprend rien. Chaque matin, il fait le tour de ses pièges. Rien.

— Morgué de morgué! J'cré quasiment qu'ils se font signe.

Voulant en avoir le cœur net, il décide de faire le guet. Ayant particulièrement bien camouflé son engin entre une souche et une roche, d'apparence tout innocente sous sa robe de mousse, il s'allonge, avec Joffriau, sur les feuilles sèches et à une distance respectable de l'invisible appareil.

Rien ne bouge. Un merle siffle au loin; une perdriole saute d'une branche à l'autre; un tamia froufroute sous la fougère : que faut-il de plus pour inspirer confiance au gibier? Les petits rongeurs font acte de présence, mais de lièvres, point. Les deux hommes vont abandonner la partie quand, ô miracle, ils en voient bondir un dans une clairière. L'œil rond, le museau fureteur, l'animal gambade en agitant sa couette blanche. Les oreilles dressées en V, les barbes palpitantes, il s'approche de la souche, hésite. Aucun doute possible, il va finir par tomber dans le piège. Une des oreilles s'est affaissées, comme une feuille fanée. Le museau pointu analyse intensément la situation. D'un vigoureux coup de pattes, sire lièvre a enfin bondi, mais... à côté du collet.

— Morgué de morgué!

On ne le revit plus. Les yeux exorbités, la moustache en bataille, le gros Gaspard revient, penaud, à la souche, récupère son engin et, comble d'ironie, le piège se referme sur le bout de sa botte.

— Morgué de morgué!

Faute de lièvre, restent les fraises, l'ail des bois et les racines que les femmes partent ramasser, tandis que les hommes s'affairent avec des lignes et des nasses improvisées au bord des lacs et des étangs.

La préoccupation... l'obsession constante? Comment passer sur l'autre rive de la Connecticut?

On en discute, chaque soir, autour du feu. Continuer de marcher vers le nord, jusqu'à ce qu'on parvienne à un gué? On n'y compte pas trop. On a sondé un peu partout : le lit de cette rivière déchaînée s'enfonce partout à pic.

•

Un après-midi, un soleil de plomb contraignit la caravane à s'immobiliser à l'ombre d'une rangée d'ormes, en bordure d'un champ de tabac.

— Comme c'est curieux! Un champ de tabac, comme ça, au bout du monde!

Le père Savoie en profita pour se couper une petite provision de belles feuilles, toutes tièdes de soleil, oh! rien qu'une main, qu'il mit à sécher dans la charrette de tête.

La chaleur écrasante embrume le paysage. Le
chant des cigales et le vol paresseux de papillons
soulignent la profondeur du silence. De grands oiseaux, aux cris insolites, se chamaillent dans le bosquet qui borde la plantation. Par-delà un massif de
conifères, on entend le ronron affaibli de la rivière.
Assis sur un tronc d'arbre et mâchonnant un brin de
foin, Pierre a soudain un froncement de sourcil.

— Écoutez... on dirait que...

Tout le monde tend l'oreille. Aucun doute
possible, des craquements de branches et des piétinements attestent de la présence de quelque chose de
lourd en forêt.

— Un troupeau de chevreuils? Peut-être
même des orignaux...

Des hennissements se firent entendre, suivis
d'une sourde rumeur et de grands éclats de voix.

— Diable! Il y a du monde!

— Et c'est sûrement fête au village.

Tout à coup, on vit apparaître, au bout du sentier, une troupe de cavaliers. Sveltes et légers, les
chevaux courent, la tête haute et les dents dehors.
Ceux qui les montent crient en brandissant des fusils.

— Miséricorde! Les Peaux-Rouges!

Le galop des bêtes soulève une poussière
aveuglante. Plumes au bandeau, la nuque tendue, les
cavaliers foncent à toute vitesse. Le soleil luit sur
leurs épaules de bronze et leurs jarrets d'acier.
Leurs cris vont s'amplifiant. La bouche méchante et
l'œil farouche, ils se déploient en deux colonnes de

chaque côté des charrettes. C'est la panique. Les femmes ne savent de quel côté courir. Des Peaux-Rouges assoiffés de sang et de butin... Qui sont-ils? Des Iroquois? Des Nez-Percés? Une roupie de pierre bleue pend aux narines de certains. C'est visiblement l'opération pillage. On a mis le feu à la charrette à foin. Les ustensiles et les vieilles hardes volent à droite et à gauche.

Au-dessus de la cohue, un cri de détresse. Blèche a tressailli. Il se précipite à toutes jambes. Ricanant comme un satyre, un jeune Indien retient Anne-Séraphie. Il lui pétrit les seins et le bas-ventre comme une bête en chaleur. Blèche se précipite, et envoie l'assaillant rouler dans la poussière. Écumant de rage, le satyre se relève, mais fait face à Pierre qui vient à la rescousse. Il hésite. Pierre en profite pour le saisir par la taille et le soulever de terre. Le malheureux hurle. Il sent le bras de l'adversaire se resserrer comme un étau. Il gigote des pieds et des mains, comme un hanneton à la renverse et qui bat l'air de ses pattes.

Tremblant de tous ses membres, Anne-Séraphie pleure et crie désespérément. La Piraude l'a prise à l'écart et lui enveloppe les épaules de son gros bras.

Un des guerriers s'est approché et, du haut de son cheval fringant, interpelle Pierre.

— Lâche-le, dit-il en son dialecte guttural,

Pierre retient toujours sa proie qui se lamente comme un écorché.

— Lâche-le, te dis-je.

D'un geste vif et sournois, le Nez-Percé a rabattu le canon de son fusil sur l'épaule de Pierre.

— Arrière, visage pâle, ou tu es mort.

Pierre ne comprend pas un mot de ce qu'il dit, mais il a tout de même lâché prise et s'est écarté en se tenant l'épaule. Marie-Venance se montre aussi hystérique qu'Anne-Séraphie. Elle se tient le visage à deux mains et crie sans cesse.

— Pierre, Pierre, reste tranquille. Ils vont se venger; ils vont nous scalper tous.

La fouille des charrettes se poursuit fébrilement. Les pillards bousculent tous ceux qu'ils trouvent sur leur passage. Ils deviennent d'autant plus furieux que le butin se révèle absolument inexistant. Même les charrettes tombent en ruine, et les chevaux tiennent à peine debout.

Un guerrier accourt en brandissant la main de tabac qu'avait coupée le père Savoie.

— Voyez, voyez, dit-il en s'adressant à la troupe. Voyez ce que je viens de trouver.

Une vive inquiétude s'empara du coupable et de ceux qui l'entouraient. Le jeune chef qui avait une roupie verte à la narine fronça les sourcils. Du haut de son cheval blanc, il ressemblait à un aigle sur le point de fondre sur sa proie.

— Je vois, vociféra-t-il à son tour. Visages pâles! Des pillards!

Le père Savoie a beau avoir appris quelques mots de micmac à l'époque où il était coureur de bois, il n'entend rien au dialecte de ces farouches guerriers.

— «Visages pâles», marmonne-t-il, c'est tout ce que je peux saisir.

— Il a l'air de nous interroger, dit Blèche.

— Viens, on va lui faire le salut de paix, dit le vieux.

D'un pas mal assuré, les deux hommes s'approchent du cheval blanc et lèvent les deux bras en faisant la révérence.

Le regard de l'aigle se décontracte un peu.

— Je ne comprends pas. *I don't understand,* dit Blèche articulant chacune des syllabes et pointant du doigt ses oreilles. Nous sommes Français. *Do you speak English?*

Le cheval blanc se dressa sur ses pattes arrière, ce qui fit reculer les «visages pâles». Le Nez-Percé se mit à débiter des sentences sonores et vibrantes.

Blèche hochait la tête et montrait désespérément ses oreilles pour indiquer qu'il ne comprenait rien au discours qui leur était adressé.

Un remous se produisit, suivi d'un impressionnant silence. Les chevaux des guerriers se rangèrent de chaque côté du sentier pour livrer passage à un grave personnage. Un sachem, sans doute; un patriarche au teint olivâtre et au visage buriné de rides. Le nez busqué, les pommettes saillantes, ses cheveux poivre sont imbibés de graisse. Ses tempes sont matachées de losanges blancs et ses sourcils tombent en accent aigu sur l'œil félin.

Le père Savoie et Blèche se dépensent de nouveau en salutations et révérences. Le sachem accepte leur salutation fort courtoisement, ce qui étonne le chef de bande qui s'approche respectueusement et lui murmure quelque chose à l'oreille, tout en lui montrant le plant de tabac coupé. Le vieux prend la plante et demeure un instant perplexe. À l'arrière de la caravane, des guerriers continuent de harceler les femmes et de fouiller les charrettes.

— Arrêtez, fait le sachem sur un ton péremptoire.

Avec majesté, il descend de son superbe bai et s'approche du père Savoie.

— *Who are you?* dit-il en un anglais laborieux. Qu'êtes-vous venu chercher sur nos terres? ajoute-t-il en sa langue.

Blèche exulte. Il n'en croit pas ses oreilles. Le sachem parle anglais. C'est probablement le salut.

— *We are not your ennemies,* fit-il avec élan. Nous ne faisons que passer. Nous voulons quitter vos terres. Nous voulons traverser de l'autre côté de la rivière.

— *And this?* demanda le sachem, brandissant la main de tabac.

— *We cut only one,* dit Blèche, confus. Pour notre vieil ami qui fume la pipe. *Only one,* veuillez lui pardonner, c'est notre sachem à nous.

L'Amérindien demeura impassible. Les jeunes guerriers attendaient impatiemment son verdict. Blèche se dépensait en gestes et en paroles.

— *On the other side,* répète-t-il en indiquant, d'un vaste geste, la rivière dont on entend le murmure par-delà le massif de conifères. *On the other side of the big river... the Connecticut.* Nous allons au *Lake George,* pour monter ensuite vers le Fort Carillon.

Plusieurs guerriers réagirent au mot «Carillon».

— *Lake George,* insista Blèche. Carillon... *across the river.*

Un vague sourire détendit les lèvres minces du sachem qui se tourna vers le chef de la bande et lui dit en aparté :

— *Horican... Lake Horican...*

— Non, *no,* protesta Blèche. *Lake George, below Lake Champlain.*

Le vieil Iroquois fit un grand signe de la tête.

— *Ya, ya, Lake Horican, Lake Champlain, across the river.*

— *Across the river,* confirma Blèche, toujours avec son grand geste, *but where? Big river, rough river, swift river.*

Le sachem s'amuse de voir déclamer Blèche et se soucie fort peu de ce qu'il raconte. Les gestes, on ne peut plus démonstratifs du pauvre «visage pâle» font s'esclaffer les guerriers qui ondulent, eux aussi, les mains pour imiter la houle de la rivière.

Esquissant une moue débonnaire, l'Indien à l'œil félin tendit le plant de tabac au père Savoie, puis donna des ordres aux guerriers. Il remonta à cheval et redevint solennel et énigmatique. Les cavaliers s'alignèrent de chaque côté des charrettes. Visiblement, le vieux avait commandé le départ. Aucun doute possible : il emmenait tout le monde en captivité. Les exilés s'empressèrent de ramasser les ustensiles et menus effets que les pillards avaient répandus un peu partout, et la caravane se remit en marche, précédée du sachem et du chef de la bande.

D'arrogants, les Peaux-Rouges sont devenus soudain muets et tendus. Que ruminent-ils dans leur tête pointue? L'angoisse grandit chez les «visages pâles». Pierre grimace et se frotte. L'épaule lui fait affreusement mal.

— Marie-Venance a probablement raison, dit-il. Ils vont nous scalper tous.

Blèche et le père Savoie s'interrogent du regard.

— Pourquoi est-ce qu'ils nous voudraient du mal? dit le vieux, comme se parlant à lui-même. On ne leur a pris qu'une pauvre petite main de tabac.

La tête basse, les chevaux ahanent; les charrettes grincent de toutes leurs mortaises. Dans les mélèzes, des corbeaux échangent des croassements menaçants, tandis que le craquètement des cigales meuble sans répit l'arrière-fond sonore. Les traits tendus, les femmes marchent en se serrant les unes contre les autres, ayant constamment à l'œil l'Indien qui chevauche tout près. L'attitude tolérante du chef n'a guère dissipé l'angoisse qu'ont fait naître les brusqueries inconsidérées de Blèche et de Pierre. Les Peaux-Rouges ont des mémoires fantastiques. S'ils sont devenus momentanément doux comme des agneaux, c'est qu'ils savent qu'ils pourront user de représailles lorsque les visages pâles seront enfermés dans leur village.

Les femmes se font du mauvais sang. Le harcèlement que dut subir Anne-Séraphie ne présage rien de bon. Elles ont l'impression de marcher au supplice. Muets et impassibles, les guerriers ajustent le train de leur monture à celui des lents et lourds chevaux attelés aux charrettes. Ils ont tous des masques de sphinx. Le soleil ajoute à l'éclat de leurs plumes et de leur tatouage.

Le sentier devient moins cahoteux. Il s'agit sans doute d'une piste indienne qui serpente, tantôt en bordure de la rivière, tantôt à travers des bosquets de pins et d'autres conifères. Le sachem bat toujours la marche. Il a l'air d'un mage sur son superbe bai, paré de plumes et de coquillages. Il ne parle à personne, et personne ne lui adresse la parole, pas même le chef de la bande qui chevauche respectueusement en retrait. Le silence de tous ces bruyants guerriers finit par devenir terriblement inquiétant.

Au bout d'une heure — une heure qui parut interminable — le sachem immobilisa son cheval. Se tournant vers le père Savoie et Blèche, il leur fit signe de le suivre.

— *You, and you, come this way.*

Le sachem et le chef de la bande bifurquèrent dans un sentier apparemment peu fréquenté et assez sinistre. Des herbes grasses recouvrent le gravier sec.

— *Come,* insiste le vieux.

Le père Savoie et Blèche trouvent bien étrange le comportement des deux Indiens. Ce sentier ne leur dit rien qui vaille; il serpente à travers un épais fourré.

— *Come,* répète le sachem d'une voix qui laisse percer une pointe d'impatience.

Le sentier a sans doute été très fréquenté jadis, mais maintenant, il a l'air de mener nulle part. Il est presque complètement recouvert de chardons et de plantain. Les deux exilés suivent les Indiens sans conviction. Une chose les rassure toutefois, le ronron de la rivière s'amplifie. Bientôt, ils se trouvent sur la berge. Tout droits sur leur monture, et sérieux comme des bonzes, les Indiens les attendent.

— *See,* dit le sachem.

D'un grand geste, il pointe vers l'autre rive.

— *Horican... Horican...*

Le vieil Indien se mit à rire, tout en imitant des mains le geste ondulatoire qu'avait sciemment exagéré Blèche dans son ardent désir d'être compris.

— *Horican, ya...*

Il rebroussa chemin, suivi du jeune chef à la roupie de pierre bleue. Quand les autres les virent ressortir du fourré, sans le père Savoie et Blèche, ils furent en proie aux pires appréhensions. D'une voix forte, et répétant son geste théâtral du bord de la rivière, le sachem leur dit:

— *Ho! Horican... Ya...*

Il mima à nouveau le geste de Blèche et éclata de rire. Que pouvait bien signifier cette comédie? Le chef donna un commandement dans sa langue et la bande rebroussa chemin au trot en poussant des cris aigus. Stupéfaction des exilés qui se tenaient comme des bêtes traquées autour des charrettes. Les dernières rumeurs de la bruyante cavalerie s'étant estompées au loin, ils s'engagèrent, d'un pas hésitant, dans le fourré. Ils trouvèrent le père Savoie et Blèche les bras ballants, les épaules affaissées, absorbés par la vue d'un étrange spectacle. Il y a là, au bout d'un quai éreinté, un vieux bac retenu à son bollard par un filin rouillé. L'embarcation n'est rien d'autre qu'une épave à moitié engloutie dans une anse où clapote une eau couleur d'encre.

Anne Séraphie se précipita dans les bras de Blèche.

— Qu'est-ce qu'ils vous ont fait?

— Mais... rien, rien. Le vieux nous a montré l'autre rive en disant : «Horican.» Apparemment, c'est ici qu'il faut traverser.

— Traverser? dit Poirier. Ici? Ils veulent nous noyer tous, ces Indiens, morgué!

•

L'après-midi s'achevait : un après-midi lourd et humide. Le soleil avait perdu un peu de sa force, mais il tapait encore sur la nuque. À l'horizon, les montagnes baignaient leurs épaules bleues dans les vapeurs chaudes du couchant. On détela les chevaux et on les mit à paître dans un coin d'herbe. On dressa les tentes. Pierre entreprit de sonder les rives de la rivière et procéda à un examen minutieux du bateau-passeur.

— C'est rongé par la rouille, constate-t-il, mais la poulie et le câble sont encore en place.

— Mais t'as vu sur le quai? fit remarquer Poirier. T'as vu le bac? Un squelette! Ils veulent nous noyer, que je te dis.

Le père Savoie tourne en rond, en se frottant la barbe.

— Non, dit-il, hochant de la tête, je crois pas qu'ils nous veulent du mal. S'ils sont venus nous conduire jusqu'ici, c'est probablement parce que c'est le meilleur endroit pour traverser.

— Le meilleur endroit? fait Poirier, avec dérision.

— En tout cas, ç'a dû être longtemps le meilleur endroit. Tu vois, il y a un bac.

On ne fut pas long à se rendre à l'évidence. Le bac ne valait vraiment rien. Les mains sur le ventre, les moustaches retroussées, le gros Gaspard réfléchissait très fort lui aussi.

— On va pas perdre notre temps à réparer une pourriture pareille. Va falloir se cracher dans les mains et se construire un radeau. Quelque chose de gros et de solide.

Ne disposant que d'une hache, l'entreprise parut d'abord surhumaine : trouver de gros pins, les abattre, les ébrancher, les équarrir et les traîner jusqu'à la rive... À tour de rôle, les plus costauds se relayaient à la hache. À cause de ses reins cassés, on dispensa Maurice Coing des gros travaux. On le chargea, plutôt, de refaire la provision de *parchaudes* et de *barbotes* avec Tienniche et Jean-Baptiste. À tout bout de champ, on l'entendait jubiler.

— Y en a plein! Je les vois qui grouillent...

À grand-peine, on arracha le vieux bac à ses amarres et l'on fixa le câble et la poulie à un gros tronc de pin. Le radeau n'avait pas encore pris forme que Poirier soulevait un point embarrassant.

— Hé! Vous autres, y avez-vous pensé? On n'a rien pour le haler et le ramener, ce radeau-là.

Pierre se faisait, lui aussi, du mauvais sang.

— La rivière est peut-être plus creuse qu'on pense, dit-il. Est-ce qu'on aura des gaules assez longues et qu'on pourra manier?

Observations contrariantes qui firent tomber l'enthousiasme qui avait commencé à renaître. Où trouver du cordage ou du filin pour haler et ramener le radeau d'une rive à l'autre?

— Il y aurait, peut-être, le filin qui retient les toiles aux carcans des charrettes, dit Joffriau.

— C'est à peine si ça va nous faire une largeur de rivière, fit remarquer Pierre, et il nous en faut deux : une pour haler à l'avant, l'autre pour retenir et ramener le radeau à l'arrière.

— J'ai une idée, s'écria Marie-Venance. On pourrait, nous autres les femmes, tailler des lanières à même les toiles qu'on a en trop et les attacher bout à bout pour faire un cordage.

Le campement eut bientôt l'aspect d'un chantier naval. Les hommes équarrissaient les troncs d'arbres et les fixaient aux travers au moyen de chevilles de bois, tandis que les femmes s'arrachaient les pouces à tailler les lisières de toile avec de vieux ciseaux. Quant à Maurice et aux jeunes, ils sortaient de la rivière des poissons à brassées. Aux angoisses qu'avait causées la rencontre des Peaux-Rouges sur la route, succédaient des jours paisibles et sans histoire. Désormais, une seule chose importait : passer de l'autre côté de la rivière.

De l'autre côté de la rivière...

Les exilés la regardent couler, cette rivière... ce torrent impétueux et menaçant. Personne n'ose se l'avouer, mais tout le monde a peur, tellement cette force de la nature a de quoi geler sur place les plus intrépides. Poings aux hanches, Maurice Coing crâne pour mieux dissimuler sa trouille.

— De la folie pure, dit-il avec un sourire narquois. S'aventurer dans des remous du diable. Avec des houles gonflées comme des dos de baleine? Une tuasse.

— Eh ben, Maurice, dit Pierre, plaisantant à son tour, si t'aimes mieux rester de ce bord icitte, avec les Peaux-Rouges...

Les hommes s'interrogent et tirent des plans pour la première traversée.

— La plus risquée, estime le père Savoie. Y aura personne pour haler de l'autre bord.

— C'est vrai, dit Pierre, mais vous autres, vous allez retenir de ce bord icitte, tandis que nous autres, nous allons pousser sur le fond de la rivière avec nos gaffes.

— À condition qu'il y en ait un de fond, plaisante encore Maurice Coing.

•

Le jour de la traversée s'est levé lumineux et resplendissant. Les rayons ocres du soleil percent par tous les trous de la voûte feuillue de la forêt. La rivière paraît moins redoutable et tout enjouée sous sa chape bleue marine.

On procède à une dernière vérification. Serrées l'une contre l'autre, Marie-Venance et La Piraude se recommandent, tout bas, à l'Étoile de la mer.

Pierre bande les yeux du premier cheval qui va traverser. Avec d'infinies précautions, il l'entraîne vers l'embarcadère. Le poids de la bête et celui de la charrette font tanguer et rouler le radeau mais Gaspard Laforge, le père Savoie, Maurice Coing et même quelques femmes tirent sur les lanières avec une telle force qu'il s'immobilise aussitôt. Joffriau tient le cheval par la bride, tandis que, de chaque côté du radeau, Pierre et Poirier arc-boutent leur gaffe contre le fond de l'eau.

— Allez, donnez un peu de mou, commande Pierre.

Massés sur la rive, les exilés retiennent leur souffle. Le radeau s'est détaché de l'embarcadère. Il s'éloigne; on entend grincer la poulie. Les femmes se mordent les lèvres et joignent les mains, car, au fur et à mesure que le câble se tend et émerge de l'eau, le radeau cède à la poussée du courant. Il cède; il cède au point qu'on se demande si ce satané câble est fixé à l'autre bord. C'est la dérive. Pierre et Poirier ont beau essayer de freiner avec leur gaffe, rien à faire. Elle va en s'accentuant.

— Tirez, répète le père Savoie. Je crois que le câble a cédé.

Les talons arc-boutés dans le gravier, les exilés halent comme des forçats, cependant que Pierre et Poirier s'égosillent :

— Donnez du mou, bon sang! Donnez du mou!

Le radeau a l'air de bien peu de chose, au milieu de la pétillante nappe d'eau. Retenu par la longue lanière, il flotte sur le dos de l'onde, comme un cerf-volant sur celui du vent.

Pris de panique à la vue de ce qui leur reste de laisse, c'est avec réticence que les hommes obtempèrent aux ordres qui leur parviennent du milieu de la rivière. La Piraude branle la tête en maugréant.

— Ces lanières de malheur! Y en avait *à plenté* pour traverser en ligne *drette*, mais point assez pour traverser en dérive comme ça.

Les lanières continuent à glisser des mains de ceux qui font pourtant des efforts inouïs pour les retenir.

— Ohé! Halez, tonnerre d'enfer, dit Blèche, avant que le bout qui reste nous échappe des mains.

La situation est devenue critique. Que faire? Il y eut un moment d'hésitation durant lequel on entendit crier sans cesse du milieu de la rivière.

— Du mou, sacrebleu! Du mou! Faut mollir!

— Reste plus de mou! hurle Blèche. Si ça continue, on va vous perdre.

Marie-Venance n'a pu réprimer un cri de terreur.

— Mon Dieu! Ils vont se noyer!

Le désastre semble imminent. Le père Savoie se tient la tête à deux mains.

— Faut les ramener, dit-il.

Les hommes halent désespérément, mais sans succès. Le radeau est trop loin, et le courant est trop fort. Les mains de chaque côté de la bouche, Gaspard lance d'une voix terrifiée :

— Les lanières sont trop courtes; faut vous ramener. Aidez-nous!

— Attendez! Attendez!

En vitesse, Pierre a noué à son poignet le bout de filin d'avant et, passant outre aux adjurations de Poirier et de Joffriau, il se jette à l'eau. Le courant l'emporte à une allure folle, mais l'incorrigible casse-cou sait se débattre et nager avec une énergie telle qu'il réussit à s'en dégager et à atteindre la rive.

— Ça y est! exulte-t-il, ruisselant de toutes les mèches de ses cheveux.

Poirier et Joffriau jubilent à leur tour et se mettent à crier au bout de leur voix.

— Ohé! Ohé! Pierre est à terre. Il va nous haler; tenez bon.

Pierre a attaché le bout du filin à un cyprès et se met à tirer de toutes ses forces. Lentement le radeau redresse la courbe de sa dérive et vient heurter le ponceau d'accostage. Sur l'autre rive, les hommes, couchés sur les lanières, ont tout à coup senti décroître la tension et se mirent à jubiler à leur tour.

Tenant toujours le cheval par la bride, Joffriau l'entraîne sur la rive. Les planches pourries du débarcadère cèdent sous le poids de la bête. Les roues de la charrette cahotent dans les rigoles creusées par la pluie. Libéré de sa lourde charge, le radeau se mit à ballotter au gré du clapotis. Pierre enleva le bandeau de jute qui faisait éternuer l'animal.

— Ohé! Halez!

Désormais, retenu d'un côté par les lanières de toile, et de l'autre, par le filin, le radeau paraît léger comme une écale de noix et on peut le ramener sans peine. Cinq autres chevaux attelés à leur charrette traversèrent sans encombre, après quoi, ce fut le tour des femmes et des enfants.

La chaleur est devenue suffocante. Aussi, est-ce avec soulagement qu'on vit monter quelques nuages à l'horizon.

— Dépêchons-nous, dit le père Savoie. Faudrait bien remonter le camp avant la pluie.

Chacun s'acquitta de sa petite routine : les femmes aux bâches; les hommes aux wigwams; le petit Jean-Baptiste au feu, et La Piraude à son chaudron. Les hommes entreprirent de faire passer la dernière charrette, la plus lourde.

— Dépêchons, dépêchons, répète le père Savoie.

•

Le ciel est soudain devenu menaçant. Avec ses nuages en effiloches, il ressemble à un grand lit défait où des nimbus géants s'apprêtent à venir faire leurs culbutes. Au fond de l'horizon, le tonnerre prépare ses batteries.

Tienniche a bandé les yeux du dernier cheval, tandis que Blèche love les lanières à l'arrière du radeau.

— Ohé! Halez!

Le radeau avait à peine quitté l'embarcadère que la pluie se mit à tomber comme un grand rideau. On n'entend plus que le vaste crépitement des grosses gouttes s'abîmant dans la rivière devenue écumante. N'étant plus retenu de l'arrière, le radeau se remit à dévier dans le sens du courant. Trempés jusqu'aux os et distinguant à peine la vague silhouette de l'embarcation qui flotte au milieu de l'orage, les hommes tirent désespérément sur le filin, mais le courant se révèle plus fort qu'eux. Leurs talons glissent et enfoncent dans la vase. Soudain, un éclair, suivi d'un épouvantable coup de tonnerre, a fait perdre pied aux haleurs qui se mirent à glisser avant de tomber à plat ventre dans les flaques d'eau.

— Hé! le filin, hurla Pierre. Rattrapez le filin!

De justesse, Poirier réussit à s'en saisir. Horreur! il n'offre plus de résistance.

— Ho! fit-il d'une voix délirante, j'embraque; rien qui vient!

— Quoi!

Et les hommes de se saisir du filin à leur tour. Rien. Il ne raidit plus. Tous se mirent à pousser des cris de détresse.

— Le radeau! Blèche! Tienniche! Où est le radeau?

Sa silhouette a complètement disparu dans la tourmente. Pierre appréhende le pire.

— Malédiction! C'est le filin qui s'est cassé.

— Allons donc! Du chanvre goudronné; c'est-y Dieu possible?

— Ben alors, il s'est détaché.

Les hommes ont l'air de naufragés. Ils s'interrogent du regard. L'eau ruisselle de leurs cheveux, de leurs sourcils, de leur barbe.

— Faut point perdre la tête, dit le père Savoie. Il reste tout de même le câble et la poulie.

— Et si ça aussi avait cédé, renchérit Pierre qui, comme Joffriau, ne tient plus en place.

— Tienniche! Tienniche! Blèche!

Loin de s'apaiser, la tempête et le vent redoublent d'intensité. On entend grincer puis se casser des branches au faîte des arbres. La pluie fouette les visages. Même les chevaux s'agitent; ils piaffent et hennissent au milieu d'une flaque de glaise. Les hommes scrutent désespérément l'écran de pluie qui leur bouche le paysage. Sous les bâches, les femmes poussent des cris de détresse et implorent le ciel. Marie-Venance court en tous sens et s'égosille.

— Tienniche! Tienniche!

La pluie et le tonnerre étouffent ses cris.

— Mon Dieu! Mon Dieu!

Il faut bien se rendre à l'évidence. Le filin s'est détaché du radeau. Il est là, recroquevillé comme un insecte maléfique, à côté de ce qui reste du débarcadère.

Gaspard Laforge tombe des nues. Il réalise tout à coup l'étendue du malheur.

— C'est épouvantable, dit-il, écarquillant ses petits yeux de goret, le courant va charrier le radeau. Et puis, s'il fallait que Blèche et le jeune se fasse avaler par les chutes?

— Tu ferais mieux de te taire, Gaspard, dit le père Savoie. Quelles chutes? Où as-tu vu une chute, toi?

Les épais sourcils du vieux se sont crispés plus que de coutume. Gaspard comprit qu'il valait mieux ne pas insister. N'y tenant plus, Marie-Venance se mit à courir en tous les sens. La Piraude vint la prendre par la main et tenta, mais en vain, de la ramener sous la bâche.

— Allons, allons, dit-elle, faut point imaginer le pire. Attendons. Blèche et Tienniche sont point des manchots. Ils ont du gingin. Ils sont jeunes et ils sont forts. Et puis, bon sang, un radeau, ça flotte et ça coule point.

•

La tempête met du temps à se calmer. Pourtant, on entrevoit des éclaircies à travers les pans de nuages. Blêmes et trempées, des femmes sortent de sous les bâches. Par petits groupes, elles s'approchent du débarcadère pour interroger, elles aussi, l'horizon. Martine et Jean-Baptiste se pressent contre leur mère. Celle-ci serre les dents pour ne pas crier. Tout près, Anne-Séraphie fait également pitié à voir. Elle pleure comme une enfant sur l'épaule de la tante Amiraux qui, maternellement, promène sa main décharnée dans ses cheveux mouillés. Quant à Joffriau, il tourne en rond comme une bête assommée.

— Tienniche, lance-t-il sans cesse en direction du sinistre courant.

Sa voix fêlée a un accent tragique.

— Tienniche, mon petit gars, gémit-il. Il est tout ce qui me reste de consolation sur terre... Tienniche! Tienniche!

Ses cris sont intolérables. Marie-Venance se bouche les oreilles pour ne pas les entendre. La pauvre femme prend peu à peu conscience de l'étendue du malheur. Joffriau qui a perdu tout espoir? Un homme qui est l'incarnation même du calme et de la retenue? S'il crie ainsi, c'est qu'il a un pressentiment. Le visage de Marie-Venance est affreusement crispé. La pensée que Tienniche puisse lui être enlevé une seconde fois lui paraît une épreuve au-dessus de ses forces. Elle suffoque.

— Tienniche! Tienniche! Réponds-moi!

Le silence atterré des femmes qui l'entourent la confirment dans le sentiment qu'elle commence à avoir qu'un grand malheur vient de la frapper. Anne-Séraphie a un mouvement de révolte.

— Pourquoi? Pourquoi faut-il que toutes les catastrophes nous arrivent à nous? Dis, tante Pétronne, pourquoi?

La pauvre fille tremble et pleure sous la pluie.

— Grand-mère Caloube, enterrée en pays étranger... et maintenant... Blèche, mon homme... emporté par la tempête... Tienniche, un jeune qui n'aura même pas eu la chance de goûter à la vie... C'est trop... C'est trop injuste!

— Allons, allons, fit, tout bas, la tante Amiraux. Faut pas perdre courage par-dessus le marché. Faut plutôt s'en remettre à la Providence et à la bonne Vierge. Tiens, faisons une prière pour que le ciel nous les ramène tous les deux.

Et tante Pétronne de serrer Anne-Séraphie dans ses bras, tout en murmurant :

— Étoile de la mer, notre patronne, faites ce miracle pour nous. Ramenez-nous vivants Blèche et Tienniche.

La Piraude, que rien n'ébranle d'habitude, fait les cents pas sur le gravier spongieux de la rive. De grosses larmes roulent sur ses joues tuméfiées.

— Noiraud, soupire-t-elle, mon bras droit... mon marmiton... j'pouvons pas le croire...

Même le vieil Émery Blanchard s'associe au désarroi de la famille. Ses petits yeux vitrés font une tache verdâtre entre les paupières ratatinées; la

moustache en queue de lapin frémit sous le nez vei-
neux.

— Pauvre Blèche, dit-il de sa voix éraillée,
parti dans la force de l'âge, comme son père... Me
voilà sans famille, moi itou... Vieux et tout seul
dans la vie...

N'y tenant plus, Pierre sort de ses gonds.

— Taisez-vous! Taisez-vous tous! À vous
entendre, c'est fini. Plus rien à espérer! Qu'en savez-vous? Secouons-nous, morgué! Qui sait? Ils
nous cherchent peut-être, et nous autres qui restons
là à nous lamenter. Faut les retrouver, et il faut y
aller avant que la nuit tombe. Viens Joffriau, toi
aussi Poirier, Gaspard, venez,

Les quatres hommes sont partis à tout hasard, à
travers les broussailles chargées de grosses gouttes
d'eau :

— Tienniche! Blèche!

•

Gorgée de pluie, la forêt feutre leurs appels.
La colère de Pierre a figé Marie-Venance sur place.
Elle se tient, immobile, avec Martine et Jean-
Baptiste, à côté du filin de malheur. Les cheveux
collés aux tempes, elle scrute sans cesse les brumes
flottantes, tout en mordillant un mouchoir enroulé sur son poing crispé. Soulevées par le dé-
luge qu'elles viennent de recevoir, les vagues de
la Connecticut se précipitent plus rageuses que
jamais. Leur turbulence se révèle autrement

plus convaincante que les propos faussement rassurants de Pierre. Marie-Venance rumine ses propres pressentiments. Que peut-elle vraiment espérer? Si jeunes et si vigoureux soient-ils, comment
Tienniche et Blèche ont-ils pu tenir tête à un courant
pareil?

Le père Savoie s'est approché et a mis paternellement la main sur l'épaule de la petite femme.

— Attendons patiemment, dit-il. C'est ce qu'il
y a de mieux à faire.

— Et en attendant, lance La Piraude qui cherche, elle aussi, à se faire rassurante, si on mangeait
un peu. Ça nous réchaufferait, hein?

Maurice Coing a levé le nez.

— Manger? dit-il. Mais c'est la charrette
aux provisions qui... qui a sacré le camp avec le
radeau.

— La charrette aux provisions?

Le pauvre Maurice a l'air tout penaud. Adieu
le petit lard; adieu la galette au sarrasin; adieu les
belles *barbotes* et les belles perchaudes bardées
d'écailles d'or.

La pluie a cessé; les arbres s'égouttent. Le
ventre creux, la bouche amère, les femmes réintè-
grent les bâches. Maurice Coing a fait signe à Jean-
Baptiste.

— Viens, dit-il, viens m'aider à ramasser des
branchailles pour faire un feu. Faut se faire sécher,
autrement, c'est notre coup de mort à tous.

•

Les hommes revinrent au bout d'une heure, l'épaule basse, la mine abattue. Personne n'osa poser de questions. Prise d'un frisson subit, Marie-Venance dut se retirer, elle aussi, sous la bâche. Enveloppée d'une couverture de laine et recroquevillée dans le foin, elle adresse au ciel de ferventes suppliques. Elle frissonne et sanglote tout à la fois.

Ce sont les hommes maintenant qui se montrent nerveux. Ils tournent autour du feu, s'arrêtent, tendent l'oreille, se précipitent vers le bord de la rivière, reviennent, la tête basse et en s'administrant de grands coups de poing dans les mains.

Plus personne n'ose parler. La forêt dégage une forte odeur de fougère et de chêne. Perché sur un écueil, un huard pousse son cri éraillé. La rivière culbute ses houles noires. Le jour baisse, mais il fait déjà nuit dans la tête de tous. Que peut-on faire, maintenant? Va pour les obstacles matériels. On peut toujours construire un radeau, tailler des lanières de toile et même échapper aux Peaux-Rouges. Mais que faire en face d'un terrible inconnu? Et puis, à force de s'accumuler, les épreuves ne vont-elles pas finir par rendre dérisoire cette marche interminable à travers des populations hostiles et une nature redoutable? Chacun cherche, tant bien que mal, à contenir sa révolte.

Mais Pierre refuse toujours de se laisser abattre. Il ne lui entre pas dans la tête que Tienniche et Blèche n'aient pu s'agripper au radeau. La rivière les a entraînés très loin, c'est certain, mais ils ont sûrement fini par échouer sur quelque récif.

— Si on allumait un autre feu, dit-il. Un grand feu au bord de l'eau; un feu qui pourra être vu de loin?

Sitôt dit, sitôt fait. Chacun court ramasser sa brassée de branches et de chicots, et Pierre se met à attiser le feu avec ardeur. Le vague à l'âme, les hommes, muets et transis, font cercle autour du brasier. La flamme secoue sa chevelure dans la nuit naissante. Au moindre bruit insolite, tout le monde retient son souffle, mais ce n'est toujours qu'un hibou, une taupe ou tout simplement une braise qui s'affaisse.

Accroupi à la manière indienne, le front las et les sourcils plus crispés que jamais, le père Savoie essaie d'apprécier la situation. Que faire? Plus question de reprendre la route. Il faut absolument retrouver les corps. Le courant aura sûrement fini par les rejeter sur la rive quelque part. Mais où? À plusieurs lieues peut-être.

Une infinie lassitude pèse sur les épaules du pauvre vieux. Il se sent affreusement responsable. Il s'adresse intérieurement maints reproches. Pourquoi avoir accepté si facilement de partir à l'aventure en terre inconnue, sans guide, sans outils, sans rien? «J'aurais dû prévoir; j'aurais dû faire montre de plus de prudence. On n'en sortira jamais de cette terre étrangère et hostile. Déjà, elle nous a pris Victoire, et voici qu'elle nous prend Blèche et Tienniche. Qui sait? Elle finira peut-être par nous prendre tous. Ah! ces montagnes effrayantes; ces rivières sournoises...»

•

La nuit a tout effacé. Il ne reste plus que le grand feu qui découpe, dans l'obscurité, les taches que font les visages hagards des exilés. Muets et compassés, ils ont l'air rassemblés en une veillée mortuaire. Le temps passe, et plus il passe, plus diminue l'espoir de retrouver vivants Blèche et Tienniche. Inexorable, l'affreuse réalité s'installe dans la tête de chacun puisque enfin, il n'est plus possible d'espérer. Si les deux malheureux étaient encore vivants, ils auraient eu le temps de se manifester.

Sans conviction, les hommes continuent de ramasser des branches et Pierre attise machinalement le feu qui s'anime et s'affaisse sans cesse. Faut-il continuer à l'entretenir, ce feu? Faut-il renoncer à tout espoir? Plus personne ne se fait d'illusions. Même Pierre a perdu sa belle assurance. Il se sent envahi par l'angoisse. Assis à ses côtés, Joffriau donne libre cours à son amertume et à son chagrin.

— Victoire, il y a deux mois... aujourd'hui, Tienniche... Qu'est-ce qui me reste dans la vie, hein?

Pierre ne peut que hausser les épaules.

— Toi, poursuit Joffriau, il te reste ta femme, les enfants, tandis que moi...

Pierre constate l'étendue de la détresse de son compagnon et il en a le vertige.

— C'est vrai, dit-il d'une voix caverneuse. J'ai de la chance, malgré tout. Mais il reste que Tienniche, pour moi, c'est la deuxième fois qu'il meurt... et cette fois-ci, j'ai bien peur que...

Joffriau a baissé bien bas la tête pour écraser une larme de son poing. Pierre ne peut plus résister. Il a, lui aussi, envie de pleurer, mais il réussit à se contenir pour ajouter :

— J'ai fait de la prison à Plymouth; j'ai attrapé dix coups de fouet sur le dos; j'ai été la risée d'une foule sur le pilori, mais c'était rien. Ça s'endurait. Mais un coup pareil...

La tête entre les genoux, les deux hommes donnent, en silence, libre cours aux larmes. Vaincus par la fatigue et l'émotion, Gaspard et Poirier roupillent tandis que Maurice Coing continue de ramasser des branches. Le feu pétille faiblement au-dessus des braises. La nuit a fait taire jusqu'au bruit de la rivière. On n'entend plus qu'un faible clapotement. Soudain, un bruit lointain et insolite se fait entendre. Le père Savoie sursaute.

— Vous avez entendu?

D'un seul mouvement, les hommes se sont dressés sur leurs jambes. Ils tendent l'oreille. Est-ce bien des éclats de voix qu'on a entendus? On dirait même des branches écrasées sous des pas.

— Mais non, c'est un tison qui vient de tomber.

Pierre se précipite à l'orée du bois et se met à crier à tue-tête.

— Tienniche! Blèche!

Du fond de la nuit, lui parvint un faible «ho!».
Est-ce possible? A-t-on bien entendu? Pierre se
met à crier encore plus fort.

— Tienniche! Blèche!

Le «ho!» se fit de nouveau entendre. Marie-
Venance, Anne-Séraphie, la tante Amiraux, la
Piraude, toutes les femmes ont sauté en bas des
charrettes. Tout le monde se mit à s'agiter et à
exulter.

— C'est eux! C'est eux! C'est sûr!

Pierre tourne en rond comme un fou. Il s'empare d'une branche enflammée et se précipite vers la
forêt, suivi de Joffriau et de Poirier. Tout le monde
a resserré les rangs autour du feu. Marie-Venance
joint les mains.

— Mon Dieu! Faites que ce soit eux.

La torche des éclaireurs disparut bientôt derrière les grands arbres. Les appels se répercutaient
en écho dans le lointain.

— Il fait noir comme chez le loup, dit La
Piraude. Faudrait point qu'ils s'écartent de la
rivière... Y a de quoi se perdre dans ce bois dru.

— C'est que le feu nous aveugle, fit remarquer
le père Savoie. Il fait paraître la nuit plus noire
qu'elle est.

Gaspard Laforge demeure sceptique. Il ne peut
s'empêcher de faire état de ses doutes.

— Et si c'était point eux? Si c'était un sauvage
qui a crié «ho!»? Si c'était un piège?

Ces «si» intempestifs firent bondir Maurice
Coing.

— Ah! toi, Gaspard, dit-il levant les deux bras, faut toujours que t'imagines le pire.

— Ben quoi? dit Gaspard, écarquillant ses petits yeux de goret, c'est toujours le pire qui nous arrive, à nous autres.

Le père Savoie s'approche et le fixe droit dans les yeux.

— Écoute, dit-il, plutôt que de faire des suppositions, attendons les événements, veux-tu? On a assez de supporter les malheurs qui nous arrivent, sans s'inquiéter à l'avance de ceux qui pourraient nous arriver? Tu trouves pas?

Gaspard a l'air d'un pauvre étourdi en présence du vieux sage. Il baisse les yeux comme un gamin qu'on vient de réprimander.

— Vous avez raison, dit-il. Je parle trop.

•

Le silence qui s'ensuivit n'eut rien de rassurant. L'euphorie subite qu'avaient déclenchée les «ho!» à peine perceptibles fut complètement dissipée. Certes, il ne fallait pas imaginer le pire, mais il reste que les «suppositions» de ce lourdaud de Gaspard trottaient dans la tête de tous, surtout dans celle de Marie-Venance.

L'angoisse étrangle la pauvre femme; une angoisse qui lui rappelle celle qu'elle avait connue dans la cale de l'*Helena* après qu'elle eut perdu trace de Pouce. C'est une angoisse semblable qu'elle

éprouve en cette nuit lugubre : une angoisse qui la
porte à croire qu'il s'agit d'un pressentiment et que,
cette fois, elle l'a perdu pour de bon, son Tienniche.
Et puis, qui sait? Elle risque peut-être de perdre
aussi son Pierre. Il y a partout des Peaux-Rouges;
si c'était une embuscade? Le gros nœud qui se resserre dans sa gorge devient insupportable. Les «si»
de Gaspard lui paraissent des évidences. Comment
espérer l'impossible? Il a raison, le Gaspard. C'est
toujours le pire qui nous arrive, à nous. Tienniche
s'est noyé, et Pierre est sûrement tombé dans un
piège.

Maurice Coing et Gaspard vont et viennent du
feu à l'orée du bois. Le père Savoie essaie de se
faire rassurant et de remonter le moral du groupe,
mais au fond, il lutte, lui aussi, contre des
«suppositions» qui deviennent obsédantes au fur et à
mesure que le temps passe.

— Qu'est-ce qu'ils font? murmure Gaspard,
exaspéré.

— C'était plus loin qu'on croyait, fit encore
observer le père Savoic sans conviction. Et puis, se
frayer un chemin dans le bois, en pleine nuit...

Vaincus par la fatigue et le sommeil, plusieurs
ont perdu espoir.

— Quelle contrée maudite! ronchonne Maurice Coing. On va tous y passer.

Le feu s'est amorti, et c'est sans entrain que lui
et Gaspard ramassent des branches et des débris de
souches pour le ranimer. Imperceptiblement, le ciel
est passé du noir au gris. Le petit jour commence à

tirer sa barre rubigineuse derrière la silhouette des montagnes. Les arbres surgissent de l'ombre; le tapis de feuilles mortes propage une lueur jaunâtre dans l'antre noir du sous-bois. Bientôt, le feu ne servira plus à rien.

Accroupi comme un bouddha devant le feu, le père Savoie lutte contre le sommeil. La Piraude sort de l'ombre et, poings aux hanches, s'approche du vieux et lui dit à voix basse :

— Point de sarrasin, point de hareng saur... Va-t-y falloir se contenter d'écorces et de racines?

Le père Savoie lève sur la femme un visage meurtri. La lueur du feu révèle une prunelle ardente sous la touffe des sourcils.

— J'ai beau réfléchir, dit-il, j'arrive point encore à décider ce qu'il faut faire.

Il baisse tristement la tête.

— J'arrive point à croire, ajoute-t-il, que nos hommes ne reviendront pas. Et s'ils reviennent bredouille, qu'est-ce qu'on fait? Est-ce qu'on part tous à la recherche des corps? Est-ce qu'on reprend la route... sans rien à manger...?

La Piraude, à son tour, baisse la tête. Elle réalise que les préoccupations du vieux sont autrement plus angoissantes que les siennes. La bonne femme se met à errer sans but. On n'entend que le glouglou du clapotis sur la berge, et parfois, le crépitement étouffé d'un tison calciné. Un «ohé!» fort lointain, mais très précis, fait sursauter la grosse femme.

— Hé! mais j'avons entendu...

Un nouveau «ohé!», puis un troisième ricochè-rent d'écho en écho, bien loin, au-delà de la barri-cade des grands arbres. Le père Savoie bondit sur ses jambes.

— C'est sûrement nos gens. Ils appellent à l'aide.

Du coup, tout le monde sortit de sa torpeur. Gaspard se mit les mains en porte-voix et poussa un formidable «ohé!». Aussitôt, la voix lointaine, mais un peu plus rapprochée, répond par plusieurs «ohé!».

— Ils se sont perdus, et ils nous cherchent, dit le père Savoie. Vas-y Gaspard, continue de crier. Ça va les orienter.

Personne encore n'ose se réjouir. Les hommes reviennent, c'est sûr, mais ont-ils retrouvé les nau-fragés?

Gaspard, Maurice Coing et Jean-Baptiste sont partis en courant et en poussant des cris. Bientôt, des éclats de voix et des craquements de branches deviennent plus précis. À leur tour, Marie-Ve-nance, Anne-Séraphie, et même le vieux Blanchard qui tient à peine sur ses jambes, s'aventurent en fo-rêt. Les deux femmes sont blêmes comme des mortes. Des cernes creusent leur grands yeux. Elles avancent d'un pas hésitant. Elles brûlent, mais en même temps, elles appréhendent de connaître le sort qui les attend.

— Ohé! c'est nous. Venez.

Marie-Venance a reconnu la voix de Pierre, une voix voilée par l'effort.

— Venez! Venez nous aider!

Les deux femmes hésitent, ne sachant en quelle direction courir.

— Ils sont là, indique Gaspard hors d'haleine.

De derrière une grosse roche, on vit surgir la tête de Joffriau, puis, celles de Pierre et de Poirier. Les trois hommes avancent d'un pas lourd et saccadé. Ils supportent Tienniche et Blèche qui tiennent à peine sur leurs jambes.

Après un moment de stupéfaction, les deux femmes se précipitèrent.

— Tienniche! Blèche!

Elles pleurent et crient de joie. Les naufragés font vraiment peine à voir, mais ils sont vivants. Tienniche a l'air d'un misérable pantin suspendu aux cous de Pierre et de Joffriau. De son côté, Poirier soutient Blèche qui souffle et tousse sans arrêt. Sur son bras nu, la cicatrice s'est rouverte.

Les deux femmes pleurent et rient tout à la fois. Elles criblent de baisers les joues et la nuque des naufragés. Elles sont sans voix, face à Tienniche et Blèche qui esquissent un sourire d'une extrême lassitude. Le gros Gaspard s'est approché gauchement et a pris l'adolescent dans ses bras.

— Je vais te porter, dit-il.

De son côté, Maurice Coing releva Poirier et prit Blèche à cheval sur son dos.

— Allons-y, dit-il. C'est un grand jour.

En les voyant apparaître, les exilés poussèrent un cri tellement fort que les chevaux bronchèrent, cherchant à fuir. Les hommes s'empressèrent de les calmer. Gaspard et Maurice déposèrent les rescapés avec d'infinies précautions tout près du feu. Les malheureux tremblaient comme des feuilles. La Piraude s'empressa de faire chauffer de l'eau, tandis que Marie-Venance et Anne-Séraphie coururent quérir des couvertures pour les réchauffer. Le vieux Blanchard s'approcha de Blèche et lui mit la main sur la tête.

— Mon neveu, c'est vrai. C'est un grand jour.

Le père Savoie décréta une journée de prières et de réjouissances. Tout le monde mourait de faim. On courut en forêt, en quête de fruits sauvages et de racines. Maurice Coing se remit, avec ardeur, à taquiner la barbote et la perchaude.

Ce soir-là, on ne se régala pas de gibier, bien sûr, mais chacun eut tout de même droit à quelques bouchées de poisson, et tous eurent l'impression que les racines n'étaient pas si amères, après tout. Le sentiment d'avoir échappé à un grand malheur avait saveur de festin. On alluma un grand feu de joie et les exilés firent cercle autour du père Savoie pour remercier le ciel et l'Étoile de la mer.

●

De jour en jour, le paysage change. Aux savanes et aux forêts touffues, ont succédé les vastes espaces. Campés à la pointe du grand lac Bomoseen, les exilés voient se déployer au loin les sapins et les épinettes qui découpent, en franges sombres, le pied de grandes montagnes bleues.

Les pouces accrochés aux bretelles, Maurice Coing prophétise :

— Vous voulez savoir? Eh ben, le Canada, il est là, en avant, presque à portée de canon. Finie la vie de crève-misère. On va se retrouver parmi notre monde. Installé chacun sur son coin de terre, on va pouvoir se parler et se comprendre.

Finie la vie de crève-misère? Pas tout à fait. La caravane ahane en bordure d'une rivière sans fin qui coule, toute croche, au fond de gorges et de vallées. La marche en zigzag pour contourner les ruisseaux et les étangs devient de jour en jour plus harassante. On ne sait plus si on avance ou si on recule sur ces sentiers sans horizon. La bouche ouverte et la main sur le cœur, La Piraude a du mal à suivre.

— J'cré qu'j'allons pardre le souffle, répète-t-elle.

De jour en jour, la faim oblige les marcheurs à faire halte plus tôt que d'habitude. Les plus âgés n'ont plus la force d'aller chercher des racines en forêt. À quatre pattes et rampant comme des bêtes, les plus jeunes arrachent fébrilement les pissenlits qu'ils dévorent au fur et à mesure. La règle du chacun-pour-soi s'impose. Ceux qui n'ont plus la force de partir en forêt, se languissent sur leur paillasse.

Maurice Coing scrute le fond des étangs plus riches en cailloux qu'en fretin. Un après-midi d'accablante chaleur, il s'installa au bord d'un petit lac qu'ombrage un vieux merisier à l'écorce toute effilochée. Un lac sombre et sans ride, mais la faim aidant, le pêcheur s'entêta à lancer et à relancer sa ligne. Rien. Il s'approcha du vieux merisier pour se protéger du soleil. Sans conviction, il laisse son hameçon s'enfoncer dans l'eau verte. Quoi? est-ce une illusion? Quelque chose d'étonnamment vaillant et musclé s'agite, là, au bout de la ligne. Grave et solennel, Maurice se lève, soulève brusquement sa canne et, miracle! qu'est-ce qu'il aperçoit? Un vairon de carême? Du fretin aux flancs collés? Non, non, non. Une superbe truite mouchetée : un poisson frétillant, long comme ça, avec un ventre nacré et se démenant comme un diable.

Personne n'a été témoin du miracle. Maurice Coing a aussitôt envie de succomber à une grande tentation : celle de se cacher derrière le merisier et de dévorer toute crue cette superbe chair saumonée. Mais Maurice Coing sait se montrer plus fort que le diable. Il saisit la truite qui le regarde d'un œil étonné, lui décroche l'hameçon de la gueule et la couche, encore toute frétillante, sur la mousse à côté d'une souche. Ravi, l'homme la contemple longuement avant de replonger sa ligne dans l'eau.

Le miracle se reproduisit cinq fois. Maurice Coing n'en revenait pas. Cinq belles truites saumonées! Grasses et appétissantes! Il rentra au camp en triomphateur.

— Hé! hé! Regardez, vous autres, ce que je viens d'attraper.

Le petit homme trépigne de joie, tel un gamin tout fier d'avoir enfin réussi à faire un bon coup.

— Ça va nous aider à digérer les maudites racines, dit-il, déposant sa prise au pied de La Piraude.

La bonne femme ne put s'empêcher de trouver dérisoire ce tout petit tas de poissons en regard du grand nombre d'affamés qui l'entouraient.

— Vouai, fait-elle, les poings sur les hanches, c'est point encore la pêche miraculeuse.

Elle eût giflé le pauvre Maurice qu'elle ne lui aurait pas plus gâché son plaisir.

— C'est que, fit-il, piteux, la molue et l'achigan frichent guère dans des lacs gros comme ma main.

La Piraude se mordit les lèvres. Elle ne voulait surtout pas faire de peine à ce brave garçon.

— J'avons donc la langue mal pendue, dit-elle. Ce que je voulions dire, c'est qu'y en a point pour tout le monde, mais tes truites, Maurice, vont peut-être ben sauver des vies.

Elle les mit à frire, après quoi, elle en distribua de petits morceaux aux plus affaiblis.

— Que ceux qui sont encore pétants de santé, blague-t-elle, se contentent de renifler l'odeur.

•

Ce fut le lot des mâles les plus vigoureux, et de La Piraude elle-même. Quant aux plus faibles, le morceau de chair chaude aviva leur faim plus qu'il ne l'apaisa. Maurice Coing se félicitait d'avoir pu soulager un peu les femmes et les enfants, mais il se demandait s'il n'aurait pas dû écouter un peu le diable, derrière le vieux merisier.

La faim continuait à tenailler les entrailles des marcheurs. La plupart n'avaient plus qu'une idée en tête : trouver des racines, des glands, du poisson et, qui sait, du gibier.

— Faut absolument attraper quelque chose, proclama Pierre. Du lièvre, un ours, sais pas, moi.

— Sans mousquet? «À poignée»? objecta Gaspard. Tu crois aux miracles, ma foi!

— Arrive, arrive! On sait jamais.

Pierre avait remarqué qu'en cherchant des *gadelles,* des mûres et des *cenelles,* il arrivait souvent qu'un lapin se montrât le nez, puis détalait.

— Si, au lieu de chercher de l'ail ou des bleuets, dit-il, on guettait les lapins... peut-être que...

Les traits tendus et à pas comptés, les hommes ont cerné la clairière. Ils ont l'œil à l'affût et le menton tendu. On dirait des guépards filant une proie. Ils posent délicatement un pied en avant, mais le craquement des petites branches et le bruissement des feuilles sèches font détaler, ici un lièvre, là un lapin de garenne. Les oreilles couchées sur la nuque, les petites bêtes fuient et disparaissent toutes, comme par magie, dans leur terrier. Une jambe en l'air et retenant leur souffle, les hommes attendent qu'elles reparaissent, la casquette prête au lancer. Mais elles ne reparaissent pas.

Pourtant, à force de patience, et se faisant légers comme l'air, Pierre et Poirier ont réussi à s'approcher d'une portée de lapereaux, en train de gruger des glands, accroupie autour de la mère lapine. D'une immobilité parfaite, les deux hommes se sont fait signe de l'œil et, dans un élan parfaitement synchronisé, se sont jetés de tout leur long sur les bestioles. Ils ont raté la lapine, mais ont réussi à attraper quatre lapereaux : deux «à poignée» et deux au lancer de la casquette. Cela mit fin aux parades de la gent gruge-menu cet après-midi-là. Rentrés au camp, La Piraude eut encore une référence évangélique pour apprécier l'exploit.

— Cré nom d'un nom! Vous me prenez-t-y pour Notre Seigneur? J'pourons point rassasier une foule d'affamés avec vos *ragotons*.

— Soyez patiente, dit Pierre. On a pris le tour. Demain, on vous en rapporte d'autres.

•

Dès qu'on eut décrété la halte, le lendemain, les hommes s'en furent de nouveau traquer le lapin. Mais, cette fois, ils eurent affaire à des lièvres : des lièvres aux flancs collés qui, légers comme des feux follets, leur glissaient entre les jambes.

— Morgué de morgué!

Gaspard égrène un petit rire entre ses grosses bajoues.

— J'vous l'ai dit, sans mousquet, ça prendrait un miracle.

— Plutôt que d'attendre le miracle, tu ferais mieux d'avoir l'œil, toi itou.

Mais Gaspard ne veut rien entendre. Il s'amuse comme un fou.

— Allez, allez, essayez le plongeon, comme hier.

Pierre persiste à scruter les fourrés. Rien. Les lièvres se sont faits moines. Ils ont tous réintégré le gîte. Le silence de la forêt a quelque chose de narguant. On dirait que, pour ajouter au désespoir des chasseurs, même les oiseaux se taisent. Les hommes allaient abandonner la partie lorsque, ô merveille! un craquement se fit entendre. Ils s'immobilisèrent tous, regardant tout autour et tendant l'oreille. Soudain, qu'est-ce qu'ils aperçoivent? Là-bas, tout au haut de la pente, à la lisière du bois : un chevreuil! Une bête superbe, avec une tête altière, une croupe svelte et de longues pattes fines. Les muscles ondulent sous sa robe rousse et lisse. Une guimpe de pelage blanc orne son poitrail.

Les chasseurs n'en croient pas leurs yeux. Ils ne rêvaient que de lièvres, et c'est ce prince des forêts qui s'offre à leur convoitise. Gaspard se sent tellement euphorique qu'il a failli pousser un cri. Mais Pierre a prévenu le désastre. Il lui a mis la main sur la bouche,

— Chuuut... t'es fou? Tu veux qu'y sacre le camp, comme les lièvres?

Le cervidé dévale la pente d'un pas tranquille. Cachés derrière un bouquet de jeunes trembles, les hommes arrêtent la stratégie, tout en ne perdant pas de vue l'animal.

— Vous deux, dit Pierre, vous allez rester de ce bord icitte; moi et Gaspard, nous allons traverser le ruisseau pour lui faire face et l'empêcher de fuir.

Le chevreuil descend toujours la pente en se dandinant. Comme il a fière allure! Il porte bien haut son museau d'ébène et ses épois en forme de lyre. Il se trémousse, un pompon blanc au croupion. Aucun doute possible, il descend au ruisseau pour boire. Il s'approche, se penche et se met à laper gloutonnement l'eau claire.

À pas de velours, les hommes tentent de le cerner. Ils se glissent... se glissent... imperceptiblement. Hélas! ils ont beau se faire léger comme des chats, éviter toute fausse manœuvre, le chevreuil a brusquement relevé la tête. Ses narines frémissent; ses yeux s'affolent. Que s'est-il passé? Un imperceptible craquement? Une odeur? Un pressentiment de cervidé? Les hommes retiennent leur souffle. Le chevreuil s'est soudain dressé sur son train arrière. En deux bonds, il a franchi le ruisseau mais s'arrête pile, face au gros Gaspard. Pour l'homme et la bête, c'est la minute de vérité. L'homme a les yeux sortis de la tête; il chancelle sur ses jambes; ses bajoues frémissent. Il est aussi effarouché que la bête. Que faire?

On pense vite en des moments pareils. Fuir? Devenir la risée de tous? Pas question, voyons. Gaspard Laforge n'est pas un poltron, que diable! Il sait se conduire en brave, et il va se conduire en brave!

Tremblant de tous ses membres, le chevreuil voulut faire volte-face, mais l'intrépide Gaspard eut la présence d'esprit de mettre en pratique la méthode qui avait si bien réussi avec les lapereaux. Il s'élança et attrapa le chevreuil par une patte arrière. Pierre en eut le souffle coupé.

— Attention! dit-il d'une voix étranglée.

Le chevreuil se mit à ruer. Bien qu'étendu à plat ventre, Gaspard ne lâcha pas prise. L'animal redoubla d'efforts, se mit à gambader, traînant son agresseur dans une fondrière et bramant avec détresse. Gaspard roule dans la fange; la vase l'aveugle. Le chevreuil se débat désespérément; des larmes coulent de ses grands yeux désorbités. Pierre a enfin réussi à l'attraper par les épois. Il lui tord le col de toutes ses forces, si bien que l'animal finit par perdre pied. Étendu sur le flanc, avec Gaspard qui lui retient les pattes comme dans un étau, il ne peut que gigoter faiblement. Poirier s'est approché et lui a assené un grand coup de gourdin sur le front, après quoi, Pierre s'est empressé de le saigner.

•

Quel ne fut pas l'étonnement des exilés lorsqu'ils virent revenir les chasseurs avec un pareil trophée.

— Qu'est-ce que je disais, fit Pierre, déclamatoire. Il faut croire aux miracles.

— Miracle? proteste Gaspard. Il me l'a fait payer cher, le miracle, cet animal-là. Il m'a même pissé sur la tête tandis que je le tenais par les ergots.

Le bonhomme n'est pas beau à voir. La boue s'étire en raies gluantes sur ses pectoraux et son gros ventre. Il en a jusque dans la moustache. Aux curieux qui l'entourent et le harcèlent de questions, il raconte son aventure époustouflante. Il gesticule, souffle, bafouille, suffoque. Il s'en donne tant qu'on se demande si les yeux ne vont pas lui sortir de la tête.

Ancien trappeur, le père Savoie aide Poirier à écorcher la bête. Tout autour, les curieux avides se bousculent pour mieux voir cette merveille, cette viande miraculeuse, cette chair rose qui les fait tous violemment saliver. Poirier a découpé un gros morceau dans l'épaule.

— Tenez, pour votre chaudron.

Avec émotion, et comme si on lui avait confié les Saintes Espèces, La Piraude tient le morceau avec précaution. Un sourire béatifique s'enroule autour de ses joues bouffies.

— J'croyons rêver, dit-elle. De la viande... de la vraie viande fraîche.

Une gaîté folle et subite s'est emparée de tout le camp. Jeunes et vieux veulent mettre la main à la pâte. Les hommes attisent le feu; les femmes ont déjà sorti le chaudron et courent chercher les petits bouquets d'ail, gardés en réserve, en cas... La Piraude reste en extase devant l'incroyable chose qu'elle tient dans ses mains.

— Si on veut rien pardre, dit-elle, va falloir le boucaner, ce beau cadeau du bon Dieu.

Ce ne fut pas nécessaire, car la surabondance des lacs poissonneux allait rendre plus généreuses les rations quotidiennes. De plus, la rencontre d'un coureur de bois vint fournir de précieuses précisions géographiques.

— Icitte, c'est l'*Otter Creek,* dit le coureur de bois. Traversez à *Furnace Brook...* C'est pas creux... Une journée de marche...

L'*Otter Creek* franchi, des *ravages* de chevreuils et d'orignaux facilitèrent encore les choses, mais à un tournant, l'émoi se répandit chez les marcheurs :

— Mademoiselle Amiraux! Où est mademoiselle Amiraux? On ne trouve pas mademoiselle Amiraux.

La caravane s'immobilisa aussitôt. On fit l'inspection de toutes les charrettes. Rien. C'est incroyable! Anne-Séraphie s'affola; elle courait en tous sens en se tenant la tête à deux mains et en poussant des cris hystériques.

— Mon Dieu! Mon Dieu! Que lui est-il arrivé? Tante Pétronne... tante Pétronne, où es-tu? Réponds-moi.

Appréhendant le pire, les hommes rebroussent chemin et partent en tous sens en criant.

— Mamzelle Amiraux! Pétronne!

Absolument incompréhensible! La frêle créature n'a sûrement pas fui, comme ça, toute seule. Où pourrait-elle aller? Peut-être s'est-elle affaissée en chemin. Mais quelqu'un aurait eu connaissance de la chose.

Tendus et anxieux, les hommes battent les bois, piquent des pointes à droite et à gauche, reviennent sur leur pas, tournent en rond. Ils ne cessent d'appeler à tue-tête.

Les appels se répercutent au loin pour se perdre dans un silence impressionnant. Où trouver une pauvre fille, mince comme un fil, dans cette immensité verte?

Les chercheurs ont atteint les rives de l'*Otter Creek*. D'un pas résolu, Poirier est repassé de l'autre bord, mais les autres hésitent. Faut-il pousser plus loin les recherches? Les femmes sont demeurées seules, là-bas, avec les charrettes. Vaudrait peut-être mieux aller les chercher, camper au bord de ce cours d'eau, et poursuivre les recherches demain. Angoissante incertitude.

— Attendre à demain? dit Gaspard. Et si un ours trouvait le corps durant la nuit?

— Encore notre prophète de malheur, dit Maurice Coing.

— Elle s'est peut-être seulement égarée, fait tranquillement remarquer Joffriau, et elle essaie de nous retrouver, la pauvre femme.

— Bien parlé, dit Pierre. Si elle essaye de nous retrouver, comme tu dis, faut continuer de chercher de notre côté, autrement, elle risque de mourir de peur ou d'épuisement dans le bois, durant la nuit.

Le raisonnement paraît absolument inattaquable. Il faut, à tout prix, poursuivre les recherches.

Les femmes ne sont pas toutes seules. Il y a le père Savoie et les jeunes...

Les hommes s'apprêtent à passer de l'autre bord de la rivière lorsque Maurice Coing pousse un cri de mort.

— Hoi... Misère! Regardez.

— Quoi?

— Là!

— Où ça?

— Dans l'eau.

À deux pas des ornières laissées par les charrettes, émerge de l'eau une vieille bottine à boutons d'écaille, et à côté quelque chose qui a l'air d'une roche. Pierre ramasse la bottine. Horreur! Elle contient un pied. Il la soulève : une jambe et une cuisse décharnées apparaissent à fleur d'eau. Ce qu'on avait pris pour une roche, n'était rien d'autre qu'une hanche — une hanche recouverte d'une étoffe élimée.

— Mamzelle Amiraux... s'écria Pierre, stupéfait.

Le buste, les épaules et la tête étaient enlisés dans une tignasse de nénuphars. Pierre souleva délicatement le cadavre et le déposa sur la rive. La peau du visage était souillée de glu d'algues et toute plissée. Il y avait un grand trou dans le crâne — un trou où déjà le sang commençait à se coaguler.

— Diable! s'écria Poirier, on dirait un coup de tomahawk.

— Un coup de tomahawk? répéta Joffriau, sceptique. On n'a guère rencontré de Peaux-Rouges depuis le passage de la Connecticut.

Pierre a procédé à l'examen minutieux des bords de la rivière. Il y a là beaucoup de petits écueils pointus qui dépassent à la surface de l'eau.

— M'est avis qu'elle s'est fendu le crâne sur une de ces pierres, dit-il. Quel choc ça va être pour Anne-Séraphie.

•

La pauvre fille faillit en perdre la raison. Penchée sur le cadavre, elle suffoquait, frémissait, se lamentait. Désespéré, Blèche tentait de la relever, mais en vain. Elle s'agrippait éperdument à la dépouille et ne cessait de répéter :

— C'était comme ma mère! Je n'avais qu'elle au monde. Tante Pétronne! Tante Pétronne!

Les femmes pleuraient de la voir ainsi se lamenter. Les hommes s'interrogeaient à voix basse. Comment cela a-t-il pu arriver? Et chacun d'y aller de son hypothèse.

— Elle a dû tomber d'épuisement...

— Mais... elle aurait crié...

— Oui mais... avec le bruit des charrettes... les grosses roues sur les roches...

— Peut-être qu'elle a perdu connaissance, et qu'elle est tombée, comme ça, sans crier.

— Pourquoi? Pourquoi? se lamentait Anne-Séraphie.

Aidé de Marie-Venance et de La Piraude, Blèche parvint à la relever et à l'entraîner doucement à
l'écart, tandis que les hommes s'empressaient de
retirer le cadavre de la vue de tous.

Les femmes tournent en rond, la tête basse.
Cette mort inattendue, ce trou épouvantable dans
la tête ajoutent au tragique de l'événement.
Victoire est morte, elle aussi, en forêt, mais on
savait qu'elle était malade; on s'y attendait. Quant
à la bonne Pétronne Amiraux, une femme si
douce, si instruite, toujours prête à rendre service, connaître une fin aussi affreuse...? Les exilés
murmurent. Ils trouvent que, décidément, le
sort s'acharne contre eux. Cette tragédie se révèle la pire qu'ils aient eu à vivre depuis leur départ de Boston. Le climat est tendu et les gémissements incessants d'Anne-Séraphie n'ont rien
pour l'alléger. La pauvre fille ne veut rien entendre.

— Non, non... je ne veux pas... je ne veux
pas... Je la garde près de moi.

— Mais... ma chère enfant, dit La Piraude, le
Canada est encore ben loin, ben loin.

— Je ne veux pas... Je ne veux pas...

Marie-Venance posa une main câline dans les
cheveux de l'inconsolable fille.

— Là, là, dit-elle, on ne l'abandonnera pas, la
bonne Pétronne. On l'enterrera dans un vrai cimetière, là-bas, en Canada.

La Piraude et le père Savoie désapprouvent
du regard ce pieux mensonge. Comment transporter

un cadavre sans cercueil et sur une si longue distance?

Pierre trouva une solution. Prélevant une planche de chacune des charrettes, il parvint à en rassembler suffisamment pour faire un cercueil. La nuit venue, il se retira à l'écart, avec Poirier, et, à la lueur d'un falot, il assembla les planches à l'aide de clous rouillés. Les hommes semblaient des conspirateurs. En silence, ils déposèrent le petit cadavre dans la caisse qu'ils avaient, au préalable, tapissée de mousse de tourbe.

— Faut couvrir tout le corps de terre, conseilla le Père Savoie. C'est plus prudent.

On entendit sangloter Anne-Séraphie une bonne partie de la nuit. Les hommes veillèrent la morte autour du feu. Le moral de la caravane était au plus bas. Cette mort affreuse affectait Blèche plus qu'il ne le laissait paraître. Assis devant le feu, le menton sur les genoux, il broyait du noir. Une amertume immense lui serrait la gorge.

— On s'en souviendra de ce voyage, murmura-t-il.

— On s'en souviendra, grognèrent confusément quelques voix.

Le feu crépitait faiblement. Blèche éclata :

— Des fois, je me demande si on aurait pas mieux fait de le prêter ce serment d'allégeance à Sa Majesté britannique?

Le petit groupe de veilleurs eut un sursaut de stupéfaction.

— Prêter le serment d'allégeance?

— Oui, fit-il, fixant le feu de ses yeux ardents. On se serait évité onze ans d'esclavage... Vous entendez? Onze ans, et peut-être l'exil pour le reste de nos jours.

— Mais, mon pauvre vieux, fit le Père Savoie hochant tristement la tête, on n'avait pas le choix.

Pierre sentit qu'une vieille plaie venait de s'ouvrir. Il devint cynique à son tour.

— Pas le choix, répéta-t-il d'une voix sarcastique. Le roi disait : «Si tu refuses de signer, tu vas en exil.» De son côté, le curé disait : «Si tu signes, tu vas chez le diable.» Pas le choix...

Blèche releva la tête et acheva sa pensée.

— Eh ben, moi, je vous dis qu'on aurait dû signer. On aurait pu s'arranger avec le Père éternel; tandis qu'avec le roi, pas d'arrangement possible. Ç'a été la déportation, l'exil, la prison, les deuils et toutes ces années perdues.

La charge eut l'effet d'un coup de massue. Jamais personne n'avait entendu des propos pareils : des propos qui avaient des accents blasphématoires aux oreilles de plusieurs. Le Père Savoie crut devoir intervenir.

— Faut point se faire de reproches par-dessus le marché, dit-il. Nous avons fait pour le mieux. Le Père éternel va en tenir compte. Et puis, nos misères s'achèvent. En Canada — qui sait? — il sera peut-être possible de le reprendre, le temps perdu.

Sur ces paroles, les veilleurs sombrèrent dans un profond mutisme. La masse de sapins noirs se découpait sur un firmament piqué d'étoiles. De petites langues de feu dansaient faiblement sur les braises. Dans le noir, on entendit Blèche qui reniflait, la tête entre les genoux.

•

La mort affreuse de Pétronne Amiraux a créé un état d'urgence chez les marcheurs qui, d'un commun accord, on accepté d'accélérer le pas, malgré l'extrême fatigue accumulée au cours d'un interminable voyage.

L'effort ne fut pas vain, car deux jours après la tragédie, les exilés aperçurent, des hauteurs qu'ils venaient d'escalader à grand-peine, une vaste étendue d'eau. Cette soudaine bouffée d'air frais et de lumière raviva les cœurs. La caravane dévala au pas de course, la pente du coteau. Quelle vaste étendue d'eau! ne serait-ce pas, enfin, le terme du voyage? Qui sait? C'est peut-être le Canada qu'on aperçoit sur l'autre rive. En tout cas, il y a des habitations. Beaucoup d'habitations. En face, au sommet d'un promontoire rocheux, se dressent les redans d'un fort, avec des pignons en pierre qui dépassent des palissades. Au pied, et le long des rives, des hommes s'affairent autour de sloops, de bricks et de brigantins accostés à bout de jetées. Blèche est parti aux renseignements.

— *Why!* lui dit-on, comme si cela allait de soi, *this is Lake Champlain... and, up there : Fort Ticonderoga.*

— Le fort Ticonderoga? Ce n'est donc pas le Canada?

— *Canada? Hell no! Canada is one hundred miles north.*

— Cent milles au nord?

Blèche est resté complètement abasourdi. Encore cent milles? Piteux, il revient sur ses pas, convaincu que c'est le désespoir dans l'âme que le groupe va apprendre la chose. Un petit homme sortit d'une guérite et vint à sa rencontre. Pansu, bonnet rouge, moustaches en parenthèses, le personnage s'amenait à pas comptés et poings aux hanches.

— *What is this? A bunch of dirty tramps?*

Blèche reste figé sur place. Il n'en croit pas ses yeux. Il dévisage le bonhomme, ne sachant que dire.

— *What are you people looking for?*

— Mais... mais... bafouilla Blèche, c'est... c'est Tobias!

Pierre et Poirier ont sursauté.

— Tobias? Tobias?

Interloqué, le bout d'homme à moustache s'immobilise en face de tous ces gens qui chuchotent son nom.

— Tobias! L'*Helena!*

L'évocation de la goélette de l'exil ne semble éveiller aucun souvenir chez lui. Au contraire, la familiarité que la «bande de *dirty tramps* » lui manifeste paraît l'irriter au plus haut point.

Pierre s'approche et lui met gaillardement la main sur l'épaule.

— Tobias! dit-il. L'*Helena?* La tempête? Tu te souviens?

Tobias lui repousse la main. Désemparé, Pierre se tourne vers Blèche.

— Y comprend pas. Explique-lui.

Blèche n'a pas le loisir d'évoquer le passé. Le jargon de Pierre a éveillé les soupçons du bon-homme.

— *French Neutrals? heh?* grogne-t-il. Dé-serteurs.

— *No, no,* proteste Blèche. Nous avons l'autorisation du gouverneur du Massachusetts.

Une moue sceptique s'articule sous la mousta-che de Tobias.

— *The Governor of Massachusetts?* Il vous a laissés partir?

— *Look,* dit Blèche, nous avons un sauf-conduit.

Tobias examine le document d'un œil méfiant.

Son visage se détend tout à coup. Un vague sourire illumine ses joues bouffies à la John Bull.

— *Going to Canada! Well,* j'ai un bateau. Il est là.

Il indiqua du doigt un vieux chébec amarré au bout d'une petite digue.

— J'appareille demain, à l'aube.
— Pour le Canada?

— Pour le Canada, confirme Tobias. Je peux vous emmener. *Two pence each.*

— Deux pence? Mais... nous n'avons pas d'argent.

— Ah!

Tobias fait lentement le tour des charrettes, en appréciant l'usure et le délabrement. Il note l'état pitoyable des attelages, s'étonne du jeu des roues sur les essieux, soulève la patte d'un cheval à qui il manquait un fer. Visiblement, l'inventaire ne fait pas le poids à ses yeux. Il se frotte le menton.

— *Let me see...*

Il hésite un moment, puis, s'approche de Blèche.

— *All right,* dit-il, les charrettes ne valent rien. Pour les chevaux, plus dix pence, je vous emmène.

Blèche ne sait que dire. Il ne s'attendait pas à un pareil marché.

— *Well,* dit-il. *I don't know...*

— Pensez-y, dit Tobias. À pied, vous en avez encore pour plusieurs jours, dans des chemins impossibles. En bateau, vous êtes là-bas dans deux jours.

Tobias regagna sa guérite, mais revint sur ses pas.

— Si vous continuez à pied, dit-il, déguerpissez. Interdit de camper ici. Si vous venez en bateau, soyez sur pied à l'aube.

Cent milles au nord? Deux jours? Abandonner les chevaux? Que faut-il faire? Chacun s'interroge.

Le marché que propose Tobias paraît bien alléchant. S'imposer encore plusieurs jours de marche, alors que la fin des fatigues et des périls pourrait n'être qu'à deux jours de voile? Pour les femmes, et surtout pour Anne-Séraphie, le choix paraît s'imposer. Un cimetière? De la terre bénite? À deux jours de voile? Aucune hésitation possible. Il faut profiter de l'occasion.

La tête basse, les hommes descendent à la rive. Le bateau de Tobias ne paye guère d'apparence. Ce n'est rien d'autre qu'un rafiot «ébaroui». La coque, les vergues, les palans : tout est fendillé et sec comme des os.

— Ouais... l'arche de Noé, dit Maurice Coing.

Les hommes branlent la tête et s'interrogent. Y aura-t-il place pour tout le monde dans cette coquille? Et puis, est-on bien sûr que c'est en Canada qu'ils nous emmène, ce bon Samaritain? Les pouces accrochés aux bretelles, Gaspard pérore du haut de sa panse.

— Le Tobias aurait quelque chose derrière le coco, dit-il, que j'en serais point surpris. Vous avez vu? Il a cessé de faire le faraud dès qu'il a vu le sauf-conduit.

— C'est vrai, dit Maurice Coing. C'est comme s'il lui était venu une idée.

— Et son idée, d'enchaîner Gaspard, vous voulez que je vous dise? Eh ben... c'est d'aller nous semer quelque part... au diable vert. Il nous a traités de *French Neutrals,* hein? Il peut pas nous vouloir du bien.

La tête basse, les hommes ont rejoint le groupe. Pierre est devenu tout songeur.

— Se défaire des chevaux, dit-il, quand on touche presque au but...?

— Presque au but? dit Blèche. Il reste quand même cent milles, et, au bout de cent milles, c'est peut-être pas encore le Canada.

— Raison de plus pour tenir à nos *barouches.* Qu'est-ce qu'on va faire, hein? Qu'est-ce qu'on va faire, rendus au Canada, avec tout notre *drigail* sur les bras? Sans rien pour se déplacer? Non... j'cré qu'on court un gros risque en se défaisant du seul moyen de transport fiable... et qui nous appartient. C'est fatigant... Ça prend du temps... mais, on est sûr de se rendre. Tandis que sur le mouille-cul, c'est Tobias qui va mener. Et il va nous mener où? Cent milles plus haut? Et si c'était pas encore le Canada?

Obsédé par l'obligation qu'il y a d'inhumer au plus tôt la tante Pétronne, Blèche ne peut partager les craintes de Pierre.

— Écoute, dit-il, tu inventes des choses. Tobias met le cap au nord, demain matin. Et le Canada, c'est au nord.

La précision n'impressionne guère. L'argumentation de Pierre paraît plus convaincante. En tout cas, les hommes avaient grogné leur entière approbation. Remettre le sort de tous entre les mains d'un homme qui n'a jamais eu que du mépris pour ceux qu'il appelle dédaigneusement des *French*

Neutrals, c'est tout bonnement se jeter dans la gueule du loup.

Le front soucieux et tripotant sa barbe, le père Savoie écoute les arguments de chacun, mais n'arrive pas à prendre parti. Quant aux femmes, elles désespèrent de voir se dissiper la courte joie que leur avait causée la perspective de la fin prochaine d'un calvaire devenu quasi insupportable. La mine affligée, elles se pressent autour d'Anne-Séraphie qui pleurniche et renifle discrètement son désaccord. Pierre, le père Savoie et les autres comprennent tout de suite que, dans l'énervement, un aspect déterminant de la situation leur avait échappé.

— Écoutez, dit le père Savoie, je pensais, et vous pensiez vous autres aussi, que c'était le Canada, là... en face. Mais il reste encore cent milles. Cent milles... Des jours, peut-être plus d'une semaine de marche... C'est ben long...

Le vieux hésite. Il se sent dans une situation fort embarrassante. Comment réfuter les arguments de Pierre et des autres? Arguments qui l'ont ébranlé, lui-même. Comment convaincre Anne-Séraphie de l'urgence qu'il y a d'inhumer la dépouille de sa tante? Un silence de mort s'est appesanti sur le groupe. On n'entend que les reniflements refoulés d'Anne-Séraphie.

— Si au moins on savait ce que Tobias a derrière la tête, murmura Maurice Coing.

— J'arrive point à croire qu'il nous veut du mal, dit le père Savoie. Tout ce qu'il veut, c'est faire un petit profit en nous emmenant là-bas.

•

Tôt le lendemain matin, le vieux chébec gagnait le large avec, à son bord, les exilés et leur misérable bataclan. Du pont, Pierre vit s'estomper dans la brume matinale les vieilles charrettes abandonnées sur la rive. Leurs brancards ballants, elles ont l'air de lui adresser des reproches. Des garçons de ferme étaient venus, la veille, dételer les chevaux pour les conduire à l'écurie, dès que Blèche eut apporté à Tobias l'accord des exilés et les dix pence que ceux-ci avaient réussi à récolter en grattant le fond de leurs besaces.

Tobias avait participé personnellement à l'embarquement, assignant à chacun un petit coin dans l'entrepont. La petite caisse grise, portée précieusement par Blèche et Pierre, attira tout de suite son attention, mais il laissa les porteurs monter la planche sans poser de questions. Il se contenta d'indiquer l'endroit où la poser. Mais il devint soupçonneux lorsque, après avoir fait larguer les voiles, il vit que Blèche et Anne-Séraphie s'étaient accoudés au bastingage, tout près de la caisse et de manière à ce qu'elle ne soit pas trop voyante.

Tobias tourne en rond sur le pont. Blèche et Anne-Séraphie se sentent observés. Ils jettent un coup d'œil a la dérobée et constatent que c'est bel et bien la caisse qui intrigue ce fouineux de Tobias. Tout de suite, une évidence les frappe. Cette caisse ne ressemble en rien à une malle. Sa forme a de quoi intriguer quiconque ignore ce qu'elle contient. Le vieux loup de mer se doute sûrement de quelque chose. Voilà pourquoi il tarde tant à gagner son poste sur la dunette. Il tourne, s'approche... s'approche sans cesse.

— *What is this?* demande-t-il, donnant un grand coup de pied sur la caisse.

Blèche et Anne-Séraphie sursautent. Tobias les dévisage de ses petits yeux de pion hargneux.

— *Tell me, what's in this box?*

Comme une coupable, Anne-Séraphie détourne la tête et s'accroupit sur le cercueil comme pour mieux en assurer la défense. Pâle comme la mort, Blèche n'arrive pas à articuler un seul mot. Tobias le dévisage de ses gros yeux blancs.

— *Ooooh...!* dit-il. *Quite serious, heh?* Un trésor? *Much money?* Argent volé, *maybe?*

— *No, no, no,* bafouille Blèche. C'est... c'est sa tante.

— *Her aunt?*

— Un accident...

D'inquisiteur, le regard de Tobias devient foudroyant.

— *What? A corpse?* Un cadavre sur mon bateau?

Le bonhomme se met à souffler comme un dogue enragé.

— *I won't stand this, understand?* Vous m'avez trompé.

— C'est que nous... nous allons l'inhumer... en arrivant en Canada...

— Vous allez me débarrasser de ça, et tout de suite.

Il fit aussitôt casser l'erre, et revint vers Blèche et Anne-Séraphie. Son indignation est extrême.

— Vous débarquez ça à *Crown Point, understand?*

Anne-Séraphie est tombée à genoux à ses pieds.

— S'il vous plaît, monsieur. S'il vous plaît...

En larmes, la pauvre fille s'agrippe hystériquement aux hauts-de-chausses de Tobias. Blèche ne sait quel argument invoquer.

— Le... la... la caisse est solide... et bourrée de tourbe, dit-il. Ici, sur le pont, elle ne gêne personne.

Devenu complètement intraitable, l'homme a détourné la tête.

— Tout le monde à terre, commande-t-il.

Tristes et résignés, les exilés débarquent en silence. Les dents serrées, Blèche et Pierre ont déposé à terre le petit cercueil. Anne-Séraphie se tient tout près et pleure comme une Madeleine.

— Pourquoi, monsieur Tobias, pourquoi? supplie la jeune femme. C'est ma tante... Laissez-moi l'emmener en Canada, puisque c'est tout près. Deux jours? Qu'est-ce que deux jours?

Tobias n'entend guère se laisser fléchir. Il reste que les pleurs et les supplications de cette fille au visage si tendre le troublent singulièrement. Il a détourné la tête et s'est approché de Blèche et de Pierre.

— *All right, you two,* leur dit-il. Il y a une pelle sur le pont. Allez... creusez la fosse, *and hurry. You people...* vous me faites perdre un temps précieux, et la bonne brise.

— *Please,* monsieur Tobias, *please,* insiste la pleureuse.

Tobias se tourne brusquement vers elle.

— *This is Fort Frederic...,* dit-il, avec un geste d'impatience. Ancien fort français... *There is a burial ground.* Votre tante y sera très bien.

De petits groupes d'exilés, le père Savoie en tête, sont partis faire l'inspection des lieux. Le vieux fort et sa grosse tour de pierre se dressent sur la pointe du cap. Derrière, s'alignent des maisons en ruines, le long d'un ancien chemin. Bien que réparé, le fort porte encore les cicatrices des violents assauts qu'il a subis. Des taches de chaux cachent mal les trous creusés dans les palissades par les boulets de canon. Un muret de cailloux encercle un petit cimetière envahi de chiendent et de bardane.

Le père Savoie trouve bien lugubre ce coin perdu. Abandonner un autre membre du groupe dans une pareille désolation, alors qu'on n'est plus qu'à quelques jours de navigation d'un pays d'accueil, cela lui paraît aberrant — d'autant plus aberrant que tous ont accepté l'offre de Tobias pour qu'au moins un des défunts de la caravane échappe au triste sort d'une sépulture anonyme. La Piraude est du même sentiment. Elle promène sur le paysage un morne regard. Ces pierres barbouillées de poudre, dressées dans le ciel gris, ont, à ses yeux, quelque chose de macabre.

— J'gageons que les fantômes rôdent là-dedans, la nuit.

Talonnant constamment Tobias, Anne-Séraphie continue de plaider sa cause. Elle proteste de toutes ses forces.

— Je ne veux pas... je ne veux pas que ma tante soit enterrée dans un coin perdu, comme la pauvre Victoire... comme mémé Caloube.

Tobias ne comprend qu'imparfaitement le français, mais il saisit tout de même quelques mots.

— *No, no,* protesta-t-il. Pas «coin perdu». *This fort was built by the French.*

La mort dans l'âme, Blèche et Pierre commencent à creuser la fosse. Au bout du chemin, paraissent deux gaillards balourds aux larges épaules. Ils approchent sans hâte. Un mouchoir noir bande l'œil crevé du plus grand; une pipe de plâtre émerge de la barbe de l'autre. Tous deux portent sur l'épaule une superbe brassée de peaux de renards.

— Sûrement des coureurs de bois, dit Poirier.

— Comme tu dis, rétorque aussitôt le géant.

— Et qui parlent français!

D'un pas hésitant, les exilés s'approchent des barbus et se mettent à les presser de questions.

— Icitte, vous êtes au Fort Saint-Frédéric, dit le gaillard à l'œil crevé. Ça s'appelle *Crown Point,* mais anciennement, ça s'appelait la Pointe-à-la-Chevelure...

— Rapport aux Iroquois, enchaîne le barbu à la pipe de plâtre. Paraît que c'est icitte qu'y venaient scalper leurs prisonniers.

— Scalper leurs prisonniers?

— Vouai... et ils accrochaient les chevelures sur des piques pour faire peur aux Français et aux Hurons.

Ces précisions n'ont rien pour calmer l'ardeur d'Anne-Séraphie. Elle et les autres femmes en ont des frissons dans le dos.

— Les Iroquois? dit le père Savoie. Il y a encore des Iroquois dans les parages?

— Et ils en veulent aux Français depuis le jour où le Sieur de Champlain, avec une bande de Hurons, est venu icitte, y a ben longtemps, tuer leurs sagamos et les arroser de poudre de mousquet.

Les exilés écarquillent de grands yeux, ce qui incita les coureurs de bois à en remettre.

— Vous marchez sur des morts, dit le barbu à la pipe de plâtre. Et c'est pareil à Ticonderoga. Y en est tombé en maudit des Iroquois et des Anglais, par icitte.

— Des Français itou, ah! pour ça oui, fait en écho son compagnon. Y en a plein le cimetière.

— Le cimetière..., fait le père Savoie avec dérision.

Le regard du patriarche erre sur l'enclos où de frustes croix de bois, calcinées par le temps, dépassent, de guingois, les herbes folles.

— Nous avons là un cercueil, dit-il. Nous aurions bien aimé le déposer dans un vrai cimetière.

Les coureurs de bois échangent des regards étonnés.

— Un vrai cimetière? Un cimetière à côté d'une église?

Le regard d'Anne-Séraphie s'illumine.

— Oui, oui, fait-elle avec élan.

— Ben alors, c'est au Fort Sainte-Anne, dans l'Île-La-Motte qu'il faut aller. C'est à soixante lieues au nord.

Anne-Séraphie a saisi avec ferveur la main de Tobias.

— *Please,* monsieur Tobias, *please,* filons à l'Île-La-Motte.

Le pauvre homme n'y comprend rien. À l'Île-La-Motte plutôt qu'à *Crown Point?* Où est la différence? Anne-Séraphie lui retient la main, mais il la retire prestement, non pas tant pour manifester sa mauvaise humeur, que pour dissimuler le trouble que lui cause l'air suppliant de cette belle enfant. Il voudrait ignorer cette faiblesse, se ressaisir, éclater, mais il ne le peut pas. Il se sent assiégé par ces regards qui, tous, lui adressent la même et muette supplique. Il s'écarte de quelques pas.

— *All right,* lança-t-il, à la cantonade. *Get on board! We're sailing to Fort Ann, damn it!*

— Quoi?

Blèche et Pierre se sont redressés, incrédules, la pelle à la main.

— Quoi? Mais... il a donné l'ordre de rembarquer? Il file vers le Fort Sainte-Anne?

Les deux hommes n'en croient pas leurs oreilles. Ils ont bondi hors de la fosse à moitié creusée. Incroyable! Ce bourru de Tobias cède aux instances d'une petite fille? Ce n'est peut-être pas un si mauvais homme après tout! Ils déposèrent les pelles sur le petit cercueil qu'ils rembarquèrent sur le chébec.

Soulagés et se marchant sur les talons, les exilés remontent à bord. Cette Pointe-à-la-Chevelure, avec son fort sinistre, ses croix croulantes et ses spectres d'Iroquois scalpant des Visages-Pâles, avait décidément tout pour glacer le sang dans les veines. En la quittant, ils ont l'impression d'échapper à un affreux cauchemar.

Planté sur ses courtes jambes, mains au dos, le ventre en avant, Tobias s'efforce de faire oublier sa faiblesse en regardant de haut les loqueteux qui grimpent sur la planche de coupée. Il se donne des airs de pirate, avec son bonnet rouge et sa moustache de Viking. Anne-Séraphie lui adresse, en passant, un sourire enveloppé de larmes. Tobias a beau se composer une méchante moue, il se sent comme désarmé devant ce petit bout de femme, si belle malgré ses loques et les cernes autour de ses yeux de Madone. Mais le faux pirate demeure de glace en face de ce sourire.

— *Unfurl the sails!* lance-t-il.

Bientôt, une brise de fond de culotte vint gonfler les grandes voiles latines et le vieux rafiot, grinçant de toutes ses varangues, glissa sur la nappe glauque du lac Champlain. Des nuages délavés traînaient dans le ciel gris. Là-bas, les feuilles d'automne se répandaient en arabesques multicolores aux flancs des Adirondacks.

Blèche et Pierre ont redéposé à plat-pont la petite caisse de bois vermoulu. Muette d'émotion, Anne-Séraphie se tient toute droite à côté, infiniment soulagée de savoir que sa tante ne risque plus d'être abandonnée à la merci des charognards, dans un coin de forêt, ou encore, en une terre hantée de spectres effrayants. Des larmes coulent doucement sur ses joues livides.

— Tu pleures? fit Blèche, la pressant dans ses bras.

La femme fit un petit signe de tête, tout en s'épongeant les joues avec un coin de sa mante.

— Si je pleure... c'est de joie, murmura-t-elle. Elle va reposer en terre bénite.

Debout à côté du mât de misaine, le couple regarde sereinement en direction du nord.

•

Amarré à quai, ses hautes voiles carguées, le vieux chébec est parvenu sans encombre à destination. Courbatus et dépenaillés, les exilés débarquent, traînant à bout de bras leurs malles, leurs balluchons, leurs misérables réserves de poisson et de chevreuil boucané. Poings au hanches, et juché sur ses longues jambes guêtrées, le commandant Webb pète le feu. La tête altière et le menton autoritaire, il enguirlande Tobias.

— *I told you, you haven't got the right,* hurle-t-il. Retournez d'où vous venez avec cette bande de hors-la-loi.

De toute évidence, Tobias n'est pas homme à s'en laisser imposer par un officier d'arrière-province.

— *Now, now, Major,* répliqua-t-il tranquillement. Je suis de la Province de New York, savez-vous, et je n'ai pas d'ordre à recevoir d'un officier d'une autre province.

— Et moi, je suis commandant de ce Fort, et personne n'entre ici sans ma permission.

— *Oh yeah?*

Le fait d'être bas sur pattes et d'avoir une panse de sac à vin ne donne aucun complexe à Tobias. Lui aussi sait affronter son homme, tête haute et poings aux hanches. Mais le commandant entend bien ne pas tolérer pareille insolence. Rouge de colère, il fit signe à ses hommes. Aussitôt, un peloton d'habits rouges en armes accourut.

— *All right, now, do as I said.* Faites rembarquer ces gens et leurs guenilles où je fais un malheur.

Les habits rouges commencent à refouler les exilés vers le bateau, mais Tobias est allé se placer au pied de la planche pour en bloquer l'accès.

— *Don't forget, Major,* ceci est mon bateau, et je suis seul maître à bord. Je répète, je ne ramènerai pas ces gens à Ticonderoga. Ils appartiennent à votre Province. Ils sont les invités de votre gouverneur.

— *What?*

— Ils ont un sauf-conduit, signé par le gouverneur de la Province du Massachusetts.

Les sourcils du commandant Webb se sont aussitôt recroquevillés au rebord du casque pointu.

— *Euh...? Safe-conduct, you say? Let me see.*

Blèche n'eut pas à traduire. Le père Savoie a sorti le document de sa poche. Le commandant le lui arracha des mains et le parcourut d'un œil méfiant. Au fur et à mesure qu'il lit, ses traits se crispent de la façon la plus menaçante qu'on puisse imaginer. À la fin, il leva la tête et promena sur la «bande de hors-la-loi» un regard d'aigle en furie.

— *Good God! French Neutrals? Another bunch of troublemakers from Nova Scotia, heh?*

Tobias a une moue dérisoire.

— *Troublemakers?* dit-il. Des gens sans armes et sans le sou?

— *Poor people!* Que vous êtes naïf, capitaine. Des espions déguisés en pauvres gens... On a déjà vu ça.

La fureur du commandant amuse plus qu'elle n'impressionne Tobias dont les moustaches se hérissent d'une façon provocante.

— Si ces *troublemakers* vous créent des ennuis, *Major,* c'est à votre gouverneur qu'il faut vous adresser, et non à moi. Moi, j'ai des ballots de fourrures à embarquer et je remets le cap sur Ticonderoga.

Les habits rouges n'ont pas cessé de bousculer et de refouler les exilés qui ne savent plus où donner de la tête. Les militaires vocifèrent sans arrêt.

— *Get back! Get on board!*

Imperturbable, Tobias, la mine provocante, bloque l'accès à la planche. Les femmes sont au désespoir. Plusieurs trébuchent et tombent sous la poussée des fusils.

— *Better read carefully that safe-conduct, Major,* hurle l'intrépide capitaine. Si vous refusez l'asile à ces gens, vous allez à l'encontre des volontés de votre propre gouverneur.

Le commandant Webb sent fléchir sa belle assurance; le spectacle que lui offrent ses hommes, bousculant et frappant de pauvres loqueteux de la crosse de leur fusil, n'a vraiment rien de glorieux.

— *Hold it!*

N'y comprenant rien, les habits rouges suspendent l'opération, tandis que leur commandant, l'air extrêmement contrarié, examine de nouveau le sauf-conduit. À la fin, le malheureux Webb grommelle :

— *Damn it! What's this mess?* Pourquoi ne m'a-t-on pas prévenu?

Tobias hausse les épaules. Nullement fâché de voir le Britannique dans un beau pétrin, il singe un salut militaire, claque des talons et remonte à bord.

Ce soir-là, les exilés se retrouvèrent entassés, avec leurs bagages, dans un réduit noir et puant l'urine. La baraque sert apparemment d'écurie et d'étable. Quelques stalles s'alignent près de la porte. Des carreaux filtrent une mince lueur jaunâtre. Les lieux ont tout d'un parc à bestiaux au plancher raboteux, avec, un peu partout, de la bouse et du crottin desséchés. Les exilés vont vraiment de déception en déception. La longue marche qui les a amenés jusqu'ici s'annonce aussi décevante que celle qui les avait amenés à Boston. On leur avait promis, alors, le paradis dans les mers du sud, et ils n'avaient eu droit qu'à des tâches mal payées et à un entrepôt. Or, voici qu'on leur promet le Canada, et on les enferme dans une écurie. Gaspard en a gros sur le cœur.

— Mais enfin, proteste-t-il, qu'est-ce que ça veut dire? On est en Canada, oui ou non?

Plus personne n'en est tout à fait sûr, même si, en frôlant une île, la veille, Tobias avait annoncé :

— *Well, folks, this is it! This is Canada!*

— Il s'est moqué de nous, le Tobias. Ici, c'est comme à Boston. Y a rien que des Anglais.

Et le gros Gaspard de continuer de ronchonner. Il s'en prend à ce pauvre Maurice Coing.

— Ben, mon vieux, on pourra dire que t'as parlé à travers ton chapeau...

— Qui? Moi?

— C'est point toi, non, qui avais dit qu'en Canada, on serait parmi notre monde... On pourrait se parler et se comprendre?

— Ben... c'est peut-être qu'on est pas encore rendu. Et puis, qui sait? Tobias, c'est peut-être un agent des Anglais. Il nous a pris sur son bateau, et il est venu nous jeter dans leurs pattes.

Les exilés ruminent leur amertume mais personne n'ose protester. Se retrouver, dans un réduit plus petit et bien plus infect que celui du *Windmill Point,* voilà qui justifie les plus sombres hypothèses. Comme Gaspard, Pierre se sent, lui aussi, d'humeur à distiller du fiel.

— Je crois que Maurice a raison, dit-il. Tobias nous a trompés. On a eu tort d'embarquer sur son bateau... On a même eu tort de marcher jusqu'ici. Le Canada? Est-ce que c'est notre pays à nous, hein? En tout cas, c'est pas mon pays à moi.

Le père Savoie voudrait bien remonter le moral de son monde mais il ne sait trop comment s'y prendre.

— Avant d'imaginer des choses, dit-il, attendons un peu les événements.

— Pouah... y a rien à attendre. Nous voilà prisonniers encore une fois. Pour combien de temps? Un an? Deux ans?

— Allons, allons.

— Vous savez ce qui arrive avec les gouverneurs? Ils décident quelque chose, puis, ils changent d'idée. Durant tout ce temps, nous autres, on moisit dans l'attente.

Les femmes ont commencé à ranger malles et balluchons. Des bouts de chandelles n'arrivent guère à dissiper l'obscurité grandissante. Pierre s'administre des coups de poings dans les paumes.

— Non, non, fait-il d'une voix caverneuse. Je passerai pas un an enfermé dans un trou pareil, à attendre le bon plaisir d'un gouverneur. Je vais déserter.

Le père Savoie a relevé la tête.

— Déserter? Mais pour aller où, mon pauvre vieux?

— Dans mon pays, morgué... Mon vrai pays.

La porte s'ouvrit brusquement. Un solide gaillard entra poussant une brouette chargée d'un grand pot de grès, un sac de coton blanc et un falot.

— Paraît que vous parlez français? lance le gaillard soulevant le falot.

Hébétés, tous ont levé la tête.

— Je m'appelle Samuel Caron, dit l'intrus. Suis en charge de la coquerie au Fort. Je vous apporte de la soupe aux pois et du pain.

Un ange serait descendu du paradis qu'il n'aurait pu causer une aussi grande surprise. Un ange qui parle français... qui apporte du pain et de la soupe? Les détenus croient rêver.

— Approchez!

Ce Samuel Caron a l'air d'un joyeux hâbleur. D'épais cheveux noirs débordent de sa tuque aux mailles étirées. Il porte une chemise à carreaux et des souliers de bœufs.

— Approchez. J'ai pas d'assiettes. Allez-y à même le pot.

L'irruption, dans l'obscurité, de ce boute-en-train a quelque chose de tellement insolite et d'inopiné que tous se demandent s'il ne s'agit pas d'une mauvaise plaisanterie.

— Allez, faut pas vous gêner. Approchez. De la bonne soupe au lard. C'est moi qui l'ai faite. Vous m'en donnerez des nouvelles.

L'une après l'autre, les femmes sont parties chercher des cuillères dans les bagages. Samuel a soulevé le couvercle du gros pot de grès. Il s'en dégage un arôme surnaturel. Bientôt, on vit fumer la soupe au bout des cuillères.

— Qu'est-ce que vous en dites? Suis passé maître dans l'art de faire de la soupe aux pois avec du lard dedans.

Une explosion de reconnaissance corrobore le bien-fondé d'une vantardise aussi justifiée.

— Un velours dans le *gargoton,* proclama La Piraude. J'en avons jamais mangé de meilleure.

Les petits pains frais sortis du four plongent dans le ravissement des affamés qui en avaient presque oublié le goût. Personne n'ose échanger des impressions devant Samuel, mais tous se demandent ce qui a bien pu se passer. Tout à l'heure : un commandant sorti de ses gonds les traitait de hors-la-loi; des militaires furieux les malmenaient sans pitié, et voici que, tout à coup, et sans que personne n'ait réclamé quoi que ce soit, on apporte une soupe et du pain à vous ravir au septième ciel.

Mine de rien, Gaspard se met à poser quelques questions, en commençant par celle de savoir si, oui ou non, on se trouvait en Canada.

— Dans le bord, dit Samuel. Vous êtes à Saint-Jean : la région des forts. Ça commence à l'Île-La-Motte : Île-aux-Noix, Saint-Jean, Sainte-Thérèse, Chambly, Richelieu, des forts, rien que des forts, avec dedans, des Anglais qui n'entendent pas à rire, je vous en passe un papier.

Ces précisions géographiques laissent Gaspard plutôt indifférent.

— Si c'est vrai qu'on est en Canada, dit-il, les Français... où c'est qu'y sont?

— Les Français? fait Samuel sentencieux. Y a belle lurette qu'ils ont sacré le camp.

— Ah! tu vois, Maurice. Y reste rien que des Anglais en Canada. Les Français ont sacré le camp.

Samuel sursaute.

— Mais... c'est plein de Canayens... partout en Canada.

Ce marmiton est bien bavard. Il a réponse à tout. Comment croire tout ce qu'il raconte? Des «Canayens partout»? Et qui parlent français. Allons donc. L'accueil qu'on leur a réservé atteste le contraire. En tout cas, la colère et la brutalité des habits rouges n'indiquent guère que le Canada sera mieux que le Massachusetts.

Samuel plastronne tout en faisant les cent pas.

— Faut pas en vouloir aux Anglais, dit-il. Au fond, c'est pas des mauvais diables. S'ils ont le poil ras, c'est parce qu'ils ont peur à leurs fesses. C'est plein de révoltés, l'autre bord, vous savez... Des révoltés qui veulent les bouter hors d'Amérique. Alors, vous comprenez...

Le beau parleur commence à paraître plus ren-
seigné qu'on avait cru. En tout cas, Blèche n'a pas
grand mal à établir des rapports entre ce qu'il dit
et ce que lui-même a pu lire dans les gazettes à
Boston.

— Je vois, dit-il. Ils nous prennent pour des
révoltés?

— Ils soupçonnent tout ce qui remonte le lac
Champlain, répondit le beau parleur, laconique.

— Ils nous soupçonnent?

— Sais pas. Tout ce que je sais, c'est qu'à part
les caboteurs comme Tobias, ils ne laissent entrer
personne qu'après avoir passé leurs papiers au
peigne fin. Bonne nuit.

Samuel a remis le couvercle sur son pot. Il
sortit avec sa brouette et referma la porte. Ses dernières paroles n'avaient rien pour rassurer les détenus.

●

La flamme des bougies vacille faiblement dans
l'obscurité. Personne n'ose parler, ni même se
regarder. Certes, la soupe de Samuel a été mémorable, mais ses précisions quant aux conditions d'admission au pays ont tout gâché. «Passer
les papiers au peigne fin»? Quels papiers?
Personne n'a de papiers; il n'y a que le sauf-
conduit, et Dieu sait que le commandant ne l'a
guère trouvé convaincant, le sauf-conduit. Que
va-t-il décider, le commandant? Et si on était

tombés dans un guet-apens? Plusieurs commencent à le croire. Cette longue et interminable marche, à travers des embûches et des épreuves de toutes sortes, n'aurait donc servi qu'à les transférer tous d'une prison à une autre... Un gouverneur qui se débarrasse de ses indésirables, les refilant à un autre gouverneur qui, lui, les entassera comme des bêtes dans une écurie en attendant de les refiler à un troisième gouverneur, et ainsi de suite jusqu'à ce que le dernier détenu ait rendu l'âme. Ce genre d'argumentation a toutes les apparences de l'évidence dans l'esprit de Pierre. L'homme tire les conclusions. Il rompt le silence pour donner libre cours à son amertume.

— On a marché des lieues et des lieues sans que personne ne nous arrête, dit-il, puis, on est allé faire confiance à un homme qui n'avait aucune raison de nous vouloir du bien.

— Je ne vois pas quelle raison il aurait eu de nous vouloir du mal, dit Blèche.

— Quelle raison? Et si c'était un révolté, lui aussi... Un révolté tout fier de nous livrer à ses ennemis...

Le père Savoie ne peut contenir un mouvement d'impatience.

— Arrêtons de nous torturer, bon sang! Arrêtons de prêter de mauvaises intentions à tout le monde.

La saute d'humeur du patriarche ne réussit pas à contenir l'extrême exaspération de Pierre qui continue de plus belle à distiller son fiel.

— En tout cas, moi, dit-il, je vous dis qu'on a fait un mauvais marché le jour où on a abandonné les chevaux et les charrettes.

Anne-Séraphie sursaute. Elle saisit la main de Blèche et la presse nerveusement. Il n'en fallait pas davantage pour que le jeune homme crut de son devoir d'intervenir.

— On a fait pour le mieux, Pierre, dit-il d'une voix empreinte d'un timide reproche.

Le silence se fit lourd et pénible, chacun revivant en esprit les événements de la dernière étape.

•

Hier encore, tout semblait devoir aller pour le mieux. On avait eu l'impression que le Canada allait ressembler au pays perdu. Même les habits rouges avaient fait preuve de compréhension.

Les voiles carguées et glissant à bâbord, le chébec avait accosté à l'Île-La-Motte, au pied du Fort Sainte-Anne. Oh! la première impression n'avait guère été favorable. Le paysage ne différait guère de celui qui avait tant horrifié les exilés à la Pointe-à-la-Chevelure, avec cette différence, toutefois, qu'à l'Île-La-Motte, il y avait du monde et, au-dessus des maisons se dressait un petit clocher. En tout cas, La Piraude semblait rassurée.

— Un clocher! fit-elle en joignant les mains. Ça éloigne sûrement les fantômes.

Des fusiliers en habits rouges faisaient le guet aux abords du fort où allaient et venaient des paysans menant de gros chariots ou poussant des brouettes. Tobias descendit solliciter les autorisations d'usage, après quoi, Blèche courut à la chapelle.

Le missionnaire, non seulement autorisa l'inhumation de la demoiselle Amiraux, mais il tint à ce que tout se fît dans les formes. Tout le monde mit pied à terre et, tête basse, suivit la dépouille. Intrigués, les paysans immobilisaient leurs chariots pour regarder passer l'étrange cortège.

N'en croyant pas ses yeux, chacun prit place dans la chapelle. Tobias resta dehors à tourner en rond et à se faire du mauvais sang. Il guettait Blèche et Pierre.

— *Hurry!* répétait-il. On a assez perdu de temps comme ça.

Les deux hommes s'esquintaient à creuser la fosse en vitesse dans le petit coin que leur avait désigné le missionnaire. Ils auraient bien aimé assister à la cérémonie, mais Tobias les avait à l'œil.

— *Hurry! for goodness sake!*

À grands coups de pelle, ils coupaient des racines tenaces, extrayaient du trou des roches têtues, suaient à grosses gouttes. Une cloche au timbre grêle sonna le glas. Une vieille dame vint allumer deux cierges sur l'autel. Revêtu du surplis, de l'étole et de la barrette, le jésuite s'approcha avec son bréviaire à tranche rouge, suivi de la vieille dame qui tenait précieusement le bénitier portatif et le goupillon. *Recto tono,* il récita en latin les prières de l'absoute.

— *Requiem æternam dona ei, Domine.*

Un silence impressionnant régnait dans la chapelle. L'assistance avait les yeux rivés sur le petit jésuite aux tempes grises et au visage émacié. Plusieurs avaient la larme à l'œil. Chacun pensait à ses chers disparus. La Piraude, à son Louison, jeté en pâture aux requins par ce Tobias de malheur; Marie-Venance, à la vieille Marie Sallé restée là-bas, près du puits de Pierre, à Pembroke; Joffriau, à sa bonne Victoire, perdue quelque part au bord du fleuve Connecticut.

Quant à Anne-Séraphie, elle pleure la tante Pétronne, bien sûr, mais aussi mémé Caloube qui dort parmi les étrangers sur *Copp's Hill,* à Boston.

Le missionnaire a marmonné consciencieusement toutes les prières. L'assistance saisissait des bribes de ces formules que personne ne comprenait mais qui étaient combien familières, et qui évoquaient un passé tellement lointain.

— *Libera nos, Domine... Absolve quæsumus... A porta inferi... requiescat in pace..*

L'émotion a gagné les plus endurcis, car c'est la première cérémonie religieuse qu'il est donné à la plupart d'assister depuis le départ pour l'exil. Tobias s'impatientait de plus en plus. Ce prêtre et ses prières le mettent bien en retard.

— *Requiem æternam...*

Le missionnaire a pris le goupillon et a aspergé copieusement la pauvre dépouille, après quoi il a donné à l'assistance sa bénédiction.

— Allez en paix, *Amen.*

En sueur et hors d'haleine, Blèche et Pierre vinrent prendre le cercueil, et c'est à regret que chacun s'arracha à la douce quiétude de la chapelle. Tout le monde fit cercle autour de la fosse. Même Tobias enleva son bonnet lorsqu'on glissa la petite caisse de bois vermoulu au fond du trou noir.

— *Hurry now!* commanda-t-il, sitôt la cérémonie achevée. *Get on board.*

Tôt, le lendemain matin, le chébec accostait par tribord au pied du Fort de Saint-Jean.

●

Les jours ont passé : des jours interminables à attendre les événements. Le commandant a disparu avec le sauf-conduit et on ne l'a plus revu. Les détenus ont l'impression d'être suspendus dans le vide, n'arrivant pas à comprendre ce qui leur arrive.

Toutefois, le climat est moins tendu. Les habits rouges ont relâché la surveillance. Ils autorisent même les petites balades et les flâneries autour du fort, à condition cependant de rester à l'écart des habitants du lieu. Ceux-ci vont et viennent sans hâte. Un cultivateur passe et repasse, juché sur son tombereau. Assis, jambes ballantes, sur la plate-forme d'une charrette à hautes ridelles, des marchands de foin fument tranquillement leur pipe. Sur une pointe de sable, des Indiens, drapés de vastes couvertures, devisent autour d'un chaudron suspendu à des branches disposées en tripode. On entend résonner le fer d'une cognée du côté où se

dressent les varangues d'une goélette en construc-
tion. Le long du chemin, des maisons trapues,
blanchies à la chaux, se blottissent sous de grands
arbres à moitié dépouillés de leurs feuilles.

Dans la rade, cotres et sloops se dandinent au
vent. Des détenus les regardent aller et venir. Ils
passent ainsi des heures à interroger l'horizon. Ce
Canada, en qui ils avaient mis tant d'espoirs, ne se
montre guère hospitalier. Partout, des canons
pointant leur gueule noire au-dessus des palissades;
partout, des forts et des blockhaus; partout, des habits rouges méfiants et intraitables

Indifférente, la grande rivière coule vers l'inconnu. Des tartanes, des chaloupes et des gabares
mouillent au large. Leur mâture se dresse comme
des sapins rabougris à l'horizon. Plus le temps
passe, plus l'attente devient inexplicable.

Il existe quand même une compensation : la
popote à Samuel. Chaque matin et chaque soir,
l'ineffable boute-en-train reparaît avec sa brouette,
son pot de grès et son sac de petits pains. Il apporte
tantôt de la soupe au chou, tantôt des fayots au lard
et même, parfois, des concombres tranchés dans la
crème sure. On lui a confié tout ce qui restait d'une
fameuse pêche au lac Bomoseen. Il a fait frire les
dorés, les harengs et les truites qu'il a servis avec
des rabiolles bouillies et des oignons blancs. Il a
même apprêté les restes du chevreuil avec des
carottes, du naveau et des choux pommés.

C'est vraiment à n'y rien comprendre. Pourquoi tant de largesses faites à des gens à qui on

n'impose aucun travail? Samuel n'en sait rien. Il ne fait qu'obéir aux ordres.

•

Un matin, les détenus avaient à peine achevé d'avaler leur croûton que le commandant en personne parut sur le pas de la porte.

— *All right, folks,* dit-il sur un ton impératif, *pick up your belongings. You're all leaving this place.*

Comme des condamnés, le matin de l'exécution, les détenus ont sursauté. Ils regardent le commandant avec des yeux effarouchés. Ils n'ont rien compris de ce qu'il a dit mais ils s'attendent au pire. Blèche se lève pour expliquer la situation.

— Nous partons. Il nous demande de ramasser nos choses.

— Pour aller où? Pour aller où?

Timidement, Blèche s'approche du militaire et ose poser la question. Ce dernier le zieuta du haut de son importance.

— *The soldiers will lead you.* Ils vont vous mener à destination.

— À destination? Qu'est-ce à dire?

Mais le commandant a déjà pivoté sur ses talons et s'est éloigné. Attelés à de gros chariots, des chevaux piaffent dans la cour. Des soldats et des gardes achèvent de fixer les attelages. Le commandant sort le sauf-conduit du pli de sa manchette et le remet au père Savoie.

— *Here,* dit-il, vous en aurez besoin au Fort Richelieu.

— Le Fort Richelieu?   marmonne Pierre. Fallait s'en douter : ils nous changent de prison.

Mains au dos, le bonnet à poil pointé en avant, le commandant surveille les préparatifs du départ. Pressés par les gardes et la mine apeurée, les détenus ont pris place dans les chariots, parmi les malles et les balluchons. Pistolets et couteaux à la ceinture, les habits rouges n'ont pas envie de rire. Ils ont tous l'air d'une humeur massacrante.

À pas lourds, les chevaux se sont mis en marche. La caravane s'engage dans un chemin de portage, le long de la rivière. Les charpentiers du chantier naval ont levé le nez, la hache en l'air, pour la regarder passer. Le chemin est étroit et cahoteux. Le bruit en provenance des rapides va s'amplifiant. Les vagues écumantes bondissent comme des moutons blancs à travers les récifs aux dents aiguës. La contrée est plate et désertique. Quelques maisons, quelques granges, un moulin à scie qui tombe en ruine, un fourneau à goudron qui dresse son cône rouillé au-dessus des arbrisseaux ratatinés. Le cortège croise de lourds chariots chargés de troncs d'arbres et des files de portageux qui se dirigent vers Saint-Jean, le canoë sur le dos.

Le paysage commence à avoir des airs familiers, de même que le visage et l'allure des charretiers et des portageux qu'on croise. Le défilé cahote dans les fondrières. Le grincement des grosses roues fait lever des bandes d'outardes qui battent l'air avec fracas. Les rapides grondent sans cesse et accrochent aux écueils des guirlandes d'écume. À peine perceptible, le soleil flotte derrière des nuages brouillés.

Le chemin de portage aboutit à un cul-de-sac, au bord d'un vaste bassin d'eau tourbillonnante. Sur une pointe de terre, un fort dresse ses courtines et ses bastions ébréchés. On dirait une molaire cariée sur sa gencive de pierre. À ses pieds, le courant tourbillonne et s'éparpille en queue de paon.

— *This is it!* hurle le militaire monté sur le chariot de tête. Descendez.

Les habits rouges aident les femmes et les enfants à descendre.

— Par ici, crie en français un gaillard qui a l'air d'un vieux loup de mer.

Du quai, l'homme fait signe à tout le monde d'approcher. Perclus, les arrivants sont complètement désorientés. On les presse de descendre et de décharger leurs guenilles.

— C'est-y qu'on serait rendu? fit Gaspard, inspectant les lieux de ses petits yeux porcins.

— Par ici, répète sans cesse le vieux loup de mer.

Le gaillard ne casse pas le français? Blèche s'approche.

— Dites-moi, monsieur, est-ce qu'on est rendu?

L'homme égrène un petit rire.

— Ho ho... que non. Vous êtes rien qu'au Fort Saint-Louis.

Les militaires pressent tout le monde d'embarquer, armes et bagages, dans trois pinasses accostées dans l'anse. Les hommes d'équipage ont déjà chargé les provisions. Le vieux loup de mer surveille l'embarquement. Il a une barbe de hérisson et assigne à chacun sa place à bord.

Mission accomplie, les habits rouges ont regagné Saint-Jean.

— Embraque les amarres, hurle le loup de mer.

Les hommes d'équipage ont aussitôt gagné leur poste.

— Hissez les focs! Larguez l'aurique.

La présence de ce commandant parlant français rassure un peu tout le monde. Certes, personne ne se fait d'illusions, mais on commence tout de même à avoir le sentiment très net que l'opération a été préparée. Les chevaux, le portage, les pinasses, les provisions : on devine un plan d'ensemble derrière tout cela. En tout cas, les événements se précipitent. Pierre s'est glissé près du commandant.

— Vous avez point l'air d'un Anglais, vous?

— Moé? Un Anglais? Pas une sacrée miette. Je m'appelle Jeffrey Levasseur, caboteur depuis quarante ans sur la rivière des Iroquois.

L'homme a les traits durs, mais la voix chaude. Pierre se sent plus hardi.

— Les soldats sont partis... Ils vous font confiance?

Prodigieusement étonné, Jeffrey Levasseur dévisage Pierre un moment. Il a les yeux ronds comme des boutons de culotte.

— Confiance? Oui. Pourquoi?

— Rien.

Pierre se rend tout de suite compte qu'il vient de poser une question stupide. Il hésite avant de poursuivre.

— Où c'est que vous nous emmenez, comme ça?

Jeffrey allait d'étonnement en étonnement.

— On vous l'a pas dit? Au poste William-Henry, à Sorel?

— Ah!... C'est... c'est là la prison?

— La prison? Pourquoi? Vous êtes des malfaiteurs?

— Oh! non, non... Rien que des Acadiens.

Le commandant paraît rassuré.

— Ah! je vois.

Il lève la tête, puis ajoute :

— Comme c'est curieux! Il en arrive de partout!

Pierre fixe intensément Jeffrey.

— Des Acadiens? Et on les met en prison?

— Sais pas... Suis rien que caboteur, moé. Les Anglais me disent pas tout. Mais j'ai entendu dire que les Acadiens, eh ben, on les éparpille à droite et à gauche dans le pays.

Une bonne brise a gonflé les voiles. Les pinasses glissent allègrement hors du bassin. Les détenus en avaient plein les yeux. De hauts peupliers, où tremblotent encore quelques feuilles, cadrent des paysages bucoliques. Des vaches qui ruminent à côté d'une grange solitaire; des gamins qui taquinent le goujon; des canards qui barbotent parmi les joncs. Parfois, on voit surgir une maison de pierre derrière un gros saule. Elle a l'air de regarder passer les bateaux avec ses fenêtres grandes comme des yeux de chouette.

Le temps s'est éclairci. Le soleil couchant lèche, de ses rayons pourpres, les flancs des monts solitaires qui ressemblent à de grands pachydermes broutant au milieu de la plaine.

— En face, c'est le mont Saint-Bruno, dit Jeffrey tout fier de pouvoir ainsi capter l'attention de ces dames. Au fond, c'est le mont Saint-Hilaire.

•

À la brunante, le vent tomba, mais les pinasses furent quand même entraînées par le courant. Une grosse lune monta à l'horizon.

— Essayez de vous accrocher une paupière, lança Jeffrey à la cantonade. La nuit est longue et tranquille.

Il alluma le fanal. Des femmes se blottirent frileusement au milieu des balluchons et sous des bouts de toile. Toute la nuit, le vent mollit. On n'entendait plus que le clapotis de l'eau léchant la coque.

Au petit matin, les pinasses n'avaient presque plus d'erre. Elles flottaient en eaux mortes, leurs voiles complètement plates. Jeffrey chercha à tâter le vent, mais en vain.

— Pas un pet, grommela-t-il. Va falloir y aller à l'aviron.

Transis de froid, les hommes ne demandaient pas mieux. Ils ramèrent avec ardeur une bonne partie de la journée. En approchant de Saint-Ours, le commandant fit casser l'erre.

— Rangez les avirons, dit-il. On approche des rapides.

Serrant la rive, les pinasses s'approchent au ralenti des remous qui roulent en spirales à la tête du dénivellement. Elles ont l'air d'hésiter avant de céder au courant qui va bientôt les happer. Elles basculent lentement dans la pente. Le roulis devient vertigineux; la descente s'accélère. Cramponnées à tout ce qu'elle peuvent attraper, les femmes ne peuvent réprimer des cris de frayeur. Jeffrey s'amuse fort de les voir, et rit à gorge déployée pour les rassurer.

— Pas de danger, leur cria-t-il. C'est rien qu'une petite glissade.

Parvenues au bas du dénivellement, les embarcations se stabilisèrent, et les hommes reprirent les avirons. Le soir même, la petite flotte atteignait l'embouchure de la rivière.

— Vous v'là à Sorel, annonça Jeffrey. J'ai ordre de vous conduire au commandant du fort.

•

L'activité est intense dans le port. Chaloupes et chalands se croisent. Le long des estacades, des bateaux pansus dressent en l'air un fouillis de haubans, de cornes et de boulines. Des palans pivotent; des poulies grincent; barriques et ballots se balancent au bout des élingues. Des frégates aux châteaux altiers mouillent au large.

Jeffrey s'est levé pour évaluer son approche.

— À vos postes, lance-t-il.

Les hommes d'équipage se saisissent aussitôt des drisses et des écoutes.

— Ferlez l'aurique! Rentrez les focs!

Les pinasses se mettent à quai sur tribord. Tout moulus, les détenus débarquent leur malles et leurs misérables chiffes, tandis que Jeffrey court prévenir le commandant qui s'amène aussitôt. Il prend rapidement connaissance du sauf-conduit et des instructions qu'y avait ajoutées le commandant du Fort Saint-Jean.

— *All right!* dit-il, sans autre forme de procès. *Come this way.*

L'arrivée au Fort Richelieu n'eut rien de comparable à l'arrivée au Fort Saint-Jean. De toute évidence, le commandant avait reçu des instructions. Tout était prêt : la bouillotte à l'esturgeon, des grabats de foin dans l'entrepôt, les instructions pour le lendemain...

Ces instructions, l'habit rouge les avait données dans un accent tellement impossible que Blèche n'avait pu en saisir complètement le sens.

— Si j'ai bien compris, dit-il, on va pas nous garder ici. On s'embarque, demain matin, au petit jour.

— On s'embarque encore? Pour aller ou?

— Sais pas. Sur un schooner... en partance pour Québec, qu'il a dit, le commandant.

•

Le schooner leva l'ancre aux premières heures du jour. Une brume épaisse flottait sur le fleuve. La marée gonflait la houle olivâtre. Dominant le grondement des vagues et le bruit des voiles qui claquaient au vent, on entendait le capitaine qui s'égosillait :

— *Up sails! Up sails!*

À travers la brume, on entrevoit des îles qui défilent à bâbord et à tribord. Des goélands tournoient en tous sens, puis viennent se percher au bout des vergues. Peu à peu, le soleil dissipe la brume et les rives finissent par s'estomper à l'horizon.

— Regardez, s'écria Gaspard, c'est tout blanc. La terre a disparu... C'est comme je pensais : ils vont nous abandonner... dans une île lointaine...

lointaine... À Québec, qu'il a dit, le commandant.

Toute la matinée, le navire fila franc nord, toutes voiles creuses. Peu avant midi, une mince lisière de terre bleue parut à bâbord. Peu à peu, elle passa du bleu au jaune paille, et le paysage devint plus précis. Des terres plates serpentaient à travers des bosquets hérissés de sapins au cimes pointues comme des lances. Le schooner serra les rives puis piqua dans l'embouchure d'une rivière pour enfin accoster au bout d'une jetée fatiguée.

— *This is where you disembark, folks,* dit un militaire.

Les détenus sont demeurés un moment figés sur place et sans voix. Ils ne peuvent croire qu'on les laissera sur place et sans moyen de déplacement, au bord d'une rivière où il n'y a âme qui vive.

— Tu vois, grommela un Gaspard bien navré d'avoir eu raison. C'est point Québec... Point de bateaux... point de maisons... C'est une île déserte.

Blèche se refuse à cette idée qui, pourtant, semble s'avérer juste. Exaspéré, il aborde le militaire.

— *I beg your pardon, Sir.* Vous n'allez pas nous faire débarquer et nous abandonner, comme ça, en pleine nature?

— *There is a village, inland,* répondit l'habit rouge. C'est votre village. C'est ici que j'ai ordre de vous débarquer.

La mort dans l'âme, les détenus traînent leurs

La mort dans l'âme, les détenus traînent leurs malles et leurs hardes jusqu'à terre. Le schooner reprend le large. Que faire?

— Un village... dans les terres...?

Des hommes partent aussitôt en éclaireurs, et Blèche se met à réfléchir tout haut.

Une jetée... un petit chemin... avec des ornières... Il y a sûrement du monde dans les parages.

Des gamins, ramenant des vaches au clos, paraissent au détour d'un sentier. Le gros Gaspard Laforge et Maurice Coing courent à leur rencontre.

— Hé! Holà! Vous autres, hurle Gaspard.

Pris de peur à la vue de ce gros barbu dépenaillé, les jeunes détalent à toutes jambes.

— Heh! Attendez!

Mais les gamins ont fouetté les vaches et ont déjà disparu au bout du clos.

— J'cré qu'on leur a fait peur, dit Maurice Coing. T'as crié trop fort.

Que faire? À tout hasard, les exilés ont chargé, sur leur dos, malles et balluchons. Ils piétinent sur place, ne sachant quelle direction prendre.

— Ho! là-bas, fait Pierre pointant du doigt. Derrière le bouquet de sapins.

Au loin, on aperçoit à peine le clocher d'une petite église qui se dresse, droit et frêle, dans le ciel blême.

— Un village, par là.

Courbatus, mais rassurés, les arrivants s'engagent sur le sentier des vaches. Confiants et appréhensifs tout à la fois, ils avancent à pas lourds. Le sentier serpente entre deux clôtures de perches et débouche sur le grand chemin.

— Curieux, dit Gaspard, rien qui bouge. C'est-y un village abandonné?

Les cours sont désertes; les maisons paraissent hostiles. Un chien méchant, puis un autre, et un troisième, surgissent, de toute part, en aboyant avec rage. On voit remuer discrètement de petits rideaux, derrière lesquels des femmes écarquillent des yeux effarés. Devant la petite église, des petits groupes d'habitants parlaient à voix basse, tout en jetant, sur l'étrange caravane, des regards furtifs.

— Ma grand'foi! murmura un des habitants, une invasion de loups-garous!

Tout énervé, et la barrette de travers, le curé sortit en courant de son presbytère.

— C'est eux... C'est eux, les déportés. Grand Dieu! qu'ils sont nombreux!

Les exilés forment un misérable peloton, au milieu de la petite place. Ils ont fortement l'impression que personne ici ne les attendait. Soudain, un cheval fringant, attelé à un superbe cabriolet, vient s'arrêter devant le perron de l'église. Un personnage, vêtu comme un noble, monte sur le perron et domine, un moment, le peloton de loups-garous. Les exilés se croient à, nouveau, en présence d'un gouverneur bourru : un Anglais, prêt à les expédier, une fois de plus, à l'autre bout du monde. Le personnage a le regard froid et hautain.

Sous son vaste chapeau à plumes, ondule une perruque poudrée, ornée d'un cadogan bleu. Une fine moustache lui fait des six de chaque côté du nez. Solennel, l'homme déroule un parchemin.

— Par proclamation du gouverneur du Canada, Son Excellence James Murray, et du lieutenant-gouverneur, Guy Carleton...

Un gouverneur qui parle français? Ébahissement des arrivants. Des villageois sont sortis de leur maison, l'air méfiant.

— ... et conformément au Traité signé à Paris, entre la France et l'Angleterre, en 1763...

Les villageois, à pas comptés, se sont approchés.

— ... moi, Pierre Le Sieur, seigneur de Yamachiche, ai fait cadastrer des terres, à l'est du fief Grosbois...

De sourds grognements se font entendre. Le seigneur fronce les sourcils du côté des grognards, puis poursuit :

— ... terres qui, par les présentes, vous sont concédées.

Les arrivants n'en croient pas leurs oreilles, cependant que la grogne s'intensifie chez les villageois.

— ... et, à l'exemple de mon arrière-grand-oncle, l'illustre Sieur Pierre Boucher...

«... terres qui vous sont concédées» : ce petit bout de phrase bourdonne aux oreilles des loqueteux à qui échappe le reste du boniment. Plusieurs ont déjà la larme à l'œil.

— Des terres... et si c'était vrai, à la fin...?

La lecture de la proclamation achevée, le seigneur remonta dans son cabriolet et regagna son manoir. Aussitôt, les villageois manifestèrent leur ahurissement. De leur groupe compact, s'élevaient des voix anonymes :

— Une bande de chenilles à poil qu'y va falloir nourrir et entretenir...

— Comme s'il n'y avait pas assez de pauvres dans le village...

— Non seulement faut-y se serrer la ceinture, mais v'là qu'astheure, des étrangers viennent prendre nos terres...

— Qu'on renvoye ces quêteux chez eux...

Ces sourdes protestations ont pour effet de couper court la joie qu'avait provoquée la proclamation du gouverneur. Pierre ne put s'empêcher de grommeler à son tour.

— Qu'est-ce que je disais? On se retrouve encore en pays ennemi.

Bien que s'étant tenu respectueusement à l'écart, le curé a pu saisir quelques-unes des remarques désobligeantes de ses paroissiens. D'un pas menu, il s'approcha du groupe d'Acadiens et les pria d'entrer dans l'église. Il ouvrit la porte, et tout le monde prit place dans les bancs éreintés et dévernis. Les exilés en ont plein les yeux : la voûte décorée de moulures dorées; l'autel surmonté d'un tabernacle ouvragé; les grands chandeliers aux pieds sculptés.

Courbatu et dominant l'assemblée du haut de la marche du chœur, le curé joint ses longues mains

blanches sur sa bouche et promène, sur tous ces loqueteux, un regard amène et compatissant. Le
spectacle attire les larmes : des femmes aux grands
yeux cernés; des hommes avec des barbes de bri-
gands; un Tienniche penaud et rachitique et, à
l'arrière, un Maurice Coing dont la tête émerge à
peine au-dessus du prie-Dieu.

— Je suis votre pasteur, dit le vieux prêtre. Je
m'appelle Chefdeville, Jacques-Maxime. Vous êtes
désormais chez vous, dans la bonne paroisse de
Sainte-Anne.

Et il tenta d'expliquer la mauvaise humeur de
ses paroissiens.

— Ils sont braves, vous savez, mais ils ne
comprennent pas. Il y a eu la guerre, les privations,
et ces étrangers qui ont envahi le pays. Tout cela les
rend, comment dire...? méfiants.

Le prêtre parle sans emphase et sur le ton de la
confidence. Ses ouailles sont tout yeux tout oreilles.
Visiblement, elles sont en proie à une vive émotion :
se voir traiter avec autant de ménagement... Le
curé se fait rassurant pour ajouter :

— Messire Pierre Le Sieur... celui qui vient de
vous faire part de la proclamation du gouverneur,
est le seigneur de notre canton : un homme juste et
respecté de tous. Croyez-moi, il va parler à nos
gens; il va leur faire comprendre que vous n'êtes
pas des usurpateurs, mais de pauvres Acadiens, sans
feu ni lieu. Il m'a même confié qu'il organiserait
des corvées pour vous aider à bâtir vos maisons et
vos granges.

À ces bonnes nouvelles, sont venus s'ajouter de grosses miches de pain et un plantureux chaudron de soupe aux pois préparé par la ménagère du curé et quelques femmes de la paroisse. Le seigneur mit à la disposition des nouveaux venus les bâtiments à l'arrière de l'église. C'est là que les Acadiens devaient se retirer pour passer la nuit.

•

Le lendemain matin, le soleil vint allumer les couleurs de l'automne aux arbres du village, et la cloche de la petite église se mit à sonner à toute volée. C'était l'heure de la messe, mais pas n'importe quelle messe : une messe de mariage... Le mariage d'Anne-Séraphie et de Samuel Gaudet.

La soirée qui avait précédé cet heureux événement avait été des plus mouvementées. Le bon curé Chefdeville avait dû procéder au baptême de tous les jeunes nés en terre d'exil, et passer quelques heures à entendre les confessions. L'homme de Dieu ne savait plus où donner de la tête, et il fut pris au dépourvu quand Anne-Séraphie le prit à l'écart pour lui chuchoter à l'oreille :

— Je... je vais avoir un enfant... Au printemps.

— Oh!· mais, c'est très bien, fit-il d'un geste approbateur.

— Oui, mais..., enchaîna la petite, femme, baissant la tête.

Intrigué le vieux prêtre fronça les sourcils.

— C'est que, Blèche et moi... eh ben... nous ne sommes pas mariés.

— Quoi? Pas mariés?

Les sourcils du saint homme se froncèrent davantage.

— Mais... vous êtes en état de péché mortel, mes enfants.

Anne-Séraphie devint toute pâle. Ce qu'elle avait toujours appréhendé se confirmait. Blèche hasarda une explication.

— Mais... nous nous sommes promis l'un à l'autre, devant témoins.

Le prêtre se prit la tête à deux mains et se mit à tourner en rond. Se sentant responsable, le père Savoie crut devoir intervenir.

— Il faut que vous compreniez, dit-il. En terre d'exil, il n'y a ni prêtre ni église... On a fait notre religion au meilleur de notre connaissance.

Le pauvre pasteur en avait le vertige. Il n'avait jamais eu à faire face à une situation aussi compliquée. Mais il se ressaisit. Il prit les deux «pécheurs» par la main.

— Venez, dit-il. Venez là vous confesser. Demain matin, je chanterai une messe d'action de grâces, et je bénirai votre union.

•

Dans les jours qui suivirent, plusieurs villageois vinrent au presbytère pour offrir d'héberger de «pauvres Acadiens», leurs «nouveaux frères», preuve que le sermon du curé avait porté fruit. Les villageois qui avaient le plus murmuré devinrent les plus empressés à aider, et les premiers à participer aux corvées organisées par le seigneur.

Dès le début du printemps, on vit s'aligner, le long du rang des Petites Terres, dans le fief Grosbois, des maisons blanchies à la chaux, qui ressemblaient comme des sœurs à celles qu'avaient incendiées le *Goddons*, lors de la Déportation. Pour la plupart de ces retour-d'exil, c'était le paradis : des terres en pente qui n'avaient besoin ni de digues, ni de vannes, ni d'aboiteaux; des terres qui s'étiraient, toutes droites, entre des rigoles hérissées de quenouilles et garnies, çà et là, de pruniers et de cerisiers. À la fin de l'été, on vit paître des animaux dans toutes les terres défrichées.

•

Pierre a construit sa maison au bord d'une *coulée,* et a creusé un puits à côté. Son petit coin bourdonne de vie. Des poules jacassent dans le carré de la grange et des gorets se chamaillent dans leur enclos. L'homme semble réconcilié avec sa nouvelle patrie. On le voit trimer dur avec Tienniche et Jean-Baptiste, tous deux devenus presque des hommes. Deux arpents de terre d'essouchés et le potager de Marie-Venance qui fleure bon les légumes et la verdure.

Mais Pierre a beau s'en donner, essayer d'oublier, il n'arrive pas à considérer comme tout à fait son pays sa bonne terre du fief Grosbois. Les années passent, mais la nostalgie demeure. Chaque hiver, il invite Poirier et Joffriau à venir bavarder. Les trois hommes sont devenus inséparables. Ils n'en finissent plus d'évoquer le bon temps qu'ils ont connu, là-bas, en Acadie. Ils l'évoquent avec d'autant plus d'ardeur que le bruit court, depuis un bon moment, que plusieurs familles acadiennes ont réussi à gagner Port-Royal et Les Mines. On raconte même que quelques-unes ont pu récupérer leur terre.

Marie-Venance ne croit pas trop à ces racontars. La paix et la quiétude retrouvées lui suffisent. Il vaut mieux, selon elle, renoncer, à tout jamais, à ce rêve chimérique d'un retour en Acadie; il vaut mieux oublier le passé; il vaut mieux oublier la maison de Port-Royal. Mais Pierre n'en démord pas, faisant valoir qu'il y a eu la guerre et que, sûrement, les anciens maîtres ont disparu.

— Ça coûterait rien d'aller voir, insinue-t-il souvent.

Marie-Venance le détourne, autant qu'elle peut, de ce qu'elle appelle une chimère. Mais Pierre ne manque pas d'arguments. Les enfants ont grandi; la terre rend bien. Et puis, l'hiver, on ne peut rien faire d'autre que de chauffer la maison et d'attendre le printemps. Pourquoi ne pas aller voir, au moins?

— J'en aurai le cœur net.

De guerre lasse, Marie-Venance dut céder, et un beau matin du début d'octobre, Pierre, Poirier et Joffriau se mirent en route avec chacun un sac de provisions. Ils traversèrent le fleuve en canot d'écorce, puis se dirigèrent à grands pas vers leur «terre promise».

Demeurée sur la petite terre avec les enfants, Marie-Venance se fit beaucoup de mauvais sang au sujet de cette aventure qui lui paraissait insensée, mais elle ne désespéra pas de voir revenir ce têtu de Pierre qui n'avait pas manqué de la rassurer.

— Aller-retour, que je te dis. Je reviens pour les semences.

Au long hiver ponctué de poudreries et de grands froids, succéda un printemps qui, bien que radieux, parut interminable. Les jours et les semaines passaient, et Pierre qui ne revenait toujours pas. Marie-Venance, Tienniche et Jean-Baptiste essayaient de se faire une raison.

— Ils se sont peut-être trompés de chemin. Ils auront pris plus de temps qu'ils pensaient pour se rendre là-bas. C'est si loin, l'Acadie.

Plus agités, Tienniche et Jean-Baptiste commençaient à imaginer le pire.

— Et s'ils avaient péri, ensevelis sous la neige? S'ils s'étaient noyés en traversant une rivière? S'ils étaient tombés dans une embuscade?

Marie-Venance écartait, comme de mauvaises pensées, ces «si» de malheur. Elle continuait d'espérer malgré l'angoisse qui la torturait.

L'année passa... Les années passèrent... La pauvre femme a maintenant les tempes grises. Assise au coin de la fenêtre, elle regarde s'écouler les jours, tout en se remémorant ses tendres et douloureux souvenirs. Pierre a disparu, quelque part, dans la nature du bon Dieu. Il a disparu sans pouvoir lui faire signe. Qu'est-il devenu? Comment est-il mort?

●

Ce sont ses arrière-petits-fils qui finirent par apprendre, en consultant de vieux registres, que Pierre Lebasque, leur ancêtre, avait été inhumé à Port-Royal en 1780.

Glossaire

Arêche : arrête.

Astheure : à cette heure, à présent, maintenant.

Avenance : bon air, affabilité.

Barbote (ou barbotte) : barbue (poisson de mer).

Bardasser : secouer, malmener.

Barouche : vieille voiture.

Bostonais (ou Bostonnais) : Bostoniens (habitants de Boston). Par extension : habitants des colonies britanniques du littoral de l'Atlantique.

Bec de corbeau : lampe en fer ou en étain alimentée en huile de phoque, de marsouin ou de loup marin.

Ber(s) : berceau en pin ou en merisier.

Blanchon : jeune phoque à fourrure blanche.

Bretter : musarder, perdre son temps.

Brin (un) : un peu.

Brun (il fait) : il fait nuit.

Brunante : brune, crépuscule.

Chelin : shilling (un vingtième de la livre).

Coulée : vallée étroite.

Cocher : cocher de la filasse = séparer des fibres textiles qui adhèrent au chanvre après broyage.

Déjeté : laissé à l'écart, banni.

Désâmer (se) : se morfondre, se donner beaucoup de mal.

Dret(te) : droit(e).

Drigail : bagage, mobilier, attirail.

Écureux : écureuil.
Emmalicer : rendre méchant, devenir coléreux.
Étriveries : plaisanteries, agaceries.

Fardoches : broussailles, jeunes arbres.
Ferrandine : tissu d'époque.
French Neutrals (Français Neutres) :   nom donné aux
      Acadiens qui avaient refusé de prêter le serment
      d'allégeance au roi d'Angleterre après le traité
      d'Utrecht (1713).
Frette : froid.

Gadelles : groseilles en grappes.
Gargoton : gorge, gosier.
Garrocher : jeter, lancer.
Giole : maison délabrée.
Goddons : Les Anglais (d'après leur juron *Goddam!*).
Gorgette : gorgerette, collerette.
Grichu : bourru, de mauvaise humeur.

Jarniguié : juron.
Jonglard : songeur.
Joual : cheval.

Minouchages : caresses, flatteries, minauderies.
Mitasses : bandes molletières.
Molue : morue.
Morvâillon : morveux, blanc-bec.
Mouillasser : pleuvoir légèrement.
Mouillères : fondrières.

Palanter : hisser (descendre) avec un palan.
Parchaude (perchaude) : perche.
Pargué : juron.

Pintocher : boire avec excès.
Piton : vieux cheval.
Plenté (à) : beaucoup, avec abondance.
Poêlon (queue de) : têtard.
Ponce : boisson anglaise (punch); potion, remède.

Qu'ri : quérir, amener.

Ragoton : rogaton, rebut.
Ras (être à) : être tout près.
Ravage : chemin battu par les animaux sauvages (chevreuil,
    orignal, caribou), surtout en hiver.

Selectman : fonctionnaire (juge de paix) des colonies
    anglaises avant la Révolution américaine.
Souffle : pousse (maladie du cheval).

Troufignon (retrousser le) : administrer une raclée.

V'lons (les) : les voilà qui arrivent.

Ouvrages consultés

ADAMS DRAKE, Samuel. *Old Landmarks and Historic Personages of Boston*, 3rd ed., Rutland (Vt), Charles E. Tuttle Co., 1975.

ARCHIVES DE BOSTON. *Provincial Laws, Vol. 15, 23 & 24*. Documents concernant les Acadiens répartis dans la colonie de la Baie du Massachusetts, 1756-1765.

ARSENAULT, Bona. *Histoire et généalogie des Acadiens*, Montréal, Leméac, 1978.

ARSENAULT, Bona. *Louisbourg 1713-1758*, Québec, éditions Le Conseil de la vie française en Amérique, Québec, Canada, 1971.

BRAULT, Pierre. *Histoire de l'Acadie du Haut-Richelieu*, Saint-Jean-sur-Richelieu, éd. Milles Roches, 1982.

FRÉGAULT, Guy. *Histoire de la Nouvelle-France : la guerre de la Conquête, 1754-1760*, Montréal, Fidès, 1955.

LEBLANC, Dudley J., *The Acadian Miracle*, Lafayette (La), Evangeline Publishing Co., 1966.

LITCHFIELD, Henry Wheatland. *Ancient Landmarks of Pembroke (Mass.)*, ed. George Edward Lewis, 1909.

LITCHFIELD, Henry Wheatland. *Historic Pembroke*. Carte établie en 1931 par John G. Hales, d'après les documents de Litchfield et dessinée par Anne Booney Henderson en 1962.

MASSIGNON, Geneviève. *Les parlers français d'Acadie : enquête linguistique, Tomes I et II*, Paris, Klincksieck, 1962.

MERRIEN, Jean. *La vie quotidienne des marins*, Paris, Hachette, 1964.

PAGE, Lieutenant, member of His Majesty's corps of Engineers, 1775. *A plan of the Town of Boston,* from an engraving by the Revere Gallery commissionned by the Boston 200 Corporation in commemoration of the Boston Bicentennial.

PARKMAN, Francis. *A Half Century of Conflict, France and England in America before the French and Indian War,* 1st ed. 1892; 2nd ed., New York, Collier Books, 1962.

PARKMAN, Francis. *Montcalm and Wolfe,* 1st ed. 1884; 2nd ed. New York, Collier Books, London, Collier Macmillan Ltd, 1966.

PELLERIN, J.-Alide. *Yamachiche et son histoire (1672-1978),* Trois-Rivières, éd. du Bien Public, 1980.

POIRIER, Pascal. *Origines des Acadiens,* Montréal, Eusèbe Sénécal, imprimeur-éditeur, 1874.

POIRIER, Pascal. *Des Acadiens déportés à Boston en 1755 — Un épisode du Grand Dérangement,* Ottawa, imprimé pour la Société Royale du Canada, 1909.

RAMEAU de SAINT-PÈRE. *Une colonie féodale en Amérique : L'Acadie 1604-1710,* Paris, Didier, 1877.

SAUVAGEAU, Jean. *Cartes de l'Acadie ancienne (1604-1655),* Ottawa-Québec, Société de généalogie de Québec, 1984.

SHERMAN, Mrs Bonney. *Pembroke Historical Society, Inc.* Lettres, documents, coupures de journaux concernant la vie au village et l'histoire de *Peter's Well,* 1981.

Table des matières

1. Décembre en mer...7

2. *Peter's Well*..89

3. Au bord de la révolution...............................259

4. Une longue marche......................................375

Glossaire..511

Ouvrages consultés...515

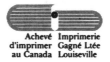

Achevé   Imprimerie
d'imprimer Gagné Ltée
au Canada Louiseville